W0237026

KNAUR

Über die Autorin:
Sonja Rüther, 1975 in Hamburg geboren, schreibt am liebsten Spannung und Fantastik und gibt in ihrem Kleinverlag *Briefgestöber* Anthologien heraus. 2011 eröffnete sie den *Ideenreich-Kreativhof* in Reindorf, wo sie regelmäßig zusammen mit anderen Autorinnen und Autoren Workshops und Kurse für Kreatives Schreiben anbietet. Sonja Rüther lebt mit ihrer Familie in der Nähe von Hamburg.

SONJA RÜTHER

DER BODY GUARD

THRILLER

KNAUR

Besuchen Sie uns im Internet:
www.knaur.de

Aus Verantwortung für die Umwelt hat sich die Verlagsgruppe Droemer Knaur zu einer nachhaltigen Buchproduktion verpflichtet. Der bewusste Umgang mit unseren Ressourcen, der Schutz unseres Klimas und der Natur gehören zu unseren obersten Unternehmenszielen. Gemeinsam mit unseren Partnern und Lieferanten setzen wir uns für eine klimaneutrale Buchproduktion ein, die den Erwerb von Klimazertifikaten zur Kompensation des CO_2-Ausstoßes einschließt. Weitere Informationen finden Sie unter: www.klimaneutralerverlag.de

FSC www.fsc.org
MIX
Papier aus verantwortungsvollen Quellen
FSC® C014496

Originalausgabe Mai 2020
Knaur Taschenbuch
© 2020 Knaur Taschenbuch Verlag
Ein Imprint der Verlagsgruppe
Droemer Knaur GmbH & Co. KG, München
Alle Rechte vorbehalten. Das Werk darf – auch teilweise – nur mit Genehmigung des Verlags wiedergegeben werden.
Redaktion: Dr. Kirsten Reimers
Covergestaltung: ZERO Werbeagentur, München
Coverabbildung: Westend61/Getty Images
Satz: Adobe InDesign im Verlag
Druck und Bindung: GGP Media GmbH, Pößneck
ISBN 978-3-426-52523-4

2 4 5 3 1

Für Monika und Dieter

PROLOG

»Oh Herr, nimm diese junge Seele in deine gütige Obhut …« Hannah Gunthel sah auf den kleinen Sarg hinunter, den andächtige Träger in das nass geregnete Grab hinabgelassen hatten, und fühlte sich Gott ferner denn je. Der Priester redete unermüdlich weiter, pries den Herrn, dessen Wege so unergründlich waren, und stach Wörter wie Vergebung, Liebe und Gnade in Hannahs schmerzendes Herz. Nichts davon würde sie je wieder fühlen können.

Das letzte Gute in ihrem Leben war ihr Mann Kurt, der fest ihre Hand hielt. Er zitterte am ganzen Leib, zuckte, wann immer der Priester den Namen des Herrn nannte. Sie beide hatten ihren Glauben verloren. Hannah musste der Trauergemeinde nicht ins Gesicht schauen, um zu wissen, dass niemand dem Priester wirklich zuhörte. Sein Versuch, Gottes Allmacht auch in der Stunde der größten Not als etwas Tröstliches zu verkaufen, scheiterte auf ganzer Linie. Er war nur hier, um für Klara seinen Segen zu sprechen. Ihre reine Seele sollte den Weg in den Himmel finden, so wie Sofie vor ihr aufgestiegen war. Und all die anderen, die nach und nach sterben mussten.

Krebs war ein Monster. In dieser Gemeinde war es eine fahrlässig von der Kette gelassene Bestie, die um sich gebissen hatte. Die Familien wirkten zerlöchert, und beinahe jeder Hinterbliebene stand so dicht vor dem Abgrund, dass jegliche Erschütterung einen Absturz bewirken konnte.

Hannah hatte keine Angst mehr vor der Hölle, sie lebte in ihr. Jeden Tag, an dem sie aufstehen und weitermachen musste.

Endlich sprach der Priester das letzte Wort, nahm die kleine Schaufel und schippte etwas Sand auf den Sarg. Das Geräusch, mit dem die Körnchen auf den Deckel prasselten, verursachte bei ihr eine Gänsehaut. Sie wollte nicht glauben, dass ihre Tochter darin lag. Das Mädchen, das sie zwölf Jahre lang behütet und über alles geliebt hatte. Seite an Seite mit ihrer großen Schwester, die vor einem halben Jahr hatte vorgehen müssen.

Kurt lockerte seinen Griff und legte dann die Hand auf ihre Schulter. Es war so weit.

Wie betäubt ging sie zu dem Behälter mit dem Sand, schippte etwas davon auf das Holz und warf eine gelbe Rose hinterher – Klaras Lieblingsfarbe.

»Ich lasse euch nicht allein«, versprach sie flüsternd. Tränen liefen über ihr Gesicht.

»Und ich auch nicht«, sagte Kurt und warf eine Rose hinterher.

Fast alle der fünfzig Anwesenden hielten gelbe Rosen in den Händen, die sie nun nach und nach zusammen mit der Erde auf dem Sarg verteilten. Anschließend schüttelten sie Hannahs und Kurts Hände, sahen ihnen dabei in die Augen und nickten ohne ein Wort.

Der Priester stand betreten daneben. Er war immer derselbe, wahrscheinlich bemerkte er sogar, dass diese Menschen an einem Scheideweg standen. Vielleicht hielt er es für Gottes Werk, dass hier etwas seinen Anfang nahm, das nur schwer zu ignorieren war? Doch er schwieg. Wie alle geschwiegen hatten, die hätten schreien sollen. Er würde sich den Wanst beim Leichenschmaus vollstopfen, seinen Glauben schützend vor das Offensichtliche ziehen – wie einen dicken Samtvorhang vor die Sünden dieser Welt. Dann würde er dahinter stehen bleiben und durch einen Spalt zusehen. Hannah warf ihm einen wissenden Blick zu. *Ohne Sünde keine Sühne, ohne Sühne keine Vergebung. Wofür wärest du dann noch gut?*

KAPITEL 1

Der schwarze Anzug war wahrscheinlich das teuerste Kleidungsstück, das Maik je besessen hatte. Er sah elegant aus, fühlte sich aber wie Sportkleidung an. Als er ihn ausgehändigt bekommen hatte, war seine größte Befürchtung gewesen, dass Schnitt oder Stoff ihn einschränken könnten. Reiche Leute legten meist mehr Wert auf das Aussehen einer Sache als deren Funktionalität. Dieser Anzug war jedoch der beste Beweis, dass man beides haben konnte. Egal ob er handgreiflich werden oder jemandem hinterherlaufen musste, er würde dabei gut aussehen und effektiv sein.

Maik musste grinsen, als er an die Kommentare seiner Freunde dachte, denen er ein Foto von sich geschickt hatte. *Germany's next Super-Bodyguard,* lautete der Titel, den sie ihm verliehen hatten. Allerdings wurde er nicht nach seinen Fähigkeiten eingesetzt. Seit gut zwei Wochen durfte er selten mehr machen, als in der Sicherheitszentrale auf Monitore zu starren oder Botengänge zu erledigen. Bevor er bei der genannten Adresse klingelte, überprüfte er nochmals den Sitz seiner Kleidung. Er war Stunden unterwegs gewesen, um Dokumentenmappen bei drei unterschiedlichen Büros abzuholen, wo er jedes Mal warten gelassen wurde. Immerhin hatte er jedes Mal einen Kaffee bekommen, den er jetzt allerdings auf andere Weise merkte. *Beim letzten Stopp hätte ich eine Pinkelpause machen sollen.*

Er hoffte, dass sich hier eine Gelegenheit bot, wenn er die Mappen endlich überreicht hatte. Er klingelte und nahm sofort Haltung an, als die Tür geöffnet wurde und Benno Reichert ihn hereinwinkte.

»Herr van Holland telefoniert gerade«, sagte er und legte dabei einen Finger an die Lippen als Zeichen, dass Maik still sein sollte.

Reichert koordinierte das fünfzehnköpfige Sicherheitsteam, das Peter van Hollands Anwesen und dessen Bewohner schützte. Außerdem war Reichert der persönliche Bodyguard von Peter van Holland. Er war ein ganzes Stück älter als Maik, vielleicht Ende vierzig, aber mit seinem militärischen Aussehen hätten sie glatt Brüder sein können. Genau genommen sahen alle im Team gleich aus, was vornehmlich an den kurz geschorenen Haaren und den durchtrainierten Körpern lag. Maik passte perfekt ins Bild. Die anderen waren jedoch alle Ex-Soldaten, aber da die Grippewelle das Team stark geschwächt hatte, hatten sie bei Maik eine Ausnahme gemacht. Er war lediglich ausgebildeter Personenschützer und mehrfacher Ju-Jutsu- und Kickbox-Europameister. Reichert hatte keinen Hehl daraus gemacht, dass Maiks fehlende militärische Ausbildung ein Makel war. Deswegen sollte er nur als Springer fungieren. Chauffeurdienste, Unterstützung des Personenschutzes bei Veranstaltungen und Wachverstärkung bei Bedarf. Jeder Einsatz wurde gut bezahlt. Wenn es zu einer Festanstellung käme, würde er genug sparen können, um sich in ein paar Jahren mit einer Kampfschule selbstständig zu machen. Das war alles, was er wollte. Es sollte nicht so eine kleine Klitsche werden, sondern ein Sportzentrum, das für jeden offen sein würde und Sieger hervorbrachte. Dafür hielt er es schon aus, mit Typen zu arbeiten, die neben der Arbeit kaum Interessen zu haben schienen. Zumindest scheiterte jeglicher Small Talk über Fußball oder das Hamburger Nachtleben an der Wortkargheit seiner Kollegen.

Reichert nahm ihm die Mappen ab und wies ihn mit einer knappen Handbewegung an, neben der Tür abzuwarten. Eine von Maiks leichtesten Übungen. Als Bodyguard musste man mit unendlicher Geduld gesegnet sein, weil zu neunundneunzig Prozent nichts passierte, was seine Anwesenheit überhaupt notwendig machte.

Van Holland stand vor dem Garderobenspiegel und richtete seine Krawatte, während er über ein Headset telefonierte. Er war ein freundlicher, älterer Mann mit einem Wohlstandsbauch, lichtem Haar und einer runden, kleinen Brille, die ihn wie einen Bruder von Norbert Blüm aussehen ließ. Maik hatte ihn nur einmal zuvor gesehen, als er dessen Tochter einen Morgen zur Schule gefahren hatte. Sie war erst neun, wahrscheinlich hielt jeder van Holland für ihren Opa. Für Maik käme so eine späte Vaterschaft nicht infrage: entweder Frau und Kinder bis Anfang vierzig oder gar nicht. Peter van Holland war irgend so ein Konzernmogul, der nicht mehr wusste, wohin mit seinen Millionen. Vielleicht hatte er deshalb so spät ein Kind bekommen. Es gab kaum kostspieligere Lebensveränderungen für wohlhabende Leute, die ihre Nachkommen dann von Kindermädchen und Golf-, Reit- oder Ballettkoryphäen erziehen ließen.

»Ich muss Sie nicht daran erinnern, dass Sie niemals über das reden, was Sie hören oder sehen, richtig?«, flüsterte Reichert und brach damit in Maiks Gedanken ein.

Maik nickte. »Mit niemandem«, bestätigte er. »Es werden nur relevante Fakten an Sie oder andere Mitglieder des Teams kommuniziert. Keine Gespräche über die Familienmitglieder, deren Gäste oder das Tagesgeschehen.«

Reichert sah zufrieden aus. Dort, wo Maik zuvor gearbeitet hatte, redeten die Angestellten immer untereinander über die Schutzbefohlenen. Es wurde dabei auch viel gelacht, weil reiche Leute die seltsamsten Angewohnheiten hatten, aber in diesem Team blieben alle bis zum Hals zugeknöpft.

»Haben Sie den Tracker aktiviert?« Reichert deutete auf das uhrenähnliche Gerät an Maiks Handgelenk.

Maik zog den Ärmel zurück und drückte zwei Sekunden auf den kleinen grünen Knopf. »Jetzt ja.«

»Sie dürfen das nicht vergessen. Zum einen, damit wir in der Zentrale wissen, wo Sie mit Ihrer Schutzbefohlenen sind. Zum anderen wird damit Ihre Arbeitszeit aufgezeichnet. Wenn Sie bezahlt werden wollen, aktivieren Sie ihn.«

Es fiel Maik schwer, sich an das Gerät zu gewöhnen. Zudem mochte er den Gedanken nicht, auf Schritt und Tritt beobachtet zu werden.

»Benötigen Sie mich denn jetzt noch?« Maik deutete auf die Mappen, mit deren Übergabe er seinen Auftrag erledigt hatte.

Van Holland beendete das Gespräch, nahm das Headset ab und warf einen letzten kritischen Blick in den Spiegel. Maik wusste noch nicht viel über die Familie, weil Reichert ein Fünf-Schritte-Programm für seine Einarbeitung aufgestellt hatte, das ihn langsam an die Aufgaben heranführen sollte. Am schlimmsten war es, mit Karl Hansen in der Zentrale die Monitore im Blick zu behalten – so wenig hatte er noch nie mit jemandem gesprochen, der stundenlang neben ihm gesessen hatte. Privat verbrachte er kaum Zeit am Computer oder an seinem Smartphone. Arbeit war Arbeit und Privatleben das, wofür man jeden Tag zur Arbeit ging. Da setzte er sich in seiner Freizeit nicht stundenlang hin, um seine Arbeitgeber zu googeln.

»Da sind Sie ja«, sagte van Holland, nahm beim Umdrehen seinen Mantel von der Garderobe und musterte Maik einen Augenblick. »Sie warten hier. Wenn sie fertig ist, fahren Sie sie nach Hause und bringen sie bis zur Haustür. Danach können Sie Feierabend machen.«

Sie?

»In Ordnung.« Gerne hätte Maik nachgefragt, wer mit *sie* gemeint war, aber Reichert hatte ihm mehrfach eingeschärft, nur dann Fragen zu stellen, wenn sie für den Schutz relevant waren. Diese Frage war es nicht, weil jede Person, die er bewachen sollte, mit vollem Einsatz geschützt werden musste. Maik hätte einfach seine Hausaufgaben machen müssen, um zu wissen, wer alles zur Familie gehörte, aber für ihn war das hier nur ein Job. Er bekam eine Aufgabe und erledigte sie.

Reichert öffnete die Tür und verließ mit van Holland die Wohnung. Sein Vorgesetzter lebte wahrscheinlich für seine Arbeit. Zumindest sah er nicht aus wie ein Mann, der ein Privatleben hatte. Niemand war unersetzlich. Für Maik war es undenkbar, sich für andere so sehr aufzureiben, nur um dann irgendwann festzustellen, dass sie einen nicht mehr brauchten und man absolut nichts von Wert besaß – nur Dinge, keine Freunde oder Familie.

Maik entspannte sich, als er alleine war und sich in Ruhe im Flur umschauen konnte. Der Eingangsbereich wirkte wie aus einem Einrichtungskatalog. Teuer, geschmackvoll und unpersönlich. Seit fünf Jahren war er bereits Personenschützer und hatte seiner Meinung nach so ziemlich alles gesehen. Was nützte Geld, wenn es die Reichen zu ignoranten Arschlöchern machte? Wenn man Fremde anheuerte, die aus einer Wohnung ein Ausstellungsobjekt machten, das so heimelig wie ein Hotelzimmer war?

Zeig mir, wie du wohnst, und ich sag dir, wer du bist.

Unruhig machte Maik ein paar Schritte, weil es langsam dringend wurde. Wenn er gewusst hätte, dass sein Einsatz noch länger dauerte, wäre er lieber bei einer Tankstelle aufs Klo gegangen, statt sich nun zu fragen, ob es ihm zustand, hier das Örtchen aufzusuchen.

»Hallo?« Er hoffte, dass die Klientin bald kam und der Auftrag schnell erledigt wäre, aber er hörte kein Geräusch, und es antwortete auch niemand.

Na super. Sie könnten wenigstens einen Stuhl hierhin dekorieren.

Nach zehn Minuten fing er an, im Kreis zu gehen.

Das Warten an sich störte ihn nicht, aber je mehr er versuchte, den Druck in der Blase zu ignorieren, desto deutlicher wurde er. Nach weiteren zehn Minuten ging er schließlich los und suchte das Badezimmer. Dabei horchte er aufmerksam, ob er die Frau irgendwo hören konnte. In der Regel beeilten sich die Kunden nicht, nur weil er wartete, da sie ihn dafür bezahlten, unaufdringlich rumzustehen und abrufbereit zu sein.

Die Wohnung war groß, vielleicht hundert Quadratmeter, allerdings nicht besonders geistreich geschnitten. Vom langen Flur gingen links und rechts Türen ab, geradeaus war das Wohnzimmer zu sehen. Wahrscheinlich befand sich auf einer Seite eine hippe offene Küche, in der die Reichen Weißwein tranken, während sie sich überteuertes Essen liefern ließen. Wenn der Job nicht so gut bezahlt werden würde, wäre Maik sicher nicht hier. Dies war nicht seine Welt. Er war in einer Sozialwohnung in Nettelnburg groß geworden, hatte die Gesamtschule besucht und seine halbe Jugend im Jugendzentrum oder beim Sport verbracht.

Hinter einer Tür entdeckte er ein Schlafzimmer. Das Licht war eingeschaltet, und ein Geldbündel lag neben dem zerwühlten Bett auf dem Nachtschrank.

Jetzt ist alles klar. Er zog die Tür wieder zu. Van Holland war nicht der erste reiche Sack, der sich teure Escort-Damen bestellte. Wahrscheinlich befand sie sich im angrenzenden Bad, das erklärte auch, warum er sie bislang weder gesehen noch gehört hatte. Was Peter van Holland hier getrieben hatte, ging ihn nichts an, er wollte nur wieder auf seinem Posten stehen, wenn sie fertig war.

Er horchte an der nächsten Tür, hinter der alles ruhig war, öffnete sie und betätigte den Lichtschalter an der Wand. Erleichtert, das Bad gefunden zu haben, trat er schnell ein und verschloss die Tür hinter sich.

Es roch nach Kräutern, und die Luft war feucht. Wahrscheinlich hatte van Holland vor Kurzem hier geduscht. Die milchige Glaswand der Badewanne war zugezogen, und dahinter brannte warmes Licht, das wahrscheinlich Kerzenschein imitieren sollte. Überhaupt war das Lichtkonzept sehr raffiniert: Die hochwertigen weißen Fliesen waren mit einem warmen Glanz überzogen. Er fragte sich, ob Leute wie van Holland diesen Luxus tatsächlich noch zu schätzen wussten. Maiks Wohnzimmer war kaum größer als dieser Raum, und sein Bad war ein Rechteck mit der Dusche hinter der Toilette. Platzsparend und zweckdienlich.

Er zog die Hose runter und setzte sich auf die Toilette. Als er es endlich fließen lassen konnte, erklang eine weibliche Stimme: »Sie tun dort doch wohl nicht gerade das, was ich denke, das Sie tun, oder?«

Erschrocken wollte er aufspringen und die Hose hochziehen, aber er konnte nicht mal eben aufhören. »Oh mein Gott, das tut mir leid, ich dachte …«

Er hörte sie lachen, sah eine Bewegung hinter dem Milchglas, das im nächsten Moment ein kleines Stück zur Seite geschoben wurde.

Maik nahm sich schnell ein Handtuch und legte es sich über den Schritt.

»Sehr löblich, Sie pinkeln im Sitzen«, sagte die Frau, die ihn durch den Spalt anblickte. Sie war vielleicht fünfundzwanzig Jahre alt. Ihre dunkelbraunen Haare umrahmten nass ihr Gesicht, und Schaum tropfte von ihrem Arm hinab.

»Ich habe lange in einer WG mit drei Frauen gelebt«, sagte er und senkte den Blick. »Tut mir wirklich unendlich leid. Wenn Sie mir eine Sekunde geben, versuche ich, möglichst würdevoll aus der Nummer wieder rauszukommen.«

Das, was er für eine Lampe gehalten hatte, waren tatsächlich Kerzen, die am Wannenrand brannten. Deswegen war das Licht ausgeschaltet gewesen.

»Sie sind also der Neue«, stellte sie fest. »Wissen Sie, wer ich bin?«

Sie machte keine Anstalten, wegzusehen, damit er sich anziehen konnte, also verharrte er. »Das wurde mir nicht mitgeteilt. Ich soll Sie nach Hause bringen.«

Mit einem Grinsen wedelte sie mit einer Hand in seine Richtung und lehnte sich hinter dem Sichtschutz zurück.

»Für so einen gut aussehenden Kerl sind Sie ganz schön schüchtern.«

Dankbar stand er auf und schloss schnell seine Hose wieder. »Privat nicht, aber im Job gelten andere Regeln. Ich bin nur froh, dass mir das nicht bei einem der van Hollands passiert ist. Sie werden mich doch nicht verraten, oder?«

Er betätigte die Spülung, wusch sich schnell die Hände und wollte zügig wieder gehen.

»Woher wissen Sie, dass ich keine van Holland bin?«

Es plätscherte, und dann sah sie ihn wieder mit einem frechen Grinsen an.

Maik versuchte, sie nicht direkt anzusehen, aber sie hatte etwas an sich, das es ihm schwer machte. Es schien fast so, als würde sich etwas miteinander verbinden, wann immer er ihrem Blick begegnete. »Ich habe das Geld auf dem Nachtschrank gesehen.«

Sie zog die Brauen empor, sodass feine Linien auf ihrer Stirn entstanden. »Die gute Beobachtungsgabe gehört wohl zum Job?«

Maik zuckte mit einer Schulter und drehte sich zur Tür. »Tut mir leid, ich wollte nicht indiskret sein.« Er musste schnell gehen, bevor er noch mehr sagte, was er nicht mal denken sollte.

»Na los, setzen Sie sich auf den Klodeckel. Es spielt keine Rolle mehr, ob Sie jetzt flüchten, also können Sie auch ebenso gut bleiben und sich mit mir unterhalten.«

Lass es, Alter, du weißt, dass das Ärger gibt.

»Nur ein paar Minuten, ein gutes Gespräch ist tatsächlich alles, was mir gerade fehlt«, setzte sie nach und lächelte gewinnend.

Zögerlich kam er ihrer Bitte nach. Das war wohl das seltsamste Kennenlernen, das er je erlebt hatte, aber er mochte diese verschwörerische Nähe, die schon bei diesem kurzen Wortwechsel zwischen ihnen entstand.

»Finden Sie es verwerflich, was ich tue?«, fragte sie herausfordernd.

»Absolut nicht«, sagte er ehrlich. »Ich verstehe nur nicht, warum Sie das tun. Ich meine, Sie scheinen sehr clever zu sein.«

»Warum tun Sie, was Sie tun? Riskieren Ihr Leben für fremde Leute. Genauer betrachtet erscheint mir das auch nicht sehr erstrebenswert.« Sie verschränkte ihre Arme auf dem Wannenrand und stützte ihr Kinn darauf.

»Nun, es ist das, was ich am besten kann.«

Seine Erwiderung brachte sie zum Lachen. »Sehen Sie. Da haben Sie Ihre Antwort.«

Maik rümpfte die Nase, bevor er die Reaktion verhindern konnte.

»Es ist sehr schade, dass Sie sich mich nicht leisten können, sonst würden Sie sehen, wovon ich spreche.«

Ein Zwinkern und ein breites Grinsen kennzeichneten ihre Worte als Scherz, aber die Bilder, die dadurch in seinem Kopf entstanden, gingen in eine Richtung, die er nicht mal in der Fantasie einschlagen durfte. Auch wenn sie eine Professionelle war, gebot es sein Job, sie wie jede andere Klientin zu behandeln.

Raus hier, bevor du es noch schlimmer machst!

»Tut mir leid.« Er stand auf und ging entschlossen zur Tür. »Ich warte vorn auf Sie«, sagte er schnell, rüttelte am Griff, drehte den Schlüssel und konnte endlich in den Flur hinaustreten.

Tolle Leistung, du Anfänger. Er ärgerte sich über sich selbst. Wenn sie ihre Dienste regelmäßig anbot, gehörte sie wahrscheinlich zum inneren Kreis der Angestellten. Wenn sie van Holland verriet, wie offen er mit ihr geredet hatte, gab es sicher einen Anschiss.

Aufm Klo zum Trottel gemacht.

Für diese Frau war das Flirten mit einem Angestellten sicher eine lustige Abwechslung, aber ihn konnte das den Job kosten. Und trotzdem musste er grinsen, als er neben der Wohnungstür wieder Position bezog.

Es dauerte noch eine halbe Stunde, bis er schließlich Schritte hörte und sie mit trockenen Haaren in einem schwarzen Kleid auf ihn zukam. Sie war gerade mal eins sechzig groß, schlank und so hellhäutig und makellos, als wäre sie aus Porzellan.

»Tut mir leid, dass Sie so lange warten mussten. Ich bade gern – nach meiner Arbeit.«

Maik senkte den Blick und legte eine Hand auf den Türgriff. »Wo darf ich Sie hinbringen?«

Sie nannte ihm eine Straße in Hamburgs Nobelgegend Harvestehude. Maik ging voraus, überprüfte den Flur und behielt auf dem Weg zur Garage alles im Blick.

»Oh, ganz im Beschützermodus, ja?« Ein leises Seufzen kam über ihre Lippen, als sie ihm folgte.

»Bitte entschuldigen Sie, was ich im Bad zu Ihnen gesagt habe. Das war unangebracht, es tut mir wirklich leid.« Über die Fernbedienung entriegelte er die Fahrzeugtüren eines schwarzen Mercedes S Guard. »Ich verspreche Ihnen, dass das nicht wieder vorkommen wird.«

»Ernsthaft?« Eine Spur Enttäuschung schwang in ihrer Stimme mit. »Es wird also nicht wieder vorkommen, dass Sie mich wie einen Menschen behandeln? Bin ich jetzt also die Prostituierte für Sie, die besser so behandelt wird, als wäre sie nicht da?«

Er öffnete ihr die Tür. »Nein, so sehe ich Sie gewiss nicht. Ich bin hier zu Ihrem Schutz, Sie sind meine Klientin.«

»Danke sehr«, sagte sie kühl und setzte sich auf die Rückbank. Jede ihrer Bewegungen war elegant und präzise. Maik musste aufpassen, sie nicht zu lange anzusehen. In all den Jahren war es ihm nicht ein einziges Mal passiert, dass ihn eine Klientin durcheinanderbrachte, aber sie war gefährlich nah dran. Er schlug die Tür zu und umrundete das Fahrzeug.

»Ich dachte, Sie wären anders«, sagte sie enttäuscht, als er sich auf den Fahrersitz setze.

»Würden Sie sich bitte anschnallen?«, überging er ihre Worte.

Sie legte ihre Tasche neben sich und verschränkte die Arme vor der Brust. »Ist das Ihr Ernst? Holen Sie gleich noch einen Kindersitz für mich hervor?«

Er drehte sich zu ihr um. »Ich bin für Ihre Sicherheit zuständig. Es muss ja einen Grund geben, warum Herr van Holland Sie nicht einfach mit einem Taxi nach Hause fahren lässt. Aber im Zweifelsfall kann ich Sie nicht beschützen, wenn Sie bei einem Unfall haltlos durch das Wageninnere geschleudert werden. Das ist pure Physik, dagegen bin ich machtlos. Also wären Sie bitte so freundlich und würden sich anschnallen?«

Diese kleine Rede zauberte ihr wieder ein Lächeln ins Gesicht. »Gut, ich schnalle mich an, wenn Sie sich weiter mit mir unterhalten.«

In Maik schrie alles, er solle sich bloß nicht auf den Deal einlassen. Er würde wieder etwas Unbedachtes sagen und sich letzten Endes noch mehr in Schwierigkeiten bringen. »Ist gut«, willigte er trotzdem ein. Er konnte nicht anders, weil es guttat, sich mit ihr zu unterhalten. Zwei Angestellte, die nicht so taten, als wäre Reden eine Todsünde.

Sie griff hinter sich, und Maik startete den Wagen. Als er das Einrasten des Gurtschlosses hörte, fuhr er los. Ginge es nach ihm, könnte man diese Luxusschlitten nicht ohne nervige Signaltöne bei Nicht-Anschnallen kaufen. Es war schizophren, dass so viel Geld für teure Autos und Sicherheitsmitarbeiter ausgegeben wurde, aber das simple Anlegen eines Sicherheitsgurtes zu viel verlangt war. Er hatte noch niemanden aussteigen sehen und dabei gedacht: *Wow, der Anzug ist aber vom Gurt zerknautscht.*

»Sind Sie Soldat gewesen?«

Sie war nicht die Erste, die ihn das fragte. Ihm wurde eine abgeklärte Ausstrahlung nachgesagt, obwohl in seinem neunundzwanzigjährigen Leben Schlägereien die einzigen Erlebnisse von echter Gewalt gewesen waren.

»Nein, ich bin Pazifist.«

»Pazifist und Bodyguard, das funktioniert?«

Maik grinste. »Sicher. Ich werde alles Notwendige tun, um Sie zu schützen, aber ich würde mir niemals befehlen lassen, irgendwo einzumarschieren.«

»Ach, wirklich?« Ihre Blicke trafen sich im Rückspiegel. »Auch dann nicht, wenn Sie damit Leben retten könnten?«

Er musste den Blick nach vorn richten, weil er ihr sonst zu lange in die Augen schauen würde. »Kommt auf die Verhältnismäßigkeit an. Wie viele Leben es kosten würde, ein Leben zu retten. Wer bestimmt denn, wessen Existenz wertvoller ist als die anderer?«

Mit einem Grinsen zog sie so lange am Gurt, bis sie sich weiter nach vorn setzen und die Arme auf die Lehne des Beifahrersitzes stützen konnte. »Und wenn es Terroristen sind, die Geiseln in ihrer Gewalt haben?«

Ein ähnliches Gespräch hatte er zuletzt mit Freunden im Irish Pub geführt. Es war in einem Streit ausgeartet, aber er konnte seine Meinung einfach nicht zurückhalten. Weder bei einem Bier noch jetzt vor seiner Klientin. »Dann wäre es aus unserer Sicht vielleicht gerechtfertigt, gewaltsam einzudringen, aber wie sieht es aus deren Sicht aus? Was, wenn sie das tun, weil sie keine andere Wahl haben? Weil mit unseren Waffen deren Familien getötet wurden, wir sie wirtschaftlich in den Ruin getrieben haben oder ihre Lebensgrundlagen zerstört worden sind? Ich meine, sollten wir nicht in einem Zeitalter leben, in dem Lösungen angebrachter sind als Gewalt?« Er mochte die Gewissensfrage nicht. Ginge es danach, müsste sich jeder Mensch jeden Tag fragen, ob er ein einwandfreies Leben führte. Ob den Lebensmitteln, die er im Supermarkt kaufte, keine Umweltsünden, Massentierhaltung oder Ausbeutung zugrunde lagen. »Ich denke, dass niemand, dem es gut geht und der einen gewissen Luxus genießt, nachempfinden kann, wie es jenen geht, die keine Perspektive mehr haben.«

»Das klingt stark vereinfacht«, sagte sie ernst.

»Im Grunde ist alles einfach, aber wir verkomplizieren es. Ich meine, weil die meisten von uns gute Menschen sein wollen, bewerten sie lieber die Symptome als die Ursachen.«

»Ach, und was ist Ihrer Meinung nach eine der Ursachen? Dass wir uns zu wenig um die Nöte anderer kümmern?«, fragte sie provokant.

»Dass es keinen Wohlstand ohne Not geben kann. Das Leben ist nicht fair. Derzeit sind wir die Gewinner, weil wir für wenig Geld sehr viel kaufen können. Aber um uns darüber keine Gedanken machen zu müssen, jammern wir rum und lassen uns durch die Medien die Themen diktieren, die uns zu beschäftigen haben.«

Sie lehnte sich wieder zurück und sah durch die getönte Scheibe nach draußen. »Na ja, aber Peter van Holland tut zum Beispiel viel Gutes mit seinem Vermögen. Ist das dann hilfreicher Luxus?«

»Soweit ich weiß, werden in seinen Fabriken Pestizide und Munition hergestellt. Klingt für mich eher nach …« Maik biss sich auf die Lippen. Sie hatte es tatsächlich geschafft, ihn aus der Reserve zu locken. Deswegen waren Frauen die besseren Spione. Gegen deren empathische Fähigkeiten war er einfach nicht gewappnet. Sie musste jetzt nur noch zum Alten gehen und petzen, damit Maik sich einen neuen Job suchen musste.

»Schadensbegrenzung?«, half sie aus. »Oder Beruhigung des Gewissens?«

»Nein«, wollte er es schnell herunterspielen, aber das war an diesem Punkt nicht mehr so einfach. »So meinte ich das nicht.«

»Schade, das wäre wenigstens ehrlich gewesen. Wenn ich seine Möglichkeiten hätte, würde ich das Geschäftsfeld wechseln.«

Maik sah sie durch den Spiegel an und glaubte ihr jedes Wort. »Ich denke, jeder kann etwas Gutes bewirken, wenn er es nur will.«

»Wirklich?« Mit einem Grinsen stützte sie sich wieder auf der Lehne ab, was sich wie eine Belohnung anfühlte, weil sie wieder näher kam. »Was tun Sie denn Gutes, außer die Gewinner des Weltmachtspiels zu beschützen?« In ihrer Stimme schwang ein amüsiertes Zwinkern mit.

»Ich werde eine Schule für Kampfsport eröffnen. Eine mit Förderprogrammen für sozial benachteiligte Kids und Talente. Ich wäre heute nicht der Mensch, der ich bin, wenn mich damals niemand gefördert hätte.« An dem Konzept für seine Kampfsportschule feilte er schon seit elf Jahren.

»Klingt nach einem Vorhaben mit viel Finanzierungsbedarf. Dafür werden Sie Sponsoren brauchen.«

»Sponsoren bedeuten immer Erfolgsdruck und Einmischung. Ich will das Ganze etwas größer aufziehen, weswegen ich erst loslegen werde, wenn ich das nötige Kapital zusammenhabe. Für diese Schule benötige ich Mitarbeiter, die den Unterricht mit übernehmen, und ein Segment soll nur für die Ausbildung von professionellen Personenschützern oder Mitarbeitern von Sicherheitsdienstleistern sein. Wenn das anläuft, finanziert es die sozialen Projekte, verstehen Sie?«

Im Spiegel sah er ihr Nicken. »Wenn Sie das richtig angehen, könnte es was werden. Wie lange müssen Sie dafür noch Ihren Kopf für Leute wie mich hinhalten?«

Diese Frage machte aus seinen enthusiastischen Plänen eine realitätsgebeutelte Idee. »So wie es derzeit aussieht, vielleicht acht bis zehn Jahre.«

Er fühlte ihre Hand auf seiner Schulter, was ihm einen unerwarteten, angenehmen Schauer über den Rücken jagte. »Sie sollten vielleicht doch an Sponsoren denken«, sagte sie und lehnte sich dann wieder zurück. »Wie alt sind Sie? Mitte zwanzig?«

»Neunundzwanzig. Ich mag einen schlechten ersten Eindruck hinterlassen haben, aber ich weiß genau, was ich tu, sonst dürfte ich Sie jetzt nicht nach Hause fahren. Herr Reichert scheint sehr wählerisch bei der Auswahl seiner Mitarbeiter zu sein.«

Sie verdrehte die Augen und sah aus dem Fenster. »Ja, ich weiß. Und trotzdem nervt dieser ganze Zirkus.«

Maik atmete tief durch, aber er konnte nicht aus seiner Haut. Er redete gern mit Menschen, mochte es, sie kennenzulernen, und vertraute lieber auf sein Bauchgefühl als auf seine Vernunft. »Herr van Holland ist ein sehr wohlhabender Mann. Ich bin mir sicher, dass die Presse großes Vergnügen daran hätte, eine Verbindung zwischen Ihnen und ihm herzustellen. Die warten nur auf solche Skandale. Indem er Sie davor beschützt, belästigt zu werden, schützt er auch sich selbst.«

»Finden Sie, dass es ein Skandal ist, was er mit mir macht?«

Maik umfasste das Lenkrad fester und suchte nach einer Möglichkeit, seine Meinung positiv zu verpacken. »Ich denke, man sollte kein Urteil fällen, wenn man die Hintergründe nicht kennt«, antwortete er schließlich so diplomatisch wie möglich, was wieder eine Brücke zum vorigen Thema schlug.

Diese Antwort schien ihr zu gefallen. Mit einem Lächeln zog sie ihr Telefon aus der Tasche und wählte eine Nummer. Das gab Maik etwas Zeit, sich auf den Verkehr zu konzentrieren und über die Konsequenzen dieser Unterhaltung nachzudenken. Er musste damit rechnen, dass sie ihn testete, was bedeutete, dass er bereits durchgefallen sein konnte.

»Hier ist Lynn«, sagte sie nach einer Weile. »Solange Gerrit krank ist, möchte ich, dass …« Sie hielt kurz den Hörer zu. »Wie heißen Sie?«

Maik sah im Spiegel, dass sie ihn meinte. »Maik Thomer.«

»Ich möchte, dass der Neue, Maik Thomer, Gerrit so lange vertritt … Nein, das ist mir egal. Sie wissen, dass ich ein Mitspracherecht habe, und davon mache ich jetzt Gebrauch. … Wollen Sie wirklich, dass ich das mit ihm ausdiskutiere? … Fein. … Ich habe Ihren Einwand zur Kenntnis genommen.« Sie legte ohne Verabschiedung auf. Anscheinend bedeutete sie Peter van Holland mehr als eine gewöhnliche Escort-Dame, wenn sie so mit Reichert sprechen durfte. Maik hatte keinen Zweifel daran, wer am anderen Ende gewesen war, weil die Leitung der Sicherheitsabteilung in dessen Zuständigkeit lag.

Es beunruhigte Maik, wie sehr ihm die Aussicht gefiel, Lynn weiterhin zu chauffieren. Alles war tausendmal besser, als in der Zentrale des Schweigens sein Dasein zu fristen, aber die Vorstellung, die nächsten Tage mit ihr zu verbringen, fühlte sich an, als habe er eine Packung Streichhölzer in einer Feuerwerksfabrik geschenkt bekommen.

»Nun machen Sie sich bitte wieder locker. Wenn ich Ihnen vertrauen soll, dann dürfen Sie nicht so zugeknöpft sein. Ich weiß, Reichert ist in diesem Punkt sehr streng mit seinen Leuten, aber Sie sind noch nicht so lange dabei, vielleicht habe ich Sie ja rechtzeitig da rausgeholt? Sie sagen, was Sie denken, das gefällt mir.«

Einen Herzschlag zu lange erwiderte er Lynns Blick und musste sich dann irritiert abwenden.

Ist das gerade tatsächlich passiert? Es fühlte sich an, als habe ihn ein leichter Stromschlag getroffen, obwohl sie einander nur in die Augen geschaut hatten. Maik war kein Mann, dem Gefühle schnell in die Quere kamen, vor allem nicht auf diese Weise – und schon gar nicht, wenn sie Ärger bedeuten konnten. Doch dieses Kribbeln hallte nach und kroch in Winkel seiner Brust, die er noch nie gespürt hatte.

»Sie kennen Reichert und seine Leute wohl sehr gut«, sagte er, damit die Pause nicht zu lang wurde.

»Ich mag ihn und seine Hunde nicht. Man weiß nie, was in deren Köpfen vor sich geht. Mir sind unbedachte Kommentare lieber als eine unausgesprochene Wertung.«

Genauso sah er das auch. »Wie lange kennen Sie Herrn van Holland schon?«

Sie winkte ab. »Schon eine Ewigkeit.« Dann deutete sie auf eine Einfahrt. »Fahren Sie bitte in die Tiefgarage. Sie müssen den rechten Schalter betätigen, der linke ist für das Anwesen.«

Maik drückte oberhalb des Rückspiegels auf den rechten Knopf, und das Tor öffnete sich.

Der Bau passte nicht ganz zu den herrschaftlichen Häusern der Nachbarschaft, aber zweifelsohne musste man gut verdienen, um hier zu leben. Allein die Gegend war nahezu unbezahlbar, und dieses Gebäude hätte mit all den Sicherheitsvorkehrungen ebenso gut aus Gold sein können. Ein Wachmann saß neben dem Garagentor in einem Anbau mit großen Fenstern. Überall waren Kameras angebracht, die nach Maiks Einschätzung keinen toten Winkel übrig ließen.

»Hier wohnen Sie?«, fragte er.

Sie schnallte sich ab und rutschte nach vorn, um ihre Arme wieder auf den Beifahrersitz zu stützen und das Kinn auf einen Unterarm zu lehnen. »Nun, ich bin jeden Cent wert.«

Bei dieser Anspielung kribbelte es wieder in seiner Körpermitte, wobei es weniger um die Vorstellung ging, wie sie wohl im Bett war, sondern eher der Wunsch aufkam, mehr von ihrer Nähe zu spüren. Das Verlangen war da und ließ sich nicht mehr wegschieben.

Maik parkte den Wagen direkt neben dem Fahrstuhl, schaltete den Motor aus und drehte sich zu ihr um. Nur wenige Zentimeter trennten sie voneinander. Sie sah ihm in die Augen, und für einige Herzschläge sagte niemand etwas. Zumindest nicht mit Worten. Es lag eine Mischung aus Wahrheit, unverhohlener Zuneigung und Bedauern in diesem Blick. Als wäre die Essenz dieses Moments das Wissen, dass zu einer anderen Zeit an einem anderen Ort diese Begegnung der Beginn von etwas hätte sein können. Maiks Herz schlug schneller, was die Situation nicht besser machte.

»Wie genau läuft das jetzt? Stehe ich auf Abruf bereit, wenn Sie Herrn van Holland treffen? Oder fahre ich Sie auch zu Ihren anderen Terminen?«

Maik fand es verachtenswert, wie verschwenderisch Reiche mit Geld umgingen, wenn es um ihren persönlichen Luxus ging. Mit dem, was Lynn anscheinend für einen Abend bekam, hätte er ganz andere Dinge tun können. Bessere Dinge, die nicht nur im eigenen Interesse gewesen wären. Und je mehr er sie mochte, desto schwerer fiel es ihm, ihrem Beruf neutral gegenüberzustehen. Jemand wie sie sollte sich nicht für Geld hergeben, aber sie schien es tatsächlich gern zu tun. Das unterschied sie wohl am meisten voneinander. Er war ein guter Personenschützer, aber er tat es nicht, weil er so gern sein Leben aufs Spiel setzte.

»Wann immer ich meine Wohnung verlasse, werden Sie mich begleiten. Ich versuche, meine Termine so zu planen, dass Sie noch so etwas wie ein Privatleben pflegen können, aber Ihnen wurde sicher mitgeteilt, dass es keine festen Arbeitszeiten geben wird, oder?«

Maik nickte bestätigend. Seine Freunde kannten das schon von seinen anderen Einsätzen. Es gefiel ihnen nicht, aber sie akzeptierten, dass es zu seinem Job gehörte. Es war seltsam, in diesem Augenblick an seine Freunde zu denken – besonders Lisa würde ihm sicher eine Standpauke wegen seines Verhaltens halten. Die Gedanken waren wie ein Rettungsring, der ihm zugeworfen wurde, damit er nicht in Lynns Welt zu ertrinken drohte.

»Darf ich fragen, zu wie vielen Kund… äh, Terminen Sie in der Woche so fahren?«

Lynn stieg aus und nahm ihre Tasche vom Sitz. »Das ist ganz unterschiedlich.«

Er wollte gerade ebenfalls aussteigen und sie begleiten, aber Lynn schüttelte den Kopf. »Ich bestimme, wann Sie mich nach oben begleiten dürfen. Dieses Haus ist gesichert wie Fort Knox.

Sollte ich Sie je mit raufbitten, dann sicher nicht als mein Bodyguard.« Sie zwinkerte ihm vielsagend zu und ging.

Trotzdem stieg er aus und folgte ihr. »Herr van Holland sagte, ich solle Sie bis zur Wohnungstür bringen.«

Sie drückte auf den Fahrstuhlknopf und lächelte ihn bezaubernd an. »Sie werden sehr schnell merken, dass bei mir nicht alles so läuft, wie Peter van Holland es haben will. Ich bin nicht sein Eigentum, und dies ist mein Reich, nicht seines.«

Maik blieb stehen, während sie in den Fahrstuhl stieg und sich die Türen hinter ihr schlossen.

Junge, wenn du aus diesem Job heil wieder rauskommen willst, solltest du dich gut unter Kontrolle haben.

KAPITEL 2

Im Shamrock war donnerstags um diese Zeit nicht mehr viel los, aber Lisa und Jonas warteten noch auf ihn. Sie hatten schon ein paar Guinness Vorsprung, aber laut Vertrag durfte Maik während der Bereitschaft sowieso nichts trinken, und die ging noch bis zwei Uhr nachts. Den Wagen hatte er in der Garage von Lynns Wohnhaus gelassen und den Schlüssel beim Sicherheitsmann hinterlegt. Es reichte ihm, dieses teure Geschoss beruflich zu fahren, ins Schanzenviertel würde er sich mit der Bonzenkiste nicht wagen. Er wohnte nur wenige Meter vom Irish Pub entfernt. Wenn er gerufen wurde, war er mit seinem Motorrad eh schneller überall dort, wo er gebraucht wurde.

»Na, heute wieder überbezahlte Langeweile ausgehalten?«, begrüßte ihn Lisa und schwankte leicht, als sie aufstand, um ihn zu umarmen. Maik begrüßte Jonas ebenfalls mit einer knappen Umarmung und setzte sich an den Tisch. »Ihr werdet nicht glauben, was meine neue Aufgabe ist.«

»Du musst jetzt mit dem Familienpudel Gassi gehen?«, mutmaßte Jonas und gab mit einer Hand dem Wirt ein Zeichen für eine weitere Runde.

»Für mich eine Cola, bitte«, rief Maik.

»Cola?« Lisa schüttelte den Kopf. »Das sind ja ganz neue Sitten.«

»Ich habe Bereitschaftsdienst. Also …«

Die Tür ging lautstark auf, und ein Paar setzte sich an einen der anderen Tische, weshalb Maik lieber kurz verstummte. Es war eine Sache, mit Lisa und Jonas über seinen Job zu reden, aber eine ganz andere, wenn Außenstehende das mitbekamen. Maik beobachtete das Paar ein paar Herzschläge lang. Der Mann machte einen alkoholisierten und die Frau einen eingeschüchterten Eindruck.

»Oh Mann, ich werde nie verstehen, warum hübsche Frauen mit solchen Typen zusammen sind«, kommentierte Lisa, die ebenfalls hinsah.

Maik nickte nur. Die Frau war blond, vielleicht Mitte zwanzig und sah in ihrer Jeans und der roten Bluse sportlich und locker aus. Wie eine, die eigentlich ganz selbstbewusst war, aber ihre Körpersprache besagte eher das Gegenteil. Während ihr Begleiter lautstark zwei Guinness bestellte, machte sie sich auf der gegenüberliegenden Seite des Tisches ganz klein.

»Lass gut sein«, sagte Lisa und legte Maik eine Hand auf den Arm. Wahrscheinlich hatte sie seine Fäuste bemerkt, bevor er selbst überhaupt mitbekommen hatte, dass er die Hände anspannte.

»Du kannst sie nicht alle retten«, setzte sie nach. »Erzähl jetzt endlich, was deine neue Aufgabe ist.«

Maik drehte sich wieder zu seinen Freunden um, auch wenn die laute Stimme dieses Kerls einen Teil seiner Aufmerksamkeit weiterhin beanspruchte. Er konnte es nicht abstellen, ständig alles im Auge behalten zu müssen, selbst wenn es ihn nichts anging. Damit er leise sprechen konnte, lehnte er sich vor und stützte sich mit beiden Unterarmen auf dem Tisch ab. Lisa und Jonas taten es ihm gleich. Sie waren ein eingeschworenes Team, was Maiks Leben eine gewisse Stabilität verlieh. Allein die Tatsache, dass er mit ihnen über alles reden konnte, half ihm, bessere Entscheidungen zu treffen. »Stellt euch vor, ich bin jetzt offiziell der Bodyguard von Peter van Hollands Mätresse.«

Lisa schlug amüsiert eine Hand vor den Mund. »Ist das dein Ernst? Der hat eine Mätresse?«

Maik legte einen Finger über die Lippen und grinste. »Ihr wisst ja, dass ich euch das nicht erzählen darf.«

Kopfschüttelnd winkte sie ab. »Als wenn wir je irgendwas ausplaudern würden. Wie ist sie so? Ich wette, sie ist eine ganze Ecke jünger, oder?«

Maik musste an Lynn denken. Sie war so wunderschön und besonders, er mochte sich gar nicht vorstellen, dass der alte van Holland sie anfasste. »So alt wie wir, würde ich sagen. Und sie spielt in einer Liga, die wir uns niemals leisten könnten. Einer wie ihr bin ich noch nie begegnet.«

»Wow, wenn sie keine Professionelle wäre, würde ich glatt sagen, du hast dich verknallt. Sollen wir für dich zusammenlegen?« Der Scherz gefiel ihm nicht. Vielleicht deshalb nicht, weil sie das Körnchen Wahrheit gefunden hatte, das er so gern verbergen wollte, oder es lag daran, dass er sich nicht vorstellen mochte, dass sie für Geld mit ihm schlafen würde. Maik könnte niemals für Sex bezahlen. So ein klar definiertes Arrangement war sicher für manche Menschen sehr zweckdienlich, aber er mochte es, wenn sich Intimität entwickelte. Dieses gewisse Knistern vor dem ersten Kuss, das Kribbeln in den Fingern bei den ersten Berührungen, die Erlebnisse, die zu gemeinsamen Erinnerungen wurden. Zwar sprach seine Beziehungsbilanz nicht gerade für seine Romantikkompetenz, aber sie war dennoch ausgeprägt genug, um aus Zwischenmenschlichkeit keine Transaktion zu machen.

»So viel würdet ihr nicht zusammenbekommen«, ging er trotzdem auf ihren Scherz ein, um nicht zu zeigen, wie sehr Lynn ihn durcheinanderbrachte.

In Jonas' Kopf schien die Kostenfrage eine mathematische Gleichung nach sich zu ziehen. Wahrscheinlich steckte er gerade die finanzielle Obergrenze für leistbare Liebesdienste ab, ohne sich bewusst zu machen, dass es dabei um Sex ging.

»So teuer, ja?« Lisa trank von ihrem Guinness und zuckte mit einer Schulter. »Dann muss sie ja richtig gut sein.«

Maik rief sich das Kennenlernen in Erinnerung. Das war mit Sicherheit der peinlichste und gleichzeitig reizvollste Augenblick seines Lebens gewesen. Jede andere hätte ihn angeschrien und sofort aus dem Bad geworfen, aber Lynn war so anders als jede Frau, die er bislang kennengelernt hatte.

»Sie ist besonders«, sagte er und wich ihrem Blick aus.

»Oh Mann, du hast dich wirklich verknallt, oder?« Lisa konnte er nichts vormachen, auch wenn er es immer wieder versuchte.

»Nein, sie hat mich mit ihrer Art nur überrascht, das ist alles. Ich fange doch nichts mit einer Klientin an, das bringt nur Ärger.« Das Geschehen am anderen Tisch lenkte ihn erneut ab. Der Kerl hatte den Platz gewechselt, saß nun neben der Frau auf der Bank und stritt mit ihr, ohne dass Maik verstehen konnte, worum es ging. Sie rutschte zur Wand und drückte ihn wenig wehrhaft von sich. Was den Mann dazu brachte, sich noch größer zu machen und bedrohlich eine Hand zu heben.

»Tut mir leid, ich kann das nicht«, sagte Maik zu Lisa und stand auf.

Bis zu dem Tisch waren es nur wenige Meter. »Hey, belästigt Sie der Kerl?«, fragte Maik und blieb zwei Schritte entfernt stehen.

Sie sah ihn verschreckt an, was ein deutliches Ja signalisierte, aber mit ihrer Stimme sagte sie Nein.

»Verpiss dich«, ranzte der Mann trunken.

Aus dem Augenwinkel sah Maik, dass der Wirt einen Baseballschläger unterm Tresen hervorzog. Wer John länger kannte, wusste, dass dieser nicht mehr als eine Drohung darstellte. John war zwar ein alter Hund, aber Handgreiflichkeiten überließ er, wenn möglich, der Polizei. Maik hatte keine Lust, den Abend mit einer Fahrt in einem Streifenwagen ausklingen zu lassen. »Ich mach das schon«, rief er John zu. Dann sah er dem Kerl fest in die Augen. »Ich denke, es ist besser, wenn du jetzt gehst und deinen Rausch ausschläfst.«

»Lass uns verschwinden«, drängte die Frau, vielleicht kannte sie ähnliche Situationen bereits. Ihre Hände zitterten, als sie ihren Begleiter vorsichtig am Arm berührte, aber er schüttelte sie mürrisch ab. »Sag mir nicht, was ich zu tun habe, klar?«

»Das ist Ihre Gelegenheit, nicht mit ihm mitzugehen.« Maik ließ ihn nicht aus den Augen.

Der Kerl griff in ihre Haare und zog sie an sich. »Was soll das werden? Willst du meine Kleine ficken? Ist es das?«

»Nicht, Ruven, du tust mir weh.« Sie umfasste seine Hand und wirkte noch ängstlicher als vorher.

Unschlüssig wartete Maik ab. Er wollte nichts Unbedachtes tun. Nicht selten standen solche Frauen zu ihren tyrannischen Männern. Als wäre die Gewalt in der Beziehung ein zu akzeptierender Makel eines unverstandenen Liebenden. Frauen hatten ihn schon mehrfach angebrüllt, weil er ihnen geholfen und ihre Macker niedergeschlagen hatte. Auch auf so eine Szene hatte er definitiv keine Lust, er konnte nur nicht untätig danebensitzen, wenn jemand so offensichtlich genötigt wurde. Wenn er ihr seine Hilfe nicht angeboten hätte, hätte ihn die ganze Nacht die Frage wach gehalten, ob es falsch gewesen war, nichts gesagt zu haben.

Dieser Ruven schien ganz eigene Gedanken durchzukauen. Er taxierte Maik, hielt dabei seine Freundin fest und erweckte den Eindruck, jeden Augenblick die Kontrolle über sich zu verlieren.

»Gehst du jetzt freiwillig, oder muss ich dir Beine machen?«, setzte Maik nach.

Der Kerl stieß seine Freundin weg, sprang von der Bank auf und zielte mit einem Schwinger direkt auf Maiks Kopf. Dank seines Trainings konnte Maik gerade noch ausweichen. Dafür, dass der Mann getrunken hatte, wirkten seine Bewegungen ziemlich kraftvoll und präzise.

»Ich mach dich fertig, du Arsch!«, kündigte er an und ging weiter auf Maik los.

Maik wich erneut aus, nutzte die Bewegung seines Angreifers, versetzte ihm einen Stoß und sah zu, wie er gegen die Theke stolperte. Wütend nahm der Kerl ein Glas von der Arbeitsfläche dahinter und warf es nach Maik, traf jedoch den Tisch. Das Glas zerbrach, und einige Scherben trafen die Frau.

»Ich rufe jetzt die Polizei«, rief John und griff zum Telefon.

»Nein, schon gut«, sagte Maik. »Wir klären das vor der Tür!« Er ging vor und war froh, dass der Kerl folgte.

Kampfbereit drehte er sich direkt hinter der Tür um. Männer wie Ruven besaßen keine Ehre, keinen Kodex oder Anstand, weshalb Maik ihm nicht länger als nötig den Rücken zudrehte. Rückwärts ging er von ihm und den Fenstern weg. Die Frau und seine Freunde sollten bei dem Kommenden nicht zusehen.

»Du hast es so gewollt«, sagte der Kerl und ließ die Tür hinter sich zufallen.

Lisa und Jonas würden drinnen warten, das zählte zu den Grundregeln ihrer Freundschaft: Egal was passierte, sie mussten ihm versprechen, in brenzligen Situationen immer im Hintergrund zu bleiben. Maik konnte sich nicht auf einen Kampf konzentrieren, wenn Menschen in der Nähe waren, die er liebte und die verletzt werden konnten.

»Noch kannst du einfach nach Hause gehen und ausnüchtern«, bot Maik an. »Ich will dir nicht wehtun.«

Nun lachte der Kerl. »Du mir? In deinem feinen Anzug? Ich werde mit dir den Boden aufwischen!«

Maulheld. »Dann komm, wenn du dich traust.« Es war wichtig, dass der andere anfing. Solange Maik der Frau half oder sich selbst verteidigte, käme er nicht in Schwierigkeiten.

Mit einem wütenden Aufschrei stürzte der Kerl auf Maik los, schwang die Fäuste, denen Maik spielend leicht ausweichen konnte. Rückwärtsgehend ließ er ihn ein paar wilde Schwinger ausführen, manche blockte er ab, andere trafen ihn gar nicht erst, weil er ihnen ausweichen konnte. Offensichtlich war der Typ kein geübter Schläger, aber ein Treffer konnte durchaus sehr schmerzhaft sein.

Dann packte Maik den anderen am Kragen, wuchtete ihn gegen die Wand und schlug ihm so ansatzlos ins Gesicht, dass der Kerl nicht mal mehr die Fäuste heben konnte. Einmal, zweimal, so oft, bis Blut aus der Nase lief und sein Gegner keine Anstalten mehr machte, diesen Kampf fortzuführen.

»Du gehst jetzt nach Hause«, sagte Maik beherrscht. »Du wirst diese Frau nie wieder anfassen und am besten auch nie wieder ansprechen. Wenn ich dich hier nochmals sehen sollte, werde ich nicht so zimperlich mit dir umgehen, ist das klar?«

Er schubste ihn von sich und beobachtete, wie der Kerl stolperte und sich an der Wand abstützen musste. Aber immerhin: Er torkelte davon.

Maik sah an sich hinab. Der Anzug schien nichts abbekommen zu haben, lediglich seine Hand war von den Schlägen etwas wund. Bevor er wieder in den Pub ging, atmete er mehrfach durch, rieb sich übers Gesicht und vergewisserte sich mit einem schnellen Blick, dass dieser Ruven nicht wieder umdrehte.

In ihm war alles ruhig. Es bescherte ihm keinen Kick, sich zu prügeln, in dieser Form baute er auch keinen Stress ab, wie es beim Training der Fall war. Er war gut darin, zu tun, was getan werden musste, deswegen war er Personenschützer geworden, aber Gewalt machte etwas mit ihm, das er nicht mochte. Als würde er jedes Mal seinem alten Ich ins Gesicht schauen, sobald er auch nur die Fäuste ballte. Nach Handgreiflichkeiten fühlte er sich wie ein Schwindler, der versuchte, zu leugnen, wer er tatsächlich war. Er gehörte nicht in Lisas oder Jonas' Kreise, auch wenn sie nicht müde wurden, ihm das Gegenteil zu beweisen. Die Unterschicht war wie eine zweite Haut, die unter diesem teuren Anzug verborgen seine Persönlichkeit umspannte.

Er öffnete die Tür und ging wieder hinein. John nickte ihm dankbar zu, Lisa hatte die Fremde zu ihnen an den Tisch geholt und drückte ihr ein Taschentuch auf eine kleine Wunde an der Wange.

»Ein Splitter hat sie getroffen«, erklärte sie und sah auf Maiks Hand, die von den Schlägen deutlich gerötet war. »Hast du …«

Sie unterbrach sich, aber Maik wusste genau, was sie fragen wollte.

»Es geht ihm gut, er kommt sicher nicht wieder. Wahrscheinlich wird er ein paar Tage etwas lädiert aussehen, aber ich bin ruhig geblieben.« Maik hatte nicht mitgezählt, wie oft Lisa und Jonas in den vergangenen Jahren mit ihm in der Notaufnahme gesessen hatten oder ihn von einem Polizeirevier abholen mussten. Seine Kampfsport- und Personenschutzausbildung wurde bei Auseinandersetzungen anders gewertet. Da er genau wusste, was er tat, musste er sich zwingend im Rahmen der Verhältnismäßigkeit bewegen. Er konnte es sich nicht leisten, aus Eifersucht einen Rivalen zu verprügeln oder auf Provokationen mit Gewalt zu antworten. Was in seiner Jugend zum Alltag gehört hatte, konnte ihn nun mit Leichtigkeit in den Knast bringen. Lisa und Jonas kannten seine Vergangenheit. Sie wussten, was für ein Mensch er mal gewesen war und wie hart er dafür arbeitete, ein anständiges Leben zu führen. Sie wussten nur nicht, wie wenig er selbst seine Vergangenheit abschütteln konnte. »Der Spaziergang in der Kälte wird ihm guttun.«

Erleichtert schenkte ihm Lisa ein Lächeln. »Was wäre die Welt nur ohne dich?«

»Vielen Dank«, sagte die Fremde. »So was hat noch nie jemand für mich getan.«

Sie hielt ihm eine Hand entgegen. »Ich bin Andrea.«

»Maik.« Er schüttelte ihre Hand, die sich kalt und zittrig anfühlte. »Wie geht es bei dir jetzt weiter?« Dass sie sich mit Vornamen vorgestellt hatte, verstand Maik als Einladung zum Du.

»Wir sind nicht zusammen gewesen«, sagte sie und nahm Lisas Taschentuch an sich, das sie weiterhin auf die kleine Wunde drückte. »Wir gehen seit ein paar Wochen miteinander aus, seit wir uns über eine App kennengelernt haben. Er war eigentlich ganz nett, etwas aufdringlich vielleicht, aber es war trotzdem lustig gewesen ... bis er heute anfing zu trinken.«

Maik war froh, dass sie keine von jenen war, die darauf standen, erniedrigt zu werden. »Wird er dich in Ruhe lassen?«

»Keine Ahnung. Er weiß, wo ich wohne. Das ist nicht weit von hier, gut möglich, dass er vor meiner Tür auf mich wartet.«

Lisa sah Maik mit ihrem »Na los, spiel den Helden«-Blick an. Wahrscheinlich war für sie der positive Aspekt dieses Vorfalls die Begegnung mit einer schönen Frau. Ihr Faible für schicksalhafte Augenblicke lehnte jeglichen Glauben an Zufälle ab. Dass Maik ihr trotzdem zustimmte, hatte andere Gründe. Das Schicksal hatte in Gestalt einer Escort-Dame auf dem Rücksitz der Limousine gesessen und ihn angelächelt. Sein Bedarf an Fortunas Einmischung war also längst gedeckt.

Alberner Aberglaube.

»Sag, wenn du gehen möchtest, ich bringe dich dann nach Hause«, sagte er zu Andrea. »Sollte er vor der Tür sitzen, regle ich das schon.«

Mit einem glücklichen Lächeln sah sie ihm in die Augen. Er kannte diesen Blick. Frauen mochten es, von ihm beschützt zu werden. Viel zu schnell verliebten sie sich in die Vorstellung, einen Ritter in schimmernder Rüstung an ihrer Seite zu wissen, was immer in Enttäuschungen endete, weil er eben Maik war. Nicht »Sir Maik« oder »Drachentöter Maik«, sondern der Maik, der unregelmäßige Arbeitszeiten hatte, der sich feste Ziele setzte, für die er sich ins Zeug legte, und der keinen Sinn für große Gesten besaß. Lynn hatte ihn nicht so angesehen, und er hoffte, dass sich daran nichts ändern würde, müsste er sie je aus einer bedrohlichen Situation freikämpfen.

»Bei welcher App hast du den Typen denn kennengelernt?«, fragte Lisa und lenkte Andrea von ihm ab.

»CityLove. Die Beschreibung klang ganz gut, aber ich fürchte, ich bin für solche Sachen nicht geschaffen. Wie soll man nach so kurzer Zeit sagen können, ob jemand zu einem passt oder nicht?« Verschämt sah sie zu Maik. »Ruven ist vorher ganz anders gewesen, vielleicht hat er heute gemerkt, dass ich ihm einen Korb geben wollte. Als wir uns heute wiedergesehen haben, nannte er mich gleich *sein Mädchen* und tat so, als wären wir fest zusammen. Und dann lief es nicht so, wie er sich das vorgestellt hatte …«

»Jetzt bist du ihn los«, sagte Lisa auf ihre freundschaftliche Art. Das war eine ihrer besonderen Stärken, sie konnte Fremden das Gefühl geben, einer alten Freundin zu begegnen. So hatte sie damals auch Maik in den Bann geschlagen. Vom ersten Moment an waren sie befreundet gewesen, und ehe er sichs versehen hatte, wusste sie alles über ihn und vermittelte ihm erstmals das Gefühl, akzeptiert zu werden, so wie er war.

»Jedenfalls hättest du in keiner besseren Bar landen können. Maik ist Personenschützer, er weiß, was er tut.« Der Stolz, mit dem sie das betonte, ehrte ihn, aber wenn Lisa anfing, ihn einer Dating-Willigen anzupreisen, musste er das schnell unterbinden.

»Das habe ich gesehen«, sagte Andrea und lächelte ihn wieder an. »Ich mag mir nicht ausmalen, was passiert wäre, wenn wir woanders hingegangen wären.«

Maik konnte es sich vorstellen. Wahrscheinlich hätte sie den Sex lieber über sich ergehen lassen, damit er ihn nicht gewaltsam erzwang. Schon deshalb musste Maik genügend Geld verdienen, um seinen Traum von einer Kampfschule zu verwirklichen. Er würde Frauen beibringen, sich effektiv gegen solche Schweine zu wehren.

»Wohnt ihr in der Nähe?« Selbst wenn Andrea Jonas und Lisa ansah, galt die Frage eigentlich Maik.

»Bis zu uns ist es noch ein ganzes Stück, aber Maik wohnt hier in der Marktstraße. Und du?«

»In der Lippmannstraße.«

Maik kannte die Straße, im Grunde kannte er in dieser Gegend fast jede Straße. Wenn er sie nach Hause brachte, würde ihn der Weg hin und zurück maximal zwanzig Minuten kosten.

»Ich bin gerade erst hergezogen«, fügte sie an. »Ich habe vorher in Bergedorf gelebt.«

»Lustig, da kommst du doch auch her«, lenkte Lisa das Gespräch in eine Richtung, die Maik nicht behagte. Er schob die Ärmel hoch. Dabei fiel sein Blick auf das Gerät an seinem Handgelenk. Das kleine Kontrolllämpchen zeigte an, dass der Tracker noch immer aktiv war. *Verdammt.* Er drückte zwei Sekunden auf das Knöpfchen, und das Lämpchen erlosch. »Fast, ich bin in Nettelnburg groß geworden. Aber das müssen wir jetzt wirklich nicht vertiefen.«

Er sah Lisa eindringlich an, woraufhin sie unauffällig nickte und das Thema wechselte. »Du solltest lieber ausgehen, statt diese Apps zu nutzen. Soweit ich weiß, wird CityLove eher für Sexdates verwendet. Wer sich da anmeldet, hat gar kein Interesse an einer Beziehung.«

Andrea senkte den Kopf und musste grinsen. »Ja, das habe ich inzwischen auch gemerkt. Ich bekomme da sehr schräge Nachrichten.« Sie wagte einen kurzen Blick zu Maik. »Ich habe gerade eine schwierige Trennung hinter mir, ich weiß nicht mal, warum ich mich überhaupt angemeldet habe. Im Grunde lande ich immer wieder bei demselben Typ Mann, der anfänglich charmant ist und dann Besitzansprüche stellt, sobald wir zusammen sind. Warum muss das immer so sein? Ich meine, wir sind doch keine Teenager mehr. Was ist so schlimm daran, sich ein paar Freiräume zu gönnen?«

Diese Aussage brachte Lisa wieder dazu, Maik unauffällig nonverbale Botschaften zu schicken. Einzig mit ihrem Grinsen und einer leichten Kopfbewegung in Andreas Richtung schrie sie förmlich: Los, Maik, die ist doch super!

»Vielleicht solltest du dich mal auf jemanden einlassen, der das Gegenteil davon ist?«

Maik hoffte sehr, dass Lisa damit nicht ihn meinte, denn das Gegenteil bedeutete: erst ein Arsch und dann charmant.

Andrea lächelte ihn scheu an und strich sich eine blonde Strähne hinters Ohr. »Ich bin gleich wieder da.« Sie stand auf und ging zu den Toiletten. Sie war noch nicht ganz verschwunden, da lehnte sich Lisa zu ihm über den Tisch.

»Du bist doch sonst nicht so zurückhaltend, was ist los? Sag mir nicht, dass sie nicht voll und ganz in dein Beuteschema passt.« In ihrer direkten Art kam sie selbst bei komplexen Themen sofort auf den Punkt. »Ich finde sie super. Anfangs dachte ich, sie sei so ein Mäuschen, aber sie ist witzig, interessiert und kein Jammerlappen. Ist sie etwa nicht psycho genug für dich? Man kann auch Frauen kennenlernen, die keine Macke haben.«

Jonas legte ihr eine Hand auf den Rücken und hörte nur wortlos zu.

»Du kennst sie gerade mal fünf Minuten länger als ich, woher willst du wissen, dass sie noch alle Nadeln am Christbaum hat?« Maik tippte mit einer Hand gegen sein Glas und mied ihren Blick.

»Lass es doch drauf ankommen. Du sollst sie ja nicht gleich heiraten, aber du kannst sie wenigstens nach ihrer Nummer fragen.« Das mochte Maik an seiner besten Freundin. Ihre Begeisterungsfähigkeit war spontan und impulsiv. Wenn sie jemanden mochte, dann vom ersten Moment an, und wer keinen guten Einstieg bei ihr hatte, tat sich schwer, überhaupt je von ihr gemocht zu werden. Und sie behielt fast immer recht mit ihrem ersten Eindruck.

»Sie ist nett«, sagte Maik ausweichend.

»Nett ist die kleine Nervensäge von Scheiße. Was stimmt nicht mit dir?« Dann schlug sie sich mit der Hand vor die Stirn. »Verdammt, es ist wegen dieser Prostituierten, oder? Bist du bescheuert?«

»Escort-Dame«, korrigierte Maik. »Ich würde wirklich gerne eine Frau wie sie hier im Shamrock treffen. Eine, bei der es sofort knistert, die mit uns trinkt und Feuer im Arsch hat. Eben eine wie dich, die für mich aber nicht wie eine Schwester ist – ihr wisst schon, was ich meine.«

Andrea ließ sich Zeit; wahrscheinlich stand sie noch vor dem Spiegel, um die Wunde zu begutachten und einen Augenblick das Erlebte zu verarbeiten.

»Du hast recht, Andrea ist eigentlich genau mein Typ, und unter anderen Umständen wäre diese Begegnung wie der Augenblick, von dem man später gemeinsam auf Partys erzählt, aber ich bin nicht interessiert, okay?«

Lisa seufzte und gab sich geschlagen. »Du weißt, dass du zu Fehlentscheidungen neigst, wenn es um Frauen geht, aber es klingt ganz so, als hättest du mir in Bezug auf Gefühlsdinge tatsächlich mal zugehört.« Mit einem Grinsen stieß sie Jonas an. »Erinnert mich an das letzte Gespräch über Maiks Liebesleben. Wie hieß die eine noch? Du weißt schon, die, die Maik bei Starbucks kennengelernt hatte. Mit der er noch am selben Tag zusammengekommen war, weil er dachte, es sei eine gute Entscheidung?«

Jonas legte einen Arm um sie und dachte kurz nach. Er musste für Lisa keine großen Reden schwingen, kein Ritter sein oder teure Dinge kaufen, die beiden gehörten einfach zusammen. Gesehen, verliebt, zusammengezogen. Maik wusste gar nicht mehr, wie es ohne Jonas gewesen war; dabei hatte Lisa ihn vor nicht mal einem Jahr kennengelernt. Sie taten einander gut, lachten über dieselben Dinge und gingen wie selbstverständlich auf die gleichen Ziele zu. Das war es, was er auch wollte. Er wusste, auf wen sie anspielte, aber er sprach den Namen nicht laut aus. Wie sie schon sagte: Er hatte kein gutes Händchen für Frauen.

Seit Lisa mit Jonas so glücklich war, schien ihr Wunsch stärker zu werden, das gleiche Glück für Maik zu finden. Wahrscheinlich stellte sie sich gemeinsame Spieleabende, Kneipentouren und Disconächte vor. Eben all das Zeug, das befreundete Pärchen unternahmen, ohne dass ein Singlefreund unvollständig danebensaß.

»Heike?«, überlegte Jonas laut und lag damit komplett falsch.

»Ist doch egal«, versuchte Maik, das Thema zu beenden, bevor sie sich wieder lustig über ihn machten. »Als ich dir von meiner Klientin erzählt habe, bist du im ersten Moment ganz begeistert gewesen.«

»Ja, weil du immer sagst, dass es so was wie Liebe auf den ersten Blick nicht gibt. Es hat mich amüsiert, dich verknallt zu sehen, aber wenn du dich deswegen zum Idioten machst, hört der Spaß auf.«

Maik wusste, wie sie es meinte. Immerhin hatte sie ihm in all den Jahren ihrer Freundschaft schon oft geholfen, die Scherben zusammenzukehren, die seine kurzen Partnerschaften hinterlassen hatten.

»Habe ich nicht vor. Ich komme auch als Single gut zurecht«, wehrte er sich gegen ihren Vorwurf.

Lisa nahm lieber einen großen Schluck Guinness, bevor sie etwas dazu sagte.

»Mandy«, fiel Jonas der Name wieder ein. »Die schnüffelnde Mandy, um genau zu sein.«

Beide machten nach, wie Mandy unentwegt um sich geschnüffelt hatte, weil sie eine Aversion gegen aufdringliche Gerüche gehabt hatte. Mit nur einer Woche war das die kürzeste Bindung gewesen, die er bislang eingegangen war.

Maik musste lachen, wenn auch peinlich berührt. Die schnüffelnde Mandy. Sie hatte ihn von Schnellschüssen vorerst kuriert. So wie er Lisa kannte, würde sie dafür sorgen, dass Andrea im Freundeskreis blieb. Sie war neu in der Gegend und machte einen sympathischen Eindruck. Wenn sich das Schicksal was bei dieser Begegnung gedacht hatte, dann würde es Zeit bekommen, sich zu offenbaren. Irgendwann, wenn Andrea sich von diesem Abend erholt hatte und nicht gerade von Kopf bis Fuß mit Dankbarkeit erfüllt war, und wenn Maik herausgefunden hatte, ob seine kleine Schwärmerei für Lynn ebenfalls nur dem verrückten Kennenlernen geschuldet war.

»Wir müssen langsam los«, sagte Lisa und wies Jonas auf die Uhrzeit auf ihrem Smartphone hin. »Sollen wir mitkommen, wenn du sie nach Hause bringst?« Ihre Frage war ernst gemeint. Auch wenn sie Maik gerne aufzog, wusste sie, wann der Spaß ein Ende haben musste.

Maik drehte sich zu Andrea um, die nun zurückkam. »Ich bin doch gerade erst gekommen, eine Runde noch?«

»Morgen klingelt unser Wecker schon um sechs, und du bist echt spät dran gewesen.« Lisa legte Jonas eine Hand auf den Oberschenkel, als überließe sie ihm die Entscheidung, aber Jonas umschloss nur mit seiner Rechten ihre Finger und sah eher unbeteiligt aus. Der typische Professor, der mit seinen Gedanken ständig woanders unterwegs war. Es war gerade mal halb elf, aber bis Lisa und Jonas zu Hause waren, verging sicher noch eine halbe Stunde. »Schon gut, geht nur.«

»Oh, ihr wollt schon los?«, fragte Andrea.

»Keine Hektik. Trink in Ruhe aus, ich habe es nicht so eilig.« Maik schob sein fast volles Glas Cola Richtung Tischmitte. Nach allem brauchte er noch einen Moment, um gänzlich runterzukommen. Am liebsten hätte er ebenfalls Alkohol getrunken, aber weil der Job so gut bezahlt wurde, wollte er ihn lieber nicht aufs Spiel setzen. Er drückte seine Freunde zum Abschied und beobachtete amüsiert, wie Lisa und Andrea Nummern tauschten.

»Am besten löschst du CityLove direkt von deinem Handy«, riet Lisa und ging dann mit Jonas zu John, um zu bezahlen.

»Lisa ist der kontaktfreudigste Mensch, dem ich je begegnet bin. Wenn du dich mit ihr anfreundest, brauchst du keine App oder Ähnliches mehr, weil sie eine bestechende Art hat, einen ins

Leben zu ziehen.« Er bemerkte, wie sie ihn taxierte, aber er wollte ihr in keiner Weise vermitteln, dass sie nahtlos nach dem übertölpelnden Arsch nun sein Interesse wecken konnte.

»Ja, das scheint mir auch so«, sagte sie unverbindlich. »Eigentlich wollte ich dir und Ruven nach draußen folgen, aber Lisa hat mich davon abgehalten. Geht es deiner Hand wirklich gut?«

Maik bedeckte die leichte Prellung mit der anderen Hand und nickte. »Ist nicht der Rede wert, aber du solltest einen großen Bogen um solche Männer machen. Die haben einen Riecher für Frauen, die zu freundlich sind, um klare Grenzen zu ziehen.«

Mit gesenktem Blick stimmte sie ihm zu. »Im ersten Moment verwechselt man schnell Machotum mit Stärke. Ich weiß, dass ich mir immer die Falschen aussuche, aber ich fürchte, die Richtigen interessieren sich gar nicht für mich.« Bei den letzten Worten sah sie wieder zu ihm auf. Ein Abchecken, ob er nicht doch Interesse zeigte.

»Geht mir auch so«, stimmte Maik zu, ohne auf den versteckten Hinweis einzugehen. »Also, ich such mir jetzt nicht gerade Machos aus, aber ich vergucke mich auch eher in die Katastrophen.«

Andrea lachte über seine Ausdrucksweise und lehnte sich mit dem Glas in der Hand zurück. Wenigstens hatte sie vor ihm keine Angst. Die kleine Wunde hatte aufgehört zu bluten, es war zum Glück nur ein kleiner Schnitt. »Nochmals vielen Dank. Ich bin so froh, dass du das gemacht hast.«

Das war er auch. Es fühlte sich gut an, ihr geholfen zu haben, und er hoffte, dass der Kerl lange genug Schmerzen im Gesicht haben würde, um sein Verhalten zu bereuen. Aus Erfahrung wusste er, dass nur wenige die Fähigkeit entwickelten, sich zu ändern.

»Du bist in Bergedorf aufgewachsen?«, nahm er das Gespräch von vorhin wieder auf.

»Ja. Wir haben im vierten Stock im Ludwig-Rosenberg-Ring gewohnt.«

Maik kannte die Sozialwohnungen in dem Komplex. »Schöne Gegend. Freunde von mir haben dort gewohnt. Karsten hat immer Fahrräder in die Bille geworfen und fand es lustig, Verkehrsschilder daneben zu platzieren, was man dann von der Brücke aus sehen konnte. Auf einem stand mal ›Radfahrer absteigen‹.«

Kichernd zog sie die Nase kraus. »Ich erinnere mich an den Anblick. Bist du auch auf die Gesamtschule gegangen? Die war doch fast auf der Grenze zu Nettelnburg.«

Es war schön, in angenehmeren Kindheitserinnerungen zu wühlen. »Hab dort meinen Realschulabschluss gemacht, aber ich schätze, du bist ein paar Klassen unter mir gewesen, oder?«

Wieder sah sie ihn nachdenklich an, als würde sie überlegen, ob er ihr bekannt vorkam. »Ich bin jetzt sechsundzwanzig, du bist doch nicht älter?«

»Drei Jahre.« Dann konnten sie sich nicht kennen. Die jüngeren Schüler waren in seiner Wahrnehmung damals nicht existent gewesen.

»Schon witzig, dass wir uns jetzt viele Jahre später hier im Pub kennenlernen.« Wieder lächelte sie ihn auf sehr eindeutige Weise an. Sie war an ihm interessiert, aber er bezweifelte, dass er der Richtige für sie war. Die gemeinsame Basis aus Kindertagen schuf allerdings eine Vertrautheit, die ihm gefiel. Er hatte lange nicht mehr an den Blödsinn gedacht, den er mit seinen Freunden an der Bille veranstaltet hatte. Den letzten schönen Sommer hatten sie beinahe jeden Tag heimlich in einem Schuppen am Ufer verbracht, in dem allerhand altes Zeug gelagert worden war. Es war ihr Klubhaus gewesen, bis der Besitzer sie erwischt hatte und sie weglaufen mussten. Danach waren die Schlägereien und Rivalitäten im Jugendzentrum losgegangen, und Maik war immer mittendrin gewesen.

»Manchmal vermisse ich jene Zeit«, sagte Andrea, die wahrscheinlich wesentlich mehr schöne Erinnerungen an damals hatte. »Vor allem das Stadtfest.«

Immerhin schaffte sie es tatsächlich, die schönsten Aspekte jener Tage heraufzubeschwören. Eine Stunde verging, in der sie über das Leben in und um Bergedorf sprachen, und Maik wurde erst nach einer ganzen Weile bewusst, dass er noch nie mit jemandem so viel darüber geredet hatte. Lisa hätte ihre helle Freude gehabt. Trotzdem zog Maik die Notbremse, weil er anfing, sich zu wohl mit Andrea zu fühlen. Das Timing passte einfach nicht, und er wollte keinen falschen Eindruck erwecken.

»Ich lade dich ein«, sagte er und zog sein Portemonnaie aus der Tasche. »Langsam wird es auch für mich spät, aber wir treffen uns jede Woche hier im Pub, immer donnerstags ab neunzehn Uhr – falls du Lust hast, komm doch dazu.«

Ihr Lächeln war Antwort genug. Er stand auf und ging zu John. Vielleicht würde aus dieser Begegnung eine gute Freundschaft werden. Vielleicht brachte Lynn ihn beim nächsten Treffen nicht mehr so durcheinander, und er wäre dann offener für ein Date mit Andrea – jedenfalls wollte er sich diese Option nicht gänzlich verbauen, weil es schön war, Zeit mit ihr zu verbringen. Wie Lisa gesagt hatte: Andrea passte optisch und vom Typ genau in sein Beuteschema, aber seit er Lynn begegnet war, begriff er, dass derartige Kategorien Schwachsinn waren.

Er war kein Mann, der zwei Eisen im Feuer hielt, und er war inzwischen in einem Alter, in dem er auch in Gefühlsdingen die Vernunft zurate zog, weil genügend Fehlentscheidungen hinter ihm lagen. Ihm kam es so vor, als würde das Leben ihm zwei fast identische Bonbons hinhalten, von denen eines ihm Bauchschmerzen bringen würde. Er wollte keine Wahl treffen, weil es nicht allein an ihm lag, wie alles weiterging. Lynn spielte wahrscheinlich nur mit ihm, machte sich einen Spaß daraus, den neuen Angestellten aus der Reserve zu locken, aber es gefiel ihm. Während Andrea eher eine Frau fürs Leben war, ein Konzept, für das er schon mal gar nicht taugte. Wenn er hätte sagen sollen, was ihn störte, dann, dass man sich überhaupt ständig entscheiden musste. Und genau das war es, was er weder jetzt noch nächste Woche oder in der darauf tun wollte. Etwas Knistern, einen guten Job machen und Zeit mit Freunden verbringen – mehr nicht.

Als John ihn sah, nahm er den Zettel, der neben der Kasse lag, zerknüllte ihn und warf ihn weg. »Das geht heute auf mich«, sagte er und reichte Maik eine Hand. »Das war jetzt schon das dritte Mal, dass du einen aggressiven Typen rausgeschmissen hast, solltest du jemals den Job wechseln wollen, ich stelle dich jederzeit ein.«

»Danke, ich werde es mir merken.« Maik grinste ihn an. »Aber du weißt, dass dein Pub für uns wie ein zweites Zuhause ist, ich mach das wirklich gern.«

»Und am Ende kriegst du auch noch das Mädchen«, sagte John, was sich anerkennend anhörte, obwohl es Maik seltsam vorkam, es auf diese Weise zu betrachten. Da war er wieder, dieser alte Rittermythos, als wären Gefühle etwas, das man sich erkämpfen könne.

Er sagte lieber nichts dazu, nickte nur ein letztes Mal und ging dann zurück zu Andrea. »Wollen wir?«

Sie hatte ihren Mantel bereits angezogen und ließ sich von Maik die Tür aufhalten. Die winterliche Kälte störte ihn nicht, auch wenn er nur den Anzug und ein weißes Hemd trug. Benno Reichert hatte ihm angeraten, sich Thermokleidung zu kaufen, die er drunter tragen konnte, damit ihn im Notfall kein Mantel behinderte, aber dafür musste es noch etwas kälter werden. Er mochte die Klarheit, die diese Temperaturen mit sich brachten.

»Es riecht nach Schnee«, sagte Andrea und sah in den dunklen Nachthimmel.

»Muss meinetwegen nicht sein. Außer Verkehrschaos kommt eh nichts dabei raus.«

Er bot ihr seinen Arm an, den sie sanft umfasste, und dann schlenderten sie los. Vor dem Shamrock war vom Hamburger

Nachtleben nicht viel zu sehen, da die Lokale in der Nähe bereits geschlossen hatten.

Ganz gleich, wie es weiterging mit seinen Gefühlen, es war schade, dass es nicht so bleiben konnte wie in diesem Augenblick. Am Anfang ging man so vorsichtig und respektvoll miteinander um. Seine letzte richtige Freundin, also nicht Schnüffel-Mandy, hatte ihn mit einem gewaltigen Knall verlassen; das war zwar schon fünf Monate her, aber ihre Worte hallten immer noch nach. Er war eben nicht der Typ Mann, mit dem man ein geregeltes Leben führen konnte, der immer Blumen aus dem Ärmel zauberte oder an so was Albernes wie den Valentinstag dachte.

Andrea legte seinen Arm um ihre Schultern und umfasste seine Taille, was sich wie eine Wiederholung unzähliger Dates seiner Vergangenheit anfühlte.

Es verlief immer gleich. Vom Händchenhalten zur Umarmung, zum Kuss, zum Sex, zur Vereinnahmung, zum Streit. Mal intensiv, mal einschmeichelnd nett, mal mit und mal gänzlich ohne Highlights. Er konnte nichts dafür, dass seine Gedanken sich zu Lynn schlichen, weil sie anders war und keinem seiner bisherigen Muster entsprach. Aber sein Verstand leistete gute Arbeit, als säße Lisa in seinem Kopf und wiese ihn unermüdlich darauf hin, dass solche Abenteuer nichts für erwachsene Männer waren, die ihren Job behalten wollten.

Auf dem Weg zu Andreas Wohnung redeten sie kaum miteinander. Maiks Gedanken wanderten die ganze Zeit umher. Manchmal fehlte es ihm, in einer Beziehung zu sein. Dank seiner Ex hatte er sich eingestehen müssen, dass er ein unfertiger Mensch war. Sicher, er arbeitete fleißig, sparte für seine Kampfschule und war sozial gut vernetzt, aber etwas in ihm war unausgefüllt. Wie ein blinder Fleck in seiner Persönlichkeit, der ihn hemmte, je irgendwo richtig anzukommen.

Er brachte Andrea bis zu den Stufen ihrer Haustür und ließ sie los.

Sie angelte den Schlüssel aus der Tasche und sah verlegen auf das glänzende Bund in ihren Händen. »Ich denke, ich bin jetzt sicher.«

Maik hatte ganz vergessen, dass er sie begleitet hatte, um sie vor Ruven zu beschützen. »Weißt du was? Ich gebe dir meine Nummer, falls er doch noch mal auftaucht.« Er streckte seine Hand aus, damit sie ihm ihr Smartphone reichen konnte. »Soll ich sie schnell eintippen?«

Sie musste kurz danach suchen, reichte es ihm dann und stellte sich dicht neben ihn, um ihm dabei zuzusehen. Er mochte es auch nicht, sein Telefon aus der Hand zu geben. Diese Geräte waren inzwischen zu intimen Verbündeten geworden, die jederzeit persönliche Nachrichten anzeigen konnten, die nicht für andere Augen gedacht waren.

Andrea sah zu ihm auf. »Das ist ein sehr schöner Abend gewesen. Also der Abschluss, nicht das davor.«

Vorsichtig nahm sie seine Hand und strich sanft mit dem Daumen darüber. »Ich weiß, dass dir das jetzt sicher sehr schräg vorkommt, ich meine, du musstest mich vor meinem Date retten und so, aber ich habe die Zeit mit dir sehr genossen. Hättest du Lust, am Wochenende mit mir auszugehen? Also ein früheres Treffen, nicht erst am Donnerstag im Shamrock?«

Mit der freien Hand strich er ihr eine Strähne hinters Ohr, mehr aus Verlegenheit, weil er nicht wusste, wie er ablehnen sollte, ohne sie vor den Kopf zu stoßen. Sie fing seine Hand ab und hielt sie an ihrer Wange.

In seinem Kopf überschlugen sich die Gedanken. Die Vernunft sagte ihm, dass er jetzt die Gelegenheit hatte, den sicheren Weg zu wählen. Andrea bot ihm etwas an, das ihn vor Dummheiten bei der Arbeit abhalten konnte, aber es war hoffnungslos.

»Tut mir leid.« Er musste sich räuspern und einen Schritt zurücktreten. Vorsichtig zog er seine Hand zurück und rieb sich über die kurzen Haare. »Ich fand den Abend auch sehr schön, aber ich kann im Moment nicht mit dir ausgehen.«

Das änderte ihre Haltung. Die unvermeidliche Reaktion auf die Zurückweisung, die Maik nicht so meinte, wie Andrea sie wahrscheinlich empfand. Mit verschränkten Armen und angezogenen Schultern sah sie ihn abwartend an, wobei die Enttäuschung im fahlen Licht der Straßenlaterne deutlich in ihrem Gesicht zu erkennen war. »Mir tut es leid«, sagte sie schnell. »Das war zu rasch, ich weiß. Sonst mache ich so was auch nicht. Also ich meine, ich treffe mich normalerweise nicht mit derartigen Idioten und frage meinen Retter auch nicht am selben Abend nach einem Date. Du musst mich für einen sehr seltsamen Menschen halten.«

Alles, was er entkräftend sagen konnte, führte unweigerlich zu dem Punkt, an dem es schwer zu erklären war, warum er trotzdem kein Interesse hatte. Er konnte ja auch schlecht sagen, dass sie ihm Zeit geben solle, bis er fertig war, mit dem Feuer zu spielen.

»Das ist es nicht«, versicherte er ruhig. »Um ehrlich zu sein, ist es kein gutes Timing. Ich habe gerade einen neuen Job angefangen, der mein Privatleben auf ein Minimum reduziert. Da ich mich fit halten muss, habe ich zusätzlich ein intensives Trainingsprogramm. Was ich eigentlich sagen will: Bis auf donnerstags schaffe ich es kaum, Zeit für jemanden zu haben.« Es kam ihm mies vor, die Arbeit vorzuschieben, aber es half zumindest, ihre Enttäuschung zu reduzieren.

»Als Personenschützer?«

Maik nickte. »Ich bin gut in meinem Job.«

Sie schenkte ihm ein Lächeln. »Das habe ich gesehen. Ist es sehr gefährlich?«

»Manchmal, aber ich darf leider nicht über meine Arbeit reden. Du hast ja mitbekommen, wie einnehmend Lisa sein kann. Ich bin mir sicher, dass wir uns oft sehen werden, bis mein Job etwas geregelter verläuft, und vielleicht passt es dann ja besser.«

Die Clique, die sich im Shamrock traf, bestand nicht nur aus Lisa, Jonas und ihm. Mal kamen mehr, mal weniger ins Shamrock, und neue Leute waren immer willkommen. Wahrscheinlich war unter den anderen Singles jemand, der besser zu ihr passte, Patrick oder Sven vielleicht. Aber das war in Ordnung. Vielleicht wäre sie eine gute Wahl, doch es fehlten das Kribbeln und das Besondere. Vernunft allein reichte nun mal nicht.

»Möchtest du noch einen Kaffee? Sozusagen nur, weil heute Donnerstag ist und du etwas Zeit hast?« Sie biss sich auf die Unterlippe, und jegliche Enttäuschung war wie weggezaubert. »Ich habe noch nie allein gewohnt, und ich muss erst mal mit der Stille klarkommen.«

Unschlüssig sah er die Stufen zur Haustür hinauf. Gut möglich, dass sie ihn tatsächlich nur auf einen Kaffee einladen wollte.

Sein Telefon vibrierte. Er hätte es gern ignoriert, aber das durfte er nicht. »Tut mir wirklich leid, ich muss da rangehen.«

Als er auf die Nummer sah, stand dort nur »Anonym«.

»Schon gut, mach nur.«

Maik ging ein paar Schritte von ihr weg und nahm das Gespräch an. »Maik Thomer.«

»Ich weiß, ich hatte Ihnen etwas Privatleben versprochen, aber ich muss noch mal los. Können Sie in zehn Minuten hier sein?«, sagte Lynn.

Schon ihre Stimme zu hören, erweckte etwas in ihm zum Leben, das neu und kribbelnd war.

Im Kopf überschlug er die Zeit, die er bis zu seinem Motorrad benötigte und von dort zu ihr. »Ich fürchte, ich brauche zwanzig Minuten.«

»Gut, Sie haben dreißig.« Lynn legte auf.

Ein Teil in ihm war erleichtert, weil sie ihm die Entscheidung abgenommen hatte, während ein anderer Teil ihn leise warnte.

»Du musst gehen, ja?«, sagte Andrea und lächelte tapfer.

»Jetzt siehst du, was ich gemeint habe. Ich muss leider sofort los.«

»Schon gut.« Sie trat auf ihn zu und umarmte ihn zum Abschied. »Pass auf dich auf.«

Sie schmiegte sich an ihn und legte ihren Kopf an seine Schulter. »Bis nächste Woche.«

Maik strich ihr über den Rücken und schob sie sanft von sich. »Bis nächste Woche.«

Die Situation fühlte sich befremdlich an. Als würde Lisas heiß geliebtes Schicksal wie eine Katze mit ihm spielen.

Einundzwanzig Minuten später war er bei Lynns Wohnhaus. Er ließ sich vom Sicherheitsmann den Wagenschlüssel geben und das Tor öffnen, dann stellte er sein Motorrad neben dem Fahrzeug ab, hängte Lederjacke und Helm an den Lenker und ging zum Fahrstuhl, der laut Anzeige auf dem Weg nach unten war. Während er wartete, aktivierte er den Tracker an seinem Handgelenk und überprüfte den Sitz des Anzugs. Beides musste zur Routine werden, wenn er bei seinem Vorgesetzten nicht länger anecken wollte. Als die Tür aufging, kam Lynn ihm bereits entgegen, und in ihm fuhren alle Empfindungen wieder hoch, als würde seine Körpermitte zum Leben erweckt werden.

»Schön, Sie sind ein pünktlicher Mensch, das weiß ich sehr zu schätzen.« Sie trug ein knappes, rotes Kleid, das bei jeder Bewegung glitzerte. Gegen die winterliche Kälte hatte sie sich lediglich ein breites, schwarzes Tuch über die Schultern gelegt.

»Wo soll die Fahrt hingehen?«

Statt zu antworten, griff sie nach seinem Arm und fing an, das Armband der Uhr zu öffnen.

Sein Herz schlug deutlich schneller, als sie ihn berührte, es schien ihm, als wären ihre Finger elektrisch geladen. »Was machen Sie da?«

»Reichert und seine Hunde können sehen, dass Sie arbeiten, aber sie müssen ja nicht wissen, wo wir hinfahren. Ich kann diese Kontrolle nicht leiden.« Sie ließ die Uhr unauffällig in seinen Helm am Lenker fallen und hielt sein Handgelenk noch einen Moment umfasst.

»Das dient doch nur zu Ihrer Sicherheit«, versuchte Maik sachlich einzuwenden.

»Und warum bekomme ich dann ständig Ärger, wenn ich mit meinen Mädels ausgehe und Spaß habe? Schutz oder Kontrolle?«

Also teilte Peter van Holland doch nicht gern. Maik würde solche Menschen nie verstehen. Denen war nie etwas genug. Deshalb nickte er, wohl wissend, dass das Eis immer dünner wurde, auf dem er stand.

»Wissen Sie, wo der Salsa Motion Club ist? Ich treffe ein paar Freundinnen dort.«

Maik kannte den Club, war aber immer nur dran vorbeigegangen. Salsa war nicht sein Ding. »Große Freiheit, richtig?«

Er öffnete ihr die Tür und ließ sie einsteigen. Jeder Versuch, sie nicht zu lange anzuschauen, scheiterte, wenn sie ihn ansah. Als finge sie seinen Blick ein und hielte ihn für Sekunden gefangen.

Benimm dich nicht wie ein Teenager.

Nachdem er eingestiegen und losgefahren war, rutschte Lynn auf die Sitzkante vor und stützte sich auf dem Vordersitz ab. »Wenn Sie mir einen Gefallen tun, dann dürfen Sie mit reinkommen.«

Maik bremste und sah sie über den Rückspiegel an. »Damit wir weiterfahren können, müssen Sie sich erst mal anschnallen.«

Lynn rümpfte die Nase und nickte genervt. »Mach ich gleich. Also?«

Er zog die Handbremse an, kuppelte den Gang aus und drehte sich zu ihr um. »Nun gut, welchen Gefallen?«

Es war undenkbar, dass er draußen im Wagen sitzen blieb, wenn es seine Aufgabe war, auf sie aufzupassen. Vor allem jetzt, da er diese Uhr nicht mehr trug. Wenn auch nur eine Kleinigkeit schiefging, bekäme er mächtig Ärger.

»Meine Freundinnen behaupten ständig, dass wir als Escort-Damen keine Beziehungen führen könnten. Spielen Sie für heute Abend meinen festen Freund, und ich werde Ihnen nicht von der Seite weichen.«

Maik wollte sofort ablehnen, aber er schloss den Mund wieder und bekam nur ein halbherziges Kopfschütteln zustande. Es lag an der Vorstellung, wie es wohl wäre, mit ihr zusammen zu sein. Er wollte diese Gedanken lieber nicht zulassen, lieber irgendwas vorschieben, um sämtliche Dummheiten im Keim zu ersticken, aber es funktionierte nicht. Sie erwiderte seinen Blick mit einem verschmitzten Lächeln. »Na los, ich verspreche, dass es bei einem harmlosen Scherz bleiben wird.«

Sie setzte sich zurück in den Sitz und schnallte sich an. Die Zeit, die er zum Nachdenken brauchte, wurde entsetzlich lang, aber sie sah ihm weiterhin in die Augen und löste somit jeden Zusammenhang in seinem Kopf auf. Dieser Abend konnte gar nicht gut ausgehen. Etwas war da zwischen ihnen, so deutlich und zunehmend intensiv, wenn sie einander nahekamen. Vielleicht war es der Reiz des Verbotenen?

»Sie bringen mich schon jetzt in Teufels Küche«, sagte er ehrlich. »Wenn mein Boss mitbekommt, dass ich den Tracker abgelegt habe, wird es mächtig Ärger geben. Aber ich mag mir nicht vorstellen, was passiert, wenn ich mich nicht professionell im Hintergrund halte.«

Lynn senkte den Blick und schürzte die Lippen. Sie hatte gefordert, dass er offen mit ihr sprach, und er konnte nun mal nicht einfach tun, was sie verlangte. Aber das eigentliche Problem war, dass er es wollte. Nicht gerade, ihren Freund zu mimen, aber ihr die ganze Zeit nahe zu sein.

»Sie haben recht, tut mir leid.« Mit einer Hand machte sie eine auffordernde Geste, er möge nun weiterfahren. Also legte er den Gang wieder ein und fuhr los.

Maik versuchte innerlich, sich während der Fahrt auf unterschiedlichste Weise zu erklären, warum er nur ein Opfer der Umstände war und er besser damit fuhr, sich professionell zu verhalten. Doch es tat ihm leid, sie enttäuscht zu haben.

Lynn war jünger als er, aber wenn es um Männer ging, wusste sie wahrscheinlich genau, welche Fäden sie ziehen musste, damit ihr jeder aus der Hand fraß. Vielleicht wusste sie auch, wie sie dieses Kribbeln provozieren konnte, wenn sie ihm in die Augen sah oder sacht berührte.

»So wie Sie gerade aus der Wäsche gucken, scheinen Sie in Ihrem Kopf gerade nicht in bester Gesellschaft zu sein. Sie müssen keine Angst vor Reichert haben, natürlich nehme ich Sie auch so mit rein. Gerrit, also der Typ, den Sie gerade vertreten, musste sich schon so viele Standpauken von Reichert anhören, aber er ist immer noch da.« Sie sah aus dem Fenster und seufzte.

Maik fädelte den Wagen in den Verkehr ein und wusste nicht recht, was er sagen sollte. Es gefiel ihm nicht, dass sie mit diesem Gerrit genauso umgegangen war. Was albern war. Das Wissen, wer sie war und womit sie ihr Geld verdiente, wurde jedoch immer wieder von dem Wunsch beiseitegedrängt, von ihr gemocht zu werden. Dieser Wunsch war wie ein lästiger Begleiter, der sich nicht mehr abschütteln ließ und unentwegt bei allem dazwischenredete. »Gerrit wird sicher bald wieder da sein. Wie lange dauert so eine Grippe, drei Wochen?«

»Mag sein«, antwortete sie und wurde ernst. »Dann ist alles wieder beim Alten.«

In dieser Aussage schwang eine Enttäuschung mit, die etwas in Maik ansprach, das tief in seiner Brust saß. Offenbar versuchten sie beide, jemand zu sein, der sie sein mussten, um in dieser Welt zu bestehen.

»Ich mach's«, sagte er spontan. »Ich werde einen Abend lang Ihren Freund spielen.«

Ihr Lächeln war wie eine Belohnung. Es lag keine Überlegenheit darin, es sah nicht gespielt oder aufgesetzt aus. Sie sah ihn im Rückspiegel an, und das Kribbeln breitete sich wie ein Feuerball in seiner Körpermitte aus.

»Danke sehr«, sagte sie und betrachtete die Häuser, an denen sie vorbeifuhren. »Gerrit hätte das nicht gemacht. Gut, meine Freundinnen kennen ihn, deswegen hätte es eh nicht funktioniert, aber er kann keine Sekunde vergessen, wer ich bin. Deswegen hätte er wohl auch nie auf der Toilette gesessen, während ich bade.«

Maik konnte nicht einordnen, was sie ihm damit sagen wollte. Er war dem Kollegen noch nicht begegnet.

»Darf ich Sie etwas Persönliches fragen?« Trotz des Arrangements musste sich Maik erst die Erlaubnis einholen.

»Nur zu.«

»Weiß Frau van Holland von Ihnen? Ich meine, Sie werden aufwendig beschützt, Mitarbeiter wissen, wer Sie sind, welche Frau würde das gutheißen?« Diesmal vermied er es, in den Spiegel zu schauen und ihrem Blick zu begegnen, weil ihm die Frage unangenehm war. Er wusste nicht mal, was genau er hören wollte.

»Ja, das tut sie. Ich denke sogar, dass sie für die permanente Kontrolle verantwortlich ist. Sind Sie Gitta van Holland schon begegnet?«

Maik dachte an das kurze Zusammentreffen im Anwesen, als er die Tochter hatte fahren sollen. »Nicht wirklich. Als ich ihre Tochter abgeholt habe, war Frau van Holland am Telefon gewesen. Sie scheint eine viel beschäftigte Frau zu sein.«

Routiniert behielt er die anderen Verkehrsteilnehmer im Blick. Niemand schien ihnen zu folgen. Alles sah normal aus.

»Richtig. Der Konzern ist das eigentliche Zuhause der van Hollands«, sagte sie abfällig. »Man wird wohl nicht so reich, wenn man Wert auf Zwischenmenschliches legt.«

»Was nützt einem dann der Reichtum?« Maik hatte klare Vorstellungen, was er schaffen wollte, aber die Arbeit sollte dabei nicht zum Lebensinhalt werden.

»Eben«, sagte Lynn. »Liebe kann man nicht kaufen.«

Er fragte sich, ob van Holland es versucht hatte, und ob die Überwachung die Konsequenz war, weil Lynn ihm nur gefällig war.

Nach St. Pauli zu fahren, war für ihn wie nach Hause zu kommen, aber er verkniff sich die Erwähnung, dass er hier lebte. Nicht nur, dass es zu privat war, gegen ihre Wohngegend war dieses Viertel wie ein Kellerraum unter ihrer Wohlstandsvilla. Da er die Gegend bestens kannte, lenkte er den Wagen durch einige Seitenstraßen, um in das Wohngebiet hinter der Großen Freiheit zu kommen.

Lynn deutete über den Beifahrersitz zu einem Parkplatz vor ihnen. »Parken Sie dort, den Rest laufen wir.«

Maik tat wie geheißen, warf ihr jedoch einen skeptischen Blick durch den Spiegel zu. »Es ist recht kalt, Sie werden auf dem Weg ganz schön frieren.«

Mit einem Lächeln winkte sie ab. »Das Frieren wurde mir schon als Kind abgewöhnt. Wer schön sein will, muss leiden, war die Devise in meinem Elternhaus. Unwohlsein ist eine Einstellungssache. Sie wären überrascht, was ich alles einstecken kann, bevor ich jammere.«

Das glaubte er ihr unbesehen. Trotzdem zog er seine Jacke aus und reichte sie ihr. »Wenn ich schon Ihren Freund mimen soll, dann lassen Sie mich wenigstens Kavalier sein.«

Lynn legte den Kopf schief und sah ihn mit einem Funkeln in den Augen an, während sie die Jacke nahm. »Steht Ihnen gut«, sagte sie und bedeckte damit ihre Schultern. Maik bemerkte, dass sie kurz am Stoff roch und dann lächelte.

»Dann wollen wir mal.« Er zog den Schlüssel ab, stieg aus und öffnete Lynn die Tür.

Sie stieg ebenfalls aus, wartete, bis er die Tür zugeworfen hatte, und hakte sich bei ihm unter. Die Warnblinker leuchteten einmal kurz auf, als er das Fahrzeug verriegelte.

»Ihnen ist doch sicher bewusst, dass wir für den Rest des Abends nicht Sie zueinander sagen dürfen, oder? Ich bin Lynn.« Sie streckte ihm eine Hand entgegen.

Maik blieb kurz stehen. »Nur für heute Abend«, bestätigte er und schlug ein. »Ich bin Maik.« Er mochte es, ihre Hand in seiner zu fühlen und das Kribbeln zu spüren, das bis in seine Körpermitte schoss.

Alter, ich werde mir so was von die Finger verbrennen.

Die Gäste im Club waren gut gelaunt, die meisten Frauen trugen kurze Kleider, und auf der Tanzfläche ging es heiß her. Salsa war als Tanz sehr schön anzusehen. Erotisch, feurig – und nichts, was Maik hinbekommen würde. Seine letzte Ex hatte versucht, ihn für Tanzstunden zu begeistern, aber egal ob es ein Walzer oder ein Discofox werden sollte, bei Maik sah alles wie Kampfsport aus. Er war Profi darin, gerade keinen vorhersehbaren Rhythmus zu zeigen. »Ich sag's lieber gleich: Ich tanze nicht.«

Lynn, die vorging und ihn an der Hand hinter sich herzog, lachte nur, als habe er ihr gerade die nächste Herausforderung geliefert. Dann entdeckte sie ihre Freundinnen, winkte ihnen zu, und im nächsten Moment umarmten sie einander zur Begrüßung. Lynn gab Maik seine Jacke zurück und deutete auf die beiden Frauen.

»Kathi und Frauke, das ist Maik, mein fester Freund.«

Maik hielt ihnen zur Begrüßung die Hand entgegen und versuchte, die Verlegenheit abzuschütteln. Jetzt, da Lynn es laut ausgesprochen hatte, brodelte eine gefährliche Erregung in ihm. »Freut mich, euch kennenzulernen.«

»Oh, ein Mann mit Stil! Die Quelle, wo du ihn herhast, musst du mir verraten«, sagte Frauke und ergriff seine Hand, als würde sie einen Wettkampf starten, wer ihn am Ende behalten durfte.

Kathi ging dazwischen und begrüßte ihn ebenfalls auf eine seltsam einnehmende Art, wobei sie ihm sehr nah kam und ihm tief in die Augen sah. Aber Lynn stand nur daneben und lachte.

Das ist nur ein Spiel. Einfach cool bleiben.

Er wusste selbst, wie es war, wenn man einfach mal Dampf ablassen musste. Und wenn er bedachte, was für Jobs diese Frauen hatten, dann war ihr Männerbild wahrscheinlich von triebgesteuerten, machtgierigen Kerlen geprägt. Also machte er gute Miene zum ausgelassenen Spiel.

»Was wollt ihr trinken?«, fragte Kathi und drehte sich zur Bar, um den Barkeeper zu rufen.

Während die Frauen sich Cocktails bestellten, lehnte Maik alles ab. Er wollte sich hier nicht an einer Cola festhalten, die er genauso wenig wie Lynn aus den Augen lassen durfte. Ein Kollege war im Dienst mal mit K.-o.-Tropfen außer Gefecht gesetzt worden, das war keine Geschichte, die man gern wieder und wieder aufs Brot geschmiert bekam.

»Oh Mann, du hast eine Spaßbremse zum Freund?« Kathi legte Geld auf den Tresen und drehte dann dem Barkeeper den Rücken zu.

Lynn schlang einen Arm um Maiks Hüfte und schmiegte sich an ihn. »Er muss noch fahren. Was bedeutet, dass wir umso mehr trinken können.« Sie sah zu ihm auf und zwinkerte ihm zu. »Das macht dir doch nichts, oder, Liebling?«

Maik drückte sie an sich, was sich vertraut und aufregend anfühlte. »Gewiss nicht. Ich bringe euch alle sicher nach Hause.«

Eine Sekunde lang sah sie ihn ernst an. Es lag etwas in ihren Augen, das diesen Spaß nicht mitmachen wollte. Sie sah aus, als würde sie etwas sagen wollen. Etwas, das bedeutend war.

»Was …?« Maik hätte am liebsten alle Menschen aus dem Raum gehext, um das zu hören, was Lynn gerade auf der Zunge lag.

Aber sie sagte es nicht.

Als sie ihre Cocktails bekamen, rief Kathi gegen die laute Musik einen Trinkspruch aus, und der Moment war vorbei.

»Auf den Spaß«, wiederholte Lynn, grinste ihn an und trank von ihrem Mojito.

Von da an wurde es ausschweifend. Maik setzte sich an die Bar und behielt die Gäste und vor allem Lynn im Blick. Sie tanzte mit ihren Freundinnen, anderen Männern oder allein und sah dabei wunderschön aus. Jede ihrer Bewegungen hatte etwas Sinnliches, ein dünner Schweißfilm lag auf ihrem Gesicht und dem Dekolleté. Sie machte einen glücklichen Eindruck. Wie eine Frau, die wusste, was sie wollte, und ganz bei sich war. Obwohl sie noch so jung war, war ihre Aura von einer gewissen Lebenserfahrung durchwoben. Maik wollte nicht daran denken, was sie schon erlebt haben mochte, bis sie Escort-Dame in den höheren Kreisen geworden war. Und auf eine ebenso abgeklärte Weise hatte er das Gefühl, erstmals am richtigen Ort zur richtigen Zeit zu sein. Er wollte sie beschützen und für sie da sein. Nicht als ein weiterer Mann, der mit ihr ins Bett wollte, sondern als jemand, der sie sah und so mochte, wie sie war. Vielleicht spielte sie jetzt ihre Spiele, um ihn zu reizen oder auf die Probe zu stellen. Diesen Test würde er lächelnd bestehen. Unter den Gästen fiel ihm eine Frau auf, die wiederholt zu Lynn und ihren Freundinnen herübersah. Gut möglich, dass sie nur gern zuschaute, wie die Frauen tanzten, aber Maik blieb lieber wachsam. Sie war schon älter, vielleicht Ende vierzig, vielleicht war sie eine Reporterin, die von van Hollands Geliebter gehört hatte. Aber mehr als ab und an rüberzuschauen tat sie nicht. Die Frauen wurden von Männern angesprochen, manche versuchten, ihnen Drinks auszugeben. Maik war angespannt und bereit, dazwischenzugehen, wenn jemand Lynn bedrängte, aber sie zeigte sich glücklicherweise jedem gegenüber sehr ablehnend. Stattdessen sah sie immer wieder zu Maik, als wäre diese Lüge ein willkommener Vorwand, mit ihm zu flirten.

Maik musste sich zusammenreißen, um angemessen darauf einzugehen, aber er fürchtete sich davor, wie weit sie gehen würde, wenn sie noch mehr trank. Klientinnen, die im betrunkenen Zustand über die Stränge schlugen, waren auch gern jene, die einen feuerten, wenn sie wieder nüchtern waren. Und Maik konnte im Augenblick nicht die Hand ins Feuer legen, dass er standhaft bleiben würde, wenn sie ihm nahekam. Gefühle waren nun mal keine Vernunftentscheidung.

Zwei Stunden vergingen, in denen die Frauen tanzten und tranken. Er hörte ihnen zu, wenn sie sich über ihre Kunden unterhielten, wohl wissend, dass sie sich einen Spaß daraus machten, in seiner Gegenwart darüber zu reden. Lynn sah ihn immer wieder amüsiert an, berührte ihn oder brachte ihn dazu, seinen Arm um sie zu legen. Sie gaben ein schönes Paar ab, was sich keine Sekunde wie ein Spaß anfühlte, eher wie ein Vorwand, um einander nahe zu sein. Es war leicht, zu vergessen, dass er nicht zum Vergnügen hier war. Er spürte sie, auch wenn sie einen Meter entfernt von ihm stand. Sogar wenn sie tanzte, konnte er sie wahrnehmen, als müsse er sie nicht mal sehen, um sie zu fühlen. Aber trotzdem ließ er sie keine Sekunde aus den Augen. Es wurde langsam leerer im Club. Maik behielt die Gäste routiniert im Blick. Auch andere sahen wiederholt zu Lynn, was nicht ungewöhnlich war, weil sie einfach bemerkenswert war. Sie wirkte ausgelassen und doch beherrscht. Offensichtlich kannte sie die Grenzen, die sie in der Öffentlichkeit wahren musste, damit das Bild der wunderschönen, selbstbewussten Frau nicht ins Partyluder umschlug. Auch ihren Freundinnen gelang das, aber Lynn war anders als sie. Irgendetwas umgab sie, das sie von jedem in diesem Club abhob. Etwas, das den Beschützer in ihm ansprach und den Wunsch weckte, sie vor jeglichem Leid zu bewahren. Maik ließ die Schultern kreisen, weil er selbst merkte, dass er sich in etwas verrannte, für das er andere ausgelacht hätte. Lynn drehte sich zu ihm und kam zielstrebig von der Tanzfläche auf ihn zu, dicht gefolgt von ihren Freundinnen.

»So, wir tanzen jetzt«, entschied Lynn und zog ihn am Arm. Ihre Bewegungen waren nicht mehr ganz präzise, aber immer noch grazil. Nach allem, was sie getrunken hatte, war sie wahrscheinlich betrunkener, als es den Anschein hatte. Er kannte disziplinierte Menschen, die sich so lange unter Kontrolle hatten, bis sie sicher zu Hause waren, wo sie dann einfach umkippten und schliefen.

»Nicht, ich habe doch gesagt, ich tanze nicht.« Maik blieb stehen, sodass sie gezwungen war, sich zu ihm umzudrehen.

»Nur einen Tanz, ich verspreche, dass ich das auch nie wieder machen werde, wenn du mir diesen einen schenkst.« An ihren Augen sah er, wie betrunken sie tatsächlich war.

Widerwillig ließ er sich weiterziehen. Spielchen waren eine Sache, aber er wollte sich nicht vorführen lassen. Es war schwer, eine Grenze zu ziehen, ohne sie vor den Kopf zu stoßen, weil es sich gut anfühlte, wie ihre Hand seinen Arm umfasste. Maik wollte nicht, dass es aufhörte.

Auf der Tanzfläche drehte sie sich zu ihm und legte ihre Arme um seinen Hals. »Mach die Augen zu und lass mich führen.«

Maik sah sich besorgt um. Wenn er die Augen schloss, war sie schutzlos. Andererseits hatte er bislang niemanden entdeckt, der ihm tatsächlich verdächtig vorgekommen wäre.

»Keine Sorge«, sagte Lynn, als sie sein Zögern bemerkte. »Ich behalte alles im Blick.«

Entgegen der Vernunft schloss er die Augen und ließ zu, dass sie seine Hände auf ihre Hüften legte. Sie kam ihm so nahe, dass nichts mehr zwischen sie passte. Dann fuhr sie mit den Händen seine Arme entlang und umfasste seinen Nacken. »Rumba tanzt man nicht mit dem Kopf, sondern mit dem Herzen.« Sie setzte sich langsam in Bewegung. Maik erinnerte sich dunkel an den Grundschritt und machte, so gut er konnte, mit.

»Du musst locker lassen«, flüsterte sie ihm ins Ohr.

Ein wohliger Schauer lief ihm über den Rücken. Durch die Bewegung ihrer Hüften fühlte er, wie sie mit der Musik mitging. Weltvergessen sog er ihren Duft ein, der sich in ihm festsetzte. Eine Mischung aus Rosenblüten und Abenteuer. Vorsichtig umfasste er sie fester und ließ sich auf ihre Führung ein.

»Genau so«, sagte sie und legte ihre Wange an seine.

Los, zieh die Notbremse!

Maik wollte das Richtige tun, aber er war wie gefangen in diesem Augenblick. Er hielt die Augen geschlossen und vergaß, dass er Distanz wahren musste, die Menschen um sie herum vollzogen Drehungen und andere Figuren, während sie beim Grundschritt blieben und einander so nah waren wie nur möglich. Seine Finger strichen sanft über ihren Rücken, er fühlte ihren Atem an seinem Hals und das schnelle Schlagen seines Herzens in seiner Brust.

Erst als die Musik endete und in einen neuen Song überging, öffnete er die Augen. Es war, als käme er aus einer anderen Galaxie ins Hier und Jetzt zurück. »Wir sollten jetzt gehen«, sagte er und musste sich räuspern, weil seine Stimme ganz belegt war.

Sie blieben stehen. Lynn sah ihn an, ohne ihre Hände von seinem Nacken zu lösen. »Du hast recht, es ist spät, und ich bin ganz schön beschwipst. Vielen Dank für diesen Tanz.« Ihr Lächeln war bezaubernd. Wie ein Sonnenstrahl, der sich extra für sie durch die Nacht geschlichen hatte. Und erneut schien sie etwas sagen zu wollen, das ihr nicht über die Lippen kam. Sie sah zur Bar hinüber, wo die anderen saßen und ihnen zuschauten. Sie winkte ihnen zu und gestikulierte mit einer Hand, ohne ihn loszulassen. Er war sich nicht mehr sicher, wie viel sie tatsächlich spielte und wie viel von dem, was er fühlte und in ihren Augen zu sehen glaubte, wahr sein konnte. Die Gesten der Freundinnen waren eindeutig, sie formten Herzen mit den Händen und kicherten.

»Gehen wir?«, fragte Maik.

Sie sah ihm wieder in die Augen, ohne den Eindruck zu erwecken, gehen zu wollen. »Sicher«, sagte sie ernst. »Das ist ein sehr schöner Abend gewesen. Sogar der schönste, den ich seit sehr langer Zeit hatte.«

»Und wir scheinen deine Freundinnen überzeugt zu haben, oder?«

Lynn ließ ihren Blick über sein Gesicht schweifen. »Ich denke schon.«

Wahrscheinlich hatte sie bereits beim Tanzen gemerkt, dass ihre Nähe ihn nicht kaltließ. Wäre dies ein richtiges Date gewesen, hätte es keinen Zweifel am Ausgang des Abends gegeben. Als sie ihm wieder in die Augen sah und sich leicht auf die Unterlippe biss, verknüpfte sich etwas in ihm mit dem eindringlichen Wunsch, sie zu küssen. Wie ferngesteuert umfasste er ihr Gesicht mit beiden Händen und betrachtete sie einige Herzschläge lang. »Du bist wunderschön«, sagte er. »Das weißt du sicher, oder?«

Sie zog die Augenbrauen zusammen und sah ihn abwartend an. Wie auch immer ihr Leben sein mochte, dieser Moment war besonders – er war echt und klar –, und er würde ihn nicht spurlos vorüberziehen lassen.

»Ich werde dich jetzt küssen, damit deine Freundinnen keinen Zweifel mehr haben, und dich dann nach Hause fahren. Anschließend endet dieses Spiel, und niemand wird je etwas davon erfahren, okay?« Er wusste, dass er sich selbst belog, wenn er sich weismachen wollte, dass es so einfach wäre, diesen Abend zu vergessen.

Mit einem Nicken stimmte sie zu, aber ihr Lächeln war nicht mehr ganz so selbstsicher wie zuvor. Er beugte sich vor und schloss kurz vor ihrem Gesicht die Augen. Sanft strich er mit der Nasenspitze über ihre Wange, ließ seine Hände in ihren Nacken und über ihren Rücken gleiten, damit er sie festhalten konnte. Sie hatte ihn den ganzen Abend dazu gebracht, alles zu tun, was sie wollte. Dieser Kuss gehörte ihm.

Mit seinen Lippen streifte er ihre Haut, küsste vorsichtig ihren Mundwinkel, ihre Oberlippe, dann den anderen Mundwinkel. Er konnte ihren schnellen Atem auf seinem Gesicht und ihr Herz gegen seine Brust schlagen fühlen. Dann küsste er sie auf den Mund, und als sie ihn zurückküsste, explodierte etwas in seiner Brust. Die Druckwelle fegte alles davon – die Musik, die anderen Menschen, den Ort, an dem sie standen. Es gab nur noch Lynn, die ihn in einen Rausch versetzte, der überwältigender war als alle Drogen, die er in seinem Leben je ausprobiert hatte. Jede Berührung ihrer Lippen jagte dieses aufregende Kribbeln durch seinen Körper. Er fühlte, wie sie sich gegen ihn presste, aber der Kuss war ohne Hast.

Als er spürte, wie etwas anderes in ihm die Kontrolle übernehmen wollte, schob er sie schnell von sich und beendete es.

Lynn sah verschreckt aus. Von allen Empfindungen, die er in ihrem Ausdruck erwartet hatte, war Schrecken nicht dabei gewesen.

»Tut mir leid«, sagte er schnell. »Ich dachte, das war's, was du gewollt hattest.«

Mit einem Nicken drehte sie sich um und ging zu ihren Freundinnen. Maik folgte ihr. Wut über sich selbst übertünchte die Aufregung. Er war zu weit gegangen, wie so ein Freak, der die Signale falsch gedeutet hatte. Schlimmer noch, er hatte es hier in diesem Club getan, obwohl er wenige Minuten vorher noch professionell seinen Job erledigt hatte. Er sah sich unauffällig um, ob er jemanden mit einem Smartphone entdecken konnte, der vielleicht in diesem Augenblick ein Foto von ihnen bei Instagram, Twitter oder Facebook hochlud. Es spielte keine Rolle, ob sie nur van Hollands Geliebte war, er hätte das nicht tun dürfen. Aber die Besucher tanzten, tranken oder unterhielten sich. Außer ihren Freundinnen sah niemand zu ihm oder Lynn.

Mit der Mätresse vom Boss. Sein Verstand erinnerte ihn daran, wie sehr er sich in die Scheiße geritten hatte. *Du bist so ein Idiot.*

»Sollen wir euch noch nach Hause bringen?«, bot sie ihren Freundinnen an.

»Auf jeden Fall«, sagte Frauke und stürzte den Rest ihres Drinks hinunter. »Aber ich sitze vorn.«

»Wir sollten Lynn neben ihrem Freund sitzen lassen«, warf Kathi grinsend ein.

»Schon gut«, winkte Lynn müde ab. »Ich habe ihn ja noch die ganze Nacht, mach nur.«

An der Garderobe musste sie kurz warten, weil Lynns Freundinnen ihre Mäntel abholten. Sie waren nicht so unvernünftig gewesen, auf warme Kleidung zu verzichten.

Als sie an die frische Luft kamen, legte Maik Lynn wieder sein Jackett um die Schultern. Der Sauerstoff verstärkte bei ihr die Wirkung des Alkohols. Maik stützte sie auf dem Weg zum Wagen. Mit jedem Schritt wurde sie schweigsamer und ihre Bewegungen schwerfälliger. Lynn war nicht so stark, wie sie tat, sie hatte ein Geheimnis, das sie in Cocktails zu ertränken versucht hatte, Maik erkannte es an der Art, wie sämtliche Energie nun aufgebraucht zu sein schien. Sie setzte sich mit Kathi in den Fond des Wagens, und Frauke nahm auf dem Beifahrersitz Platz.

»Wir wohnen etwas außerhalb, hier, ich habe mein Navi schon gestartet.« Sie hielt Maik ihr Smartphone entgegen, das er dankbar nahm und in die Halterung steckte, in der er sonst sein Smartphone griffbereit platzierte. Er mochte es nicht, sein Telefon mit der Fahrzeuganlage zu verbinden, weil Schutzbefohlene es nicht mitbekommen sollten, falls es doch mal klingelte. Während der Arbeitszeit nahm er keine privaten Gespräche an, aber er brauchte eine gewisse Kontrolle über seine unterschiedlichen Lebensbereiche. Die Halterung war in den Lüftungsschlitzen befestigt und sah wie ein billiger Fremdkörper zwischen all dem Luxus aus. Genau wie ich, schoss es Maik durch den Kopf.

Nach zehn Minuten Fahrt waren Kathi und Lynn bereits eingeschlafen. Es ging auf drei Uhr morgens zu, Maik hoffte, dass er auch noch etwas Schlaf bekäme. Er brauchte Ruhe, um alles zu verarbeiten und sich für den Ärger zu wappnen, der kommen würde, wenn irgendjemand von den Ereignissen Wind bekam. Der Tracker lag noch im Helm, aber die Kameras hatten aufgenommen, dass er mit Lynn weggefahren war.

»Man muss Lynn akzeptieren, wie sie ist«, sagte Frauke unvermittelt.

»Sollte man das nicht bei jedem Menschen so handhaben?« Maik hatte keine große Lust, diese Beziehungslüge weiterzuspinnen. Vor allem nicht, da es sich so echt angefühlt hatte.

»Schon, aber sie hat es verdient, dass sich jemand Mühe gibt. Ich sage dir das, weil sie dich offensichtlich sehr mag. Es täte mir leid, wenn du ihr wehtust.«

Beziehungstipps von einer Betrunkenen waren genau das, was ihm nach diesem seltsamen Abend noch gefehlt hatte.

»Nun, das habe ich nicht vor.«

»Das habt ihr Kerle nie, und dann tut ihr's doch.« Sie beugte sich vor und holte aus ihrer Handtasche einen Flachmann. Als sie den Deckel aufschraubte, roch es nach Weinbrand. »Du wirst das auch tun«, verkündete sie und nahm einen Schluck. »Wenn du erst rausfindest, wer sie wirklich ist, dann rennst du schreiend weg, das kennen wir alles schon. Dabei ist sie so ein wertvoller Mensch.«

»Das weiß ich doch«, sagte er leise und vergewisserte sich über einen Blick in den Spiegel, dass Lynn noch schlief. »Und es stört mich nicht.«

Frauke klopfte ihm schwungvoll auf den Oberschenkel, was Maik vor Schreck einen kleinen Schlenker fahren ließ. »Doch, das wird es. Früher oder später«, sagte sie feierlich, dann verschränkte sie die Arme und sah aus dem Fenster. »Sie hat viel durchgemacht, es war schön, sie heute so glücklich zu sehen.«

Was für ein seltsamer Abend.

»Was meinst du damit?«

Sie sah Maik wieder an und tippte auf den Flachmann. »Das wird sie dir schon selbst sagen müssen. Aber sei kein Arsch, wenn es so weit ist.«

Er konnte sich vorstellen, was sie meinte. Kein normaler Mann mochte es, wenn seine Freundin mit anderen Männern Sex hatte, selbst dann oder erst recht nicht, wenn sie damit Geld verdiente. Das Verrückte war, dass es für ihn keine Rolle spielte. Vielleicht noch nicht, oder weil er mit seinem Job kein Recht hatte, etwas dagegen zu sagen. Viel wichtiger war, ob sie ihn noch mochte, wenn sie nüchtern war.

»Werde ich nicht«, versicherte er und fuhr etwas schneller. Die trockene Kälte vereinnahmte die Stadt wie ein Vorbote des Chaos, das mit dem Schneefall kommen würde. Maik fuhr so umsichtig, dass glatte Stellen ihnen nicht gefährlich wurden, sie jedoch zügig vorankamen.

Er setzte die Freundinnen ab, die ihm auftrugen, Lynn in ihrem Namen zu grüßen. Sie verschlief alles, zuckte nicht mal, als die Türen zugeschlagen wurden. Bevor Maik wieder losfuhr, sah er sich nochmals zu ihr um. Ihre Atemzüge waren regelmäßig und tief. Zu seiner Freude sah er, dass sie angeschnallt war.

»Ich bringe Sie jetzt nach Hause«, sagte er leise.

Das war der verrückteste Abend seines Lebens. Jetzt musste er sie irgendwie aus seinem Kopf bekommen. Immer wieder dachte er an den Kuss, an dieses berauschende Gefühl, das er für immer mit dieser Frau verbinden würde. Die perfekte Droge, die sein Leben zerstören würde, ließe er sich darauf ein. Er brauchte einen Anker. Etwas, das die Tür zu weiteren Dummheiten zuschlug und verbarrikadierte.

Andrea, spuckte sein Verstand einen Vorschlag aus, den er sofort mit einem Kopfschütteln verwarf. Maik glaubte an Treue, Vertrauen und Loyalität als Grundpfeiler einer Beziehung, aber nicht daran, dass er mit einer anderen Frau etwas anfangen konnte, um sich vor den eigenen Gefühlen in Sicherheit zu bringen. Noch war nichts Schlimmes passiert, und mit etwas Glück blieb dieser Kuss ein Geheimnis. Doch nichts, was sich so gut anfühlte, konnte auch gut ausgehen. Seine Vergangenheit hatte das unzählige Male bewiesen. Wann immer etwas wie Gold glänzte, war das Pech nicht weit.

Bei ihrer Wohnung angekommen, öffnete er das Tor über die Fernbedienung und parkte neben seinem Motorrad. Bevor er Lynn aus dem Wagen holte, band er sich den Tracker wieder um das Handgelenk und deaktivierte ihn. Seine Arbeit war offiziell vorbei. Er wollte sie nur noch sicher nach oben bringen und dann nach Hause fahren.

Lynn war kaum wach zu kriegen. Die Mischung aus Erschöpfung und Alkohol hatte sie vollkommen ausgeknockt. Maik versuchte es gar nicht erst lang. Er schnallte sie ab und trug sie vorsichtig auf seinen Armen. Während der Fahrstuhlfahrt betrachtete er ihr Gesicht. Dafür, dass sie schlief, waren die Züge sehr angespannt. Was immer sie träumte, es schien ihr nicht zu gefallen. Ab und an zuckte sie, und als Maik fast die Wohnung erreicht hatte, wachte Lynn plötzlich auf, schlug um sich und traf Maik ins Gesicht. Er hielt sie, bis sie sicher auf dem Boden stand, dann erst ließ er sie los und trat zwei Schritte zurück. Seine Nase pochte schmerzhaft.

»Tut mir leid«, sagte sie erschrocken. »Das wollte ich nicht.«

»Schon gut. Gibt es vielleicht etwas, das ich wissen muss?«

Da gab es etwas. Sie mied jedoch seinen Blick und drehte sich zur Wohnungstür, erst dann schüttelte sie den Kopf.

Maik traute sich wieder dichter an sie heran. »Was es auch ist, ich kann damit umgehen. Sie können es mir ruhig sagen.«

»Warum bist du jetzt so förmlich?« Mit langsamen Bewegungen suchte sie in ihrer Tasche nach dem Wohnungsschlüssel.

»Der Abend ist vorbei«, sagte Maik. »Sie wissen, dass hier alles endet.«

Sie öffnete die Tür und schaltete das Licht ein. »Noch nicht ganz«, sagte sie. »Warum bleibst du nicht noch auf einen Drink, und wir lassen den Abend so ausklingen, wie es ihm gebührt?« Er glaubte ihr, dass sie nicht wollte, dass er jetzt ging, aber nicht, dass sie tatsächlich zu mehr bereit war. Sie sah verletzlich aus, hielt den Kopf geneigt, und ihre Gesichtszüge wirkten angespannt. Unter anderen Umständen würde er bleiben und sie den Rest der Nacht festhalten, weil es das zu sein schien, was sie eigentlich brauchte.

»Weil Sie betrunken sind und Sie es morgen sicherlich bereuen werden, wenn ich jetzt nicht gehe.« Ihre Einladung nicht anzunehmen, war wesentlich schwerer, als die Vernunft erneut zum Schweigen zu bringen.

»Ich muss dir noch was sagen«, setzte sie an.

Maik ging zwei Schritte auf sie zu, wodurch sie unsicher in die Wohnung zurückwich. Das bestätigte ihm eindeutig, dass er jetzt gehen sollte. »Sagen Sie es mir morgen, wenn Sie sich sicher sind, dass Sie es wirklich aussprechen wollen. Gute Nacht.« Er zog die Tür ins Schloss und ging schnell zum Fahrstuhl, um nach unten zu fahren, bevor sie seine Meinung doch noch ändern konnte.

Er hatte das Richtige getan. Aber er war übervoll an aufgewühlten Emotionen.

Lass die Finger von ihr, mahnte er sich selbst. *Du brauchst diesen Job.*

In der Garage stieg er auf seine Harley und zog sein Smartphone aus der Tasche.

Als er das Telefon aktivierte, wurden neue Nachrichten mit einer unbekannten Nummer angezeigt. Er entsperrte das Display und sah fünf SMS von Andrea. In der ersten bedankte sie sich nochmals für seine Hilfe. In der zweiten schrieb sie, dass Ruven bei ihr geklingelt hätte, anscheinend noch betrunkener als vorher. In der dritten stand, dass er ein Fenster eingeworfen habe. In der vierten schrieb sie, dass sie die Polizei gerufen hätte und Maik nicht kommen müsse. Sie entschuldigte sich dafür, ihm in ihrer Angst so viele Nachrichten geschrieben zu haben, obwohl sie ja wusste, dass er arbeitete. Mit der fünften bestätigte sie nochmals, dass die Polizei alles geregelt habe und Ruven nun gesucht werden würde.

Seufzend wählte Maik ihre Nummer. Das war nicht die kalte Dusche, an die er gedacht hatte, aber sie funktionierte. Wie war so etwas möglich: zwei Frauen, die er gerade erst kennengelernt hatte und die ihn so ansatzlos vereinnahmten, dass er kaum noch wusste, wo ihm der Kopf stand.

»Hallo?« Es hatte keine zwei Mal geklingelt.

»Hier ist Maik. Entschuldige, ich habe deine Nachrichten erst jetzt lesen können. Geht es dir gut?«

»Ja, ich warte noch auf den Anruf der Polizei, dass sie ihn gefunden und in eine Ausnüchterungszelle gesperrt haben.« Sie klang gefasst, aber die Angst war deutlich zu hören. Den Hintergrundgeräuschen nach befand sie sich irgendwo, wo Menschen waren.

»Bist du bei Freunden?«

Es dauerte, bis sie antwortete. »Nein, ich hab in meiner Panik ein paar Sachen in den Koffer gestopft und gehe gerade Richtung Hauptbahnhof. Ich will nicht in die Wohnung zurück.«

»Und wo genau willst du hin?« Es war etwas anstrengend, dass er ihr jede Information aus der Nase ziehen musste, aber er fühlte sich für sie verantwortlich, dagegen konnte er nichts tun.

»Ich weiß es nicht.« Er hörte, dass sie weinte.

»Dreh um und geh zum Shamrock, ich bin gleich da und nehme dich mit zu mir nach Hause. Dann schläfst du eine Nacht über alles, und wir schauen, wie es weitergeht, okay?« Zumindest war diese Hilfe etwas Greifbares. Etwas, das er tun konnte, ohne sich selbst in Schwierigkeiten zu bringen.

»Danke«, erwiderte sie mit dünner Stimme.

»Ich beeile mich. Bis gleich.« Er beendete das Gespräch und fuhr los. Maik war schon immer der Beschützer gewesen. In der Schule, im Jugendzentrum – für Freunde, Bekannte, Fremde und nun auch für seine Klienten. Das war das Einzige, was er wirklich gut konnte. Immerhin hatte er das gute Gefühl, das Richtige zu tun. Sowohl bei Lynn als auch bei Andrea.

Ich habe das im Griff.

KAPITEL 3

Wer Ungeheuerliches vorhat, steht jeden Morgen mit dem Für und Wider auf, schleppt sich damit durch den Tag und geht damit ins Bett. Woche für Woche, bis es endlich so weit ist, dass eine Entscheidung gefällt werden muss. Warten, immer nur warten. Diese erzwungene Untätigkeit, obwohl alles längst vorbereitet ist. Wir wollen nicht länger warten. Und wir werden nicht länger warten. Zeit ist wie Gift, das sich mit jeder Sekunde ausbreitet und Gefühle absterben lässt. Den Hass wird es nicht zersetzen. Unsere Zeit ist jetzt. Heute wird es geschehen.

* * *

Andrea stand mit ihrem Koffer vor dem Irish Pub und trat von einem Fuß auf den anderen. Maik hielt an und stieg von seiner Harley. »Ich wohne gleich um die Ecke.«

Er schob sein Motorrad auf den Gehweg, und Andrea kam ihm entgegen.

»Die ganze Zeit muss ich daran denken, was für ein Glück ich habe, dir begegnet zu sein. Vielen Dank, dass du all das für mich tust, obwohl du mich gar nicht richtig kennst.«

»Das ist keine große Sache, schau dich nur nicht so genau in meiner Bude um, die letzten Tage bin ich nur zum Schlafen und Duschen dort gewesen.« Davon mal abgesehen war er kein besonders ordentlicher Mensch. Sein Zuhause war noch nie mehr als ein Lagerort für seine Sachen gewesen. Wenn er je irgendwo richtig ankäme, würde er sich die Zeit nehmen, seinen Lebensraum zu gestalten, aber bis dahin bewohnte er Räumlichkeiten, die einfach nur zweckdienlich und nicht auf Besuch ausgerichtet waren.

Als er sein Motorrad abstellte und das Schloss durch die Speichen zog, kam er sich plötzlich beobachtet vor. Unauffällig sah er sich um, aber in der Dunkelheit war niemand zu sehen. Er richtete sich auf und verharrte einen Moment.

»Alles in Ordnung?«

Mit einer erhobenen Hand bat er Andrea zu schweigen. Ängstlich stellte sie sich hinter ihn und sah ebenfalls die Straße entlang. »Denkst du, Ruven könnte uns gefunden haben?«, flüsterte sie.

Das konnte er sich nicht vorstellen. Wenn er Andrea gefolgt wäre, hätte er sie sicher früher angegriffen.

»Warte hier«, wies er Andrea an und ging ein paar Schritte zurück. In der Marktstraße parkten viele Autos, viele davon kannte er, andere nahm er nur kurz wahr. Es gehörte zu seinem Job dazu, sich Details zu merken, weil man nie wusste, welche später wichtig waren. Auf der gegenüberliegenden Seite, wo die Bäume die Gleise der U-Bahn säumten, war alles finster. Ebenso im kleinen Park, der sich hinter Maik befand. Wenn sich dort jemand verbarg, dann bewegte er sich nicht. Das Gefühl in Maiks Nacken ließ nicht nach. Doch es nützte nichts, wenn er Andrea nicht allein lassen wollte, war es besser, wenn sie ins Haus gingen.

Er zog die Schlüssel aus der Tasche, ging zu ihr zurück und nahm ihr den Koffer ab. »Hier treiben sich manchmal seltsame Gestalten rum, hab mich wohl geirrt.«

Andrea blieb dicht bei ihm und legte eine Hand auf seinen Rücken, als könne sie sonst verloren gehen.

Die Wohnung befand sich im ersten Stock. Bevor sie ins Treppenhaus traten, drückte Maik auf den Lichtschalter. Wenn es kalt war und die Nachbarn nicht darauf achteten, die Tür richtig zu schließen, schlichen manchmal Junkies ins Haus und saßen unter der Treppe. In der Regel waren das jedoch eher harmlose Gesellen, die sich nur aufwärmen wollten. Hinter Andrea drückte er die Tür schnell wieder ins Schloss und verriegelte sie. Sollte jemand eindringen wollen, musste er zwangsweise klingeln und warten, bis ein Mieter runterkam und aufschloss. Augenzeugen waren immer gut.

Maik ging vor ihr die Stufen hoch und öffnete die Wohnung. »Ich lasse das Licht noch einen Moment ausgeschaltet«, sagte er, dann trat er ein, stellte den Koffer ab und ging direkt zum Fenster. Wenn es tatsächlich dieser Ruven war, kannte er Maiks Namen nicht, folglich würde er nun die Fenster beobachten, um zu sehen, wo Licht anging. Leider konnte er auch von dieser Position aus nicht mehr erkennen als draußen vor dem Haus. Alles war ruhig und dunkel.

»Siehst du was?«, fragte Andrea und blieb im kleinen Flur stehen.

»Nein, da ist niemand. Ich wollte nur sichergehen.« Trotzdem schaltete er im Wohnzimmer lediglich eine kleine Lampe neben dem Sessel ein, die nur wenig Licht erzeugte.

Andrea sah sich um, und Maik war es unangenehm, nicht aufgeräumt zu haben. Es war nicht schmutzig, aber unterm Fenster lagen Hanteln und Handtücher, mit denen er sich nach dem letzten Work-out den Schweiß abgewischt hatte. Außer dem Sessel gab es einen niedrigen Tisch, eine TV-Bank mit einem Fernseher und ein Regal, das randvoll mit Büchern war. Seit er Bücher auf seinem Smartphone lesen konnte, kamen keine weiteren Exemplare mehr hinzu. Auf dem Boden stapelten sich unterschiedliche Magazine über Kampfsport und Unternehmensführung zusammen mit Notizblöcken, in denen er seine Ideen für die Kampfschule notierte. Der Raum war nicht groß, vielleicht zwanzig Quadratmeter, aber für ihn reichte es. Die Küche war kaum mehr als eine Nische hinter einer hölzernen Klapptür.

»Ich werde dir mein Bett frisch beziehen«, kündigte er an und ging ins Schlafzimmer. »Mach's dir so gut wie möglich gemütlich.«

»Das musst du nicht, ich kann auch …« Wahrscheinlich bemerkte sie erst jetzt, dass es kein Sofa gab, auf dem sie schlafen konnte.

Ungerührt öffnete Maik den Schrank und holte die frischen Sachen hervor. Außer dem großen Bett und dem Kleiderschrank befand sich nichts in diesem Zimmer. Keine kompromittierenden Utensilien in einem Nachtschrank, kein *Playboy* unterm Bett oder andere intime Dinge. Wenn er mit einer Frau zusammen war, dann nicht in seiner Wohnung. Nicht mal Jonas und Lisa kamen zu Besuch, weil er lieber zu ihnen ging.

Andrea folgte ihm und fasste mit an. »Und wo wirst du schlafen?«

»Nebenan im Sessel. Das stört mich nicht.«

Kopfschüttelnd sah sie auf das breite Bett. »Hier ist genug Platz. Kommt nicht infrage, dass du dir aus Anstand den Rücken verrenkst.«

Maik war das egal. Ob er nun neben ihr oder im Sessel schlief, machte für ihn keinen Unterschied. Solange er seine Ruhe hatte, war er nicht wählerisch. Nach dieser langen ereignisreichen Nacht war er nur noch hundemüde. »Das Bad ist gegenüber«, sagte er geschäftig und bezog das Kopfkissen mit einem dunkelblauen Bezug. In sechs Stunden musste er zur Einsatzbesprechung in der Zentrale sein, er wollte sich jetzt nur noch hinlegen und schlafen.

Sie nahm etwas aus ihrem Koffer und verschwand im Bad. Maik nutzte die Zeit, den Anzug gegen einen Jogginganzug zu tauschen. Er besaß nur die eine Decke, die er für den Rest der Nacht an Andrea abtreten würde.

Den Anzug hängte er auf einem Bügel in den Schrank, und als Andrea zurückkam, lag er bereits auf seiner Bettseite ganz am Rand. In ihrem Snoopy-Schlafanzug sah Andrea aus wie eine Frau, neben der man an einem Sonntagmorgen gern aufwachen wollte, um dann gemeinsam im Bett zu frühstücken und im Fernsehen eine Sitcom zu schauen.

»Wenn du in die Wohnung nicht zurückkehren willst, kann ich Lisa und Jonas fragen, ob du ihr Gästezimmer nutzen kannst, bis du eine neue gefunden hast.« Seine Freunde waren bessere Gastgeber als er.

Andrea löschte das Licht und legte sich neben ihn. »Ist es dir unangenehm, dass ich hier bin?«

Die Wahrheit würde ihr sicher nicht gefallen. »Das nicht, aber wie du siehst, ist bei mir alles sehr spartanisch und nicht gerade gemütlich. Bei den beiden hast du dein eigenes Zimmer mit einem eigenen Bett. Das wird sehr oft von Freunden genutzt, und da Lisa dich bereits in unseren Kreis aufgenommen hat, wird sie dir gern helfen.« Er merkte, dass es im Umkehrschluss schon wieder so klang, als wäre es ihm unangenehm. »Wie gesagt, ich bin kaum hier, weil ich viel arbeite. Es ist sicher besser, wenn du nicht so viel allein bist.«

Inzwischen war es lange her, dass er nicht allein geschlafen hatte. *Die schnüffelnde Mandy.*

Bevor er es verhindern konnte, tastete Andrea nach seinem Arm und nahm seine Hand. Ihre Haut war weich und warm, irgendwie einschmeichelnd, aber er fühlte dabei nichts. Alles wäre so viel einfacher gewesen, wenn Lynns und Andreas Rollen vertauscht gewesen wären. »Vielen Dank für alles.«

»Du musst dich nicht ständig bedanken«, sagte er schnell, drückte ihre Hand und entwand seine Finger. »Ich muss jetzt dringend schlafen. Wir reden morgen weiter, okay?«

Ihr Zögern war deutlich spürbar. Sie wollte noch etwas sagen, aber Maik befürchtete, dass es in eine Richtung ging, die er lieber vermeiden wollte. Die Art, wie sie ihn angesehen hatte, war eindeutig gewesen, aber wahrscheinlich auch ihrem Bedürfnis nach Schutz geschuldet. Damit sie nicht noch mehr sagte, drehte er ihr den Rücken zu und rückte ganz an den Rand. So müde, wie er war, schlief er sicher binnen der nächsten Minuten ein.

Morgen bringe ich sie zu Lisa.

Seine Freunde waren wie ein Sammelbecken für Bekannte in Ausnahmesituationen. Lisa war dabei die treibende Kraft, immer wieder das Gästezimmer für Verlassene, Rausgeworfene und kurzfristig Gehandicapte bereitzustellen und sie später, versorgt mit Suppe und einer Portion Weisheit, wieder ihrer Wege gehen zu lassen.

Er spürte, wie sie näher rückte, ihn mit einem Arm umfasste, fühlte, wie ihr warmer Atem durch den Stoff an seinem Rücken drang. »Nur einen Moment«, bat sie.

Ihre Nähe war nicht unangenehm, also ließ er sie gewähren, er hoffte nur, dass es bei dieser leichten Umarmung blieb.

Als er aufwachte, war es bereits halb neun, er lag auf dem Rücken, und Andrea hatte fest schlafend den Kopf an seine Brust geschmiegt. Für einige Herzschläge schloss er seine Augen wieder und genoss dieses Gefühl. Nicht, weil er sie plötzlich auf andere Weise mochte, sondern weil es guttat, jemanden im Arm zu halten. Nur leider war es die falsche Frau. Schon der erste Gedanke an Lynn ließ ihn unruhig werden. Er sah sie vor sich, wie sie ihn nach dem Kuss angeschaut hatte, die unausgesprochenen Worte, die er so gerne hören wollte. Was es auch war, was sie ihm sagen wollte, er hoffte, dass sie es an diesem Tag endlich aussprechen würde. Andrea war wie die personifizierte Vernunft, die nun schwer auf seinen Brustkorb drückte, als würde sie ihm einen anderen Weg aufzwingen wollen. Einen besseren wahrscheinlich, auch wenn sie von diesem Kerl belästigt wurde und dadurch einige Probleme im Gepäck hatte.

Vorsichtig zog er seinen Arm unter ihr hervor und drehte sie sanft zur Seite, damit er aufstehen konnte, ohne sie zu wecken. So leise wie möglich holte er sich frische Wäsche und den Anzug aus dem Schrank, verließ das Schlafzimmer und schloss die Tür hinter sich. Bevor er ins Bad ging, betrat er das Wohnzimmer und legte die Sachen auf den Sessel. Seine Morgenroutine war immer gleich: Kaffee aufsetzen, sich fertig machen, ein schnelles Frühstück und los. Auf dem Weg zur Kochnische fiel sein Blick auf Andreas Handtasche, die an der Wand lehnte. Ein Bilderrahmen steckte darin, und hinter dem Glas sah er einen Teil des Fotos, das ziemlich vergilbt war. Er ging in die Hocke und zog es heraus. Das musste Andreas Familie sein. Ein Elternpaar, ein Junge und zwei Mädchen. Wenn er sich nicht irrte, war sie die Mittlere, was ihre verunsicherte Art erklärte. Er hatte noch nie ein Sandwichkind kennengelernt, das nicht darunter gelitten hätte, nicht genug Aufmerksamkeit bekommen zu haben. Die meisten hatten gemeinsam, dass sie sich ständig anpassten und gleichzeitig dringend Anerkennung suchten. Nach dem Zustand von Foto und Rahmen zu urteilen, hatte es eine Zeit lang an einem sonnigen Platz an der Wand gehangen. Wenn er mit seiner Einschätzung richtiglag, war Andrea auf dieser Aufnahme ungefähr zwölf Jahre alt. Sie kam tatsächlich aus sehr einfachen Verhältnissen. Die Kleidung, die schmucklose Erscheinung der vom Leben gezeichneten Eltern und das karge Wohnzimmer, in dem es aufgenommen worden war, sprachen sehr dafür. Und dass sie in Bergedorf in einer Sozialwohnung groß geworden war, auch. Er steckte das Bild zurück und machte sich ans Kaffeekochen. Andrea wäre wahrscheinlich mit diesem einfachen Leben ebenso zufrieden, wie er es war. Ihr müsste er nichts vormachen oder mühsam erklären, was für eine Kindheit ihm in den Knochen steckte. Müde rieb er sich übers Gesicht, zutiefst genervt von seinen eigenen Gedanken.

Es war ja nicht so, dass er Lynn heiraten und in dieses Elend holen wollte oder dass er versuchen würde, in ihre Welt vorzudringen, oder dass es überhaupt über das hinausging, was bislang passiert war. Er wusste nur, dass er keine Lust auf Kompromisse hatte. Andrea war so ein Kompromiss. Wie ein alkoholfreier Cocktail, wenn man nicht fahren musste.

Er nahm seine Sachen vom Sessel und ging ins Bad. Im Spiegel blickte er in die Augen eines Trottels. Kopfschüttelnd machte er sich ans Zähneputzen, während er den Abend Revue passieren ließ.

So eine Nummer ist so typisch für dich. Da laufen eine Million vernünftiger Frauen rum, und du verknallst dich in die Katastrophe.

Sein Smartphone klingelte. Er steckte sich den kleinen Stöpsel vom Headset ins Ohr und nahm das Gespräch an.

»Na, wie ist es gelaufen?«, fiel Lisa mit der Tür ins Haus.

Er spülte sich den Mund aus, bevor er antwortete. »Anders als erwartet«, sagte er vage und zog sich nebenbei aus. »Ich musste sie in den Salsa Motion Club begleiten und …«

»Moment, du bist mit Andrea noch tanzen gegangen? Salsa? Ich dachte, das ist nicht dein Ding?« Lisa klang beleidigt, weil er sie nicht mitgenommen hatte.

»Nein, nicht mit Andrea. Die Frau, der ich zugeteilt wurde, wollte nochmals ausgehen, also musste ich wieder los. Andrea habe ich nur nach Hause gebracht.« Er verzichtete auf die Dusche und zog sich frische Sachen an.

»Oje, du hast noch gearbeitet? Ich hoffe, das läuft jetzt nicht immer so. Mal was anderes: Jonas und ich wollen morgen ein paar Wok-Rezepte ausprobieren, was hältst du davon, wenn du und Andrea auch kommt?«

Maik setzte sich auf die geschlossene Toilette und atmete tief durch. »Hör zu, das mit Andrea wird nichts. Ich weiß, du hast sie vom Fleck weg in unseren Freundeskreis adoptiert, und ich weiß auch, dass ich auf deine Menschenkenntnis hören sollte, aber ich habe wirklich kein Interesse.« Das war sicher nicht das, was Lisa hören wollte. »Ladet doch einen anderen Single dazu ein.«

»So wie sie dich angesehen hat, will sie derzeit garantiert keinen anderen kennenlernen«, hielt Lisa dagegen. »Es ist nur ein Essen unter Freunden, kein Date. Lern sie nur etwas kennen, um mehr geht es doch nicht.«

»Das habe ich schon«, flüsterte er und horchte, ob er vor der Badezimmertür Geräusche hören konnte, aber alles war still.

»Wann? Auf dem kurzen Weg zu ihrer Wohnung?«

»Ich habe sie letzte Nacht eingesammelt, weil dieser Typ bei ihr ein Fenster zertrümmert hat«, sagte er. »Sie schläft in meinem Bett.«

»Du hast aber nicht mit ihr …« Wahrscheinlich musste sie in diese Richtung denken.

»Nein, um Gottes willen, komm schon, du weißt, dass ich keiner von diesen Schwanzaffen bin. Ich verknall mich doch nicht in die eine, um dann mit einer anderen zu vögeln.«

»Und wie ist es mit deiner Klientin im Salsa-Club gewesen?«

Er liebte es, wenn Lisa diesen strengen Tonfall annahm, weil sie ihm dadurch klarmachte, dass er ihr nicht egal war. Sie passte auf ihn auf, was sie zur einzigen Person auf der ganzen Welt machte, die das tat. Leider konnte er sie auch genau deswegen nicht anlügen.

»Ich bin am Arsch«, antwortete er in einer Art Flucht nach vorn. »Total am Arsch. Und ich glaube, dass sie auch was für mich empfindet. Dir alles zu erzählen, würde jetzt zu lange dauern, aber ich habe sie geküsst, und es war unglaublich.«

»Oh warte, ich muss mal schnell zu dir fahren und dir etwas Vernunft in den Schädel prügeln. Selbst wenn es stimmt, dass sie dich auch mag, bringt es am Ende nur dich in Schwierigkeiten, nicht sie.«

Er konnte sich vorstellen, wie sie nach Luft schnappte und tatsächlich am liebsten sofort zu ihm gefahren wäre, um mit ihm zu reden.

»Es ist anders«, sagte er ruhig. »Keine Ahnung, irgendwie echt. Ich weiß gar nicht, wie ich das beschreiben soll.«

»Du denkst doch nicht, dass du *die eine* getroffen hast, oder?«, fragte sie wütend. »So habe ich dich noch nie erlebt, das kann nicht gut sein.«

Maik wollte sich nicht lächerlich machen. »Die *eine* bestimmt nicht. Sie ist eine Prostituierte. Ganz gleich, wie gehoben ihre

Preisklasse ist, aber es ändert nichts daran, was sie beruflich macht. Mal ehrlich, das klingt doch durchaus nach einer typischen Maik-Geschichte, oder?«

Er konnte sie schnaufen und einige Menschen im Hintergrund reden hören. Wahrscheinlich ging sie gerade die Treppe von der U1 hoch. Sie arbeitete an der Technischen Hochschule für angewandte Wissenschaften als Vorstandssekretärin.

»Und trotzdem ist es nicht wie sonst«, versuchte er, seine Aussage abzumildern. Es fühlte sich nicht gut an, Lynn auf ihren Beruf zu reduzieren.

»Ach«, sagte Lisa mit höhnischem Tonfall. »Ist es nicht? Du bist also nicht bis über beide Ohren verliebt und tappst sehenden Auges in die Scheiße?«

Doch, es war genau wie immer. »Schon, aber …«

»Du und dein Aber. Das wird nie was, wenn du die guten Frauen ständig links liegen lässt, um dich ins Unglück zu stürzen.«

Was sollte er dazu noch groß sagen? Sie hatte recht, mit allem. Seine Erfahrung und seine Vernunft waren hundertprozentig auf ihrer Seite, aber der Rest, der das Ruder eisern umkrallt hielt, hielt am Kurs fest. »Wie sagst du immer so schön: Gefühlsdinge lassen sich nicht über den Kopf steuern. Denkst du, Andrea könnte ein paar Tage bei euch wohnen, bis sie was Neues gefunden hat?«

»Sicher. Und wer weiß, wenn du wieder zur Vernunft kommst, wird es ja vielleicht doch noch was mit euch.«

Maik musste grinsen. Im Grunde mochte sie es, gebraucht zu werden. Somit war ihr abgebrochenes Psychologiestudium doch nicht ganz umsonst gewesen. »Du bist die Beste.«

»Das kann man von dir gerade nicht behaupten. Pass auf dich auf, ja? Die Reichen mögen es nicht, wenn die Angestellten ihre Frauen anfassen, das weißt du doch.« Ihre Sorge war berechtigt.

»Natürlich weiß ich das. Ich werde von nun an nur meinen Job machen.«

Nun lachte sie. »Wirst du nicht. Aber was auch immer du anstellst, wir werden für dich da sein. Lass es nur nicht so schlimm werden.«

Mit Lisa und Jonas hatte er die besten Freunde, die man sich nur wünschen konnte. »Ich muss jetzt los. Wir reden später bei einem Guinness weiter, okay?«

Während er das Gespräch beendete, verließ er das Bad, goss sich einen Kaffee mit viel Milch ein und trank ihn schnell leer.

Wird schon schiefgehen.

Er ließ Andrea schlafen, nahm die Lederjacke und den Helm vom Haken und machte sich leise auf den Weg. Der Haupteingang war nicht mehr verschlossen, und unter der Treppe schlief ein Junkie. Maik tippte ihn kurz mit einem Fuß an, damit er sich umdrehte und er das Gesicht sehen konnte. Der junge Typ war zu high, um mit Maik zu reden, aber es war zum Glück nicht Ruven, der darauf wartete, dass Maik das Haus verließ.

Erste Flocken fielen aus dem Himmel und machten die Straßen rutschig, als habe der Winter über Nacht entschieden, die Welt zu verändern. Maik wischte die dünne Schicht vom Sattel und hoffte, dass nicht allzu viele Verkehrsteilnehmer so fuhren, als hätten sie noch nie Schnee gesehen.

Das Stadtleben war längst erwacht. Straßenlärm, zur Arbeit eilende Passanten, alles war wie immer, und trotzdem kribbelte es in seinem Nacken, als würde er beobachtet.

Seine Hoffnung wurde nicht erfüllt. Maik war schon wieder der Letzte. Die Tiefgarage des Anwesens der van Hollands in Blankenese stand voll mit den Privatwagen der Mitarbeiter. In seinem Leben hatte er noch nie eine so große Tiefgarage gesehen, die zu einem privaten Gelände gehörte. Wahrscheinlich gab es keinen Quadratmeter des Grundstücks, der nicht unterkellert war.

Reichert wartete auf ihn vor dem Konferenzraum. Er sah wütend aus. Wahrscheinlich hatte wie befürchtet irgendeine Kamera gestochen scharf übertragen, wie er mit Lynn weggefahren war, ohne dass der Tracker die Bewegungen angezeigt hatte. Maik hatte nicht geglaubt, dass tatsächlich jemand ein so strenges Auge darauf haben würde. Der Kontrollapparat war erdrückend, kein Wunder, dass Lynn dagegen rebellierte. Was nützte die gute Bezahlung, wenn sie so eingeschränkt wurde?

»Wie lange sind Sie jetzt bei uns?«, fragte Reichert ohne Begrüßung.

»Drei Wochen. Sind Sie unzufrieden mit meiner Arbeit?«

»Sie haben Glück, dass sie entscheidet, wer für ihren Schutz eingeteilt wird, aber ich warne Sie vor ihrer Unvernunft. Ich weiß, dass Sie darum gebeten wurden, den Tracker zurückzulassen. Sie sind weiß Gott nicht der erste Trottel, der von ihr um den kleinen Finger gewickelt wird.«

Betreten sah Maik an ihm vorbei und hoffte, dass die Rede bald vorüber war.

»Ist Ihnen etwas aufgefallen, als Sie mit ihr unterwegs waren?«

»Nein«, sagte er. Die wenigen Club-Besucher, die Lynn beobachtet hatten, waren unauffällig gewesen.

»Wo sind Sie gewesen? Wir wissen, dass Sie den Wagen in St. Pauli geparkt haben.«

Es ergab keinen Sinn, die Wahrheit zu verschweigen. »Im Salsa Motion Club. Sie hat sich dort mit Freundinnen getroffen und getanzt, das ist alles.«

Schnaufend stieß Reichert die Luft aus. »Wir werden Sie im Auge behalten«, drohte er an und öffnete die Tür. »Noch so ein Ding lasse ich nicht durchgehen, egal, was sie sagt.«

Das gesamte Team war versammelt, auch jene, die eigentlich krankgemeldet waren.

Auf sein Zeichen hin wurde das Licht gelöscht, und ein Beamer projizierte Fotos an die Wand. »Das sind Personen, die in den letzten Tagen wiederholt in der Nähe der Familie gesichtet worden sind. Solange sie nicht identifiziert und bestimmten Gruppen zugeordnet werden können, gilt eine erhöhte Sicherheitsstufe. Gut möglich, dass es sich wieder um eine Gruppe Umweltaktivisten handelt, die von van Hollands nächstem Vertragsabschluss Wind bekommen haben und eine Protestaktion planen. Wenn wir die Motivation kennen, wissen wir hoffentlich auch, worauf wir uns einstellen müssen. Kontrollieren Sie vor jeder Fahrt die Unterseite der Wagen und die Radkästen auf Sprengsätze. Verdächtige Personen sind sofort zu melden. Wer zu krank für Außeneinsätze ist, bleibt hier in der Zentrale als Verstärkung. Das ist zu diesem Zeitpunkt alles, was wir wissen.«

Maik sah sich die Fotos gut an, aber niemand kam ihm bekannt vor.

Alles Menschen, die zwischen zwanzig und maximal vierzig Jahre alt waren, die durchaus der Ökoszene angehören konnten.

Auf der anderen Seite des Raumes husteten einige. Es war sicher nicht die beste Idee, die Viren ins Team zurückzuholen.

»Jenny van Holland fliegt morgen mit ihrer Nanny nach Mailand, Piotre und Claus fliegen mit, der Rest von euch weiß, was zu tun ist. Ich erwarte eine permanente Aktivierung der Tracker.«

»Man sollte der Familie welche umbinden«, raunte jemand neben Maik und putzte sich die Nase.

»Sicher, dass die keine haben?« Maik sah einen ziemlich kranken Mann von vielleicht Anfang dreißig. Für ein Mitglied dieses Teams hatte er außergewöhnlich lange Haare, sie reichten in wirren, blonden Locken bis zu den Ohren. Ein Paradiesvogel unter den Veteranen.

»Die kleine Jenny schon, dem Rest genügt es, wenn die Wachhunde gechipt sind.«

Maik musste grinsen. Lynn nannte Reicherts Truppe auch immer Hunde.

»Ich bin Gerrit, der Typ, den du gestern vertreten musstest.«

Sie reichten einander die Hände, wobei Gerrits sich feucht und kalt anfühlte. »Sicher, dass du schon wieder arbeiten kannst?«

Mit einem Schulterzucken tat er diese Frage ab. »Es ist nicht die Zeit, um krank zu sein. Soweit ich gehört habe, hast du dich schon unbeliebt gemacht.«

Ach, darüber wird also geredet …

»Marginal«, erwiderte Maik nur knapp.

»Mach dir nichts draus, sie bringt jeden in Schwierigkeiten.«

Die Besprechung wurde beendet, und einzelne Gespräche füllten den Konferenzraum mit Murmeln.

»Was genau ist hier los? Gibt es tatsächlich eine Bedrohung?« Als das Hauptlicht wieder eingeschaltet wurde, musste Maik blinzeln.

»Vor drei Jahren wurde van Hollands Tochter schon mal beinahe entführt. Sie hat damals ganz schön was abbekommen. Einen einzigen Tag war ich mal nicht auf meinem Posten, und es wäre beinahe das Schlimmste passiert. Deswegen sind alle so angespannt.«

Wahrscheinlich war Gerrit heute für Lynn zuständig, weil er damals bei der Tochter versagt hatte.

»Wie geht es jetzt weiter?«

Nachdenklich sah Gerrit in die Runde. »Nun, die fleißigen Bienchen fliegen aus und nehmen ihre Posten ein, während der Rest von uns alles für die erhöhte Sicherheitsstufe in die Wege leitet. Das bedeutet, du fährst zu Lynn und sorgst vorerst dafür, dass sie ihre Wohnung nicht verlässt, bis wir wissen, ob Gefahr in Verzug ist oder nicht.« Er legte Maik eine Hand auf die Schulter. »Es gefällt Reichert nicht, dass Lynn auf dich besteht, weil du noch nicht lange genug bei uns bist. Wenn er dir zu Recht misstraut, schwör ich dir, dass ich dir die Eier abreiße.« Er grinste, um den letzten Worten die Spitze zu nehmen, und sah dabei aus wie Heath Ledger in *Ritter aus Leidenschaft*. Zweifelsohne meinte er es trotzdem ernst.

Maik klopfte ihm lässig gegen den Oberarm. »Alles klar, schön, dass wir das geklärt haben.«

Was für Freaks.

Nach und nach löste sich die Runde auf, und jeder ging an die Arbeit.

»Ich fahr dann mal.«

Gerrit tippte sich gegen die Stirn. »Aber nicht ohne deine Ausrüstung.«

Maik war froh, dass er niemanden mitnehmen musste. Das Schicksal schien der Meinung zu sein, er müsse mehr Zeit mit Lynn verbringen, ohne eine vernünftige Pause, in der er hätte nachdenken können. Nach drei sehr entspannten Wochen erfuhr er nun, wie vereinnahmend der Job sein konnte. Er sah auf den Tracker an seinem Arm, das kleine Kontrolllämpchen leuchtete beständig.

»Hier.« Gerrit winkte ihn zu einem geöffneten Waffenschrank und holte eine Pistole heraus. Wahrscheinlich waren die anderen deshalb Ex-Soldaten, weil sie im Zweifelsfall keine Skrupel hatten, zu schießen.

»Du kannst doch schießen?«

Es war eine P8 in einem Gürtelholster, das sich mit zwei Handgriffen befestigen und fixieren ließ. Maik nahm sie entgegen und steckte sie am Gürtel fest. »Sicher, der Waffenschein ist ja Grundvoraussetzung für diesen Job.«

»Nach dem, was ich über dich gehört habe, bräuchten wir für dich auch einen. Du bist so ein Kung-Fu-Crack, richtig?« Gerrit taxierte ihn. »Hast du auch ein paar Ninja-Sterne einstecken?«

»Nicht gerade Kung-Fu, aber ja, das kommt schon hin.« Tatsächlich waren ihm Wurfwaffen generell lieber als Pistolen. Er konnte mit einem Messer auf acht bis zehn Meter sicher ins Ziel treffen.

»Und du musst dein Smartphone abgeben.«

Instinktiv fasste Maik an die Tasche, in der sich sein Telefon befand. »Ist das wirklich nötig?«

Fordernd streckte er die Hand aus. »Hast du ein iPhone?«

Maik nickte bestätigend.

»Bei der Mafia wäre das Teil längst im Meer gelandet. Viel zu unsicher. Na los, gib schon her.«

Widerwillig holte er es aus der Tasche und schaltete es komplett aus, bevor er es Gerrit aushändigte.

»Für die Kommunikation sind diese Funkgeräte da. Dein Rufname lautet Alpha neun, sämtliche Kommunikation läuft über die Zentrale.« Ein starker Hustenanfall unterbrach die Anweisungen. Gerrit drehte sich weg und hielt sich ein Taschentuch vor den Mund. Er sollte lieber ins Bett gehen, statt die Viren im gesamten Konferenzraum zu verteilen.

Maik steckte das Funkgerät auf der anderen Seite an seinen Gürtel und wartete geduldig, bis Gerrit sich blass und verschwitzt wieder zu ihm wandte.

»Du solltest wirklich nicht hier sein«, sagte Maik und sah ihn prüfend an. Die Grippe setzte dem Kollegen schwer zu. Durch das angestrengte Husten waren Äderchen in den Augen geplatzt. Der Schweißfilm sah unangenehm kalt aus auf der fast weißen Haut.

»Du auch nicht mehr, sieh zu, dass du loskommst.«

Das ließ Maik sich nicht zweimal sagen. Froh, von der Grippe, dem schlecht gelaunten Vorgesetzten und der angespannten Stimmung wegzukommen, zog er sich die Motorradsachen wieder über und fuhr los. Das Gewicht der P8 drückte auf seine Hüfte und erinnerte ihn permanent daran, dass er eine scharfe Waffe bei sich trug. In seiner Ausbildung hatte er alles gelernt, was er beim Gebrauch beachten musste, um rechtlich abgesichert zu sein. Trotzdem bevorzugte er faire Zweikämpfe, was in diesem Job ein eher lächerlicher Gedanke war. Wer die Schutzbefohlenen angriff, hatte in der Regel kein Interesse an Fairness.

Bis zu Lynns Wohnung hatte Maik all seine Gedanken geordnet. Er war gut darin, systematisch an Aufgaben heranzugehen. Von allen Kollegen im Team hatte er wahrscheinlich den lässigsten Job, aber gerade deshalb durfte er nicht unvorsichtig werden. Der Sicherheitsmann ließ ihn den Helm abnehmen und öffnete das Tor erst, als er ihn identifiziert hatte. Sie alle waren angespannt, der Angriff vor drei Jahren musste sehr schlimm gewesen sein. Damals musste van Hollands Tochter gerade mal sechs Jahre alt gewesen sein. Was stimmte mit Menschen nicht, die, ohne zu zögern, ein Kind entführten oder sogar verletzten? Für Erwachsene war es schon schwer, Angst auszuhalten, aber ein Kind trug sicher sein ganzes Leben an so einem Trauma. Dafür machte Jenny einen sehr fröhlichen Eindruck. Das war wohl der Vorteil, wenn man die besten Therapeuten engagieren konnte.

Maik stellte das Motorrad neben der Limousine ab und ließ die Schutzkleidung bei der Maschine zurück.

Ein Lächeln stahl sich auf seine Lippen, weil er auf dem Weg zum Fahrstuhl an die letzte Nacht denken musste. Sie nach oben zu tragen, war angenehm vertraut gewesen.

Während die Türen sich schlossen und die Kabine sich in Bewegung setzte, machte er sich Gedanken darüber, wie sie heute auf ihn reagieren würde. Er hoffte, dass sie sich noch daran erinnern konnte, dass nichts passiert war, das ihr unangenehm sein musste.

Im Flur vor ihrer Wohnungstür lag ein schmaler roter Teppich, der Maiks Schritte dämpfte. Bevor er klingelte, atmete er tief durch, dann betätigte er den Knopf und klopfte gleichzeitig, damit sie merkte, dass er bereits vor der Tür stand.

»Wer ist da?«, fragte sie nach einigen Herzschlägen.

»Hier ist Maik, die Sicherheitsstufe wurde erhöht. Ich soll bei Ihnen bleiben.«

Sie öffnete, sah ihn kurz durch den Spalt an und ließ ihn dann eintreten.

Lynn war ungeschminkt und trug einen schwarzen Jogginganzug, was sie fast noch bezaubernder aussehen ließ.

»Weiß Reichert schon Genaueres?« Angst schwang in ihrer Stimme mit.

»Nein, bislang sind alles nur Vorsichtsmaßnahmen. Gut möglich, dass an allem gar nichts dran ist.«

Sie ging vor zum ebenso schwarzen Sofa, und Maik folgte ihr. In der Nacht zuvor hatte er sich nicht genauer umgesehen. Ihre Wohnung war elegant, aber gemütlich eingerichtet. Schwarz und Weiß dominierten, aber Maik konnte überall persönliche Dinge entdecken, die diese Räumlichkeiten zu einem Zuhause machten: getrocknete Rosen, Fotos, geöffnete Briefe oder kleine Nippsachen.

»Der letzte Entführungsversuch muss sehr schlimm gewesen sein«, sagte er und blieb neben dem Sofa stehen. »Wissen Sie mehr darüber?«

Über die Schulter hinweg sah sie zu ihm. »Grauenhaft trifft es eher.«

»Wie alt ist seine Tochter da gewesen, sechs? Erstaunlich, dass aus der Kleinen trotzdem so ein Sonnenschein geworden ist.«

Lynn presste die Lippen aufeinander und nickte betroffen. Auch dazu schien sie mehr sagen zu wollen, als über ihre Lippen kam.

»Tut mir leid, es muss schwierig für Sie sein, von allem so abgeschnitten zu sein, obwohl Sie ja irgendwie schon zur Familie gehören.« Wahrscheinlich empfand sie sogar etwas für den alten van Holland. Kein Gedanke, der ihm gefiel, aber das ging ihn nichts an.

Sie betrachtete ihn einen Augenblick, dann deutete sie auf das zweite Sofa. »Bitte, setzen Sie sich.« Mit zusammengekniffenen Augen atmete sie mehrfach tief ein. Irgendetwas belastete sie. »Mir tut es leid, dass ich mich gestern so aufgeführt habe«, wechselte sie das Thema. Von ihrer vorherigen Selbstsicherheit war nicht mehr viel zu spüren. »Manchmal ist es schön, für einen Augenblick zu vergessen, wer man ist.«

Maik wusste genau, was sie meinte. »Es gibt nichts, was Ihnen leidtun muss. Sie haben sich amüsiert, und ich habe Sie sicher nach Hause gebracht. Alles so, wie es sein sollte.«

»So hätte es sein sollen«, sagte sie und senkte den Blick auf ihre Finger.

Am liebsten hätte er den Platz gewechselt, um sie in den Arm zu nehmen. Es tat ihm leid, sie so traurig zu sehen.

»Ich bin für Sie da.« Er stützte sich mit den Ellbogen auf den Knien ab, um ihr zumindest etwas näher zu kommen. »Sie können mir vertrauen. Was immer Sie brauchen, sagen Sie es ruhig. Gestern ist nichts passiert, worüber Sie sich Sorgen machen müssen. Herr van Holland wird nichts davon erfahren.«

Mit einem bitteren Lächeln sah sie ihm in die Augen. »Sind Sie ein freier Mann, Herr Thomer?«

Maik wusste nicht genau, worauf sie anspielte. »Ich bin ungebunden«, antwortete er deshalb knapp. Unruhig wippte er mit einem Knie, weil er noch immer auf dem falschen Sofa saß. Die Unruhe wuchs, je länger sie redeten, und er wusste nicht, wie lange er den Drang, zu ihr zu gehen, unterdrücken konnte.

»Das heißt, Sie könnten morgen Ihre Sachen packen und in eine andere Stadt oder ein anderes Land ziehen? Einfach so?« Sie schnippte mit den Fingern.

Maik hielt es nicht mehr aus. Er stand auf und setzte sich neben sie. »Sagen Sie mir, was los ist. Brauchen Sie Hilfe? Wollen Sie dieses Leben hinter sich lassen?«

Ihm war klar, dass er weitere Grenzen überschritt, aber es lag an ihr. Welche Sorgen sie auch quälten, er wollte sie von ihr nehmen.

»Das kann ich nicht. Dies ist mein Leben, hier gehöre ich hin, aber der Kuss geht mir nicht mehr aus dem Kopf.«

Bei diesen Worten erwachte das Kribbeln in seiner Körpermitte, das er so sehr zu unterdrücken versuchte. »Ja, das hätte ich nicht tun sollen«, sagte er schnell. »Tut mir ehrlich leid.«

Sie rieb sich mit beiden Händen übers Gesicht. »Richtig, das hätte nicht passieren dürfen. Ich muss Ihnen etwas Wichtiges über mich verraten, aber ich wünschte, ich könnte es für mich behalten.«

Tränen glitzerten in ihren Augen, und sie biss sich immer wieder auf die Lippen, als würde sie versuchen, die Worte zurückzuhalten. Dabei wusste er längst, was sie sagen wollte. »Es ist mir egal«, kam er ihr zuvor. »Ich weiß, was Sie sagen wollen, und ich pfeif drauf.« Sein Bauchgefühl übernahm vollkommen die Führung. »Ich verstehe, dass es für Sie schwierig ist, sich auf jemanden einzulassen. Wir beide haben Jobs, die nicht gerade beziehungstauglich sind. Sie wollen mir sicher sagen, dass Sie Ihren Job nicht aufgeben werden, dass es früher oder später zum Problem werden wird, und dass das mit uns keine Zukunft hat. Ich weiß auch, dass ich mich eigentlich zusammenreißen und neben der Tür postieren sollte. Aber ich möchte für Sie da sein. Nicht als jemand, der nur herumsteht und so tut, als würde er nicht sehen, was Sie eigentlich brauchen.«

»Und was brauche ich?«, fragte sie und sah ihn offen an.

»Jemanden, bei dem Sie nicht unentwegt perfekt sein müssen. Ich weiß, dass meine Worte unangemessen sind, aber Sie können mir vertrauen, wenn Sie es wollen.« In ihren Augen sah er die gleiche Zuneigung, auch wenn sich vor Anspannung feine Linien auf ihrer Stirn abzeichneten. Er warf die Förmlichkeiten über Bord. »Ich werde nicht verlangen, dass du dein Leben änderst, aber das zwischen uns fühlst du doch auch, oder?« Ihm kam diese Frage so albern vor, als wäre sie von seiner Unsicherheit dazwischengerufen worden, aber jetzt stand sie im Raum und ließ sich nicht wieder zurücknehmen.

»Du würdest das nicht sagen, wenn du mich richtig kennen würdest.« Sie umfasste sich mit beiden Armen. »Das bringt dich nur in Schwierigkeiten. Es gibt keine heile Welt, in die wir heimlich fliehen können. Ich hätte dir niemals begegnen dürfen. Als ich hörte, dass Gerrits Vertretung mich fahren würde, wollte ich dich vorführen, weil die Neuen immer glauben, sie wären der Boss und könnten mich herumkommandieren. Aber als du neben mir auf dem Klo gesessen hast, wusste ich schon, dass du anders bist. Ich wollte das nicht wahrhaben, aber als du mich geküsst hast …«

Dieses Kennenlernen würde er auch nie vergessen. So peinlich es gewesen war, es brachte ihn zum Lächeln, wann immer er daran dachte.

»Es gibt so vieles, das du nicht über mich weißt.« Sie sah aus, als würde sie jeden Moment aufstehen und dieses Thema für immer beenden wollen, um die Vernunft siegen zu lassen. Niemand verstand das besser als er, auch wenn er diesen Kampf bereits verloren hatte.

»Ich weiß alles, was ich über dich wissen muss, können wir nicht alles andere draußen lassen, wenn wir alleine sind? Die heile Welt, von der du gesprochen hast, die gibt es. Hier drin.« Er tippte sich gegen die Schläfe. »Wenn wir es wollen. Egal, zu wem ich dich fahren muss, was du dort machst und ob du es gerne tust, ich glaube, dass es nichts an dem ändern wird, was uns verbindet.«

Maik hatte so noch nie geredet. Er war kein Romantiker, der Frauen die Sterne vom Himmel versprach, er war eher der bodenständige Typ, der sie beschützte und für sie da war.

Sie sah ihn wieder an. »Wie lange soll das gut gehen? Einen Monat? Oder gar ein Jahr? Es gibt kaum etwas, das ich heimlich tun kann. Wir werden schneller auffliegen, als du dir über die Konsequenzen Gedanken machen kannst. Denkst du, das ist den Ärger wert? Das funktioniert nicht.«

Behutsam nahm er ihre Hand. »Vermutlich hast du recht, aber fühlst du das?« Er strich mit seinen Fingern über ihre, was sich unfassbar schön anfühlte. Als wäre ihre Haut magisch. »Seit ich dir begegnet bin, bin ich den Gefühlen gegenüber machtlos. So etwas ist mir noch nie passiert.«

Er sah ihr in die Augen und genoss es, dass sie ihre Hand nicht wegzog.

»Du sagst, du magst mich so, wie ich bin?«, fragte sie. »Ich weiß, dass der Zeitpunkt kommen wird, ab dem du mich mit anderen Augen sehen wirst.«

Er rückte dichter an sie heran. »Ich mag, dass du dir vom Leben nicht den Spaß verderben lässt, dass du die Nase krausziehst, wenn du lachst, und dass dir nie etwas zu entgehen scheint. Ich mag, dass du nach Rosen duftest und deine Schlagfertigkeit und wie du mich ansiehst. Aber mehr als das alles zusammen kann ich kaum fassen, wie aufregend deine Nähe ist. Ich möchte bei dir sein, dich halten und beschützen und ganz und gar kennenlernen.« Maik kam sich albern vor, so pathetische Reden zu schwingen, obwohl er sie kaum kannte, aber er hatte das Gefühl, keine Sekunde verschenken zu dürfen. Gleichzeitig kam es ihm so vor, als fände er einfach nicht die richtigen Worte, um nicht wie ein verliebter Spinner zu klingen. Sie fühlte es auch, das hatte er in ihren Augen gesehen, er hörte es zwischen den Zeilen und erkannte es in ihrer Angst.

»Vielleicht war die ganze Aufregung nur dem Moment geschuldet?«, sprach sie die letzte Möglichkeit aus, die noch zwischen ihnen stand. »Ich meine, vielleicht fühlt sich ein Kuss heute eher wie jeder andere Kuss an?« Ihr Blick wanderte zu seinen Lippen. Sie war wahrscheinlich Expertin für sämtliche Gefühle, die man mit einem Kuss auslösen, aber definitiv nicht erzwingen konnte.

»Dann wären wir alle Sorgen los, nicht wahr?« Er beugte sich vor, legte eine Hand in ihren Nacken und küsste sie.

Tatsächlich war es vollkommen anders, weil diesmal niemand dabei zusah. Die Wucht der Gefühle kam mit einem Schlag zurück, durchflutete ihn wie ein mächtiger Rausch. Sein Herz schlug so heftig, dass ihm schwindelig wurde. Er legte seine Arme fest um ihren Leib, fühlte ihre Hände sanft über den Rücken streichen.

Lynn fegte mit ihrer Nähe alles weg, was von Bedeutung gewesen war, und Verlangen verdrängte alle anderen Gedanken.

Sie verlagerte das Gewicht, ließ dann aber erschrocken von ihm ab und sah auf seinen Gürtel. »Bitte nimm das ab.« Sie deutete auf die Waffe und das Funkgerät.

Maik löste die Halterungen und legte beides zusammen mit dem Tracker auf den Tisch.

Ihr Blick blieb auf der Waffe ruhen. »Ich wünschte, wir beide wären jemand anderes«, flüsterte sie.

Maik zog sie an sich und nickte, als er ihre Wange an seiner spürte. »Vielleicht muss alles, was sich so anfühlt, kompliziert sein?«

Sie küsste ihn auf den Hals und setzte sich vorsichtig auf ihn. Sicher konnte sie fühlen, wie erregt er war, aber sie spielte nicht mit ihm. Weder ließ sie ihr Becken kreisen, noch wandte sie irgendwelche Tricks an, um die Kontrolle zu übernehmen. Dieser Augenblick war ein Kennenlernen, ein Fühlenwollen, und er konnte nicht genug davon bekommen.

»Ich meine, sonst würden die Menschen doch ausflippen vor Glück, oder?«, brachte er seinen Gedanken beherrscht zu Ende.

Nun küsste sie seine Wange und seinen Mund. Das fühlte sich so gut an, so intensiv und überwältigend. Er ließ sich Jackett und Hemd ausziehen und streifte ihr das Oberteil über den Kopf und hörte nur für diesen kurzen Augenblick auf, sie zu küssen. Als seine Finger über ihre Hüfte strichen, fühlte er deutlich Narben auf ihrer Haut. Er löste sich von Lynn. »Woher hast du die?«

Lynn neigte den Kopf Richtung Narben und kniff mit einem gequälten Ausdruck die Augen zusammen. »Genau deshalb kann es nicht funktionieren«, sagte sie ernüchtert, stand auf und drehte ihm den Rücken zu.

»Tut mir leid, aber sind das …«

»Schusswunden? Ja, mich haben damals drei Kugeln getroffen.«

In Maiks Kopf verknüpften sich die unterschiedlichen Informationen nur unter Mühen miteinander. Er stand ebenfalls auf und legte von hinten seine Arme um sie. »Ich werde immer bei dir sein und dich beschützen, das verspreche ich dir.« Sein Herz schlug noch immer viel zu schnell. »Warum hat jemand auf dich geschossen?«

Ihr Körper war angespannt, aber sie ließ den Kopf gegen seine Brust zurückfallen und seufzte tief. »Versprich mir noch was«, forderte sie, und er fühlte ein Zittern in ihren Armen.

»Was du willst.«

»Versprich, dass du mich nicht mit anderen Augen sehen wirst. Ich meine, es ist nicht mal ein Geheimnis, du müsstest es längst wissen.«

In seinem Kopf schwangen Türen zu all den möglichen Geheimnissen auf, die Lynn belasten könnten. Vielleicht war sie krank. Oder sie gehörte zu den Umweltaktivisten? Nein, das war Quatsch. Was, wenn van Holland sie exklusiv haben wollte? Eine Möglichkeit nach der nächsten purzelte direkt aus seinem Assoziationszentrum in das kurze Scheinwerferlicht seiner Aufmerksamkeit, weil Lynn eisern darauf wartete, dass er ihr das Versprechen gab.

»Versprochen«, sagte er ernst. Was es auch war, es würde nichts daran ändern, wer sie war und was er für sie empfand.

Entschlossen schälte sie sich aus seiner Umarmung und trat zwei Schritte von ihm weg, um ihn anzusehen. In dem schwarzen BH und der Jogginghose sah sie bezaubernd aus.

»Gut, dann eben geradeheraus: Ich wurde damals angeschossen, weil ich …«

Ein Klopfen an der Tür vereitelte, dass sie weitersprach. »Frau van Holland, hier ist Gerrit, machen Sie bitte auf.«

Maik fühlte, wie ihm das Blut aus dem Gesicht wich. »*Frau van Holland?* Du bist seine Tochter?« Er wich einen Schritt zurück und schüttelte ungläubig den Kopf. »Das darf doch nicht wahr sein.« Sein Versprechen hatte keine zwei Sekunden gehalten, aber diese Tatsache änderte einfach alles.

Ihre Miene verfinsterte sich. »Ich komme«, rief sie der Tür entgegen und streifte sich das Oberteil wieder über. »Los, zieh dich an.« Ihr kühler Tonfall brachte ihre gesamte Enttäuschung zum Ausdruck, aber Maik war unfähig, auf die Schnelle etwas zu sagen.

Wie konnte ich das nicht wissen? Ich bin so ein Vollidiot!

Schnell zog er sich das Hemd wieder an, schloss die Knöpfe und steckte sich die Ausrüstung an den Gürtel. Nichts verriet, was hier passiert war. Nichts außer der Enttäuschung, die beiden ins Gesicht geschrieben stand. Der Begriff *unmöglich* hatte eine neue Steigerung erfahren. Maik konnte unmöglich etwas mit der Tochter vom Boss anfangen. Das war kein Spiel mit dem Feuer, das war Selbstmord.

Scheiße, Maik, du bist so was von am Arsch.

In der kurzen Zeit, die sie benötigte, um die Tür zu öffnen und Gerrit reinzulassen, ging er die Szenarien durch, die sein Leben durcheinanderbringen würden. Vom Zorn ihrer Familie mal abgesehen, gehörte sie zu den Menschen, die am meisten beschützt werden mussten. Jenen, die den van Hollands schaden wollten, schien jedes Mittel recht zu sein. Wie sollte er auf sie aufpassen, wenn sie ihn gleichzeitig so sehr ablenkte? Aber wenn er nicht auf sie aufpassen konnte, konnte er nicht mehr bei ihr sein. Doch wie sollte er unterdrücken, was er für sie empfand? Sein gesamter Körper reagierte auf sie. Auch jetzt noch durch den Schock hindurch. Er wollte ihr nachgehen, sich entschuldigen und ihr zeigen, dass er dennoch jedes Wort ernst gemeint hatte, aber dafür war es zu spät.

Er war ein Niemand. Ihre Welt verstand er immer nur aus Sicht eines Angestellten, er könnte nie ein Teil davon sein. Und eine Frau wie sie würde sich niemals mit weniger zufriedengeben. Es war ein Mythos, dass wahre Liebe über alle Hindernisse hinweghalf. Diesen Drahtseilakt konnte sie nicht wollen – und er auch nicht.

Er hörte sie mit Gerrit im Flur reden und war dankbar für jede Minute, in der er zur professionellen Haltung zurückfinden konnte.

In ihm schrie alles nach Bewegung. Wenn sein Kopf randvoll mit Chaos war, half es, wenn er ein paar Kilometer lief oder jemanden beim Kampfsport herausfordern konnte. Auch Liegestützen oder Sit-ups wären gut, aber er musste hierbleiben, auf dem Sofa sitzen und damit leben, dass er Gerrit unentwegt wegwünschte, damit er mit Lynn reden konnte.

»Was soll das heißen, die Gesichtserkennungssoftware hat bei niemandem ein Ergebnis gebracht?« Lynn ging vor und klang wütend.

Hinter ihr folgte Gerrit, der schrecklich krank aussah. »Ich habe sie selbst durchgeführt. Alle Personen, die wir überprüft haben, konnten zumindest nicht mit radikalen Vereinigungen in Verbindung gebracht werden. Dann hätten wir etwas gefunden. Deswegen hat Herr Reichert mich hinterhergeschickt. Es ist nur eine Vorsichtsmaßnahme, Sie kennen das ja.«

Sie deutete auf das Sofa gegenüber von Maik und setzte sich in den einzigen Sessel auf der Stirnseite des Couchtischs.

»Ich wollte Herrn Thomer gerade erzählen, wie Sie mir das Leben gerettet haben.« Nichts in ihrer Mimik oder Stimmlage verriet, was zuvor passiert war. Lynn hatte sich perfekt im Griff, wahrscheinlich zeigte sie selten ihre Gefühle, aber bei Maik hatte sie es getan – und er hatte es vergeigt.

»Ich dachte, du hättest an dem Tag freigehabt?«, fragte er Gerrit. Sein Kopf arbeitete wieder mit, aber es kostete ihn viel Konzentration, einen ruhigen, professionellen Eindruck zu machen.

»Richtig, er ist bei mir gewesen, an jenem Abend.« Jetzt provozierte sie Maik, damit hätte er rechnen sollen. Seine Reaktion war verletzend gewesen, das wusste er selbst, aber wenn sie glaubte, alles würde einfacher, indem sie ihn wegstieß und Gründe lieferte, die Finger von ihr zu lassen, dann verkannte sie, wie schnell seine Vernunft weiche Knie bekam, wenn sie in seiner Nähe war.

»Also nicht *bei ihr*«, korrigierte Gerrit. »Ich hatte nur erwähnt, dass ich den neuen Klub auch gern ausprobieren wollte, und Frau van Holland hatte mir eine Karte geschenkt. Ich bin nur privat dort gewesen. Björn hatte an jenem Abend ihren Schutz übernommen.«

Bei diesem Namen verzog sie schmerzvoll das Gesicht. »Na los, erzählen Sie weiter.«

»Alles?«

Sie nickte.

Gerrit rutschte vor auf die Kante und stützte die Ellbogen auf den Knien ab. »Björn war noch nicht lange bei uns gewesen, gerade aus Afghanistan zurück mit einer posttraumatischen Belastungsstörung, die leider keinem bis zu jenem Abend aufgefallen war. Auf dem Weg zum Auto wurden sie von bewaffneten Leuten umzingelt, die Frau van Holland aufforderten, mitzukommen. Da ist bei Björn eine Sicherung durchgebrannt. Er zog seine Waffe und feuerte los, aber er hat nicht auf die Angreifer geschossen, sondern nur auf Frau van Holland.«

Maik wagte einen Blick zu ihr. Mit versteinerter Miene hörte sie zu und vermied es, ihn anzusehen. Eine Hand lag an der Stelle, an der er die Narben gesehen hatte.

»Als ich die Schüsse hörte, bin ich sofort rausgerannt. Keine Discobässe der Welt könnten verhindern, dass ich einen Schuss erkenne. Und da stand Björn mit der Waffe in der Hand und sah fassungslos auf Frau van Holland, die schwer verletzt vor ihm lag. Von den Angreifern fehlte jede Spur. Ich war unbewaffnet, also habe ich auf ihn eingeredet, weil ich dachte, er sei einfach nur durchgedreht.«

»Er hat mir das angetan, weil er durchgedreht war«, sagte Lynn und wischte sich eine Träne von der Wange. »Sonst hätte er sich anschließend wohl kaum in den Kopf geschossen.«

»Richtig«, bestätigte Gerrit. »Bevor er das getan hat, sagte er, dass es ihm leidtäte. Augenzeugen riefen die Polizei, und ich kümmerte mich um Frau van Holland.«

»Er sagte mehr als das«, ergänzte Lynn. »Er sagte, er habe nicht zulassen können, dass sie mich bekommen, und dass ein schneller Tod besser für mich wäre. Erst dann hat er sich erschossen.« Sie sah kurz zu Maik. »Bei meiner Familie gibt es eine Regel, die von jedem in diesem Zirkus eingehalten werden muss: Schweigen ist Gold. Mein Vater bezahlt viel für meinen Schutz, aber seit drei Jahren warte ich darauf, dass diese Menschen zurückkommen und diesmal erfolgreich sein werden.« Etwas in ihrem Wesen verschloss sich, wodurch sie wieder zu der kapriziösen Frau wurde, die Maik im Bad kennengelernt hatte.

»Ich will nicht in Angst leben, nicht hier eingesperrt sein und ständig kontrolliert werden. Sie beide sind für meinen Schutz zuständig. Es ist mir egal, wie anstrengend dieser Job für Sie sein wird.« Lynn stand auf, und Maik fragte sich, wie er so falsch hatte liegen können. Sie war ganz eindeutig Peter van Hollands Tochter. Weniger dem Aussehen nach, es zeigte sich vielmehr in ihrer Körpersprache. »Ich werde meine Freunde weiterhin treffen und zu den Vorlesungen an der Uni gehen. Stellen Sie sich drauf ein, dass ich mein Leben leben will und Sie sich gefälligst im Hintergrund zu halten haben. Wenn Sie mich mit Verdachtsmomenten verrückt machen, werde ich um Ersatz bitten. Egal, was ich hier tu und mit wem ich es tun werde, ich will Sie nicht sehen und nicht hören, wenn es nicht zwingend notwendig ist. Die Instruktionen meines Vaters interessieren mich nicht, auch nicht, ob Sie Ärger bekommen, wenn ich dagegen verstoße. Da drüben ist Ihr Trakt, Sie haben dort alles, was Sie brauchen, ich sage Ihnen Bescheid, sollte ich Sie heute noch benötigen.«

Sie drehte sich um, und Maik sah ihr nach, bis sie im Schlafzimmer verschwunden war.

»Wow, die ist heute ja wieder bombig drauf.« Gerrit stand ebenfalls auf und deutete auf eine gegenüberliegende Tür. »Na komm, wir gehen ihr besser aus dem Weg.«

Genau das wollte Maik nicht. Er wollte ihr folgen, über alles reden und ihr zeigen, dass ihr Status zwar alles komplizierter machte, an seinen Gefühlen sich jedoch nichts änderte. Ihre Enttäuschung tat ihm leid, das hatte er nicht gewollt, und es fühlte sich schrecklich falsch an, in die entgegengesetzte Richtung zu gehen.

»Sie muss großes Glück gehabt haben, so ein Bauchschuss ist übel«, sagte er, während er Gerrit folgte.

Sein Kollege blieb stehen und musterte ihn prüfend. »Woher weißt du, dass ihr in den Bauch geschossen wurde?«

Das Blut schoss ihm ins Gesicht. Die Bilder, wie sie ohne Oberteil auf seinem Schoß gesessen hatte, brachten die Aufregung zurück. Er musste sich räuspern. »Sie ist gestern so betrunken gewesen, dass sie sich im Flur schon ihr Kleid über den Kopf gezogen hat. Da habe ich die Narben gesehen, aber ich schwöre, dass ich sofort gegangen bin.«

Gerrit legte ihm brüderlich eine Hand auf die Schulter und schob ihn weiter. »Ist dieser Job nicht wunderbar? Ich mag es, wenn die Reichen die Kontrolle verlieren.«

Durch die Tür gelangten sie in ein voll eingerichtetes zweites Apartment mit offener Küche zum Wohnzimmer, zwei Schlafzimmern und einem Bad. »Herr van Holland besteht in Krisenzeiten darauf, dass Lynn rund um die Uhr beschützt wird. Jennys Schutz ist leichter, weil sie in ihrem Alter sowieso behütet wird. Aber ich denke, es liegt auch an dem Vorfall, dass er bei Lynn ängstlicher ist.« Er schloss die Tür hinter sich. »Eltern haben wohl immer ein Lieblingskind, bei den van Hollands ist es Lynn. Jenny wird eigentlich mehr von der Nanny großgezogen.«

»Ich habe zwei jüngere Brüder. Es ist nie lustig, das älteste Kind zu sein.«

»Oh Gott, sehen die alle so aus wie du? Dann solltet ihr eine Boyband gründen, die Mädels lägen euch zu Füßen.« Gerrit holte sich ein Mineralwasser und fläzte sich aufs Sofa. Es war angenehm, dass keiner der anderen Kollegen hier war. Gerrit war so ganz anders als sie, viel offener und freundschaftlich, aber auch fürchterlich krank. Je mehr er sprach, desto häufiger musste er husten.

»Mädels sind mir egal, eine Frau fürs Leben würde mir reichen.« Maik sah sich in der Wohnung kurz um und wusste nicht so recht, was er von diesem Sicherheitsextra halten sollte. Im Bad lagen eingepackte Zahnbürsten, Einwegrasierer, und in einem Halter neben dem Waschbecken befanden sich Plastikbecher. Auch wenn dies ein abgeschlossener Bereich war, konnte Lynns Vater jederzeit dafür sorgen, dass sie unter permanenter Beobachtung stand.

Ihr Vater. Maik blieb im Bad, um einen Moment allein zu sein, und setzte sich auf die geschlossene Toilette. *Scheiße, Maik, du bist am Arsch.* Er vermisste sein iPhone. Seine Freunde hätten sicher ein paar aufbauende Worte für ihn parat gehabt, aber er hatte keine Möglichkeit, sie anzurufen.

Neben ihm befand sich eine Badewanne. Maik musste wieder an das Kennenlernen denken. Er hatte es definitiv verdient, dass sie ihn im Glauben gelassen hatte, sie sei eine Escort-Dame. Wer vorschnell Rückschlüsse zog, durfte ruhig einen Holzweg bis zum Ende gehen. Ohne diese Verwechslung hätte er nie so offene Gespräche mit ihr geführt, hätte nie mit ihr getanzt und sie schon gar nicht geküsst. Was besser für ihn gewesen wäre, aber um nichts in der Welt wollte er die Zeit zurückdrehen.

Aber wie brachte er das jetzt wieder in Ordnung? Er musste mit ihr reden, aber Gerrit war hier und ging sicher nicht so schnell wieder weg.

Fünf Minuten saß Maik regungslos da und jagte in seinem Kopf den unterschiedlichen Gedanken nach, ohne einen davon richtig greifen zu können. »Na los, Maik«, flüsterte er zu sich selbst. »Was tun wir, wenn wir etwas nicht ändern können? Wir akzeptieren es.«

Also akzeptierte er, dass er jetzt nicht mit ihr reden konnte, dass der kranke Gerrit bleiben würde und dass die Umstände sich nicht ändern ließen. Er musste lediglich seine Erinnerungen unter Kontrolle bringen. Immer wieder blitzten Bilder auf und schürten die Erregung in seiner Körpermitte. Ihre Haut hatte sich so gut angefühlt. Allein sie zu halten und zu küssen, war der Wahnsinn gewesen. So gar nicht fremd, als habe er sein Leben lang nur nach ihr gesucht.

Es klopfte an der Tür. »Hey, alles okay bei dir?«

»Ja, alles gut«, sagte er, so gleichmütig er konnte. An seiner Akzeptanz, dass Gerrit hier war, musste er noch arbeiten.

»Ich mach uns einen Kaffee«, schlug Gerrit vor und ging wieder.

»Fahr lieber nach Hause und kurier dich aus«, flüsterte Maik. Trotzdem stand er auf, ließ etwas kaltes Wasser über seine Hände laufen und sah sich im Spiegel in die Augen. »Denkst du, das ist echt?«, fragte er sein Spiegelbild. »Dass jemandem wie dir so was passiert?« Jeder Versuch, sich selbst die Gefühle madigzumachen, scheiterte an der Erinnerung an den Ausdruck in ihren Augen. Sie war so enttäuscht gewesen, weil sie es auch fühlte und wahrscheinlich wusste, dass sie keine Zukunft miteinander hatten.

Bevor das Gedankenkarussell erneut Fahrt aufnehmen konnte, trocknete er seine Hände ab und verließ das Bad. Gerrit war in der Küche und durchsuchte die Schränke.

»Ich hoffe, du nimmst weder Milch noch Zucker, ich finde gerade keinen.«

Maik sah gedankenverloren auf die Zuckerdose, die neben der Maschine stand. »Schwarz ist super.«

Statt etwas zu erwidern, musste Gerrit husten. Rasselnd und angestrengt.

»Du solltest lieber ins Bett gehen«, sagte Maik. »Es ist sicher niemandem geholfen, wenn wir am Ende alle krank sind.«

Gerrit nahm ein Taschentuch hervor und wischte sich damit über den Mund. Maik glaubte, etwas Rotes darin gesehen zu haben. Dass er hier war, konnte für Gerrit nicht gut sein.

»Ich lege mich später hin, lass uns erst alles besprechen, was für Lynns Schutz notwendig ist.«

Auf Knopfdruck brummte der Vollautomat und ließ Kaffee in zwei Becher laufen.

»Du magst sie, oder?«

Maik wollte den Kopf schütteln und diese Behauptung weit von sich weisen, aber er bewahrte Haltung und schaffte es sogar, ein gelassenes Grinsen vor die Wahrheit zu schieben. »Ich bin ein Mann, ich gucke hin. Geht dir doch auch so, oder?«

Dem prüfenden Blick hielt er stand. So freundschaftlich konnte es zwischen ihnen nicht werden, dass er einen Seelenstriptease hinlegte.

»Stimmt«, sagte Gerrit und lachte. »Und es ist oft ein Vergnügen, ihr Bodyguard zu sein, weil sie gern Spaß hat, wenn du verstehst, was ich meine. Sie ist nicht so langweilig wie der Rest der Familie. Aber das hat bald ein Ende.«

Maik nahm dankend einen Becher entgegen, und sie setzten sich auf die Sofas. Hier war ebenfalls alles schwarz und weiß, nur ohne persönliche Note.

»Was meinst du damit?«

»Nun, ich habe läuten hören, dass ihr Vater Hochzeitspläne für sie hat. Bei der morgigen Gala soll sie neben ihren Zukünftigen gesetzt werden. Sie weiß aber noch nichts von ihrem Glück.«

Der Becher in der Hand wurde zu heiß. Maik stellte ihn schnell auf den Tisch und lehnte sich lässig zurück. Es kostete ihn viel Mühe, seinen Worten den Klang von Small Talk zu verleihen. »So ein Leben wäre nichts für mich. Ich mag den Gedanken, dass Menschen heiraten, die einander lieben.«

Gerrit lachte so auf, dass er wieder husten musste. »Für so einen harten Kerl bist du ein ganz schöner Weichkeks.«

»Und du bist für einen Mitarbeiter von van Hollands Sicherheitsteam ganz schön gesprächig.« Er musste den Spieß einfach umdrehen, damit die Unterhaltung in eine andere Richtung ging.

»Das nervt richtig, dass alle so verschlossen sind, oder? Ich habe gleich gesehen, dass du mehr so bist wie ich. Sonst hätte Lynn dich auch nicht haben wollen.«

Für Maik war es keine besondere Gemeinsamkeit, dass sie sich wie normale Kollegen miteinander unterhielten. Ansonsten waren sie grundverschieden. Gerrit hatte etwas Opportunistisches an sich, wie jemand, der in den Tag hineinlebte, was ungewöhnlich war, wenn man bedachte, wie vorausschauend und organisiert man in diesem Job sein musste. Maik war zwar nicht mit Leib und Seele Personenschützer, aber er war gut darin, seine Klienten sicher überall hinzubringen. Während Gerrit wahrscheinlich in der Armee gedient hatte und sich eher dadurch auszeichnete, Lynn vor dem Verbluten bewahrt zu haben. »Wo kommst du her? Aus dem Osten?« Der Akzent war nicht stark ausgeprägt, aber Maik würde auf Sachsen tippen.

»Das ist richtig, ich habe zuletzt in Leipzig gewohnt, bist du schon mal dort gewesen?«

Leipzig, die Messestadt, die einen gewissen Charme hatte, aber manchmal stank. »Ja, hab dort einige Turniere bestritten.«

»Stimmt ja, du bist so ein Kampfsport-Ass. Ich leg da eher die grobe Kelle an den Tag, aber dafür immer effektiv.« So sah er auch aus. Halb Sonnyboy, aber mit den richtigen Muskeln, um jemandem die Lichter auszuboxen. »Gut, dann wollen wir mal wieder sachlich werden.« Gerrit stellte seinen Becher ebenfalls auf den Tisch und legte ein Blackphone daneben. So ein Gerät musste man besitzen, wenn man erreichbar bleiben wollte. »Der jetzige Plan sieht eine dreitägige Sicherung vor. Das bedeutet, dass alle Termine bis auf das Nötigste gestrichen werden und wir rund um die

Uhr bei Lynn bleiben. Kollegen beobachten die Übertragungen der Kameras von diesem und den anderen Gebäuden. Wenn alles ruhig bleibt, wird der Schutz wieder gelockert.«

Drei Tage. Maik wollte seinen Freunden wenigstens Bescheid sagen, damit sie sich keine Sorgen machten. »Kann ich zwischendurch meinen Leuten sagen, dass ich die nächsten Tage nicht erreichbar bin?«

»Hier, benutz meines.« Er schob ihm das Blackphone rüber.

»Ich weiß die Nummern nicht auswendig. Ich müsste kurz ins Internet.«

Gerrit zog es wieder zu sich. »Dann musst du wohl Lynn fragen. Sorry, aber mehr als telefonieren lasse ich dich damit nicht.«

Zum Glück war jeder hier vorsichtig mit allem, was er aus der Hand gab. Somit hatte er einen guten Grund, in absehbarer Zeit mit Lynn zu reden. Deswegen bat er Gerrit auch nicht, Lisas Nummer für ihn rauszusuchen, wenn er es schon nicht selbst machen durfte.

»Na los, erzähl mal was über dich. Wir werden die nächsten drei Tage viel Zeit miteinander verbringen.« Gerrit saß breitbeinig auf dem Sofa wie ein Rap-Star, der auf die tanzenden *Chicks* wartete, ein Arm ruhte lässig auf der Rückenlehne.

»Was willst du wissen?«, stellte Maik lieber eine Gegenfrage. Nach den Tagen mit den verschwiegenen Kollegen war Gerrits Neugierde irritierend.

»Was machst du so, wenn du nicht gerade auf reiche Leute aufpasst?«

»Puh, was jeder so macht, würde ich sagen. Ich treffe meine Freunde im Irish Pub und treibe viel Sport, für mehr ist da eigentlich keine Zeit. Und du?«

Gerrit rieb sich übers Kinn und grinste verschmitzt. »Verlegst du deshalb dein Liebesleben auf die Arbeitszeit?« Das war jetzt schon das zweite Mal, dass er etwas in diese Richtung sagte.

»Scheiße, Mann, wie kommst du auf so was?« *Ist das auch wieder so ein beschissener Test?*

»Bleib locker«, sagte Gerrit beschwichtigend. »Jeder, der hier neu ist, verguckt sich in sie. Ging mir nicht anders. Deswegen sag ich dir, lass es lieber.«

Maik hatte nicht vor, diese Aussage so stehen zu lassen, aber sein Kopf war wie zugebaut, und er kam nicht an die richtige Antwort heran.

»Wir sind nur Angestellte, vergiss das nicht.« Hustend drehte sich Gerrit zur Seite und presste sich ein Taschentuch auf den Mund. Maik schnaufte frustriert. Er wollte nicht mit einer Virenschleuder hier rumsitzen und sich diesen Mist anhören. Niemand musste ihm sagen, dass er nicht in ihrer Liga spielte.

»Du solltest etwas vorsichtiger sein«, sagte Maik so ruhig wie möglich. »Solche Gerüchte sind schnell im Umlauf, ich will mir gar nicht vorstellen, was für Ärger es bedeutet, wenn Reichert oder Herr van Holland so was hören. Lynn ist definitiv nicht meine Kragenweite.«

Mit rotem Gesicht vom Husten nickte Gerrit. »Du hast recht, tut mir leid. Ich leg mich mal einen Moment hin.«

Er ließ seinen Kaffee stehen und ging in eines der Zimmer.

Maik haderte mit sich. Am liebsten wäre er sofort zu Lynn gegangen, aber er wollte sichergehen, dass Gerrit auch wirklich im Zimmer blieb. Als nach zehn Minuten immer noch alles ruhig war, wagte er es. Er klopfte leise gegen die Tür, bevor er Lynns Wohnzimmer betrat und den Durchgang hinter sich schloss. Sie sah ihn aus der offenen Küche an wie eine Frau, die sich kaum bewegen konnte, weil sie jede Panzerung angelegt hatte, die sie finden konnte. Wie einsam ihr Leben sein musste, wenn sie so viel Schutz bedurfte – physisch und psychisch.

»Darf ich?«, fragte Maik und blieb stehen.

Sie nickte nur und blieb abwartend hinter dem Tresen.

Bis zu ihr waren es ungefähr zehn Schritte. Zehn Schritte, um die Worte zu finden, die nicht an der Panzerung abprallen würden.

Ihre Haltung drückte so viel Stolz und Entschlossenheit aus. Jetzt war sie durch und durch die Tochter eines Konzernmoguls.

»Ich weiß, dass ich es verbockt habe«, begann er vorsichtig und blieb zwei Meter vor ihr stehen. »Und du weißt, dass in meiner Position jeder so dämlich aus der Wäsche geguckt hätte. Die Tochter vom Boss – komplizierter geht es kaum.«

Sie hob eine Augenbraue und verschränkte die Arme vor der Brust. Demnach lief es nicht gut, aber auch noch nicht katastrophal. »Stimmt, seine Hure zu sein, hatte alles einfacher gemacht.«

»Ja, hatte es«, bestätigte er ehrlich, was sie aufgebracht nach Luft schnappen ließ. »Dadurch waren wir beide Angestellte, die trotzdem so was wie ein Privatleben hatten. Aber seine Tochter bist du vierundzwanzig Stunden am Tag. Und es ist mein Job, dich mit meinem Leben zu schützen. Wie hast du dir das vorgestellt? Heimliche Treffen, damit sich niemand über deine Liebschaft lustig machen kann?« Das war nicht das, was er hatte sagen wollen, aber es war das, was unterm Strich übrig geblieben war. Seine Gefühle schrien danach, noch ganz andere Dinge zu sagen. Dass sie sich nicht geändert hatten, dass er sie immer noch mit allen Sinnen wahrnahm und dass ihre Nähe Unglaubliches bei ihm bewirkte. Aber er schwieg, weil es das Beste war – auch wenn er sich das erst auf den letzten Meter eingestanden hatte.

»Mein Leben lang war es immer wichtiger, was die Leute sagen. Aber fein, du hast recht.« Sie sah kurz zur Uhr am Backofen, inzwischen war es schon ein Uhr mittags. »Heute Abend gehe ich aus. Meine Freundinnen holen mich um sieben hier ab. Sie können uns mit dem Wagen folgen, aber Sie halten sich im Hintergrund.«

Die förmliche Anrede war wie das Einrasten des letzten Panzerstücks.

»Sollten Sie nicht lieber zu Hause bleiben?« Maik verbarg seine eigene Enttäuschung hinter der Professionalität, die er für diesen Job von nun an umso mehr benötigte.

Ohne eine Antwort drehte sie sich um und ließ ihn stehen. Sie setzte sich aufs Sofa und nahm ihr Smartphone zur Hand. Trotz war in dieser Situation kein guter Berater. Er hatte ihre Angst gesehen, diese Art der Flucht nach vorn konnte gefährlich sein.

»Können wir nicht wenigstens darüber reden?«, startete er einen letzten Versuch.

Lynn sah ihn wütend an. »Um was zu sagen?«, fragte sie provozierend. »Wie du schon sagtest, ich bin vierundzwanzig Stunden am Tag die Tochter meines Vaters, tut mir leid, dass ich nicht seine Hure sein kann.« Sie widmete sich wieder dem Telefon. »Glaub mir, ich kenne alle dämlichen Ausflüchte, die mir versichern sollen, dass es nicht an mir läge. Ich kann das nicht mehr hören.«

Maik ließ sich auf diesen Streit nicht ein. Sie war verletzt und nicht zugänglich, darüber hinaus versuchte sie, sich zu schützen. All das kannte er von sich selbst, deshalb ging er zurück zum anderen Apartment. Bevor er die Klinke runterdrückte, blieb er ein letztes Mal stehen. »Ich weiß, wie das ist«, sagte er ruhig. »Aber ich kenne meinen Platz.« Er war in vielen Bereichen nie ein Gewinner gewesen. Alles, was er mit Fleiß und Ausdauer erreichen konnte, verdiente er sich. Seine Meistertitel, die Jobs, die er bislang gemacht hatte, und die Anerkennung, die manche ihm entgegenbrachten. Wenn etwas jedoch vom Glück abhängig war, ging er jedes Mal leer aus. Er verließ ihren Bereich ohne ein weiteres Wort, weil er die Situation nicht noch schlimmer machen wollte. Es war, als würde sich dieses starke Band zwischen ihnen unerträglich spannen, weil sie viel zu weit voneinander entfernt waren.

KAPITEL 4

Was ist schon ein Wimpernschlag? Die kurze Blindheit, vor der kein Mensch Angst hat, weil das Licht sofort wieder da ist. Unsere Schicksale waren viele Wimpernschläge. Weggeblinzelt von Macht und Geld. Darum wird es Zeit, jemandem die Augen zuzuhalten, damit alle sehen können!

* * *

Bis zum Abend lag Maik nur auf dem Sofa und starrte an die Decke. Gerrit verschlief den Tag, was für den Kollegen vermutlich auch besser war. Mental war Maik nun so eingestellt, wie er es sein musste, um diesen Job zu meistern. Von jetzt an würde alles anders werden. Auch wenn Gerrit nicht dabei war, würden Lynn und er nur noch auf beruflicher Ebene einander begegnen. Er musste während der ersten Tage nur professionell seine Arbeit erledigen, dann würde sich die angespannte Situation sicher normalisieren. Gefühle verschwanden, wenn man sie lange genug ignorierte. Zumindest hoffte er das.

»Hey, soll ich uns was zu essen bestellen?« Gerrit sah zerknautscht und wie durchgewrungen aus.

»Lynn wird gleich von ihren Freundinnen abgeholt. Ich folge ihnen.« Maik sah kurz auf die Uhr am Tracker. »Sie müssten jeden Moment hier sein.«

»Spinnt sie?«, platzte es aus Gerrit heraus. Er ging los, öffnete schwungvoll die Tür und redete sofort los, als er Lynn im Wohnzimmer antraf: »Ihr Vater hat eine Ausgangssperre für drei Tage verhängt. Die morgige Gala ist der einzige Termin, den Sie in dieser Zeit wahrnehmen, alles andere ist gestrichen.«

Maik blieb im Türrahmen stehen und hielt sich raus. Er würde sie überall hinfahren, wenn es ihr die Anspannung nahm. Sie sah wunderschön aus in ihrem schwarzen Cocktailkleid und mit hochgesteckten braunen Haaren. Gerrits Tonfall und sein Auftreten ließen sie sichtlich unbeeindruckt. Lynn lächelte sogar, während sie aufstand, sich ein Tuch über die Schultern warf und ihre Handtasche vom Tisch nahm. »Arbeiten Sie gern für mich?«, fragte sie Gerrit mit einem gefährlichen Unterton.

»Selbstverständlich.«

»Tatsächlich?«, sagte sie und blieb vor ihm stehen. »Warum kommen Sie dann in meine Wohnung und glauben, dass Sie so mit mir reden können?«

»Frau van Holland, Sie dürfen nicht …«

»Nicht was?«, fuhr sie ihn an.

Gerrit neigte den Kopf und legte verlegen eine Hand in den Nacken. »Bitte bleiben Sie hier.«

Das konnte sie nicht, Maik verstand, warum sie hier rausmusste. Eingesperrt und kontrolliert zu werden, dazu die Erinnerungen an die Schussverletzungen, gepaart mit dem, was zwischen ihnen vorgefallen war – das würde in jedem einen Fluchtreflex auslösen.

»So wie Sie aussehen, werden *Sie* definitiv hierbleiben«, bestimmte sie. »Ich weiß Ihren Einsatz zu schätzen, aber sagen Sie mir nie wieder, was ich zu tun habe.« Dann sah sie zu Maik. »Der Neue wird Schutz genug sein. Er kann uns folgen.«

Gerrit wollte etwas erwidern, sein Kopfschütteln zeigte bereits, wie dringend er sie aufhalten wollte.

»Sie werden mich nicht umstimmen«, kam sie ihm zuvor.

»In wenigen Minuten kann Unterstützung hier sein, bitte warten Sie nur bis dahin.«

Lynn lächelte ihn an, als wäre er der große Bruder, der seiner Schwester Pfefferspray in die Handtasche stecken wollte. »Ihnen und mir sitzt der letzte Überfall schwer in den Knochen, aber ich will diese Angst nicht mehr. Wenn Sie Verstärkung anfordern, können Sie mich auch gleich bei meinem Vater anschwärzen. Ich warte sicher nicht darauf, dass er die Hunde herschickt, um mich einzusperren.«

»Lassen Sie mich wenigstens fahren. Ihre Freundinnen können ihr Fahrzeug in der Garage parken«, mischte Maik sich ein. »Sollten Sie verfolgt werden, weiß ich, was zu tun ist.«

Lynn senkte den Blick und nickte. »Aber Sie halten sich im Hintergrund. Ich will Sie weder sehen noch hören.«

»Wie Sie wünschen.«

Es klingelte, die Freundinnen waren da. »Dann sei es so.«

Gerrit wirkte sehr unzufrieden. »Ich will meinen Job behalten, ich komme mit«, bestimmte er. »Die Grippe wird mich nicht umhauen.«

»Mich vielleicht schon, wenn Sie mich anstecken.« Sie ging zur Tür und öffnete. Kathi und Frauke trugen ebenfalls schwarze Cocktailkleider. So wie sie aussahen, hätten sie auch direkt auf eine Showbühne gehen können. Maik war sich sicher, dass sie ebenfalls Töchter irgendwelcher reicher Unternehmer waren. Es war bedauerlich, dass diese lockere Verbundenheit nun vorüber war. Als sie ihn ansahen, wurde deutlich, dass Lynn ihnen einiges erzählt hatte. Solidarität und freundschaftliche Anteilnahme schwangen in allem mit, was sie sagten und wie sie Lynn begrüßten.

Gerrit stellte sich neben ihn. »Hör zu«, raunte er unauffällig. »Wenn sie mich nicht dabeihaben will, musst du für zwei aufpassen. Sobald dir etwas seltsam vorkommt, packst du sie ein und bringst sie hierher, verstanden?«

Maik bestätigte. »Solltest du nicht trotzdem Verstärkung rufen?« Es war vernünftiger, auch wenn Maik die Gesellschaft der Kollegen nicht mochte.

»Du kennst sie noch nicht sehr gut. Wenn Lynn sich etwas in den Kopf gesetzt hat, ist sie unberechenbar. Seit sie angeschossen wurde, hat sich das eher verschlimmert. Wenn sie feiern geht, trinkt sie viel zu viel, und wenn ihr Schutz erhöht wird, bricht sie aus. Als würde sie das Warten auf die Entführer beenden wollen, indem es endlich passiert. Sie hätte eine Therapie machen sollen, aber in der Familie van Holland hat man sich zusammenzureißen.« Gerrit seufzte und legte Maik eine Hand auf die Schulter. »Ich sehe zu, dass du unauffällige Unterstützung bekommst, sie muss es ja nicht wissen, okay? Bete einfach, dass nichts passiert, dann wird der Alte nichts davon erfahren, und wir behalten unsere Jobs.«

»Der Tracker zeigt in der Zentrale doch eh an, dass ich meinen Posten verlassen habe.«

Die Frauen gingen in die Küche und ließen Sektkorken knallen. Für sie waren er und Gerrit nicht da. Sie stießen an, lachten und sprachen über irgendwas, das Maik nicht genau verstehen konnte.

»Ich rede mit Karl, wir bekommen das schon so hingebogen, dass kein Ärger folgen wird. Er kann Holger zu dir schicken, den kennt Lynn noch nicht. Geh auf Kanal sechs, damit wir uns unterhalten können, ohne dass jemand was mitbekommt. Dann haben wir uns an fast alle Anweisungen gehalten.«

»Bis auf die Ausgangssperre«, fasste Maik zusammen und fühlte sich nicht wohl mit der Sache. Er verstand zwar, warum sie gehen musste, aber wenn Grund für die erhöhte Sicherheit bestand, ging sie ein Risiko ein, das sie nicht richtig einschätzen konnten. Er verband das Headset mit dem Funkgerät, wählte den Kanal aus und wechselte komplett in den Bodyguard-Modus. Die Ausrüstung war erstklassig. Die Geräte sendeten einwandfrei auch über große Distanz.

»Bring sie einfach sicher zurück«, sagte Gerrit und klopfte ein letztes Mal auf Maiks Rücken, als würde er ihn in ihre Richtung schubsen wollen.

»Und wenn ich sie mir über die Schulter werfen muss«, bestätigte Maik und ging auf die Frauen zu.

Die gesamte Fahrt über tuschelten die Frauen auf der Rückbank. Lynn hatte den Gurt nicht angelegt, in ihren Augen loderte dieses gewisse Feuer, das er von Menschen kannte, die aus emotionalen Gründen handelten.

Über die Außenspiegel entdeckte er einen blauen Fiesta, der ihnen folgte, nach drei Kreuzungen dann aber zurückfiel. Der Wagen kam ihm bekannt vor. Maik war hellwach und ging im Geiste durch, wo er das Fahrzeug schon mal gesehen haben könnte oder ob er sich irrte. Wenn, dann war es ihm nicht beruflich aufgefallen.

Lynn hatte ihm die Adresse vom Apples Restaurant genannt. Einer dieser Nobelschuppen, in denen er in der Wartezeit nicht mal was essen konnte, weil es einfach zu teuer und zu extravagant für seinen Geschmack war. Er glaubte auch nicht, dass Lynn normalerweise derartige Lokale bevorzugte. Das Restaurant befand sich im Park Hyatt Hotel direkt in der Innenstadt. Hanseatischer Prunk, ein Mauerwerk voller Geschichte und jede Menge Luxus – und gewisse Sicherheitsstandards, demnach handelte sie nicht ganz kopflos.

Er hielt vor dem Eingang und ließ die Damen nach einem prüfenden Blick auf die Umgebung aussteigen, dann reichte er einem Angestellten den Wagenschlüssel, damit dieser die Limousine für ihn parkte. Von hier an gab es kein festes Protokoll mehr. Er folgte Lynn wie der verhasste kleine Bruder, der seiner Schwester den Spaß verderben wollte. Sie ignorierte ihn, nahm wie ihre Freundinnen an der Bar ein Sektglas entgegen und trank viel zu schnell.

Eine Kellnerin kam heran und deutete mit einer geschwungenen Handbewegung auf das angrenzende Restaurant. »Frau van Holland, es ist eine Freude, Sie bei uns begrüßen zu dürfen, der Tisch ist nun für Sie bereit.«

Maik warf nur einen prüfenden Blick in den Saal und postierte sich dann im Vorraum bei der Bar so, dass er Lynn sehen konnte, sie jedoch genügend Privatsphäre haben würde.

»Können wir jetzt eintreten?«, fragte sie zynisch, als er zur Seite trat. »Wollen Sie nicht noch unter den Tischen nachschauen?«

»Das wird nicht notwendig sein, Frau van Holland. Ich wünsche Ihnen einen angenehmen Abend.«

»Wie? Sie essen nicht mit?« Kathi drehte sich zu Lynn. »Ach komm, wir laden ihn ein. Er sieht ganz verhungert aus.«

Maik verschränkte die Hände hinterm Rücken und machte demonstrativ einen Schritt rückwärts. »Vielen Dank, aber das ist wirklich nicht nötig.«

Lynn sah ihn kühl an. »Sehe ich auch so.« Dann ging sie zu ihrem Tisch und setzte sich, dicht gefolgt von Kathi, nur Frauke verharrte einen Moment neben ihm.

»Ich hatte es Ihnen gesagt, nicht wahr?«, sagte sie geradeheraus. »Na ja, dann ist es wohl auch nichts Ernstes gewesen. Für Lynn tut es mir leid.«

Er sah von ihr zu Lynn. »Mir auch«, erwiderte er ehrlich. »Ich bin genau da, wo ich sein soll.«

Mit einem Grinsen drückte sie kurz seinen Arm. »Niemand von uns ist das. Wir machen nur das Beste aus allem. Können Sie das auch von sich behaupten?«

Er sah ihr nach, als sie zum Tisch ging. Waren das Richtige und das Beste in diesem Fall nicht dasselbe?

Das Restaurant war ausgebucht, und die drei Frauen zogen alle Blicke auf sich. Für die kultivierte Gesellschaft waren sie regelrecht ausgelassen, auch wenn sie nicht laut wurden oder sich danebenbenahmen. So unauffällig er konnte, behielt Maik die Gäste, Angestellten und Lynn im Blick. Gerrits kurze Rückfrage via Funk beantwortete er nur mit einem knappen Bericht, wo sie sich befanden und dass alles in Ordnung war. Nach dem zweiten Gang sahen Lynns Freundinnen nicht mehr so oft zu ihm, und Lynn wirkte zunehmend erschöpft, verstärkt durch den Alkohol.

Dann fühlte Maik sich wieder beobachtet. Das Gefühl kroch in seinen Nacken und breitete sich kalt bis zu den Schultern aus. Alarmiert sah er sich um und entdecke eine Gestalt, die sich auf der gegenüberliegenden Seite der Bar hinter einen Sichtschutz zurückzog. Maik verließ seinen Posten und ging auf ihn zu.

»Ich check mal was«, gab er an Gerrit durch. »Wann ist Holger hier?«

»Er müsste jeden Moment da sein. Was ist los?«

Als Maik dicht genug herankam, um hinter den Sichtschutz zu schauen, sah er Ruven, der davoneilte, sobald er entdeckt war.

»Eine Minute«, sagte Maik zu Gerrit.

Wahrscheinlich hatte er in dem blauen Fiesta gesessen. Maik war sich jetzt sicher, den Wagen zuvor in seiner Straße gesehen zu haben.

Was für ein kranker Stalker. Wenn er es geschafft hatte, ihn den ganzen Tag zu verfolgen, ging er geschickter vor, als Maik dem Kerl zugetraut hatte. Die Folgen der Zivilcourage wurden zu einer Belastung, die Maik absolut nicht gebrauchen konnte. Nicht nur, dass er nicht wusste, ob Andrea seine Wohnung inzwischen verlassen hatte, dieser Wichser tauchte auch noch bei seiner Arbeit auf und wurde zu einem unkalkulierbaren Risiko.

»Ich bin hier einem Bekannten begegnet«, erstattete er Bericht und ging auf seinen Posten zurück. Lynn und ihre Freundinnen saßen weiterhin am Tisch und unterhielten sich. »Es kann sein, dass er zum Problem wird, aber nicht wegen Frau van Holland, sondern weil er noch eine Rechnung mit mir offen hat. Das ist was Privates.«

»Ist das dein Ernst? Du solltest abbrechen. Bring Lynn nach Hause, bevor irgendwas passiert.«

Maik sah sich um, aber Ruven war nicht mehr zu sehen. »Alles gut, er scheint weg zu sein.«

»Fuck, Maik, wenn du abgelenkt bist, kannst du nicht auf sie aufpassen. Die Sache gefällt mir nicht.«

Ihm gefiel es auch nicht, aber die Angst, die tief in Lynn verankert war, sollte nicht grundlos entfesselt werden, nur weil Maiks Probleme ihn verfolgten. »Ich werde versuchen, das hier etwas zu beschleunigen, okay?«

»Tu das. Das war eine absolut bescheuerte Idee. Wenn Lynn wenigstens einmal nachdenken würde, bevor sie uns alle in so eine gefährliche Lage bringt.« Maik mochte es nicht, dass Gerrit ständig ihren Vornamen benutzte, als wäre sie eine gute Freundin.

In diesem Moment stand sie auf und kam auf ihn zu. »Ich melde mich wieder. Over.«

»Ich muss mir mal die Nase pudern«, sagte sie mürrisch im Vorbeigehen, und Maik folgte ihr. Vor der Tür zu den Toiletten hielt er sie zurück und kontrollierte den Raum, bevor er sie eintreten ließ. »Alles gut, da ist niemand drin.«

»Sag mir, ob du es so wirklich besser findest«, forderte sie, während sie eine Hand auf die Klinke legte, aber nicht eintrat. »Kannst du die Gefühle wirklich abschalten, nur weil ich einer anderen Gesellschaftsschicht angehöre?«

»Spielt das denn eine Rolle?«

Lynn lehnte die Stirn gegen die Tür und atmete tief durch. »Das ist das Einzige, was eine Rolle spielt.« Mit einer leichten Kopfdrehung sah sie zu ihm.

Er wusste, dass er lügen sollte. »Nein, kann ich nicht«, gab er zu. »Es ist der vernünftigere Weg, er fühlt sich definitiv nicht besser an.«

»Du hast mich angesehen, als wäre ich abstoßend.«

Maik verstand, wie verletzend es für sie gewesen sein musste, aber sie hatte keine Ahnung, was ihr Status für ihn bedeutete. »Ich bin ein Niemand. Menschen wie deine Eltern sehen schon mein Leben lang auf mich herab. Mehr als ein notwendiges Übel werde ich nie für sie sein. Und es gibt absolut nichts, was ich dir bieten kann. Ich wohne in einer winzigen Zwei-Zimmer-Wohnung, mein gesamter Besitz passt in wenige Kartons. Niemals könnte ich gut genug für dich sein.«

»Für mich oder für meine Eltern«, hielt sie dagegen. »Denkst du ernsthaft, es interessiert mich, was du besitzt? Oder dass ich Wert darauf lege, von dir Diamanten und Jachten geschenkt zu bekommen?«

Nein, das dachte er nicht. Sie war anders. Frauke hatte es gesagt, keiner von ihnen war dort, wo er hingehörte, wenn es nach dem Herzen ging.

»Wie lange kennen wir uns jetzt? Vierundzwanzig Stunden?«, sprach sie weiter.

Seinem Empfinden nach kannten sie einander schon immer.

»Mein Leben ist vollkommen durchgeplant«, sagte sie, als er nicht antwortete. »Ein Konzept meiner Eltern, das ich bis ins kleinste Detail ausführen soll. Alles, was plötzlich passiert, ist meist schlecht. Farbbomben von Tierschützern, weil mein Kleid mit Kunstfell besetzt war; Umweltaktivisten, die vor unserem Anwesen protestiert haben; Unfälle, der Entführungsversuch, der mich ins Krankenhaus gebracht hat … unvorhergesehene Ereignisse sind nie gut.« Nun drehte sie sich ganz zu ihm um. »Und dann kommst du um die Ecke – vor *vierundzwanzig Stunden* – und zeigst mir, dass auch Besonderes überraschen kann. Ehrlich, ich gebe mir große Mühe, es dir gleichzutun und die Gefühle zu ignorieren, aber ich bekomme das nicht hin. Ich will nicht das Richtige tun, ich möchte mit dir zusammen sein.«

In Maik zerbröckelte der eiserne Wille, die professionelle Distanz zu wahren. Was sie ihm sagte, weckte all die Gefühle, die er wegsperren wollte. Wenn er jetzt den Mund aufmachte, würde sein Herz sprechen, und es war schwierig genug, dass ihres gerade nicht schwieg.

Sie wusste nicht, wie schwer es werden würde, all die Häme und Kritik zu ertragen, wenn sie ein Paar würden. Ihre Eltern wären gewiss wütend, aber da waren auch noch all die anderen der Gesellschaft, die sich über Lynn lustig machen würden. Sie würden sie in den Dreck ziehen, ohne dass Maik es verhindern konnte.

Wie Lynn schon sagte, es waren nur vierundzwanzig Stunden. Es war vollkommen verrückt, nach so kurzer Zeit aus Liebe alles aufs Spiel zu setzen. Konnte man nach einem Tag überhaupt von Liebe sprechen? Die Gedanken hörten sich so albern an, aber das, was er fühlte, wenn er ihr nahe war, war alles andere als albern. Lynn war eine Wahrheit, eine Tatsache, eine Lebensveränderung – ob er es nun wollte oder nicht.

Sie soll heiraten, zauberte sein Verstand die nächste Schwierigkeit aus dem Hut. »Ich habe von den Hochzeitsplänen gehört, die dein Vater für dich hat.«

Mit verengten Augen beobachtete sie jede Regung in seinem Gesicht. Dieser Tiefschlag war nicht fair, das wusste er selbst.

»Christoph Ahrendts, nicht wahr? Schon klar, warum er morgen mein Tischnachbar sein soll. Was ich erschreckender finde, ist, dass du offensichtlich glaubst, ich hätte da kein Wörtchen mitzureden.« Wütend drückte sie die Klinke runter und schob die Tür weit auf. »Ich habe nicht vor zu heiraten. Schon gar nicht aus wirtschaftlichen, politischen oder gesellschaftlichen Gründen. Dein Versuch, meine Welt zu verstehen und zu respektieren, ist eine nette Geste, mir wäre es lieber, du würdest dahin zurückkehren, wo du mich siehst und nicht das, was an meinem Namen hängt.«

Sie ließ die Tür hinter sich zufallen. Maik blieb im Flur zurück.

Wie oft konnte man etwas verbocken, bis die letzte Chance vertan war? Sein Wunsch, die Sache mit Lynn nicht enden zu lassen, drängelte sich an allem vorbei in die vorderste Reihe. Er musste dringend mit seinen Freunden sprechen, damit sie ihm den Kopf wieder gerade rücken konnten. Wenn sie hörten, dass sie die Tochter vom Boss war, würden sie ihn mit Händen und Füßen zurückhalten. Und dann würde er ihnen wahrscheinlich erklären, warum ausgerechnet sie es sein musste.

Maik sah auf den Tracker. Das kleine Kontrolllämpchen leuchtete direkt über den Ziffern, die anzeigten, dass es auf zwanzig Uhr zuging.

Die Tür öffnete sich nach einer Weile wieder, und Lynn kam heraus. Offensichtlich hatte sie die kurze Zeit ebenfalls zum Nachdenken genutzt. »Es tut mir leid«, sagte sie unerwartet. »Ich weiß, dass ich eigentlich auf mein Leben wütend bin und nicht auf dich. Sag mir, dass ich mich irre, und dass du nicht so fühlst wie ich. Dass es Liebe auf den ersten Blick nicht gibt und ich auf einen Mythos hereingefallen bin.«

Für einige Herzschläge sahen sie einander in die Augen und verrieten die Wahrheit, bevor die Vernunft sie leugnen konnte. Die Gefühle ließen sich nicht hinter Lügen verstecken, aber Lynn schien zu verstehen, warum er nichts sagen konnte.

»Ich verspreche, dass ich es dir nicht noch schwerer machen werde.« Mit einem Seufzen wendete sie sich von ihm ab und setzte sich in Bewegung. Nichts war vorbei.

»Warte«, rief er ihr nach. Er stellte sich dicht neben sie und berührte unauffällig ihren Arm. Das allein reichte schon aus, seinen Herzschlag zu beschleunigen. »Ich will nicht, dass es aufhört.« Das war zugleich das Ehrlichste und das Dümmste, was er je gesagt hatte.

Lynn lehnte sich leicht gegen ihn, atmete tief ein und ging dann weiter. Es war entschieden, sie wählten den steinigen Weg, und Maik wusste, dass seine Freude darüber einen Rattenschwanz hinter sich herzog, der länger war als alles, was er sich vorstellen konnte.

Lynn ging zu ihren Freundinnen, während Maik auf seinen Posten zurückkehrte. Er konnte an der Art, wie die Frauen miteinander redeten, sehen, dass sie über ihn sprachen.

Jemand betrat das Lokal, Maik erkannte Holger, der ihm zunickte und sich dann an den Tresen setzte. Er war froh, dass die Verstärkung nun eingetroffen war, aber das bedeutete auch, dass er aufpassen musste, dass der Kollege nichts mitbekam.

»Gut, dass du hier bist«, sagte Maik über Funk.

»Ich habe Sascha auf dem anderen Kanal. Er hat mitbekommen, dass Frau van Holland gegen die Regeln verstoßen hat, und verlangt, auf dem Laufenden gehalten zu werden.«

Das passte zu Sascha. Maik konnte den Kollegen nicht leiden, obwohl er bislang noch nicht viel mit ihm zu tun gehabt hatte. Er schien einer dieser Typen zu sein, die sich ständig einmischten, ob es nun angebracht war oder nicht.

»Er wird sie aber nicht bei ihrem Vater anschwärzen, oder?« Das konnte Lynn jetzt wirklich nicht brauchen.

»Solange ich regelmäßig Bericht erstatte und alles ruhig bleibt, nicht.«

Karl, Gerrit, Holger und Sascha, das waren ein paar zu viele Mitwisser.

»Was ist das für ein Bekannter gewesen, dem du hier begegnet bist?« Natürlich hatte er das Gespräch mit angehört.

»Nur ein Typ, den ich gestern aus einer Bar werfen musste. Ist was Privates. Aber er ist weg, alles ist gut.« Es ärgerte ihn, dass er Ruven erwähnen musste, noch nerviger war, dass der Kerl überhaupt hier gewesen war.

»Konzentriert euch jetzt lieber«, mischte sich Gerrit ein.

Maik nickte Holger zu, und von da an herrschte Funkstille.

Der Abend ging noch zwei Stunden so weiter. Ruven tauchte nicht wieder auf, und alles blieb unauffällig. Die Frauen wechselten irgendwann an die Bar, wo Maik ebenfalls sitzen konnte, allerdings mit dem Rücken zur Bar, damit er weiterhin alle Besucher und Angestellten im Blick behalten konnte. Endlich strahlte Lynn wieder und sah ab und an zu ihm, was ihm kleine, wohlige Stromstöße verpasste. Liebe auf den ersten Blick – das war es wohl, obwohl es albern und weltfremd in seinen Ohren klang. Sie hatten beide bewiesen, dass sie ernsthaft gegen die Zuneigung angekämpft hatten, aber es funktionierte einfach nicht. Wenn sie ihm in die Augen sah, verschwand alles um ihn herum, als gäbe es nur noch Lynn.

Wie es nun weitergehen sollte, wusste Maik nicht. Aber das war jetzt auch nicht wichtig.

Gerade weil er mit ihr zusammen sein wollte, musste er aufmerksam bleiben.

Holger saß am anderen Ende der Theke und passte ebenfalls auf. Auch wenn Lynn ihn nicht kannte, wusste sie sicher, wer er war, weil sein militärisches Aussehen und der schwarze Anzug unverkennbar waren. Allerdings schien sie darauf zu achten, dass er von ihrem vertrauten Umgang mit Maik nichts mitbekam.

So wie Frauke ihn ab und an ansah, schien sie ihn für seine Entscheidung loben zu wollen, aber das musste sie nicht. Das Kraftwerk in seinem Brustkorb war Bestätigung genug. Er hoffte nur, dass sie bald einmal allein sein konnten.

Gegen halb elf betrat ein Mann die Bar, der mehrfach in Lynns Richtung schaute. Er war vor allem deshalb auffällig, weil er einfache Kleidung trug, was ihn von den Gästen unterschied. Drei weitere Personen betraten die Bar, die ebenfalls nicht hier reinpassten. Männer mit grauen Gesichtern und freudlosen Falten um die Münder, die wahrscheinlich mehr arbeiteten als sonst jemand in diesem Raum. Männer, wie Maiks Vater einer war, der nun ganz krumm ging, weil er als Bauarbeiter zu große Lasten getragen hatte, und der täglich zu viel trank und rauchte.

Die Männer gaben sich Mühe, Lynn nicht anzugucken, was Maik noch wachsamer werden ließ.

»Hast du die vier Kerle gesehen, die gerade gekommen sind?«, fragte er Holger übers Headset.

»Positiv. Wir sollten sie jetzt hier rausbringen.«

Maik sah kurz zu Holger. »Ich mach das schon, halte dich weiter im Hintergrund.«

»Check.«

Maik stellte sich dicht hinter Lynn und legte ihr eine Hand auf den Oberarm, was sofort das Kribbeln heraufbeschwor. »Wir sollten jetzt fahren«, flüsterte er angespannt.

Lynn wurde schlagartig ernst, winkte den Barkeeper heran und überreichte ihm ihre Kreditkarte. »Werden wir beobachtet?« Anscheinend waren ihr die Gefahren doch deutlicher bewusst, als der Ausflug vermuten ließ. In der vergangenen Stunde hatte sie Cocktails ohne Alkohol gewählt, was außer Maik niemandem aufgefallen war.

»Gut möglich, aber das hat noch nichts zu sagen. Ich will nur kein Risiko eingehen.«

Es sprach für ihre Intelligenz, dass sie, ohne zu zögern, seine Anweisungen befolgte.

Sie unterschrieb den Beleg, legte noch ein großzügiges Trinkgeld hinzu, dann setzte sie sich in Bewegung. Kathi und Frauke folgten kommentarlos. Sie kannten dieses Prozedere offensichtlich. Beim Verlassen des Raumes behielt er die Männer im Blick, die keine Anstalten machten, ebenfalls aufzubrechen.

»Keine Hinweise, dass sie hinterhergehen«, meldete Holger. »Beeilt euch trotzdem.«

Der Angestellte am Ausgang lief los und holte den Wagen.

Maik atmete auf, als sie alle im Innern saßen und noch immer niemand zu sehen war. »Tut mir leid, wenn ich den Abend so grob verkürzt habe, es ist wohl falscher Alarm gewesen.«

»Wir fahren Kathi und Frauke nach Hause«, bestimmte Lynn.

»Das halte ich nicht für ratsam. Ich kann sie gerne fahren, wenn wir Sie in Sicherheit gebracht haben.«

Lynn lehnte sich zum Vordersitz vor und sah ihn von der Seite an. »Ich fühle mich sehr sicher. Bitte.«

Er startete den Wagen und fuhr los. Angesichts dessen, was die Freundinnen getrunken hatten, mussten sie ihren Wagen sowieso am nächsten Tag bei Lynn abholen, aber dieser Umweg war mehr als unvernünftig. Die Freundinnen tuschelten, dann sagte Lynn: »Wir gehen noch mit rauf.«

Bis hier war es gut gegangen, aber langsam überreizte sie die Sache. »Ich sollte Sie jetzt besser so schnell wie möglich nach Hause fahren«, sagte Maik und versuchte, nicht belehrend zu klingen.

Lynn sah ihn im Spiegel an. »Tu mir bitte den Gefallen.«

»Ein Kollege folgt uns«, sagte er erklärend.

»Holger kann unten warten. Wenn Gerrit gedacht hat, ich würde nicht jeden Sicherheitsmann meines Vaters kennen, dann hat er sich getäuscht. Auf seinem Anzug hätte auch in gelber Schrift ›van Holland-Team‹ stehen können. Aber bitte, du kannst unten warten oder mit raufkommen.« Sie setzte sich wieder zurück, und alle drei Frauen warteten auf seine Antwort.

Als er nichts sagte, mischte sich Frauke ein. »Du schnallst es nicht, oder?«

Maik beobachtete den Verkehr und wusste nicht, was er sagen sollte.

»Sie will mit dir reden, ohne dass sie dabei von den Leuten ihres Vaters überwacht wird.«

»Ich schlage vor, ich konzentriere mich jetzt erst mal auf meinen Job«, erwiderte er ungehaltener als beabsichtigt. So wie Lynn nicht überwacht werden wollte, wollte er dieses Gespräch nicht mit drei Frauen führen. »Bitte legen Sie die Sicherheitsgurte an.«

Zwanzig Minuten später parkte er vor dem Gebäude, in dem Kathi und Frauke wohnten. Niemand war ihnen gefolgt, die Gegend war vollkommen ruhig, und auch Ruvens blauer Fiesta war nicht wieder aufgetaucht. Ergeben stieg er aus und öffnete den Frauen die Tür. Nachdem sie das Haus betreten hatten, gingen sie geradewegs zum Fahrstuhl. »Frauke und ich holen den Wein aus ihrer Wohnung, wir treffen uns dann bei mir.« Mit einem Grinsen überreichte Kathi Lynn den Haustürschlüssel und hakte sich bei Frauke unter.

Maik fragte nicht, warum sie den Wein nicht in Fraukes Wohnung tranken, warum sie nicht kurz warten sollten oder ob das die höfliche Umschreibung war für »wir lassen euch mal allein«. Der Fahrstuhl öffnete sich, und Lynns Hand schob sich in seine.

Sie gaben ihnen also Zeit, und Lynn vergeudete die Sekunden nicht damit, so zu tun, als wäre es nicht so. Wenn sie sich vor ihren Freundinnen zu ihm bekannte, dann vielleicht auch vor ihren Eltern? Maik wollte über sich selbst den Kopf schütteln, aber alles wurde unwichtig, als sie mit dem Daumen über seine Hand strich. Ihre Berührungen waren wie Magie, die seinen Körper durchfuhr und jede Faser erreichte.

Im vierten Stock hielt der Fahrstuhl wieder an, Kathi und Frauke gingen linksrum, Lynn zog ihn rechts zu einer Tür. Offenbar gab es pro Etage zwei Wohnungen; Überwachungskameras im Treppenhaus oder andere Sicherheitsvorkehrungen waren nicht zu sehen. Wer hier wohnte, war demnach wohlhabend, aber nicht schutzbedürftiger als die meisten Menschen in dieser Stadt.

Lynn öffnete die Tür und schaltete das Licht ein. Die geräumige Wohnung sah wie ein Schlachtfeld nach einem Farbenkrieg aus. Alles war bunt oder glitzerte, manches schien ein Mitbringsel von einer Sauftour zu sein. Klamotten lagen auf den Stühlen beim Esstisch, und diverse Zeitschriften versteckten den Couchtisch unter sich. Ein gewisser Wohlstand haftete allem an.

Er wollte etwas zu der Wohnung fragen, aber als er sich zu Lynn drehte, umfasste sie seinen Nacken und stellte sich auf die Zehenspitzen, um ihn zu küssen. All seine Gedanken wurden wieder von einer Druckwelle davongefegt. Sein Herz schlug schneller, seine Haut prickelte, und er legte wie von selbst seine Arme um sie. Ihre

Küsse schmeckten nach einer Wahrheit, die ihn ganz trunken machte. Sie war *die eine*, von der Lisa immer sagte, dass er ihr eines Tages begegnen würde. Was sie in ihm auslöste, ließ sich nicht mit Worten fassen, es verdrängte Zeit und alle Erfahrungen aus seinem Kopf.

»Warum fahrt ihr nicht weiter?«, quäkte Gerrits Stimme aus dem Headset.

Erschrocken löste Maik sich von Lynn und zeigte erklärend auf das Funkgerät an seinem Gürtel. Er räusperte sich und drückte den Knopf am Headset, um sprechen zu können. »Frau van Holland lässt den Abend hier bei ihrer Freundin ausklingen. Das wird noch etwas dauern.«

Lynn schaltete einen kleinen Deckenfluter ein und löschte das Oberlicht. Dann nahm sie seine Hand und zog ihn zum Sofa, ein rotes Monstrum, bedeckt mit unzähligen Kissen.

»Scheiße, muss das so lange dauern? Halte etwas Abstand, wenn sie betrunken sind.«

»Das werde ich«, sagte Maik und ließ sich auf das Sofa drücken. Lynn blieb vor ihm stehen und wartete.

»Ist nur zu deinem Besten. Holger wird vor dem Haus warten und Wache halten. Melde dich, wenn es weitergeht.«

»Check.« Maik zog das Headsetkabel aus dem Funkgerät, damit weitere Nachrichten laut zu hören waren, und legte dann die Ausrüstung auf den Tisch. »Ich soll mich von dir fernhalten, wenn du was getrunken hast«, sagte er und nahm ihre Hand wieder in seine.

»So viel ist es nicht gewesen«, sagte sie und machte einen nüchternen Eindruck. »Außerdem hältst du dich an die Anweisung, ich halte mich ja nur nicht von dir fern.«

Mit sanfter Kraft zog sie ihn zu sich, um ihn zu küssen. Was dann passierte, geschah wieder wie im Rausch. Bei keiner Frau hatte er je erlebt, dass sein Kopf komplett ausgeschaltet wurde. Sie zu fühlen, war intensiv und erfüllend, so hatte er Intimität noch nie erlebt. Es reichten schon die kleinsten Berührungen, um seinen gesamten Körper in Brand zu setzen. Es gab kein Ziel, das es zu erreichen galt, keine Routine. Es war nicht mal wichtig, ob er mit ihr schlief, er wollte sie nur fühlen und konnte nicht genug davon bekommen. Sie zogen einander aus, vergaßen, dass es die Narben gab, verloren sich komplett in der aufregenden Leidenschaft, und erst als er in ihr war, begriff er, wie weit sie bereits gegangen waren. Beherrscht hielt er inne, sah ihr in die Augen und versuchte zu ergründen, ob das alles zu schnell ging, aber Lynn zog ihn fest an sich und hieß jede Berührung mit tiefen, lustvollen Atemzügen willkommen. Maik schloss die Augen wieder und ließ sich fallen.

Als sie schwer atmend zwischen den zerwühlten Sofakissen lagen und Maik sie umarmte, als könne sie jeden Augenblick verloren gehen, wurde ihm erst richtig bewusst, was sie getan hatten. Kein Mensch konnte sich gegen das Außergewöhnliche wehren. Und das war sie: außergewöhnlich, liebenswert und atemberaubend.

Ohne sich viel zu bewegen, zog er eine Wolldecke von der Armlehne und breitete sie über Lynn und sich aus. Sie schmiegte sich an ihn und streichelte sanft seine Brust.

»Das war … unglaublich«, flüsterte sie. »Ich wusste ja schon, dass du dich gut anfühlst, aber das …« Mit gespreizten Fingern zeichnete sie seinen Brustmuskel nach und küsste seine Haut. In ihm kam wieder alles in Bewegung. Er drückte sie fest an sich und küsste sie auf die Stirn. Ihm fehlten die Worte. Zum ersten Mal in seinem Leben fühlte er sich vollständig. Der blinde Fleck in seinem Innern wurde ausgefüllt von ihr, und Maik war durch und durch glücklich.

»Bleib bei mir«, sagte sie fest und sah ihn an. Das Licht brannte noch, und Maik liebte es, wie zerwühlt und strahlend sie aussah.

»Ich will mit dir zusammen sein. Nicht erst in ein oder zwei Monaten, sondern jetzt. Keine heimlichen Treffen, kein Rausschleichen oder Lügen.«

Das klang wundervoll. In gewisser Weise fing in diesem Augenblick der Rest seines Lebens an. Gemeinsam konnten sie alles aushalten, was ihnen in den Weg gelegt würde, daran hatte er keinen Zweifel.

»Sag doch was«, bat sie, weil er immer noch schwieg.

Er zog sie wieder fest an sich und atmete ihren Duft ein. »Oh ja«, sagte er endlich. »Ich kann nur nicht glauben, dass so etwas möglich ist. Keine Ahnung, wie ich dich je wieder loslassen soll.« Dieser Augenblick gehörte ihnen, nicht den Sorgen, die ihre Entscheidungen nach sich ziehen würden, nicht den Einwänden oder den schlechten Erfahrungen. Er fing an, sie zu küssen. Leidenschaftlich und genussvoll, was von jeder ihrer Berührungen gesteigert wurde. So intensiv kannte er Intimität nicht, und er würde sich garantiert nie wieder mit weniger zufriedengeben können. Lynn war die Richtige.

KAPITEL 5

Maik wurde wach, weil Kathi im hellen Licht der Deckenlampe neben dem Sofa stand, sich räusperte und respektvoll Richtung Wand sah.

»Verdammt, wie spät ist es?«, fragte Lynn und suchte nach ihrer Kleidung.

Kathi drehte sich leicht in ihre Richtung und grinste. »Gleich zwei Uhr nachts. Tut mir leid, dass ich euch wecken muss.«

Verlegen suchte Maik ebenfalls seine Sachen und achtete darauf, dass die Decke wenigstens seinen Schritt bedeckte.

Als Lynn sich das Kleid überzog, fielen ihm wieder die Narben auf. In ihm zog sich etwas unangenehm zusammen. Etwas, das einem gänzlich neuen Gefühl entsprang, das er bis zu dieser Nacht nur aus den Erzählungen anderer gekannt hatte: Verlustangst.

Ihr durfte nichts passieren, niemals. Egal. wie sich die Dinge entwickeln würden, Hauptsache, es ging ihr gut.

Na super, eine Nacht mit der richtigen Frau, und ich werde zum Vollsoftie.

»Wirst du es tun?«, fragte Kathi ihre Freundin.

Lynn sah zu Maik und nickte. »Wie ich schon sagte, ich füge mich meinem Vater bei allem, was nötig ist, aber in Herzensangelegenheiten mache ich keine Kompromisse.«

Maik schlüpfte in seine Hose und sagte lieber nichts dazu. Bei der Suche nach seinem Hemd drehte er Lynn den Rücken zu.

»Woher hast du die Narben? Du bist doch kein Soldat gewesen, kommen die von deinen Jobs?«, fragte Lynn und berührte seine Schulter.

»Oh, das muss wehgetan haben«, kommentierte Kathi, die mit der Situation offensichtlich weniger Schwierigkeiten hatte als er.

Er deutete auf die Narbe auf seiner Schulter. »Eine abgewehrte Messerattacke auf einen Politiker.« Dann auf die Stelle, wo er schwere Verbrennungen abbekommen hatte. »Autounfall. Mein Klient und ich wurden von der Straße gedrängt, aber weil er angeschnallt war und der Airbag mich zum Glück nicht ausgeknockt hat, konnte ich ihn rechtzeitig aus dem brennenden Wrack ziehen. Der Rest kommt von Schlägereien, in die ich als Jugendlicher verwickelt wurde.«

Er spürte Lynns Hand auf seinem Rücken. »Wie lässt man solche Erfahrungen hinter sich?«

Schnell zog er sich das Hemd über und drehte sich zu ihr, um ihre Hände festzuhalten. Ihm war klar, dass sie das fragte, weil sie von den Erinnerungen an die Schüsse noch immer heimgesucht wurde. »Darüber reden und Zeit. Außerdem hilft es, zu akzeptieren, dass man es nicht hätte verhindern können.«

»Wenn ich euch so reden höre, möchte ich mich mit Popcorn und Taschentüchern in den Sessel setzen. Besser als Fernsehen.«

So zu fühlen, hatte nichts mit Kitsch zu tun, vielmehr bestätigte es alles, was Lisa ständig über die Liebe sagte. Jetzt verstand er auch, warum sie nach so kurzer Zeit mit Jonas zusammengezogen war und Zukunftspläne schmiedete. Lynn war Maiks Wahrheit. Jene Frau, auf die alles in ihm reagierte, die er spüren konnte, bevor er sie sah, und in deren Nähe sich alles auflöste, was ihm Kopfzerbrechen bereitete. Sie hatte sein Weltbild verändert oder gerade gerückt, wie auch immer man es nannte, es ließe sich nicht mehr rückgängig machen.

»Alpha neun? Bitte kommen.«

Alle sahen zum Funkgerät, das an die vergessene Welt da draußen erinnerte. Maik nahm es und antwortete schnell. »Alpha neun, bestätige.«

Kathi äffte tonlos den Militärton nach, und Lynn ordnete ihre Frisur.

»Fahrt nicht zur Wohnung zurück«, wies Gerrit ihn an. »Herr und Frau van Holland wurden heute Abend verfolgt. Die Order ist, dass die gesamte Familie im Anwesen zusammenkommen soll, bis geklärt ist, wer dahintersteckt und was diese Menschen von den van Hollands wollen.«

Das war die kalte Dusche, die Maik brutal in die Realität zurückholte. »Verstanden, wir machen uns gleich auf den Weg.«

»Offiziell hast du die Freundinnen von Frau van Holland nach Hause gebracht, verstanden?«, wies Gerrit ihn an. »Niemand muss von Lynns Ausflug was erfahren, aber jetzt muss es schnell gehen.«

Maik sah zu den Frauen, die zustimmend nickten.

»Verstanden«, sagte er erneut.

»Du solltest lieber hierbleiben, statt da rauszugehen, wenn da wirklich jemand auf dich wartet.« Kathi sah besorgt aus. Wahrscheinlich wusste die Freundin, wie schlecht es Lynn seit dem Überfall ging. Das war etwas, das Maik erst Stück für Stück mitbekam.

»Das geht nicht. Mein Vater schickt die Kavallerie her, wenn ich nicht nach Hause fahre.«

»Soll ich mitkommen? Als doppelte Verstärkung sozusagen. Ich meine, wenn du ihm von Maik erzählt hast, kann dein schimmernder Ritter dir die Hand halten, aber bis dahin kann ich für dich da sein.«

Mit einem Seufzen nahm Lynn ihre Handtasche vom Couchtisch und ging schon mal zur Tür. »Vielen Dank, ich komm schon klar.«

Maik legte seine Ausrüstung wieder an, steckte das Headset ein und hielt Kathi zum Abschied eine Hand entgegen. »Ich werde gut auf sie aufpassen.«

»Daran habe ich keinen Zweifel«, erwiderte sie mit einem Zwinkern und schüttelte seine Hand. »Nur wer passt auf dich auf, wenn sie es ihren Eltern sagt?«

Im Treppenhaus und vor dem Gebäude war alles ruhig. Es hatte noch mehr geschneit, sodass die Gegend friedlich und still wirkte. Vereinzelt fielen Flocken zur Erde hinab. Für Maik bedeutete es, dass er noch vorsichtiger fahren musste.

Holger parkte auf der gegenüberliegenden Straßenseite und blieb im Wagen sitzen, als Maik herauskam. Maik holte einen Spiegel und eine Taschenlampe aus dem Kofferraum und überprüfte die Unterseite und die Radkästen des Wagens, bevor er die Tür öffnete und Lynn ein Zeichen gab. Auch wenn sein Kollege im Wagen gewartet hatte, hieß das nicht, dass er nicht zwischendurch abgelenkt gewesen sein konnte. Lynn eilte zum Wagen und setzte sich hinein.

»Mach dir keine Sorgen.«

Bevor er die Tür zuwarf, nahm sie seine Hand. »Egal, was mein Vater sagt, bleib bitte bei mir.«

Maik strich über ihre Finger. »Ich lasse dich nicht allein, versprochen.«

Und halte alle Hindernisse aus, die andere uns in den Weg stellen werden.

»Alpha neun«, meldete sich Gerrit wieder über Funk. Maik schloss die Tür und umrundete das Fahrzeug.

»Wir sind auf dem Weg.«

»Ich bin in einer Minute bei euch, es ist besser, wenn wir Kolonne fahren.«

Maik blieb stehen und sah die Straße entlang. Noch war alles ruhig. »Verrätst du mir mal, was das alles zu bedeuten hat?« Für eine reine Vorsichtsmaßnahme waren die Entscheidungen zu dringlich.

»Hab ich doch gesagt, das Paar ist verfolgt worden. Wenn es um seine Tochter geht, versteht der Boss keinen Spaß.« Gerrit musste husten, was unangenehm laut durch das Headset lärmte und Maiks Ungeduld noch steigerte. Dass er jeden Moment hier sein würde, bedeutete, dass er bereits unterwegs gewesen sein musste, als er Maik die letzten Anweisungen gegeben hatte. Wahrscheinlich versuchte er, seinen Arsch zu retten, weil Lynn nicht zu Hause geblieben war. Die Funkverbindung wurde unterbrochen, dann sah Maik den Wagen in die Straße einbiegen. Bis Maik das Nummernschild und den Fahrer identifizieren konnte, legte er eine Hand an die Waffe. Holger war ebenfalls wachsam, er musste das Gespräch mit angehört haben.

Als Gerrit neben ihm anhielt, startete Holger sein Fahrzeug und wendete, damit er sich dahinter stellen konnte. Beide stiegen kurz aus. »Ist bei euch wirklich alles ruhig geblieben?« Gerrit sah sich um, aber keine Menschenseele außer ihnen war zu sehen.

Ich bin kein Anfänger, du Wichtigtuer. »Wir haben das Lokal verlassen, als verdächtige Personen es betreten hatten, aber sie sind uns nicht gefolgt. Das war alles, was vorgefallen ist.«

Holger bestätigte den Bericht und sah Maik dabei prüfend an.

»Was hat Lynn so lange gemacht?«, hakte Gerrit weiter nach und sah kurz zur getönten Scheibe. Das Wageninnere war nicht zu erkennen.

»Sie hat mit ihren Freundinnen geredet und Sekt getrunken.«

Nach einem Blick auf die Uhr verzog Gerrit das Gesicht. »Das muss viel Sekt gewesen sein, ist sie …«

Maik schüttelte sofort den Kopf. »Sie ist nüchtern und kooperativ. Ihr Vater wird nicht merken, dass sie ausgegangen ist.«

»Na ja, über ihren Aufzug wird er sich schon wundern. Lynn van Holland wird wohl kaum in einem sexy Cocktailkleid in ihrer Wohnung sitzen«, mischte sich Holger ein. »Hast du auch Spaß gehabt?«

Wütend zog Maik das Kinn zur Brust. »Würdest du bitte etwas leiser reden, bevor sie dich hören kann?«

Holger wollte noch mehr dazu sagen, aber Gerrit ging dazwischen. »Für so was haben wir jetzt keine Zeit. Gib mir die Schlüssel, ich fahre Lynns Wagen, und du setzt dich an die Spitze.« Gerrit streckte die Hand aus.

»Auf keinen Fall.« Maik umfasste den Schlüssel fester, als könne sein Kollege auf die Idee kommen, Gewalt anzuwenden. »Ich werde sie fahren.«

Gerrit zögerte, kaute auf seiner Unterlippe und schien angestrengt darüber nachzudenken. »Ich bin ihr Bodyguard«, sagte er ungehalten. »Du fährst voraus.« Wahrscheinlich fühlte er sich rausgedrängt, was nachvollziehbar war, aber Maik war nicht gewillt, auf seine Gefühle Rücksicht zu nehmen.

»Und du bist krank. Frau van Holland hat dir vorhin schon unmissverständlich zu verstehen gegeben, dass sie deine Grippeviren nicht in ihrer Nähe haben will. Du bist nicht fit genug, wenn es hart auf hart kommt, weil du gar nicht hier sein solltest.«

Gerrit sah wieder zur getönten Scheibe. Wahrscheinlich wusste er, dass Lynn ihn als Fahrer ablehnen würde. »Gut, Holger, du fährst vor, und ich folge euch. Behaltet die Umgebung im Auge und fahrt nicht zu schnell.«

Holger zögerte. Wahrscheinlich gefiel es ihm nicht, dass Maik damit durchkam, aber dann nickte er und setzte sich in Bewegung.

»Direkte Route oder einen anderen Weg?« Maik umfasste den Griff der Fahrertür.

»Fahr einfach Holger hinterher.« Gerrit stieg wieder ein und wartete, dass Holger sich an die Spitze setzte. Egal welchen Weg sie nahmen, es gab ein paar Abschnitte, zu denen sie keine Alternative hatten. Maik stieg ein, verriegelte die Türen und schnallte sich an.

Lynn hatte ihren Sicherheitsgurt bereits angelegt und sah nervös aus dem Fenster. »Was macht er hier? Ist was passiert?«

»Das soll eine Vorsichtsmaßnahme sein.« Vielleicht war Gerrit auch gleich losgefahren, weil er diesmal im Einsatz sein wollte, wenn etwas passierte.

Lynn schlang die Arme um sich und zog die Stirn in Falten. »Es ist erschreckend, wozu Menschen fähig sind. Meine Familie hat hart für den Erfolg gearbeitet. Mein Vater ist bei jedem Bau seiner Fabriken dabei gewesen, hat die Arbeitsbedingungen und Abläufe regelmäßig überwacht und sogar Betriebskindergärten auf den Geländen bauen lassen. Man kann darüber streiten, ob die Produktion von Pestiziden und Munition eine gute Sache ist, aber mein Vater ist ein verantwortungsbewusster, großherziger Mann.«

Er startete den Wagen und fuhr Holger langsam hinterher. Hinter sich sah er Gerrit, aber keine anderen Fahrzeuge, die ihnen folgten.

»Und ein reicher Mann. Manche Menschen tun unvorstellbare Dinge, um an Geld zu kommen.« Er war froh, dass es mitten in der Nacht war, weil die Fahrt dadurch schneller ging und Verfolger sich nicht so leicht zwischen anderen Fahrzeugen verstecken konnten.

»Soll ich dir verraten, was ich studiere?«

Maik dachte an BWL oder Ähnliches, damit sie in das Geschäft ihres Vaters einsteigen konnte.

»Nanowissenschaften«, sagte sie, ohne dass er raten musste. »Ich habe viel Respekt vor dem, was meine Familie aufgebaut hat, aber ich möchte lieber in die Forschung gehen. Meine Lebensentscheidungen sind ein ewiges Reizthema für meinen Vater, aber zum Glück haben sie ja noch Jenny, soll sie sich um die Familienehre kümmern.«

Maik entspannte sich etwas. »Mein kleiner Bruder ist sieben Jahre jünger als ich, das fand ich schon seltsam. Wie groß ist bei euch der Altersunterschied?«

»Vierzehn Jahre. War eine komische Zeit damals. Meine Mutter hat viel geweint, ich glaube nicht, dass sie wirklich noch ein weiteres Kind haben wollten. Jenny hatte keinen guten Start ins Leben, aber dann fing Hilda bei uns an, das hat vieles leichter gemacht. Jennys Nanny ist ein guter Muttterersatz.«

Maik kannte das ungarische Kindermädchen, das Jenny überall hinbegleitete. Sie war wesentlich herzlicher als Gitta van Holland.

»He Maik.« Lynn zog den Gurt so weit heraus, dass sie sich vorlehnen konnte, legte die Arme auf den Beifahrersitz und ihr Kinn darauf. »Wir ziehen das wirklich durch, du und ich, egal wie die Welt das findet, oder? Solltest du kalte Füße bekommen, sag es lieber jetzt.«

Er sah zu ihr und liebte es, wie glücklich sie in diesem Augenblick aussah. Sie wusste, dass er nicht kneifen würde. »Ich wäre wahnsinnig, dich je wieder gehen zu lassen. Solange du mich willst, werde ich bei dir sein.«

Diesen Zusatz musste er einfach sagen, weil er schließlich kein Stalker wie Ruven war.

Als sie das Elbufer erreichten, nahm er all seine Konzentration zusammen. Bis zum Anwesen war es nicht mehr weit, aber diese Straße führte durch einige Abschnitte, die auf der vom Ufer abgewandten Seite von kleinen Wäldchen oder ansteigenden Grundstücken gesäumt waren. Was bedeutete, dass er im Zweifelsfall nicht ausweichen konnte, wenn die Straße blockiert war.

»Alles okay?« Lynn sah aus dem Fenster.

»Ja, ich mag diese Strecke nur nicht besonders.«

»Wir sind ja gleich da«, sagte sie ruhig und setzte sich wieder zurück.

Ein Wagen kam ihnen entgegen, der erste, seit sie auf diese Straße gebogen waren. Als er nur noch zwanzig Meter entfernt war, blendete er kurz auf, gab Gas und rammte frontal Holgers Wagen.

Maik trat auf die Bremse und riss das Lenkrad herum, bereit, über den Grünstreifen an dem Wrack vorbeizufahren. Aber durch die glatte Fahrbahn wurde der Bremsweg länger, und ehe er wieder Vollgas geben konnte, krachte Gerrits Wagen von hinten in die Limousine. Lynn schrie auf, aber der Gurt hielt sie fest auf ihrem Sitz. Ein zweiter Transporter hatte die Autos von hinten zusammengeschoben und ineinander verkeilt. Vollgas reichte nicht aus, um den Wagen zu befreien. Maik sah zu Lynn. Sie mussten jetzt sofort aus dem Fahrzeug raus, aber vor Angst konnte sie kaum Luft holen. Immer wieder drehte sie den Kopf in alle Richtungen und sah mit weit aufgerissenen Augen zu den Transportern, deren Türen aufgestoßen wurden.

Scheiße, das geht zu schnell.

»Geht es dir gut?«

»Ich kann nicht … kriege … ich kriege keine Luft«, sagte sie stockend.

Die Umgebung war dunkel. Er konnte keine Häuser entdecken und auch keine Lichter in der Entfernung ausmachen. Er hoffte, dass jemand den Unfall gehört hatte und melden würde. »Es wird alles gut, hier kommt niemand rein. Die Scheiben sind aus Panzerglas, und alle Türen sind verriegelt. Sieh mich an.«

Er kletterte durch die Lücke zwischen den Sitzen zu ihr und umfasste ihr Gesicht. »Scht, sie kommen hier nicht rein. Los, versuch, dich zu beruhigen. Lange, tiefe Atemzüge.«

Ein Gegenstand wurde gegen das Fenster geschlagen. Lynn schrie und kniff die Augen zusammen.

»Zentrale, hier ist Alpha neun, wir werden angegriffen. Bitte kommen!« Niemand antwortete.

Scheiße!

»Ich lasse nicht zu, dass sie dich mitnehmen«, versprach er.

»Ich kann das nicht!« Der Zeitpunkt, an dem sie noch hätten etwas tun können, war vorbei. Sechs mit Sturmhauben maskierte Männer waren aus den Transportern gestiegen. Einer hatte Holgers leblosen Körper aus dem Wagen gezogen und achtlos liegen gelassen. Ein anderer brachte Gerrit in das Scheinwerferlicht eines dritten Transporters, der jetzt angefahren kam und so hielt, dass die Limousine angeleuchtet wurde.

»Mach auf, oder wir erschießen ihn«, sagte einer der Männer und richtete eine Waffe auf Gerrit. Lynn klammerte sich an Maik und zitterte am ganzen Körper. Jeder reagierte anders auf bedrohliche Situationen. In Maik wurde alles ruhig, er ging im Kopf alle Fakten durch und sortierte die Möglichkeiten nach Plan A, B und C. Gerrit zu bedrohen, ergab keinen Sinn. Es war sein Job, sein Leben für die Klienten zu riskieren.

»Bist du bescheuert?«, sagte ein anderer und drückte die Waffe beiseite. Dann gab er mit einer Hand ein Zeichen, und zwei Männer rannten los, um etwas aus dem Transporter zu holen. Durch die Frontscheibe konnten sie Lynn und Maik zwar sehen, aber dank der Sitze waren sie größtenteils verdeckt.

»Ich will nicht sterben«, flüsterte Lynn.

Er wollte gerade wiederholen, dass dieser Wagen eine Festung sei, aber das, was die Kerle aus dem Fahrzeug holten, war eine Hydraulikschere – Feuerwehrequipment, mit dem Menschen aus Wracks geschnitten wurden. Damit bekämen sie die Türen auf. Es würde länger dauern, aber sie würden es schaffen. »Fuck.«

»Nein, nein, nein, du hast gesagt, sie kommen hier nicht rein … Maik, sie dürfen mich nicht mitnehmen!«

»Wir werden angegriffen«, meldete er nochmals über Funk, aber es kam keine Antwort.

Fuck!

»Wenn ich es sage, musst du laufen, ohne dich umzudrehen, hast du verstanden?«

Lynn sah zu der Hydraulikschere und schüttelte den Kopf.

Er packte sie an den Armen, damit sie aufhörte, zu den Männern zu schauen, und stattdessen ihm ihre Aufmerksamkeit schenkte. »Wenn ich die Türen öffne, wirst du laufen und dich nicht umdrehen.«

Es kreischte unangenehm, als die Schere angesetzt wurde und ins Blech schnitt.

»Lass mich nicht allein!«

Behutsam nahm er ihr Gesicht in beide Hände. »Werde ich nicht. Bleib nur nicht stehen, ich bin direkt hinter dir.« Auf Lynn würden sie nicht schießen, Maik war überzeugt, dass sie sie lebend haben wollten. Mit etwas Glück erwischte er mindestens zwei von ihnen, bevor sie Lynn nachlaufen konnten. Gegen sechs Männer konnte er in dieser Situation nicht viel ausrichten, aber er musste Lynn auch nur Zeit verschaffen, damit sie entkommen konnte. »Hier.« Er nahm den Tracker von seinem Handgelenk und legte ihn ihr um. »Damit werde ich dich finden.« Dann öffnete er ihren Sicherheitsgurt, während er ihr weiter in die Augen sah und sogar ein Lächeln hinbekam. »Das ist der verrückteste Abend meines Lebens gewesen«, sagte er und befreite sie vom Gurt. Dann fasste er nach unten und zog ihr die Schuhe aus. »Du bist eine unglaubliche Frau.«

Lynn kniff gequält die Augen zusammen und schüttelte den Kopf. »Tu das nicht«, sagte sie verzweifelt. »Das klingt wie ein Abschied, aber ich gehe nicht ohne dich.«

»Lynn, scht … das ist mein Job. Ich bin hier, um dich zu beschützen.« Es krachte laut, und die Kerle fluchten. Ein Scherblatt war gesplittert.

»Los, hol Ersatz!«, forderte einer, die anderen sahen auf das kaputte Werkzeug.

»Jetzt! Lauf!« Maik entriegelte manuell die Tür und half Lynn aus dem Fahrzeug, dann zog er seine Waffe und feuerte auf die Ersten, die ansetzten, ihr zu folgen.

Sie zuckten zusammen, aber statt getroffen zu Boden zu gehen, rannten sie los. Maik schoss nochmals auf die Männer. Entweder traf er auf drei Meter Entfernung nicht mehr, oder die P8 war mit Platzpatronen geladen. Er setzte sich in Bewegung, war schneller als der Letzte und holte ihn von den Füßen. Maik versetzte ihm einen gezielten Schlag gegen den Kehlkopf und rannte weiter. Der nächste Kerl bekam Lynn zu fassen, aber Maik rammte ihn und hob ihn von den Füßen. Der Gegner schüttelte sich, als habe er einen Schwall Wasser abbekommen, und drehte sich Maik zu.

»Lauf weiter!«, rief Maik und holte erneut aus.

Bevor er zuschlagen konnte, packte jemand seinen Arm und hielt ihn fest. Schnell schwang Maik sich herum, zielte mit dem Schlag auf die Leber, aber sein Widersacher wich aus und konterte mit einem linken Haken. Der andere rappelte sich unterdessen wieder auf und folgte Lynn.

»Lass gut sein, Junge, meine Leute erschießen dich.« Aus dem Augenwinkel sah er die anderen Maskierten auf sich zukommen. Zwei verfolgten Lynn.

Maik rieb sich das Kinn und stellte sich kampfbereit vor dem Mann auf, der hünenhaft groß war.

Der Mann grinste, Maik sah es an seinen Augen. »Wie du willst«, sagte er und ging auf Maik los. Dem ersten Fausthieb wich Maik aus, wehrte auch den zweiten und dritten ab. Der Mann wusste, was er tat. Unter der nächsten Attacke tauchte Maik ab und schnellte vor, hob den Kerl von den Füßen und rammte ihm mit der Schulter voran sein gesamtes Gewicht ins Zwerchfell. Ohne zu zögern, richtete er sich auf, schlug dem Mann ins Gesicht und zog ihm die Maske vom Kopf. Die Züge kamen ihm nicht bekannt vor, und er hatte nicht genügend Zeit, sich im Scheinwerferlicht alles einzuprägen. Der Kerl keuchte, und Maik schlug weiter zu, solange er es noch konnte. Mit Glück hatte er ihm eine Rippe gebrochen. Aber der Mann war zäh. Er biss die Zähne zusammen und schlug Maik so gezielt auf einige Nervenpunkte an Hals und Brust, dass Schmerzen wie Messerstiche durch seinen Körper jagten. Doch es war Lynn, die so laut und verzweifelt aufschrie, dass Maik für eine Sekunde den Kopf in ihre Richtung hob und die

Deckung fallen ließ. Der Fausthieb, der ihn im Gesicht traf, war brachial und gnadenlos. Die Nase brach hörbar, Tränen nahmen ihm die Sicht, und auch wenn Maik blind weiterkämpfte, verlor er durch den Treffer seine Überlegenheit.

»Hör endlich auf mit dem Scheiß«, sagte ein anderer und drosch mit dem Gewehrkolben auf Maik ein. Ein weiterer kam hinzu, und sie zerrten ihn von dem Kerl runter und versetzten ihm so viele Tritte, dass Maik schwarz vor Augen wurde.

»Aufhören«, herrschte der Hüne seine Leute an. »Wir sollen ihn leben lassen. Fesselt ihn und bringt ihn zu dem anderen.«

Als sie von ihm abließen, lag er blutend und zusammengekrümmt am Boden. Ein paar Sekunden hörte er nur das Blut in seinen Ohren rauschen.

Maik atmete.

Ein und aus.

Ein.

Und aus.

Er sah die Männer aus dem Wald kommen. Lynn stolperte zwischen ihnen mit den nackten Füßen über den Boden, ihr Knie blutete. Damit sie nicht mehr schreien konnte, hatten sie ihr Panzertape über den Mund geklebt, auch ihre Hände schienen gefesselt zu sein. Als sie Maik entdeckte, sackte sie entsetzt in die Knie.

Er wollte sich hochstemmen, aber sofort traf ihn ein Schlag im Genick. Zwei Hände packten ihn, und er wurde bis zu Gerrit geschleift, der noch immer im gleißenden Scheinwerferlicht kniete. Er war gefesselt und sah grauenhaft aus. Blut lief aus einer Stirnwunde über sein Gesicht. Sie banden Maiks Hände mit Kabelbindern zusammen und zwangen ihn neben seinem Kollegen auf die Knie.

»Was machen wir mit Dave?«, hörte Maik jemanden den Hünen flüsternd fragen. »Der liegt dahinten. Ich glaub, der Typ hat ihn umgebracht.«

Es war gut möglich, dass Maik in der Not zu fest gegen den Kehlkopf geschlagen hatte; er wünschte, er hätte jeden von ihnen erwischt.

Der Hüne setzte gemächlich die Sturmhaube wieder auf und sah dabei nur Maik an. »Werft ihn hinten in den Wagen zur Kleinen.« Dann kam er auf Maik zu und ging in die Hocke. »Das war ein guter Kampf«, sagte er gelassen. In einiger Entfernung waren endlich Polizeisirenen zu hören. »Aber dir fehlt der Killerinstinkt.«

Sie warfen die Leiche zu Lynn in den Transporter, stiegen ein und warteten nur noch auf den Anführer. Trotz Panzertape hörte Maik, wie Lynn schrie. Ihre Angst blieb wie ein Echo in seinem Kopf zurück, das unaufhörlich *rette mich* forderte.

»Tut ihr nicht weh«, wählte Maik eine andere Taktik. »Lynn hat Angst. Van Holland bezahlt, was ihr wollt.«

Der Hüne ging zur Fahrertür und stieg ein. »Das wird er, mein Junge. Jede erdenkliche Rechnung, die dafür nötig ist.«

Dann zog er die Tür zu, setzte das Fahrzeug zurück und raste davon. Maiks Körper schmerzte von Kopf bis Fuß. Er konnte sich kaum aufrecht halten, aber er hatte das Gefühl, dem Transporter nachlaufen zu müssen. Sie hatte so schreckliche Angst, und Maik war nicht in der Lage gewesen, sie zu beschützen. *Ich habe versagt.*

Das Blaulicht kam näher. Er kämpfte sich auf die Füße und ging den Polizeiwagen entgegen. »Ihr müsst hinterherfahren«, schrie er, als sie noch nicht gehalten hatten. »Nicht stehen bleiben!«

Aber sie blieben stehen. Zwei Einsatzfahrzeuge, nur vier Beamte, weil niemand wissen konnte, was hier tatsächlich passiert war. Der Erste sah Maiks blutiges Gesicht entgeistert an.

»Sie haben Lynn van Holland entführt«, brüllte er ihn an. Viele Menschen reagierten schneller, wenn man laut wurde und klare, kurze Sätze benutzte. »Ein schwarzer Transporter, sie sind dort entlanggefahren.« Er nickte in die Richtung, weil seine Hände noch gefesselt waren, was einen stechenden Schmerz durch seinen Kopf jagte.

Der Kollege gab über Funk durch, dass ein Krankenwagen benötigt wurde, dann fügte er die Beschreibung des Transporters an. Schon für diese Reihenfolge hätte Maik ihn schlagen mögen. »Los, fahren Sie hinterher. Ein schwarzer Sprinter ohne Kennzeichen. Fünf Männer, die Geisel und eine Leiche befinden sich darin. Die Kerle sind bewaffnet und skrupellos.«

Ein dritter Beamter bestätigte und fuhr mit seinem Kollegen und Blaulicht hinterher. Maik glaubte nicht, dass sie die Entführer noch einholen konnten.

Sie waren vielleicht zwei Kilometer vom Anwesen van Hollands entfernt. Nichts von alldem hätte passieren dürfen.

»Verstärkung ist auf dem Weg, drehen Sie sich bitte um.« Der Beamte zerschnitt die Kabelbinder. »Haben Sie noch andere Verletzungen?«

Maik wusste es nicht, es interessierte ihn auch nicht. »Du hättest bremsen müssen«, sagte er wütend und fuhr zu Gerrit herum, der ebenfalls von seinen Fesseln befreit wurde und hustend aufstand. »Du hättest dafür sorgen müssen, dass der Transporter uns nicht einkeilt.«

Maik ging auf ihn zu, packte ihn am Kragen und drängte ihn gegen die Limousine. »Du hättest das Fahrzeug hinter dir sehen und Abstand zu uns halten müssen. Gegen sechs Männer konnte ich nichts ausrichten.«

»He, bleiben Sie ruhig. Lassen Sie den Mann los!«

Maik wollte sich nicht mit den Polizisten prügeln, aber Gerrit hätte er gern geschlagen.

»Das ging alles so schnell. Diese verdammte Grippe macht Watte aus meinem Gehirn.«

Widerwillig ließ Maik ihn los und glitt am Wagen hinab auf den Asphalt. Er rief sich den Anblick des Anführers ins Gedächtnis.

Rund eins neunzig groß, breite Statur, Dreitagebart, krumme Nase von alten Brüchen, dunkle, kleine Augen.

Ich werde euch finden, schwor er sich zornig. *Ich werde dich besiegen und dich leiden lassen, wenn du Lynn auch nur ein Haar krümmst.*

Der Krankenwagen traf zeitgleich mit Benno Reichert ein. Der Vorgesetzte war außer sich vor Wut, aber als er vor Gerrit und Maik stand, blieb der Anschiss aus. Sie ließen nur ihre Wunden versorgen und lehnten es ab, mit ins Krankenhaus genommen zu werden. Während also Schnitte gereinigt und geklebt wurden, erstattete Maik Bericht.

Reichert verzog den Mund. »Wir haben die Lage unterschätzt«, sagte er erschöpft. Er sah zu Holger, der behutsam in einen Leichensack gelegt wurde. »Was ist Ihnen noch aufgefallen?«

»Lynn trägt meinen Tracker!«, fiel Maik das wohl wichtigste Detail wieder ein. Er deutete auf Reicherts Funkgerät. »Wir können sehen, wo sie jetzt ist. Schnell!«

Reichert gab die Information sofort weiter. Egal wo sie geortet wurde, Maik würde mitfahren, wenn die Einsatzkräfte sie dort rausholten. Sein Vorgesetzter hielt eine Hand am Headset und schloss gequält die Augen. »Behalten Sie das im Auge«, wies er Karl an. »Der Tracker ist nicht aktiv«, sagte er zu Maik. »Sind Sie sicher, dass er eingeschaltet war?«

»Ja, ganz sicher. Gut möglich, dass er versehentlich deaktiviert wurde, als sie aus dem Wald geschleift wurde.« Maik war nach Schreien zumute.

»Karl meldet sich, sollte sie es schaffen, ihn zu aktivieren. Was noch?«

Dieses Reden machte Maik wahnsinnig. Sie vergeudeten all die Zeit, in der Lynn weiß Gott wohin gebracht wurde, aber er wusste natürlich, dass sie nach jeder Information greifen mussten, die ihnen weiterhelfen konnte. »Ich weiß nicht, sie hatten einen Dialekt, aber ich weiß nicht, welchen.«

»Klang für mich wie Hessisch«, meinte Gerrit, aber das kam nicht hin. »Kann auch Pfälzisch gewesen sein.«

Es war nur eine ganz leichte Färbung gewesen, weil sie hochdeutsch gesprochen hatten, das sprach eher für eine Region, in der der Dialekt nicht allzu ausgeprägt war. »Ich tippe eher auf Ostdeutschland«, schlussfolgerte er.

»Wie Sachsen?«, fragte Reichert.

»Nein, das ist zu markant. Ich komm sicher noch drauf.« In seiner Ruhelosigkeit war es wie Sand im Getriebe, dass er das Gehörte nicht richtig einordnen konnte. Immer wieder sah er Lynns Gesicht und die Angst, die sich darauf widergespiegelt hatte.

Kaum mehr als vierundzwanzig Stunden, die sein Leben für immer verändert hatten. Dies war nicht mehr einfach nur ein Job, er konnte nicht nach Hause gehen und den schlechten Tag hinter sich lassen.

Die Aussagen und Personalien wurden aufgenommen, ebenso die Personenbeschreibung – alles nach Vorschrift. Weitere Polizeifahrzeuge kamen zum Tatort, die Fahndung lief an, und die Spurensicherung ging ans Werk, aber das alles reichte Maik nicht.

»Scheiße«, sagte Reichert und fuhr sich mit einer Hand durch die kurzen Haare. »So eine verfluchte Scheiße!«

Der sonst so disziplinierte Mann stand kurz davor, die Fassung zu verlieren. Wiederholt sah er zum Leichensack. »Ihr fahrt jetzt ins Krankenhaus und geht anschließend nach Hause. Mehr könnt ihr nicht tun.«

»Nein«, sagten Gerrit und Maik zeitgleich.

»Ich kann mich in der Zentrale umziehen, aber ich fahre jetzt sicher nicht nach Hause und starre die Wand an. Es geht mir gut.« Im Grunde wusste er nicht, wie es ihm ging. Er war randvoll mit Adrenalin, die Schmerzen hielten ihn angespannt, und er musste irgendetwas tun. Egal was, solange es half, Lynn zu finden und unbeschadet nach Hause zu bringen.

»Ich auch nicht«, pflichtete Gerrit bei.

»Lasst euch wenigstens vernünftig untersuchen, ihr seht schrecklich aus.«

Auch das lehnten sie ab. Maik hatte in seinem Leben schon einige Knochenbrüche, Sehnenrisse, Gehirnerschütterungen und Wunden überlebt, ganz gleich, was sich noch bemerkbar machen würde, wenn er zur Ruhe kam, es würde ihn sicher nicht ausbremsen.

»Ist schon jemand bei der Familie?«, blieb Maik beim Thema.

»Ja«, bestätigte der Polizist. »Eine Einheit ist bei Familie van Holland und geht mit ihr die nächsten Schritte durch, wenn die Entführer sich melden.«

»Worauf warten wir dann noch?« Maik richtete sich auf, um die anderen zum Aufbruch zu bewegen. »Hier können wir nichts mehr tun.«

Reichert nickte ergeben. »Das wird nicht leicht werden. Peter van Holland liebt seine Tochter.«

»Vielleicht wurde deshalb auch Lynn entführt und nicht Jenny?«, warf Gerrit ein.

Reicherts Blick verfinsterte sich. »Du hast kein Recht, über die Familienverhältnisse zu urteilen.«

Das war das ewige Team-Mantra: Niemand redet über die van Hollands. Dabei sprach Gerrit ein offenes Geheimnis aus.

»Hier liegt eine Waffe«, rief ein Polizist und steckte ein Fähnchen daneben.

»Das müsste meine sein. Eine P8?«, fragte Maik. Nachdenklich ging er seine Erinnerungen nochmals durch. Er hatte auf die Männer geschossen, aber niemanden getroffen. In der Dunkelheit konnte er nicht erkennen, ob in den Bäumen oder Fahrzeugen Einschusslöcher zu sehen waren.

»Haben Sie damit geschossen?«, fragte der Beamte.

»Ja, aber anscheinend niemanden getroffen. Kann ich mir die Patronen ansehen?«

Der Polizist hob die Waffe vorsichtig vom Boden auf und nahm das Magazin heraus. »Sie dürfen nichts vom Tatort entfernen, aber ich kann Ihnen sagen, dass Sie alle Patronen verschossen haben.« Er sah sich kurz um und steckte dann ein weiteres Fähnchen an eine andere Stelle. »Wir werden alles untersuchen.«

Das machte es schwerer, richtige Patronen von Platzpatronen zu unterscheiden.

Ich hätte treffen müssen.

Gerrit legte ihm eine Hand auf die Schulter. »Du kannst nichts dafür. In Extremsituationen läuft alles etwas anders.« Dann an Reichert gewandt: »Er hat gekämpft, solange er konnte.«

Das sah man ihm auch an. Reichert betrachtete Maiks Gesicht und schürzte die Lippen. »Na gut«, sagte er schließlich. »Fahren wir.«

Maik setzte sich hinten in den Wagen, schnallte sich an und lehnte den Kopf gegen die Stütze. Ihr Schrei war so präsent.

Die geballten Fäuste auf den Oberschenkeln, die Augen geschlossen, nutzte er die Fahrt, um in sich zu gehen. Er musste aufräumen, um klug und durchdacht zu handeln. Es half ihm nicht, wenn seine Gefühle für Lynn ständig dazwischenfunkten. Erinnerung für Erinnerung wurde angefasst und wegsortiert. Vom ersten Kennenlernen über die letzten Stunden bis zu diesem Augenblick. Als würde er einen Tisch leer räumen und nur jene Details liegen lassen, die er benötigte, um sie zu finden. Aber am Ende lag da so gut wie gar nichts mehr. *Er wird bezahlen, jede erdenkliche Rechnung, die dafür nötig ist.* Wie hatte der Hüne das gemeint? »Hat van Holland Feinde?«, fragte er und öffnete seine Augen. Sie fuhren gerade in die Tiefgarage der Sicherheitszentrale.

»Du weißt doch, was hier immer mal wieder für Mails eingehen«, sagte Gerrit nachdenklich.

»Ich meine, richtige Feinde. Menschen, die noch eine Rechnung mit ihm offen haben?«

Gerrit drehte sich ächzend zu ihm um. »Hast du dir unseren Boss mal angesehen? Wen soll er denn zum Feind haben? Es geht immer um dieselben Sachen. Umweltgeschichten, Politik, Neid oder Unzufriedenheit.«

»Nein«, sagte Maik ablehnend. »Das hier ist persönlicher. Dieser Kerl hat gesagt, dass van Holland für etwas bezahlen soll.«

»Das Lösegeld, was denn sonst? Hast du eine Ahnung, wie viel er für das Wohl seiner Tochter, ohne zu zögern, hergeben würde?«

»Wir warten, was kommt«, beendete Reichert das Thema. »Spekulationen bringen uns nicht weiter.«

»Bei so einer aufwendigen Entführung fällt schon mal die Forderung ›keine Polizei‹ komplett weg. Wie soll das alles funktionieren?« Maik konnte sich nicht damit zufriedengeben, warten zu müssen. Lynn war da draußen, noch musste sie irgendwo in der Nähe sein, aber mit jeder verstreichenden Sekunde änderte sich das. Seine Hände brannten, weil er die Fäuste nicht löste. Sein Instinkt sagte ihm, dass jeder Zeitverlust ein Fehler war.

»Du solltest dich wirklich ausruhen«, sagte Gerrit. »Ich mache mir auch große Vorwürfe, aber wir hätten nichts tun können.«

»Doch«, fuhr Maik ihn an. »Wir hätten so viel mehr tun müssen!«

Sie waren zu dritt gewesen, es war inakzeptabel, dass sie Lynn nicht schützen konnten.

»Schluss jetzt!« Reichert parkte den Wagen und stellte den Motor ab. »Haltet den Mund! Lynn van Holland wurde entführt. Schuldzuweisungen ändern daran nichts. Wenn wir gleich der Familie gegenübertreten, will ich nichts dergleichen von euch hören. Ihr schildert, was passiert ist, nicht mehr und nicht weniger. Ihr werdet ertragen, was die verängstigten Eltern zu euch sagen, ohne euch zu rechtfertigen, zu entschuldigen oder gegenseitig anzuschwärzen. Die, die ihre Tochter entführt haben, sind die Bösen, vergesst das nicht.«

Maik neigte den Kopf und biss die Zähne aufeinander. Er war noch lange nicht fertig damit, seinem Kollegen zu sagen, dass es sein Job gewesen war, den zweiten Transporter auszubremsen. Maik hätte nur etwas manövrieren müssen, und er hätte Lynn sicher nach Hause gebracht, aber durch die ineinander verkeilten Fahrzeuge war das unmöglich gewesen.

Hätte, hätte! Verdammt, konzentrier dich. Es nützte nichts, gedanklich bei dem zu bleiben, was er nicht mehr ändern konnte.

Sie stiegen in der Tiefgarage aus und gingen auf den Eingang zum Bungalow zu. In die entgegengesetzte Richtung gelangte man zum Anwesen. Wenn die van Hollands es wollten, dann konnten sie ungesehen in die Limousinen mit den stark getönten Scheiben steigen und überall hingefahren werden, ohne dass jemand erkennen konnte, wer tatsächlich im Fahrzeug saß.

Gerrit und Maik folgten Reichert, der durch die Metalltür zum Treppenhaus ging. Die Kellertür zu den Lagerräumen war nur angelehnt, Schritte waren aus dem Flur dahinter zu hören. Kurz darauf kam Karl zu ihnen und schloss hinter sich ab. Er war vielleicht Ende vierzig und somit der älteste Kollege im Team. Der letzte Einsatz seines aktiven Militärdienstes steckte ihm sichtbar in den Knochen. Er humpelte und wirkte traumatisiert. Seine Aufgabe war es, in der Zentrale die Monitore und Tracker-Signale im Blick zu halten und Anweisungen über Funk weiterzugeben. Maik nahm an, dass Karl den Feierabend in Fusel ertränkte, aber den Respekt vom Team genoss. Als Karl Maik sah, stockte er. Maik hatte eine Vorstellung davon, wie schlimm er ausschauen musste, vielleicht war es auch gut, wenn die Familie ihn genau so sah, weil erkennbar war, dass er Lynn nicht kampflos aufgegeben hatte. Für ihn selbst war das nicht entscheidend – er hatte versagt.

»Dann ist es also wahr«, sagte Karl nur und ging voran zur Treppe nach oben.

»Ich habe auf meinen Hilferuf keine Antwort bekommen«, sagte Maik und klagte somit den nächsten Kollegen an.

»Falscher Kanal?«, meinte Karl, ohne stehen zu bleiben.

Reichert drehte sich zu ihm und Gerrit um. »Als Karl anhand der Tracker-Signale gesehen hat, dass ihr euch nicht mehr bewegt habt, hat er die Polizei alarmiert.«

Aber zu spät. Dafür würde Maik dem Mann keinen Orden überreichen.

Trotzdem hatte Karl recht. Sie hatten den Kanal gewechselt, um Lynns Regelverstoß zu decken. *Ich bin so ein Idiot!*

In der Zentrale hielten sie sich nicht lange auf. Jetzt kam der schwierigste Teil: Sie mussten der Familie noch einmal erzählen, was passiert war – und zwar ohne dass Maik durchblicken ließ, wie wahnsinnig es ihn machte, sie nicht gerettet zu haben, oder welche Vorwürfe er gegen Gerrit erhob.

»Hey, du musst runterkommen«, raunte Gerrit ihm zu, als sie die Zentrale verließen und auf dem gepflasterten Weg zum Anwesen gingen. Zur Verdeutlichung zeigte er auf Maiks Fäuste. Die Anspannung war das Einzige, das ihn davon abhielt, auf irgendetwas einzuschlagen.

»Du hast getan, was du konntest.«

Ich schon, aber du nicht!

Reichert öffnete die Tür und wies beide an, sich zu beeilen. Der Eingang war noch nicht wieder geschlossen, da kamen die van Hollands, zwei Polizisten und fünf Sicherheitsleute auf sie zugeeilt. Als Gitta van Holland Maik sah, schlug sie die Hände vor den Mund. Sie war nicht der Typ Frau, der vor Fremden weinte. Selbst jetzt, mitten in der Nacht, sah sie aus wie aus dem Ei gepellt, auch wenn unter dem weinroten Bademantel der weiße Saum eines

Nachthemdes herausschaute. Der feste Zopf ließ sie streng wirken. Lynn hatte die braune Haarfarbe ihrer Mutter geerbt. Peter van Holland sah hingegen zerknittert und zerzaust aus.

»Warum stehen Sie hier?«, fragte van Holland mit brüchiger Stimme. »Sollten Sie meine Tochter nicht mit Ihrem Leben beschützen?«

Maik senkte den Blick und sah an diesen Menschen vorbei.

»Herr van Holland, Maik hat bis zum Schluss gekämpft und alles getan, um die Entführung zu verhindern, aber sie hatten schweres Gerät dabei und waren zu viele.« Gerrit musste husten und hielt sich dabei den angeschlagenen Kopf. Das Reden strengte ihn in dieser Situation noch mehr an, wahrscheinlich weil van Hollands Reaktion bei jedem von ihnen das Versagen zu einer noch unerträglicheren Last werden ließ.

Im Hintergrund entdeckte Maik Jenny. Sie versteckte sich halb hinter dem Türrahmen zum Speisezimmer, sah blass und verängstigt aus. Für sie musste es erschreckend sein, dass mitten in der Nacht so viele Menschen ins Haus kamen und über Lynns Entführung sprachen. Sie sah aus wie ein kleiner blonder Engel, der erstmals die Finsternis sehen musste.

Ihm lagen Entschuldigungen und Versprechen auf der Zunge. Er wollte den Eltern sagen, dass er Lynn zurückholen würde, dass er losziehen und sie suchen wollte, aber er sprach nichts davon aus, weil blinder Aktionismus nichts brachte. Genau deshalb hatte er seinen Kopf aufgeräumt, denn er wollte nicht wie ein verliebter Junge handeln, sondern wie ein Profi, der die Ruhe bewahrte.

»Gehen Sie sich umziehen«, forderte Peter van Holland. »Ich will nicht, dass Jenny all das Blut sieht. Dann kommen Sie her und warten mit uns, egal wie lange es dauert. Sie werden uns erzählen, was geschehen ist, jedes Detail, wieder und wieder, bis ich verstehen kann, warum drei Männer nicht ausgereicht haben, meine Tochter sicher nach Hause zu bringen.«

Maik sah zu dem Mädchen und nickte. Erschrocken zog sie den Kopf ein, aber er verriet nicht, dass sie ihn bereits gesehen hatte.

»Geht euch frisch machen und dann kommt wieder her«, wies Reichert sie an und blieb im Anwesen. Wahrscheinlich wurden Familie und Personal nun von den Polizisten instruiert, wie sie sich zu verhalten hatten. Maik blieb regungslos stehen, bis sie zurück ins Wohnzimmer gegangen waren. Die fordernde Stimme von Lynns Mutter war zwischen den anderen am deutlichsten rauszuhören.

»Na los, gehen wir.«

Gerrit öffnete die Tür und schob ihn raus. Machtlosigkeit und Zorn vermengten sich zu einer gefährlichen Mischung in Maiks Eingeweiden. Er sollte jetzt nicht duschen oder sich umziehen, sondern laufen. Mindestens zehn Kilometer, um besser denken zu können.

»Der Boss meint es nicht so.« Gerrits Versuch, die Situation zu mildern, kam Maik unangebracht vor. Peter van Holland hatte recht. Keiner von ihnen war angeschossen oder so schwer verletzt, dass er im Krankenhaus liegen musste. Holger war durch den Aufprall getötet worden, nicht im Kampf. So gut, wie die Fahrzeuge gepanzert waren, hätte das nicht passieren dürfen. Maik schätzte, dass er durch die Kollision einen Genickbruch erlitten hatte, denn der Transporter hatte weitaus schlimmer ausgesehen als die Limousine. *Das hätte nicht passieren dürfen.*

Auch wenn Maik einen der Gegner ausgeschaltet hatte, so hatte er bei den anderen versagt. *Danebengeschossen.*

»Warum habe ich danebengeschossen?« Im Geiste ging er durch, wie er die Waffe auf die Maskierten gerichtet und abgedrückt hatte. »Ich hätte treffen müssen.«

»Willst du dir jetzt unentwegt Vorwürfe machen, weil du in einer Extremsituation nur neunundneunzig Prozent richtig gemacht hast?« Er legte Maik eine Hand auf die Schulter. »Ich habe dich kämpfen sehen. Wenn sich jemand Vorwürfe machen muss, dann ich. Die haben mich aus dem Wagen geholt, als ich vom Airbag noch ganz benebelt gewesen war. Ich hatte meine Waffe nicht mal ansatzweise gezogen. Weiß der Geier, warum sie dich nicht erschossen haben, aber ich bin echt froh, dass du hier bist.«

Auch das sah Maik anders. Das, was er seinem Kollegen vorwarf, war eigentlich das, was er sich selbst nicht verzeihen konnte. Sowohl den ersten als auch den zweiten Transporter hätte er früher bemerken und dann entsprechend handeln müssen. Er war ein guter Fahrer, hervorragend im Training, wenn es um die notwendigen Manöver ging, um Gefahren zu entkommen. Vielleicht war er doch zu abgelenkt gewesen?

Immer wenn etwas Gutes passiert, kommt eine Katastrophe hinterher. Es fühlte sich an, als wäre er schuld an allem, weil er glücklich gewesen war. Deswegen hatte er als Kind mit dem Kampfsport angefangen und war als Erwachsener Personenschützer geworden. Er brauchte das Gefühl, irgendetwas selbst kontrollieren zu können, auch wenn es nur eine Illusion war.

»Könntest du dazu mal was sagen? Kommst du mit der Sache klar?« Gerrit drückte seine Schulter, was stechende Schmerzen verursachte. Maiks ganzer Körper schmerzte, aber er war wie abgekoppelt von seinem Bewusstsein.

»Sicher.« Endlich löste er die Fäuste. Seine Finger fühlten sich taub an, und die Nägel hatten kleine Wunden in den Handflächen hinterlassen. »Aber wenn sie Lynn auch nur ein Haar krümmen, werde ich sie finden und kaltmachen.« Dieses Versprechen war keine hohle Phrase.

KAPITEL 6

Der Wind hat Schnee gebracht, es wird ein kalter Winter. Mein letzter in Freiheit, aber was bedeutet das schon? Wir haben so lange darauf hingearbeitet, ich kann es kaum erwarten, dass alles vorbei ist und ich dem Monster gegenüberstehe, um über seinen Schmerz zu lachen. Wir alle werden lachen, so laut, dass die Toten es hören können und wissen, dass sie gerächt wurden.

* * *

Maik stand nackt vor dem Badspiegel und betrachtete sich. Sein Körper war übersät mit Prellungen und Blutergüssen. Seine Lippe hatte einen Sprung, der jetzt nicht mehr blutete, ein Auge war kleiner, weil die Schwellungen von Jochbein und Augenbraue es einengten. Kratzer, notdürftig geklebte Wunden und eine gebrochene Nase. Er sah grauenhaft aus. Durch die Mangel genommen und weggeworfen. Sein Kopf sagte ihm, dass er Schmerzen fühlen musste, aber alles, was er spürte, war, dass er lebte und etwas tun musste. Wenn er nicht so gut durchtrainiert wäre, hätten einige Tritte und Schläge ihn schlimmer verletzt. Er sah sich in die Augen, als müsse er sich selbst überzeugen, dass, egal wie diese Sache ausging, es kein Zurück mehr für ihn gab. Mit dem Hünen hatte er noch eine Rechnung offen. Er würde ihn besiegen. Auch wenn der Kerl ein routinierter Kämpfer war, der durch Körpermasse und Kraft Vorteile hatte, würde Maik ihn immer und überall von den Füßen holen. »Ohne deine Helfer mach ich dich fertig.«

Tief durchatmend legte er seine Hände an die Nase und rückte den Knochen mit einem Ruck gerade. Der kurze Schmerz trieb ihm die Tränen in die Augen, aber er zuckte nicht mal. Das war nicht der erste Bruch an dieser Stelle, das heilte von allein. Wichtig war nur, dass die Schwellung zurückging und er wieder richtig atmen konnte.

Auf der neuen Kleidung lag sein Smartphone. Gerrit hatte nicht mal widersprochen, als Maik es eingefordert hatte. Bislang war es noch ausgeschaltet, weil er nicht wusste, was er seinen Freunden sagen sollte. Die Presse hatte sich als beeindruckend große Traube vor dem Tor versammelt. Woher auch immer sie den Tipp bekommen hatten, die Berichterstattung verkomplizierte alles. Wahrscheinlich war es genau das, was die Entführer wollten, aber warum?

Noch war es mitten in der Nacht, die meisten seines Bekannten- und Familienkreises schliefen wahrscheinlich. Er wollte sich mit ihren Sorgen nicht auseinandersetzen, aber er musste ihnen wenigstens sagen, dass es ihm gut ging. Seit er ins Bad gegangen war, waren dreißig Minuten verstrichen. Seine Kollegen hatten ihm gesagt, er solle sich Zeit lassen, aber er stand nur so lange vor dem Spiegel, weil er in seinen Erinnerungen nach irgendetwas suchte, das ihm einen Hinweis geben konnte. Ein Detail, das er der Polizei noch nicht mitgeteilt hatte, etwas, das hilfreicher war als die Wiederholung seines Versagens – wieder und wieder. Aber da war nichts.

Schließlich musste er sich anziehen. Von Unterwäsche bis zu diesen Spezialanzügen war alles in der Zentrale verfügbar, genau wie in dem Apartment neben Lynns Wohnung. Vorkehrungen für einen ununterbrochenen Schutz. Bei diesem Gedanken ballte er die Hände wieder zu Fäusten. *Reiß dich zusammen.*

Er musste das hinter sich bringen, was vor ihm lag, und dann mehr tun als nur abwarten. Beim Anziehen spürte er jeden Muskel. Anschließend schaltete er das Smartphone ein, das nach der PIN-Eingabe eine Nachricht nach der nächsten meldete. Verpasste

Anrufe, SMS und Messenger-Chats. Statt alle Nachrichten zu lesen und jedem einzeln zu antworten, rief er Lisa an. Sie war die Schnittstelle zwischen allen Menschen, die ihm etwas bedeuteten, sogar zu seinen Eltern. Er konnte sich lebhaft vorstellen, wie viele Fragen seine Mutter aufgeregt stellen würde. Und wie sie wieder davon anfing, wie sehr sie seinen Job hasste. Das konnte er jetzt nicht gebrauchen.

Es klingelte zweimal, dann meldete sie sich. »Mensch, da bist du ja«, sagte sie ernst. »Andrea ist bei uns in Sicherheit, sie konnte zum Glück weglaufen.«

»Andrea?« Maik verstand nicht, was sie meinte. »Wovon redest du?«

»Du bist doch jetzt zu Hause, oder?« Lisa klang irritiert. »Maik?«

»Nein, bin ich nicht. Was meinst du damit, weglaufen?« Die Informationen drohten seinen Kopf zu sprengen.

»Ruven ist bei deiner Wohnung aufgetaucht, hat die Tür aufgetreten und nach Andrea gesucht. Sie ist noch ganz durcheinander. Die Polizei sucht ihn jetzt verstärkt. Maik, wo bist du?«

Er kniff die Augen zusammen und holte gequält Luft. Die Last auf seinen Schultern war zu groß, er hörte Lynns Schrei, sah die Angst in ihren Augen, und in seiner Körpermitte befand sich ein schwarzes Loch, das ihn zu verschlingen drohte.

»Was ist passiert? Maik, geht es dir gut?« Natürlich hörte sie, dass es nicht so war.

»Lynn wurde entführt«, presste er hervor. »Sie haben unsere Fahrzeuge gerammt, und ich konnte sie nicht beschützen.«

»Oh Gott, Maik, bist du verletzt?«

Er sah in den Spiegel. »Nicht der Rede wert.«

»Scheiße, deine Klientin? Warum sollte jemand die Geliebte von diesem van Holland entführen?« Jonas fragte etwas im Hintergrund. Maik hörte, wie der Ton sich änderte, wahrscheinlich hatte sie auf Lautsprecher geschaltet.

»Lynn ist nicht die Geliebte, sondern die Tochter, das ist wirklich eine lange Geschichte.«

Lisas Stimme wurde lauter, wie immer, wenn sie sich aufregte. »Ich kenne dich, Maik. Die werden sie nicht kampflos mitgenommen haben. Verdammt, ich mach dich einen Kopf kürzer, wenn du mich anlügst.«

»Du bist tatsächlich der einzige Mensch, vor dem ich Angst hätte«, erwiderte er mit dem freudlosen Ansatz eines Lächelns. Die Wunde an seiner Lippe riss davon wieder leicht auf und begann zu bluten. Er leckte den Tropfen ab, als wäre es Wasser.

»Verdammt, du bist so ein … als Andrea uns aus dem Schlaf geklingelt hat, musste ich gleich an dich denken. Ich wusste, dass was nicht stimmt.«

Ein Teil in ihm wünschte, er wäre Andrea nie begegnet. Besonders jetzt, da sie in Sicherheit war und Lynn nicht. Gleichzeitig bekam er ein schlechtes Gewissen, weil er für sie kein Mitgefühl aufbringen konnte. Das war einfach zu viel auf einmal. »Ruven hat mich verfolgt. Ich hätte wahrscheinlich gleich die Polizei rufen sollen, aber …« Vor seinem geistigen Auge sah er Lynn in dem Lokal auf ihn zukommen. Sie war alles, was zählte.

»Mach dir darüber keine Gedanken. Die Polizei wird ihn schon finden, sag lieber, wie es bei dir jetzt weitergeht.«

Maik wendete sich vom Spiegelbild ab. »Ich weiß es nicht«, sagte er matt. »Wir können nur warten, bis Forderungen gestellt werden.« Seine Selbstbeherrschung bekam einen weiteren Riss. »Sie hatte solche Angst, aber ich konnte sie nicht retten.«

»Ich weiß, du magst sie, aber mach dich deswegen nicht fertig«, sagte Lisa mitfühlend und zugleich besorgt.

»Es ist mehr als mögen«, sagte Maik. Er musste darüber reden, weil er die Situation kaum ertragen konnte. »Es ist total verrückt, aber ich glaube, ich bin schuld, dass das passiert ist.«

»Wie meinst du das?«

»Du weißt doch, dass mir nie etwas Gutes passiert, ohne dass eine Katastrophe folgt.« Er stützte sich mit einer Faust auf dem Waschtisch ab. »Wir sind uns nähergekommen letzte Nacht. In meinem ganzen Leben hat sich noch nie etwas so richtig angefühlt, und Lynn ging es genauso.«

»Moment, ihr hattet Sex?«, unterbrach sie ihn.

Er kniff die Augen zusammen und kämpfte gegen die Verzweiflung an. »Es war nicht nur Sex. Sie ist es, Lisa. Sie ist *die eine.*«

»Himmel, nein, wenn du jetzt denkst, dass sie entführt wurde, weil du glücklich gewesen bist, dann muss ich tatsächlich vorbeikommen und dich schlagen. Ernsthaft, Jonas fährt mich, nicht wahr?« Jonas gab einen bestätigenden Laut von sich. »Ehrlich, Maik, wenn jemand es verdient hat, glücklich zu sein, dann du. Niemandem passiert etwas Schlechtes, weil bei dir mal etwas gut läuft. Wenn du dich in diese Richtung verrennst, wirst du ihr nicht helfen. Du musst bei der Sache bleiben!«

Was sie sagte, half. Maik rieb sich übers schmerzende Gesicht und atmete tief ein.

»Und du weißt nicht, ob sie es ist«, fügte sie leise an. »Tu nichts Unüberlegtes. Gut möglich, dass du sie für *die eine* hältst, weil das alles passiert ist.«

Er wusste, was sie meinte, aber so war es nicht, weil er es schon vorher gewusst hatte.

»Ich muss jetzt Schluss machen«, sagte er gefasst. »Sobald ich kann, melde ich mich wieder.«

»Ernsthaft, Maik.« Lisas Tonfall wurde eindringlicher. »Du bist nicht schuld, und es gibt nichts, was du tun kannst. Lass die Polizei machen. Komm bitte direkt zu uns, wenn du da wegkannst, okay?« Das musste er sogar, weil er wusste, was passieren würde, wenn er in seiner Wohnung alleine wäre. Er hielt ja die halbe Stunde im Bad schon kaum aus, weil der Drang, loszustürmen und Lynn zu suchen, überwältigend wurde. Die eingetretene

Tür war ihm egal. Sollten sich die Junkies holen, was sie brauchten.

»Versprochen.« Er drehte sich wieder zum Spiegel. Eine Träne löste sich aus einem Auge und lief die Wange hinab. Maik betrachtete den Tropfen und wischte ihn wie in Zeitlupe weg. Er war kein Mann, der weinte oder verzweifelte, aber jemand, der Anspannung tatenlos nur bedingt ertragen konnte. »Ich muss jetzt gehen.«

Lisa wollte dazu anscheinend noch etwas sagen, aber sie tat es nicht. Wie er sie kannte, wollte sie vermutlich noch mal betonen, dass er auf sich aufpassen solle und die Reichen es nicht wert seien, sich für sie in Gefahr zu bringen. Sie sagte es ja oft genug, wenn es um seinen Job ging.

»Ich melde mich, wenn ich kann.« Er legte auf und schaltete das Telefon sofort wieder aus. Dieses eine Gespräch hatte ihm gereicht, auch wenn er froh war, Lisa und Jonas zu haben. Er steckte es in sein Sakko, befestigte das Funkgerät am Gürtel und überprüfte mit einem letzten Blick, ob er so der Familie wieder gegenübertreten konnte.

Ich sollte tot sein.

Als er das Bad verließ, wartete Gerrit schon vor der Tür auf ihn. Selbst derartig ramponiert sah Maik noch besser aus als sein Kollege. Das Blut war weg, nur das Pflaster an Gerrits Stirn verriet, dass er verletzt war, ansonsten war seine Gesichtshaut fahl und leicht gräulich. Die Augenringe bildeten einen deutlichen Kontrast zur nahezu farblosen Haut, und er wischte sich wiederholt mit einem Taschentuch über den Mund.

»Warum legst du dich nicht hin?«

In seinem Zustand gehörte Gerrit hier nicht her. Vor der Entführung nicht und jetzt auch nicht.

»Ist das dein Ernst? Als wenn auch nur einer von uns zur Ruhe kommen könnte. Aber du wirst sehen, alles geht gut aus, sie kommt mit einem Schrecken davon, und den Boss kostet es nur etwas Geld.«

Wenn das ein erneuter Versuch war, Maiks Gewissen zu entlasten, schlug auch dieser fehl.

»Entführungsopfer leiden darunter ihr Leben lang. Es wird nicht wieder gut, nur weil man freigekommen ist. Die Eltern trauern in der Regel auch nicht ums Geld, sondern leiden unter den Ängsten, denen sie ausgesetzt waren. Lynn wurde schon mal angegriffen. Hast du vergessen, was das mit der Familie gemacht hat?« Es tat gut, wenigstens Gerrit gegenüber laut zu werden und dadurch einen Teil der Wut abzubauen. Im Hintergrund guckte Karl aus dem Überwachungszimmer in den Flur. Jeder war angespannt.

»Vor dem Zaun zum Anwesen haben sich die Geier von der Presse zusammengerottet. Wir sollen durch die Garage gehen, damit sie uns nicht filmen«, sagte Gerrit ungerührt und ging voran. »Und nein, ich werde das niemals vergessen. Die Bilder verfolgen mich jeden Tag.«

»Tut mir leid«, entschuldigte sich Maik und folgte ihm. In seinem Zorn hatte er nicht mehr daran gedacht, dass Gerrit ihr das Leben gerettet hatte.

»Schon gut. Geht's dir jetzt besser?«

»Minimal, aber danke.«

Die Tiefgarage bot Platz für bestimmt hundert Fahrzeuge, Maik schätzte die Zahl der abgestellten Wagen auf sechzig. Kostspielige Luxusschlitten auf der van-Holland-Seite, gepanzerte Limousinen, Kleintransporter und Privatwagen der Angestellten auf der anderen. Manche waren mit Planen abgedeckt, weil sie kaum benutzt wurden. Das weiße Licht der Leuchtstoffröhren ließ diesen Ort gespenstisch aussehen. Jeder Schritt hallte von den Wänden wider, und der unangenehme Geruch nach Abgasen wurde von dem kalten Zug aus den Luftschächten in jeden Winkel getragen. Vor der Tür zum Anwesen nahm Gerrit eine Zugangskarte aus der Tasche, die er durch ein Gerät an der Wand zog, dann gab er einen Sicherheitscode ein. Dieses Privileg besaß Maik noch nicht, würde er vielleicht auch nie, was irrelevant war, wenn sie nicht gesund zurückkehrte.

Als es summte und die Tür sich öffnen ließ, steckte Gerrit die Karte wieder weg und ließ ihm den Vortritt. »Oben ertönt ein Signal, wenn diese Tür geöffnet wird. Niemand in diesem Haus mag Überraschungen.«

Im Flur vor ihnen schaltete sich das Licht über einen Bewegungsmelder ein. Links und rechts gingen je zwei Türen ab, in fünf Metern sah er eine Treppe.

Dann mal los.

Oben wurden sie bereits von Reichert erwartet. Er sah müde aus, nicht nur, weil sie die Nacht durchmachen mussten.

»Besser«, sagte er, als er Maik ansah. »Kommt mit und haltet euch im Hintergrund.«

Das Wohnzimmer war ein großer Raum mit einer breiten Fensterfront, einem offenen Kamin und ungemütlich aussehenden Designersofas, die eine Art Yin und Yang in der Raummitte bildeten. Auf dem geschwungenen schwarzen lag ein rundes weißes Kissen auf der breiteren Fläche, auf dem weißen ein schwarzes Kissen. Sie waren so groß, dass neben den van Hollands und den Polizisten noch mindestens sechs weitere Personen Platz gehabt hätten, aber die fünf Sicherheitsmänner standen neben dem Eingang aufgereiht an der Wand wie Soldaten im Glied.

Reichert setzte sich zu den van Hollands, während sich Gerrit und Maik bei den Kollegen einreihten. Gerrit sah nicht so aus, als könne er lange stehen, und Maik hasste es jetzt schon. Es war eine Sache, im Job lange rumzustehen, während die Klienten taten, was immer sie tun wollten, aber eine ganz andere war es, untätig zu sein, während Lynn irgendwo da draußen war.

Peter van Holland sah zu ihm rüber. Er war blass, und die Sorgen malten tiefe Falten in sein Gesicht. Die Vorwürfe lagen deutlich in seinen Augen, und Maik senkte lieber den Blick, bevor er doch anfing, sich zu entschuldigen oder Versprechungen zu machen, die kindisch waren.

Die Stunden verstrichen, in denen jeder wiederholt zum Telefon auf dem Couchtisch sah, als könnten die Entführer durch das Anstarren zum Anruf gezwungen werden. Reichert hatte wohl dafür gesorgt, dass Maik die Entführung nicht noch einmal beschreiben musste, aber in seinem Kopf wiederholten sich die Bilder. Mit dem Abbau des Adrenalins machte sich die Erschöpfung bemerkbar. Immer wieder verlagerte er das Gewicht von einem Bein aufs andere, seine Hände fingen an zu zittern, und kalter Schweiß lag auf seinem Gesicht. Gerrit ging es nicht anders. Seit einer Stunde lehnte er an der Wand, hustete noch mehr und atmete mit kontrollierten Zügen in sein Taschentuch.

Aber erst um neun Uhr morgens klingelte endlich das Telefon. Einer der Polizisten schaltete erst ein Gerät ein, das damit verbunden war, dann gab er Peter van Holland das Zeichen, dass er rangehen sollte. Über einen zweiten Hörer konnte der Beamte mithören.

»Oh Gott, geht es meiner Tochter gut? … Nicht, warten Sie. Bitte, ich tu alles, was Sie wollen, aber lassen Sie Lynn gehen!« An der Reaktion der Beamten sah Maik, dass sie etwas anderes mit dem Vater besprochen hatten. Beide hielten beschwichtigend eine Hand hoch, damit van Holland ruhiger wurde, aber er sah gar nicht hin. »Woher soll ich so schnell sechs Millionen bekommen?«

Echt jetzt? Maik hätte ihm am liebsten das Telefon weggenommen. Soweit er wusste, hätten die Entführer wesentlich mehr verlangen können. Sollte das dazu dienen, mehr Zeit zu gewinnen, damit die Fangschaltung funktionierte?

»Verstehe … Ja … Keine Tricks. Nein, nein, bitte, ich halte mich an Ihre Anweisungen, tun Sie ihr nichts. Sie …« Van Holland und der Polizist senkten die Hörer, der Entführer hatte aufgelegt.

»Hier.« Der Kollege hielt dem Beamten ein Tablet hin. »Der Anruf konnte zurückverfolgt werden. Angeblich ist er von hier gekommen.«

Er warf einen kurzen Blick drauf.

»Deswegen die vielen Reporter?«, mischte sich Maik ein. »Einer von Lynns Entführern hat sich vielleicht unter diese Leute gemischt und beobachtet das Anwesen.« Er trat einen Schritt vor. »Die Leute da draußen müssen überprüft werden.« Es wäre eine recht tollkühne Entführung, wenn die Täter tatsächlich Schilder irgendwelcher Sender auf den Transporter geklebt hätten, um nah am Geschehen zu bleiben.

»›Lynn‹?«, wiederholte Gitta van Holland wütend. »Was glauben Sie eigentlich, wer Sie sind?« Sie stand auf, aber Reichert stellte sich ihr in den Weg.

»Wir sollten der Sache nachgehen, Frau van Holland«, sagte er und versuchte, sie zu beruhigen.

Maik war es unbegreiflich, wie sie sich in dieser Situation an Formalitäten reiben konnte. Jede andere Mutter hätte man davon abhalten müssen, selbst rauszurennen, um nach ihrem Kind zu suchen, aber Gitta van Holland dachte offensichtlich immer als Erstes an die Außenwirkung.

»Ich rufe Verstärkung, damit diese Leute und deren Fahrzeuge überprüft werden«, sagte der Polizist und nahm das Funkgerät zur Hand.

»Nein!« Peter van Holland sah wieder zu Maik, diesmal mit Tränen in den Augen. »Er hat gesagt, er tötet sie, sobald er auch nur einen Polizisten in seiner Nähe sieht.«

»Dann schicken Sie einen von uns raus. In Zivil, damit er sich vorsichtig umschauen kann. Gerrit und mich kennen die Entführer. Was ist mit Dennis? Oder Sascha?« Das alles dauerte viel zu lange.

»Ich besorge das Geld, wir werden bezahlen und Lynn nach Hause holen«, bestimmte Peter van Holland. »Wir gehen kein Risiko ein.«

Die Anspannung war wie das Zischen einer brennenden Lunte. Der Zeitdruck erhöhte sich mit jeder Entscheidung, die gefällt werden musste.

»Okay, Herr van Holland«, sagte Reichert, schien jedoch an Maiks Gedanken festzuhalten. Nachdenklich sah er zu ihm und nickte, als würde er sich selbst Bestätigung geben müssen. »Herr Thomer und Herr Lorenz sollten zur Sicherheit die Übertragungen der Sicherheitskameras im Auge behalten. Sie haben mit diesen Männern gekämpft, vielleicht kommt Ihnen jemand bekannt vor.«

Herr van Holland stand auf und trat auf Maik zu. »Reichert sagte, Sie haben Ihr Leben für unsere Tochter eingesetzt, und so sehen Sie auch aus. Es tut mir leid, Sie so angegangen zu haben«, entschuldigte er sich, als er vor ihm stand.

Wie ferngesteuert schüttelte Maik die entgegengestreckte Hand. »Es war Ihr gutes Recht«, erwiderte er. »Ich wünschte, ich hätte mehr tun können.«

»Sechs Millionen«, sagte van Holland abwesend. »Wir holen sie wieder nach Hause.« Er sah aus, als wäre er geistig schon ganz woanders. »Ja, ich muss jetzt telefonieren, und dann holen wir sie nach Hause.«

Seine Frau ging zu ihm, legte ihm die Hände auf den Rücken und schob ihn zur Tür. »Du musst mit dem Direktor reden, er kann dafür sorgen, dass wir das Geld schneller bekommen.« So wie sie Maik ansah, hätte sie ihm lieber weitere Vorwürfe gemacht, statt sich der Entschuldigung ihres Mannes anzuschließen.

Sechs Millionen Euro. Wenn Maik von seinen Ersparnissen hätte ein Lösegeld zahlen müssen, dann wären nicht mehr als zehntausend drin gewesen.

Je mehr man besaß, desto mehr musste man fürchten, dass andere es wegnehmen wollten. Aber was musste man für ein Mensch sein, um anderen dafür wehtun zu können? Oder einen Mord in Kauf zu nehmen? Oder wie verzweifelt musste man sein?

Der Hüne hatte nicht verzweifelt gewirkt. Auch dass sechs Männer beteiligt gewesen waren, sprach gegen eine Verzweiflungstat.

Die letzten Worte dieses Kerls hatten auf was anderes hingedeutet, auf etwas Persönliches.

Maik folgte dem Paar ein paar Schritte. »Haben Sie Feinde?«

»Wie bitte?« Frau van Holland drehte sich zu ihm und verschränkte die Arme vor der Brust.

»Gibt es jemanden, der Ihnen gezielt schaden will. Nicht aus Habgier, sondern aus persönlichen Gründen?«

Sie sah kurz zu ihrem Mann und verzog wütend das Gesicht. »Geh telefonieren, ich mach das hier schon.« Sie hatte sich perfekt unter Kontrolle und war ganz die Unternehmerin, die mit ihrem Mann zusammen alles in die Wege leitete. Einzig der Morgenmantel über dem Nachthemd wies darauf hin, dass sie sich in einer Ausnahmesituation befand. Vielleicht hatte sie die Wartezeit ebenso genutzt, um innerlich aufzuräumen, damit sie kluge Entscheidungen treffen konnte. Sie sah Maik prüfend in die Augen.

Das gleiche Blau.

Erst als ihr Mann ins Arbeitszimmer gegangen war, ging sie auf seine Frage ein. »Wir sind wohlhabend, stehen im öffentlichen Leben und sind im Laufe der Jahre sicher auch dem einen oder anderen auf die Füße getreten. Aber wenn wir jemanden kennen würden, der Grund zu so einer grausamen Tat hätte, dann säße er jetzt bereits in Untersuchungshaft.« Sie ließ den Blick über seine Wunden schweifen. »In Ihrer Position ist es egal, ob Sie sich bemüht haben, das Ergebnis zählt. Mein Mann ist aufgewühlt und reagiert emotional, aber lassen Sie sich gesagt sein, dass Ihr Versagen noch Konsequenzen haben wird. Ich kenne meine Tochter, sie ist wie mein Mann viel zu gutgläubig und hört viel zu sehr auf ihre Gefühle. Wenn ich herausfinde, dass Sie mit meiner Tochter einen vertraulicheren Umgang gepflegt haben, als angemessen ist, und Sie deshalb Fehler gemacht haben, dann werden Sie dafür bezahlen, haben Sie das verstanden?«

Mit einem Nicken senkte er den Kopf und ärgerte sich, das Paar überhaupt angesprochen zu haben. Ihr Verhalten war ambivalent und unmöglich vorauszusehen. Er wollte nur helfen, nicht beleidigt oder bedroht werden. »Verzeihung, Frau van Holland, ich hatte diesen Eindruck wirklich nicht entstehen lassen wollen. Ich habe noch nicht sehr lange für Ihre Tochter gearbeitet, aber es war ihr Wunsch gewesen, dass ich sie mit ihrem Vornamen anspreche.«

Frau van Holland hob eine Augenbraue, was sie noch strenger aussehen ließ. »Meine Tochter neigt zu spontanen Fehlentscheidungen. Sie ist jung und attraktiv, Reichert hätte einen wie Sie niemals in ihre Dienste stellen dürfen.« Ihre Worte schienen der blanken Kontrollsucht zu entspringen. Kein Wunder, dass Lynn sich davon frei machen wollte. »Glauben Sie nicht, wir wüssten nicht zu schätzen, was Sie für unsere Tochter getan haben. Ich denke nur, dass es ein Fehler war, Lynn wählen zu lassen. Ein erfahrenerer Leibwächter hätte sie sicher da rausgebracht.«

Maik biss die Zähne zusammen und sagte nichts mehr.

Ihre harten Gesichtszüge gaben ihr die Autorität einer Königin. Peter van Holland führte zwar das Imperium, aber Gitta van Holland sagte ihm definitiv, wie er es zu tun hatte. »Sicher sind Sie ein guter Mann«, setzte sie etwas freundlicher hinterher, was jedoch durch den Nachsatz geschmälert wurde. »Aber Sie sind hier fehl am Platz. Wenn alles vorbei ist, werde ich Reichert bitten, Ihnen ein gutes Zeugnis auszustellen.«

Regungslos ließ Maik ihre Worte so stehen. Was sie wohl gesagt hätte, wenn der Abend anders verlaufen wäre? Wenn er Lynn sicher hergebracht und sie in diesem Augenblick ihrer Mutter mitgeteilt hätte, dass sie mit ihm zusammen sein wollte? Gitta van Holland hätte das niemals zugelassen.

Ihr Mundwinkel zuckte, als er ihren Blick erwiderte. Die Wertung in diesem Ausdruck kannte er schon seit seiner Kindheit. Doch es war für ihn zu keiner Zeit erstrebenswert gewesen, von Menschen wie ihr gemocht zu werden. Er war keiner von jenen, die anderen etwas beweisen wollten, die nach Anerkennung strebten oder zwanghaft irgendwo dazugehören mussten, wo sie nicht hingehörten.

Mehr sagte sie nicht. Sie drehte sich um und folgte ihrem Mann. Und Maik machte sich lieber auf den Weg in die Zentrale. Ihm war es egal, ob sie ihn tatsächlich feuern ließ, er wollte nur lange genug bleiben, um Lynn wieder in Sicherheit zu wissen.

KAPITEL 7

Ein Leben in der Hand zu haben, wird erst dann real, wenn man die Tränen zwischen seinen Fingern zerreiben kann. So viele sind gestorben, weil sie nur theoretische Schicksale weit, weit weg gewesen waren. Einkalkulierte Verluste, abstrakte Randnotizen einer Gesellschaft, die in Währungen denkt. So verhält es sich auch mit der Angst. Nur zu wissen, dass die van Hollands Angst haben, reicht mir nicht. Ich will sie leiden sehen.

* * *

Es dauerte zermürbend lange, die Presseleute über die Monitore zu beobachten und auf Auffälligkeiten zu achten. Gerrit musste sich irgendwann hinlegen, weil er vor Erschöpfung anfing, Doppelbilder zu sehen. Sascha war gut darin, sich unauffällig zwischen die Reporter und Kameraleute zu schmuggeln und die Fahrzeuge zu überprüfen. Doch das ergab nichts.

»Noch einen Kaffee?« Karl schob Maik die Thermoskanne rüber, aber wenn er noch einen Kaffee trank, würde er Herzrasen bekommen.

»Nein danke. Darf ich Sie etwas fragen?«

Der ältere Mann gab einen gleichgültigen Laut von sich. Er war einer von denen, die Dienst nach Vorschrift machten und darüber hinaus nicht sehr involviert waren.

»Kannten Sie den Kollegen gut, der damals auf Lynn geschossen hat?«

Auch wenn er den Kopf schüttelte, sagte das Zucken seiner Gesichtsmuskeln etwas anderes. »Nicht jeder ist der Belastung in

Kriegsgebieten gewachsen. Nach seiner Rückkehr hätte er in Therapie gehört, nicht hierher.«

»Denken Sie, es sind dieselben Kerle wie damals, die ihre Entführungspläne nie aufgegeben haben?«

Nachdenklich rieb Karl sich übers Kinn, was von einem kratzenden Geräusch begleitet wurde. Die Bartstoppeln waren größtenteils grau. Alles in allem sah er auch nicht so aus, als hätte er seinen aktiven Dienst wirklich verarbeitet und hinter sich gelassen. »Warum sollten sie dann so lange gewartet haben? Das müsste jetzt drei Jahre her sein.«

Das war ein guter Punkt. Nach Lynns Genesung hätten sie es gleich noch einmal versuchen können. Selbst wenn sie verstärkt beschützt wurde, war es unwahrscheinlich, dass die Täter ganze drei Jahre verstreichen ließen. »Was, wenn sie auf einen Zeitpunkt gewartet haben, an dem das Team geschwächt ist? Die Hälfte hat die Grippe. Gerrit und einige andere sollten nicht mal hier sein, so krank, wie sie sind.«

»Du dürftest jetzt auch nicht mehr hier sein«, erwiderte Karl missgelaunt. »Nach allem, was du durchgemacht hast, solltest du nach Hause gehen und dich erholen, aber stattdessen sitzt du hier und starrst auf die Monitore. Wem soll damit geholfen sein? Du hast nicht gedient, die meisten von uns können nichts anderes, aber du solltest mit deinem Leben was Besseres anfangen.« Der beinahe schon väterliche Rat war gut gemeint, aber er entsprang wahrscheinlich eher Karls Frust als tatsächlicher Anteilnahme.

»Das werde ich, wenn ich genügend Geld gespart habe«, verriet Maik.

»So was Ähnliches habe ich damals auch gesagt, als ich mich verpflichtet habe. Soll ich dir ein Geheimnis anvertrauen?« Ohne hinzusehen, zog er eine Schublade auf, holte einen Flachmann hervor und kippte etwas von dem bernsteinfarbenen Alkohol in seinen Kaffee. Der Geruch nach Whiskey verteilte sich für wenige

Herzschläge im Raum und verlor sich dann. »Man hat nie genug. Irgendwas kommt immer dazwischen, und ehe man sichs versieht, nimmt man Jobs an, die man niemals machen wollte, die ebenfalls niemals genügend Geld abwerfen, dass man seinen Traum verwirklichen kann.«

Oder man lernt eine Frau kennen, die alle Prioritäten verschiebt. Maik war zu erschöpft, um sich von dem Zynismus nicht anstecken zu lassen. Sein Kollege schlug lediglich in dieselbe Kerbe, wie es das Schicksal ständig tat.

»Haben Sie sich die Nachrichten von einem dieser Sender angeschaut?« Es war ein seltsamer Anblick, wie die Reporter zum Anwesen sahen und begierig darauf warteten, dass sich etwas tat.

»Alles nur Blabla. Da sie keine Ahnung haben, was genau passiert ist, schwadronieren sie haltlosen Mist zusammen. Niemand braucht dieses sensationssüchtige Pack. Wenn's drauf ankommt, sehen sie weg, aber Empörungsfutter kommt auf die erste Seite.«

Empörungsfutter. Maik hatte eine Vorstellung davon, wie frustrierend es sein musste, aus Kriegsgebieten zurückzukehren und zu sehen, worüber die Zeitungen hier hauptsächlich berichteten.

»Du hast Glück gehabt«, sagte Karl verschwörerisch und trank von seinem Kaffee.

Da Maik keine Ahnung hatte, worauf er anspielte, wartete er lieber ab.

»Wenn sie euch schon in der Nähe vom Wohnhaus ihrer Freundinnen überfallen hätten, dann hättet ihr erklären müssen, wo ihr hergekommen seid.« Auch wenn Karl nicht aussah wie jemand, der Kollegen verpfiff, gefiel es Maik nicht, dass er es überhaupt ansprach.

»Es war ein Fehler, dass sie überhaupt hierhergebracht werden sollte.« Maik klang wütender als beabsichtigt, aber die Anspannung ließ einfach nicht nach, solange Lynn noch da draußen war. »Der längere Weg hat keinen Unterschied gemacht, aber sie hätte die Wohnung ihrer Freundin nicht verlassen sollen.«

»Wo wir gerade dabei sind«, sagte Sascha, der unbemerkt hinzugekommen war und im Türrahmen stand. »Warum hast du sie überhaupt ausgehen lassen?«

Sascha war genauso alt wie Maik und nicht sein Vorgesetzter, ihm würde er sicher keine Rechenschaft ablegen. »Sorry, aber das geht dich nichts an. Wir reden nicht über die Klienten, schon vergessen?«

»Ich hab gehört, dass sie auf dich bestanden hat. Jetzt nennst du sie auch noch Lynn. Die Alte macht dich kalt, wenn du ihre Tochter angefasst hast.«

In Maiks Brust krempelte etwas die Ärmel hoch. Eine Art *Hulk*, der jeden Moment grün anlaufen und um sich schlagen konnte, wenn er nicht ruhig gegen anatmete. Sascha war nun schon der Zweite, der unverhohlen Mutmaßungen anstellte. Eine gewisse Eifersucht schwang in seiner Stimme mit.

»Also, hast du?« Sascha fixierte Maik auf eine durchdringende Art, die Maiks Zorn noch steigerte.

Er stand auf und stellte sich vor seinen Kollegen, der ungefähr gleich groß war. »Hör auf, so eine Scheiße zu reden. Willst du mich mit deinen Behauptungen in Schwierigkeiten bringen?«

»Lynn van Holland weiß oft nicht, was sie tut. Ja, wir reden nicht darüber, aber wenn du das ausgenutzt hast, dann wird ihre Mutter deine kleinste Sorge sein!« Er hielt Karl einen Becher hin, der daraufhin den Flachmann zückte und etwas Whiskey hineingoss. »Sie wollte mich nicht in ihrem Team, weil sie meinte, ich würde zu sehr auf sie aufpassen. Vielleicht hat sie sich jetzt ja einen ausgesucht, der es zu wenig getan hat.«

Innerlich musste Maik die Schublade mit den Erinnerungen wieder aufziehen, um die Bilder und Empfindungen wie Sandsäcke vor seinen Verstand zu stapeln, aber trotzdem drangen einige Wörter durch und verunsicherten ihn. »Können wir uns jetzt wieder auf die Arbeit konzentrieren?«, sagte er beherrscht.

Sascha schwenkte den Becher und trank ihn anschließend restlos leer. »Du siehst aus wie jemand, der nichts anbrennen lässt. Wie viel hatte sie getrunken?«

Maik konnte nicht anders. Er packte Sascha am Kragen und drängte ihn zurück gegen die Wand. »Kein Wort mehr …«

»Oder was? Packst du deine rostige Rüstung aus und spielst ihren Ritter? Das hättest du besser tun sollen, als sie entführt worden ist. Ich hab gehört, dass du danebengeschossen hast.« Mit einem zornigen Grinsen sah er Maik herausfordernd an. Es wäre so einfach gewesen, seine Wut an dem Kollegen auszulassen. Maik hatte große Lust, den Hulk ans Ruder zu lassen, aber dann würde Reichert ihn sofort feuern.

»Das waren Platzpatronen«, sagte er dünn und lockerte seinen Griff. »Ich hätte nicht danebengeschossen, das müssen Platzpatronen gewesen sein.«

»Schon klar«, erwiderte Sascha und stieß Maik von sich. »Wer soll die denn ausgetauscht haben? Oder hast du deine Waffe irgendwo abgelegt, als es mit Lynn zur Sache ging? Holger hat mir berichtet, was er gesehen hat. Du hast sie angemacht.«

In Maiks Kopf überschlugen sich die Gedanken. Ja, er hatte die Waffe abgelegt, aber wer außer Kathi hätte das tun können?

»Oh Scheiße, Mann, ich hab recht, oder?«, meinte Sascha, als Maik nicht gleich antwortete. Er fasste sich an die Stirn, wobei Maik eine Tätowierung am Handgelenk auffiel. Es war eine Art Zahlencode, der auf die Innenseite gestochen worden war.

Die Militärtypen haben alle einen an der Klatsche. Ohne ein weiteres Wort verließ Maik den Kontrollraum und ging geradewegs zu Gerrit.

Er klopfte gar nicht erst, sondern trat direkt ein und betätigte den Lichtschalter. Gerrit schreckte hoch und hielt sich geblendet die Hand vor die Augen. »Ist was passiert?«, fragte er alarmiert.

Maik ließ die Tür hinter sich zufallen und blieb vor Gerrit stehen. »Was muss ich über Lynn wissen, dass ich hier von jedem blöd angemacht werde?«

»Was meinst du?« Mühsam setzte er sich auf die Bettkante und hielt sich den Kopf. Durch die Grippe steckte er die Strapazen des Überfalls noch schlechter weg.

»Ich habe Lynn nicht angefasst, warum denken das alle?« Diese Lüge war notwendig, weil niemand außer Lynn das Recht besaß, die Wahrheit ans Licht zu bringen. Keinen ging es etwas an, was in der Wohnung passiert war. Er hatte sie nicht ausgenutzt, und sie war nicht betrunken gewesen. All diese offenen und versteckten Anschuldigungen waren falsch.

Das Seufzen war wie ein Schlag in die Magengrube, weil Gerrit damit etwas zum Ausdruck brachte, das Maik vielleicht gar nicht hören wollte. »Du erinnerst dich, dass ich versucht habe, dich zu warnen? Dass ich dir gesagt habe, dass sie jedem Neuen den Kopf verdreht?«

Unglaube verzögerte das Begreifen. »Was willst du damit sagen?«

»Verdammt, denk doch mal nach!« Gerrit zog ein frisches Taschentuch aus einer Packung und wischte sich damit über den Mund. »Seit dem Anschlag rennt sie irgendwie dem Leben hinterher. Sie trinkt zu viel, handelt unvernünftig und weckt in jedem Mann, der sie beschützen soll, das Bedürfnis, mehr für sie zu sein, als es angemessen ist. Es hat ausnahmslos jeden von uns erwischt. Man will sie halten und vor allem Unheil bewahren, aber sie ist Lynn van Holland, verstehst du? Sie weiß, wo ihr Platz ist.«

Maik wollte das nicht glauben, aber sein Verstand fing bereits an, die Begegnungen mit ihr zu analysieren.

Nein, das war mehr als das.

»Wie lange hattest du mit ihr …?« Er konnte die Frage nicht mal zu Ende aussprechen.

»Oh, nein, nein, wir sind nicht zusammen gewesen, aber ich dachte, es würde darauf hinauslaufen. Du weißt schon, Umarmungen und ein sehr vertraulicher Umgang miteinander. Eben all diese knisternden Momente, die mich glauben ließen, wir wären seelenverwandt oder so.« Gerrit grinste schief und zuckte mit einer Schulter. »Und dann war es vorbei. Ganz plötzlich, als wäre ihr über Nacht eingefallen, dass ich nur ein Angestellter bin.«

Maik mochte nicht, was die Worte in ihm bewirkten. Vielleicht war es bei Gerrit so gewesen, vielleicht stimmte es, dass sie auf jeden so wirkte, aber er wusste, was er fühlte.

»Du weißt sicher, wovon ich rede, du bist ja lange genug mit ihr unterwegs gewesen.«

»Nein, ich habe ehrlich keine Ahnung«, blieb Maik eisern.

»Die einen stecken es besser weg als die anderen. Sascha hat es einfach noch nicht überwunden. Er sieht in ihr die gequälte Frau, die gerettet werden muss, deshalb würde es mich nicht wundern, wenn er sich persönlich auf die Suche nach ihr macht. Aber diese Frau wird keinen Helden heiraten, sie ist bereits einem angehenden König versprochen. Sieh zu, dass du dich nicht genauso verrennst wie er.«

So wie Gerrit es beschrieb, hatte es sich nicht angefühlt. Da war etwas zwischen ihr und ihm gewesen, das frei von Traumata und schlechten Erfahrungen gewesen war. Eine Wahrheit, die nur ihr und ihm gehörte. Vielleicht war es naiv zu denken, er sei die Ausnahme, aber mit diesen Männern hatte er nichts gemein, und das sollte auch so bleiben. »Und ihr solltet vorsichtiger mit dem sein, was ihr behauptet. Ich habe keine Lust, mich vor ihren Eltern oder Reichert rechtfertigen zu müssen, nur weil ihr der Meinung seid, ich könne nicht die professionelle Distanz wahren.«

Gerrit sah ihn auf eine Art und Weise an, die Maik das ungute Gefühl vermittelte, dass er es besser wusste. Aber Maik konnte sich an nichts erinnern, das sie verraten haben könnte.

»Der Boss sollte sich mehr um seine Töchter kümmern. Lynn hat den damaligen Überfall nie verarbeitet. Ich denke, sie holt sich deshalb bei uns Trost, weil sie bei ihresgleichen diese Schwäche nicht zeigen darf.« Ein Hustenanfall zwang Gerrit, alles, was er noch dazu sagen wollte, für sich zu behalten.

Maiks Bauchgefühl rebellierte, was sein Verstand damit erklärte, dass er es nur nicht wahrhaben wollte. Lynn wirkte nicht schwach. Selbst in Todesangst hatte sie sich an alle Anweisungen gehalten.

Bei jedem von Gerrits Atemzügen rasselte es deutlich in seiner Lunge. Seine Augen waren ganz glasig, wenn er nicht aufpasste, bekam er noch eine Lungenentzündung, der er ganz offensichtlich nichts entgegenzusetzen hatte. Gefasst ließ sich Maik auf einem Stuhl nieder. »Ich muss zugeben, dass ich sie so nicht eingeschätzt hätte«, sagte er, um sich mit dieser Wahrheit zumindest einmal auseinanderzusetzen. Es auszusprechen, machte es glaubhafter – so wie man Schwarzbrot in kleine Happen schnitt, damit es appetitlicher war.

»Wie gesagt, so ist sie nicht immer gewesen«, presste Gerrit heiser hervor. »Seit sie angeschossen wurde, rennt sie nur noch. Ich kenne dieses Gefühl, als würde man nie das bekommen, was man braucht.«

Genau das war der Punkt, der es Maik so schwer machte, das Gesagte zu akzeptieren. In seinen Armen war sie ruhig und entspannt gewesen. Er hatte sie festgehalten und eine Nähe erlebt, die er noch nie gefühlt hatte.

Ächzend stemmte sich Gerrit hoch und legte Maik eine Hand auf die Schulter. »Wie gesagt, mach dir nichts draus, wir alle sind ihr anfänglich verfallen.« Er ging auf die Tür zu. »Sie wird zurückkommen, sich davon erholen, und dann genauso weitermachen. Das ist die Wahrheit, über die hier niemand reden darf. Gibt es ansonsten was Neues?«

Maik schüttelte nur den Kopf.

»Ich sag dir Bescheid, wenn was passiert. Leg dich einen Moment hin, du siehst echt zerstört aus.«

Auch wenn Maik sicher nicht schlafen wollte, zog er die Schuhe aus und legte sich auf das zweite, nicht mit Viren verseuchte Bett.

Ruhe würde helfen, das Chaos wieder aufzuräumen und professionell bei der Sache zu bleiben. Etwas in ihm fing an, die Gefühle zu deckeln. Eine Art Selbstschutz, der ihn davor bewahren wollte, zu tief enttäuscht zu werden. Nur eines schaffte dieser Mechanismus nicht: ihn an ihr zweifeln zu lassen.

Manchmal hörte er die Stimmen der Kollegen, Gerrits Husten oder klopfende Geräusche. Maik kam es vor, als könne er ihre Nähe noch immer spüren. Als müsse er nur in den Nebenraum gehen, um sie zu sehen.

So etwas kann man nicht künstlich erzeugen.

Bis in den Nachmittag lag er so da und ging in Gedanken alles wieder und wieder durch. Dabei versuchte er, sich weniger auf Lynns Angst zu konzentrieren als auf die Angreifer, was schwer war, weil sich in seinem Kopf alles immer wieder verknotete und nur mühsam zu entwirren war. Als er es nach Stunden nicht mehr aushalten konnte, verließ er das Zimmer und ging zurück zum Überwachungsraum. Dort waren Karl und Gerrit gerade damit beschäftigt, zwei große, schwarze Taschen auf dem Tisch auseinanderzunehmen.

»Sind die für die Übergabe?«

Gerrit zuckte erschrocken zusammen. »Alter, musst du dich so anschleichen?«

»Also? Sind sie das?« Maik trat dichter an den Tisch heran und betrachtete die Taschen.

Karl entfernte das Armband von einem Tracker und schob den Sender am Boden durch eine aufgetrennte Naht ins Futter. »Wo auch immer sie das Geld hinbringen, die Polizei kann ihnen folgen«, sagte er ohne eine nennenswerte Emotion in der Stimme.

»Denkt ihr, das klappt?« Seiner Auffassung nach waren die Entführer zu professionell vorgegangen, um sich durch so einen billigen Trick überführen zu lassen.

»Karl meint, es sei einen Versuch wert«, sagte Gerrit. »Sollten sie das Geld umfüllen und die Taschen zurücklassen, können wir nur hoffen, dass sie Lynn wie vereinbart gehen lassen.«

Die Sondereinheit der Polizei machte einen guten Eindruck. Sie gingen vorsichtig und koordiniert vor. Maik hatte nicht viel mitbekommen, aber er vertraute darauf, dass sie nichts tun würden, was Lynns Leben in Gefahr brachte.

»Leg dich lieber wieder hin, bevor Reichert dich hier sieht und höchstpersönlich nach Hause fährt.« Gerrit wich seinem Blick aus. »Frau van Holland will dich nicht mehr hier haben.«

»Ich weiß, das hat sie mir heute Morgen schon gesagt.« Dieses kurze Gespräch hatte ausgereicht, um sie nachhaltig fürchterlich zu finden. »Wann soll die Übergabe laufen?«

»Morgen Mittag. Ich werde das machen.« Gerrit wirkte nervös. Am liebsten hätte Maik ihm die Aufgabe abgenommen, um Lynn selbst nach Hause zu bringen, aber die Chancen, das durchzusetzen, standen äußerst schlecht.

Für einen Mann wie Peter van Holland konnte es unmöglich so schwer sein, sechs Millionen Euro zu bekommen. »Warum erst morgen? Das muss doch schneller gehen.«

Karl gab einen abschätzigen Laut von sich, schloss die Tasche und setzte sich vor die Monitore.

»Weil der Entführer es so bestimmt hat«, sagte Gerrit. »Niemand von uns kann die Regeln diktieren, die Familie muss tun, was immer der Kerl sagt.«

Er ging zu Maik rüber und legte ihm freundschaftlich eine Hand auf die Schulter. »Keine Sorge, ich werde morgen das Geld übergeben und bringe Lynn dann hoffentlich gesund und munter wieder her. Wenn du schon nicht heimfährst, dann bleib lieber hinten im Zimmer.« Vorsichtig schob er Maik in den Flur und zog dann etwas aus der Tasche. »Hier, das hilft dir beim Einschlafen.«

Im nächsten Moment hielt Maik einen Tablettenstreifen in der Hand. »Danke, aber das brauche ich nicht.« Auch wenn sein Kollege es gut meinte, störte es Maik, dass er ihn andauernd anfasste und wie einen Auszubildenden behandelte.

Gerrit schob ihn noch ein Stück weiter aus Karls Hörweite. »Doch, und wie du das brauchst. Du läufst hier rum wie Tod auf Urlaub. Was immer dich aufrecht hält, nachdem du so zusammengeschlagen wurdest, früher oder später ist der Akku alle, und du klappst zusammen. Ich habe Menschen auf Adrenalin erstaunliche Dinge tun sehen, die anschließend völlig hinüber waren. Bis morgen Vormittag wird hier nichts passieren. Sieh zu, dass du bis dahin Schlaf bekommst.«

Staurodorm stand auf der Silberfolie des Blisters. Maik hatte nicht vor, es zu nehmen, aber er steckte den Streifen ein und nickte nur.

»Denk dran: Mit denen haben wir nichts gemein. Reib dich nicht für eine Frau auf, mit der du niemals richtig zusammen sein kannst.«

Gut möglich, dass er damit recht hatte, aber es änderte nichts. Erst wenn sie wieder in Sicherheit war, würde er sich darüber Gedanken machen. Er war bereits haltlos involviert, und er wusste, was er in ihren Augen gesehen hatte. »Werde ich nicht«, sagte er knapp und trat einen Schritt von Gerrit fort, damit dieser die Hand von seiner Schulter nehmen musste. Was sein Kollege sich herausnahm, überschritt Grenzen, die Maik lieber wahren wollte. »Wir sehen uns morgen.«

Gerrit nickte und ging wieder zum Überwachungsraum zurück. »Eines noch«, rief er, als Maik sich wegdrehen wollte. »Hier, vergiss das nicht.« Er warf ihm eine Wasserflasche zu, die in Maiks Händen dieses unangenehme Geräusch machte, wenn dünnes Plastik einbeulte. »Schlaf gut.«

KAPITEL 8

Gleich findet die Übergabe statt. Sechs Millionen Euro in kleinen, nicht durchnummerierten Scheinen. Jahrelange Vorbereitung für was? Für läppische sechs Millionen blutige Euro? Nein, wir haben andere Pläne.

* * *

Hannah Gunthel stieg aus der Limousine und sah sich in der Tiefgarage um. »Wow, so sieht unverdienter Wohlstand also aus«, kommentierte sie und folgte ihrem Komplizen Richtung Eingangstür zur Zentrale.

»Na ja, erarbeitet haben sie sich das schon«, sagte er. Sie hatte ihn lange nicht gesehen, aber für sie war er immer noch der kleine Sohn ihrer besten Freundin, der in seiner Kindheit mehr Zeit mit den Hühnern als mit anderen Kindern verbracht hatte. Jetzt kochte er sie, rührte feine Soßen an, die zum zarten Fleisch passten, und erweckte eher den Eindruck, kaum noch Kontakt zu Lebewesen zu pflegen. Ständig hielt er seinen Kopf schief und sah andere von unten an, was bei seinen eins fünfundachtzig eine Leistung war, wenn er dadurch nicht so sonderbar gewirkt hätte. Einer von vielen, um die man sich hätte kümmern müssen.

»Diesen Wohlstand verdienen sie nicht nach all dem, was sie uns angetan haben.« Sie packte ihn am Arm und sah ihm in die Augen. »Hast du etwa vergessen, wie elendig deine Mutter draufgegangen ist? Ich kann jetzt kein Zaudern gebrauchen!«

Schnell schüttelte er den Kopf und mied ihren Blick. »Wie du es verlangt hast, lese ich jeden Tag ihre letzten Worte durch, um bei der Sache zu bleiben. Ich kann sie sogar auswendig.« Wahrscheinlich stimmte das sogar, aber sie konnte nur hoffen, dass er nicht im letzten Moment kneifen würde. »Ich will nur, dass es vorbei ist«, setzte er kleinlaut nach. Es hätte bessere Männer für seine Aufgabe gegeben, wütendere Männer, doch die waren gerade mit ganz anderen Vorbereitungen beschäftigt. Sie hatten ihn nicht in van Hollands Belegschaft eingeschleust, um nun auf seine Dienste zu verzichten. »Wie machst du dich als Koch?«

»Oh, es ist ein wirklich guter Job. Ich habe so vieles dazugelernt, wenn ich …«

»Schon gut«, unterbrach sie ihn. »Lass uns da später drüber reden.«

Sie kannte den Grundriss der Garage und des Kellers der Sicherheitszentrale. Auch wenn alles gut vorbereitet war, durften sie niemandem begegnen, der nicht zu ihren Leuten gehörte, also beschleunigte sie ihre Schritte.

»Wo ist denn meine Sturmhaube?«, fragte er zögerlich. Wenn Hannah eines in den vergangenen Jahren gelernt hatte, dann, dass nahezu jeder Mann Lynn van Holland mochte und auf den letzten Metern Gewissensbisse bekam. Hannah war überzeugt, dass es weniger darum ging, dass sie ihn erkennen könnte, als um die Enttäuschung, die sie womöglich zeigte. Alle wollten die Rache, aber nicht, dass die feine Unternehmertochter enttäuscht von ihnen war. Nach dem ersten Versuch vor drei Jahren hatte Hannah dazugelernt. Wenn Björn nicht gewusst hätte, was ihr Plan gewesen war, dann hätte er Lynn auch nicht das Leid ersparen wollen, indem er sie niederschoss.

»Die wirst du nicht brauchen.«

»Aber sie kennt mich!« Er blieb stehen und sah sie entgeistert an. »Das Lösegeld wird gerade übergeben. Wir betäuben sie, legen sie in den Kofferraum und setzen sie an der Elbe aus. So lautet doch der Plan, oder? Was, wenn sie mich dabei sieht?«

»Vertrau mir einfach«, erwiderte Hannah. »Wir werden sie nicht an der Elbe aussetzen, sondern mit in die Geisterstadt nehmen.« So nannten sie ihre alte Heimat, die seit dem Brand in der Fabrik zum Sperrgebiet erklärt worden war.

Ihr Komplize blieb stehen. »So war das nicht abgemacht.«

Hannah ging weiter. »Tu einfach, was ich dir sage.«

»Du hast gesagt, dass du ihr nichts tun willst!«

Wütend drehte sie sich zu dem jungen Mann um. »Will ich auch nicht. Aber Peter van Holland soll sie in der Fabrik abholen, nachdem er bezahlt hat. Er soll an den Ort zurückkehren, an dem er unser aller Leben ruiniert hat. Dem Mädchen passiert nichts. Jetzt komm endlich!«

Er folgte gehorsam, weil er der typische Befehlsempfänger war. In den vergangenen Jahren hatte sie viel über Mitläufer und Macher gelernt. Am Stammtisch hatte sie Reden gehalten, ihre Worte immer wieder dem angepasst, was ihre Mitstreiter hören mussten, um ihren Plänen zuzustimmen. Den Machern hatte sie Aufgabenbereiche zugewiesen, die Mitläufer bekamen Befehle. Ihm musste sie nur sagen, was er zu tun hatte, er würde nicht widersprechen.

Er schloss die Kellertür auf, schaltete das Licht ein und ging vor bis zur letzten Tür am Ende des Flurs.

Als er aufschloss und die Tür öffnen wollte, hielt Hannah seinen Arm wieder fest. »Halt dich hier im Hintergrund. Sie darf dich doch nicht sehen.«

»Aber soll ich ihr nicht die Injektion verpassen?« Unschlüssig sah er zu der Spritze in seiner anderen Hand.

»Schon, aber erst, wenn ich dir ein Zeichen gebe. Los, warte dort am Flurende, und dann folgst du uns langsam.«

»Aber, wenn ich …«, wollte er erneut widersprechen.

»Nun mach es nicht so kompliziert«, fuhr sie ihm über den Mund. Es war wichtig, dass Lynn noch nicht in der Zelle betäubt wurde, weil es etwas gab, das Hannah sehen wollte: den Ausdruck des Begreifens auf ihrem Gesicht, wenn sie erkannte, dass sie auf dem Grundstück ihrer Eltern gefangen gehalten wurde.

Damit er nicht noch mehr sagte, hob Hannah eine Hand. »Sei ruhig jetzt.«

Früher hätte sie niemanden eingeschüchtert. Sie war eine freundliche, geradezu weiche Frau gewesen. Jemand, den man aufsuchte, um sein Herz auszuschütten, weil sie immer ein offenes Ohr gehabt hatte. Jetzt war sie eine fünfundvierzigjährige verhärmte Strippenzieherin, die endlich ihre Rache bekommen sollte. Niemand konnte sich ihr in den Weg stellen, schon gar kein Weichei wie er.

»Dein Anteil wird dein Gewissen schon ruhigstellen«, fügte sie etwas milder hinzu.

Endlich trat er zur Seite. Hannah öffnete die Tür und schaltete das Licht ein. In der hintersten Ecke saß Lynn, die Hände an eine feste Öse in der Wand gekettet. Sie kniff die Augen zusammen, weil sie seit der Entführung in dem lichtlosen Raum gesessen hatte. Ein Knebel hatte ihre Schreie gedämpft, die sowieso niemand hören konnte. Hannahs Komplizen hatten drei Jahre Zeit gehabt, diesen Raum zu präparieren. Die Wände waren schallisoliert und die schmalen Kasematten-Fenster verschweißt.

Blinzelnd öffnete sie die Augen und sah Hannah ängstlich an.

»Scht, Sie müssen ruhig sein, damit die Entführer Sie nicht hören. Ich werde Sie jetzt hier rausbringen«, sagte Hannah eindringlich und zückte ein Messer, um den Knebel zu durchtrennen.

»Oh mein Gott, Sie haben mich gefunden!« Lynn hielt ihr die gefesselten Hände entgegen. »Bitte holen Sie mich hier raus, schnell! Wurden die Täter noch nicht gefasst?« Tränen liefen ihr über die Wangen, verschreckt sah sie zwischen der vermeintlichen Retterin und der offenen Tür hin und her, und Hannah sog diesen Augenblick in sich auf.

»Sie müssen leise sein«, sagte sie. »Noch laufen einige frei herum.«

Die gewünschte Wirkung trat ein. Lynn atmete schneller und gab kaum noch einen Laut von sich. Das war genau die Angst, die Hannah haben wollte. Wenn die Freiheit zum Greifen nah war, aber das Opfer durchhalten musste, um es zu schaffen.

Sie suchte nach der Stange, die wie verabredet an einer Wand lehnen sollte.

Da bist du ja.

Sie steckte die Stange durch die Öse und drehte sie aus der Wand. Es kostete zermürbend viel Zeit und Kraft, bis sie das letzte Stück rausziehen konnte. Allein hätte Lynn das niemals geschafft, selbst wenn sie irgendwie an die Stange herangekommen wäre. *Gute Arbeit.*

Sie half Lynn auf die Füße. Die Kleine musste sich fürchterlich fühlen. Seit der Entführung saß sie ohne Licht oder Wasser in diesem Raum, niemand hatte seitdem mit ihr gesprochen. An den Füßen sah Hannah verkrustete Kratzer, ebenso an den Armen und Beinen, dazu jede Menge Dreck. Lynns Anblick war wie ein Geschenk, weil er genau das Elend zum Ausdruck brachte, das sie für ihr Vorhaben benötigte.

Lynn musste gestützt werden. Sie sackte immer wieder in die Knie und zitterte am ganzen Körper. Das war das Wundervolle an Angst: Sie war von außen besser zu kontrollieren als von innen. Der Körper reagierte auf den Stress, machte sie schwach und wehrlos.

»Mein Name ist Hannah Gunthel.« Nachdem sie ihren Namen genannt hatte, wartete sie auf eine Reaktion. Etwas in ihr hoffte, dass Lynn ihren Namen kannte, aber sie sah sie nur abwartend an. »Wir bringen Sie erst mal hier raus, dann reden wir weiter.«

Sie manövrierte Lynn so aus dem Verlies, dass sie den Komplizen nicht sehen konnte. Es war ein Spiel mit dem Feuer, aber Hannah konnte nicht widerstehen.

Noch hatte Lynn nicht erkannt, wo sie sich befand. War das erst geschehen, würden die Unterhaltungen so viel ergiebiger werden.

Hannah bekam direkt Herzklopfen, weil sie sich diesen Augenblick so oft vorgestellt hatte, und nun war er endlich da.

Sie drückte die nächste Tür auf und zog die Gefangene in die Garage. Endlich ging ein Ruck durch Lynns Körper. »Aber das ist doch …«

Hannah legte ihr eine Hand fest über den Mund und fixierte sie mit all ihrer Kraft. »Jetzt!« Sie sah nicht genau hin, wo er die Spritze ansetzte. Nur wenige Sekunden später erstarb die Gegenwehr, und Lynns Körper hing reglos in Hannahs Armen.

»Los, öffne den Kofferraum.«

Hannah musste nur einen scharfen Tonfall anschlagen, dann tat er alles, was sie sagte. Gemeinsam wuchteten sie Lynn hinein und schlugen die Klappe direkt danach wieder zu.

»Soll ich fahren?«

Vertraulich legte sie ihm eine Hand auf den Arm. »Noch eine kleine Planänderung«, sagte Hannah und verstärkte den Druck ihrer Finger. »Du hältst hier die Stellung und berichtest mir alles, was du beobachtest.«

»Wie meinst du das?« Reumütig sah er zum Kofferraum. »Wir haben doch das Geld. Wenn du sie zur Geisterstadt gebracht hast, ist alles vorbei, oder?«

Mit einem Lächeln öffnete sie die Fahrertür und drehte sich zu ihm.

»Natürlich. Bald ist alles vorbei.« Es spielte keine Rolle, ob er mitspielte oder nicht, wenn sein Gewissen nur lange genug in den inneren Konflikt verwickelt war, damit Hannah den nötigen Vorsprung bekam. »Sag meinem Mann, dass ich ihn liebe und vermisse.« Bei diesen Worten sah sie zur Kamera, nickte einmal, dann stieg sie ein und fuhr los.

Jetzt bin ich dran.

KAPITEL 9

Die Decke anzustarren fühlte sich an, wie neben einem Autowrack zu stehen und untätig die Unfallopfer anzuglotzen. Die halbe Nacht hatte er trotz Schmerzen Sit-ups, Liegestützen und Schattenboxen gemacht, um die Unruhe in den Griff zu bekommen. Irgendwann war Maik gegen seinen Willen eingeschlafen. Die Tabletten hatte er nicht angerührt, nur das Wasser getrunken, aber die Erschöpfung war wohl zu stark gewesen. Als er jetzt auf die Uhr sah, war alles bereits gelaufen. Es war Stunden nach dem Zeitpunkt der Lösegeldübergabe. Das Gefühl, sie wäre ganz in der Nähe, war verschwunden – er hätte nicht einschlafen dürfen.

»Scheiße!« Er stand auf und stürmte aus dem Raum. Wenn alles geklappt hatte, dann musste Lynn jetzt frei sein. Als Erstes ging er zum Überwachungsraum und sah Karl vor den Monitoren sitzen. »Ist es vorbei?«

Der ältere Mann zuckte nur unbeteiligt mit den Schultern. »Meine Schicht hat gerade erst angefangen.«

Fuck!

Das sah ihm ähnlich, dass er sogar in Ausnahmesituationen pünktlich den Hammer fallen ließ. Frustriert lief Maik nach draußen. Er besaß keine Zugangskarte für die Tür zum Haupthaus. Noch immer standen Reporter vor dem Grundstück und hielten ihre Kameras auf das Gebäude gerichtet. Maik konnte fühlen, wie sie ihn beobachteten. Gut möglich, dass Lynn bereits im Anwesen war, ohne dass auch nur ein Reporter etwas davon mitbekommen hatte. Bei jedem Schritt schmerzte sein geschundener Körper.

Bevor er klingeln konnte, öffnete Gerrit die Tür und zog ihn ins Innere. »Warum gehst du nicht durch die Garage?« Er sah blass und noch nervöser als am Tag zuvor aus.

»Was ist passiert? Ist etwas schiefgelaufen?«

»Die Übergabe ist erfolgreich gewesen«, antwortete Gerrit. »Wie gefordert, hat Herr van Holland die Polizei vorher weggeschickt, ich habe die Tasche abgeliefert und bin direkt hierher zurückgekommen. Aber bislang haben sie Lynn noch nicht freigelassen.«

Maik rieb sich übers Gesicht. Die Erschöpfung machte ihn immer noch benommen, was von der neuerlichen Sorge allmählich verdrängt wurde. »Wie sollte das denn ablaufen?«

»Na, sie wollten nach der Geldübergabe Lynn irgendwo in Hamburg absetzen.« Gerrit erweckte den Eindruck, einen Fehler gemacht zu haben. »In dem Umschlag, den ich Herrn van Holland gegeben habe, sollten die Koordinaten sein, aber irgendwas scheint nicht zu stimmen.«

»Denkst du, sie haben den Tracker gefunden?«

Sein Kollege schüttelte den Kopf. »Das Signal ist noch aktiv. Sie sind kurz vor der niederländischen Grenze. Die Polizei nimmt an, dass sie auf dem Seeweg das Geld wegschaffen wollen. Sie konzentrieren sich auf das Signal, und wir sollen ihnen melden, wenn es was Neues gibt.« Er senkte die Stimme. »Ich habe irgendwas von *Darknet* und dass van Holland sich einwählen soll, mitbekommen. Scheiße, Mann, ich habe ein echt mieses Gefühl bei der Sache.«

»Darknet? Das ergibt doch keinen Sinn.«

Gerrit zog ihn weiter Richtung Wohnzimmer und legte einen Finger an die Lippen.

Die anderen Sicherheitsmitarbeiter standen wie beim letzten Mal an der Wand hinter dem Sofa, auf dem das Paar, Benno Reichert und Sascha saßen und auf einen Laptop schauten.

»So«, sagte Sascha gerade, als sie eintraten und sich neben die anderen stellten. »Der Tor-Browser ist jetzt installiert.« Dann las er laut eine URL vor, während er sie eintippte, die aus wild zusammengewürfelten Buchstaben und Zahlen bestand und die Endung *.onion* hatte. »Sie sind jetzt im Darknet«, fuhr er fort, während die Site lud. »Das bedeutet, dass Sie und die Gegenseite sich hier anonym bewegen. Das Signal kann nicht zurückverfolgt werden.«

Maik hatte davon schon gehört. Im Freundeskreis wurde darüber diskutiert, ob eine unabhängige Berichterstattung nur noch im Darknet zu finden wäre. Das kleine Lämpchen neben der Laptopkamera leuchtete grün. »Sie beobachten uns«, flüsterte er Gerrit zu.

»Wie meinst du das?«

»Sie haben die Laptopkamera aktiviert, Herr van Holland«, sagte Sascha, der es im selben Moment ebenfalls bemerkt hatte. »Wahrscheinlich können die Entführer uns sehen und hören.« Auf der Site war außer einem schwarzen Rechteck nichts zu erkennen, keine Schrift, keine Verlinkungen.

»Wo ist meine Tochter?«, fragte van Holland aufgeregt. »Sie haben das Geld, lassen Sie meine Tochter frei, bitte!«

Seine Frau legte ihm eine Hand auf den Arm. Es wirkte eher streng als liebevoll.

»Warum antwortet keiner?«, fragte sie ungeduldig. »Was soll das alles? Ich denke, wir sollten die Polizei darüber in Kenntnis setzen.«

Benno Reichert schüttelte den Kopf. »Es ist besser, wenn wir vorerst auf die Kontaktaufnahme der Entführer warten.«

Maik stand kurz davor, sich einzumischen, weil es in seinem Kopf arbeitete. *Alle Rechnungen, die dafür nötig sind.* Es ging gar nicht um das Geld. Einzig das Wissen, dass Gitta van Holland ihn rauswerfen lassen würde, hielt ihn davon ab, auf sich aufmerksam zu machen. Schlimmer, als untätig danebenzustehen, war der Gedanke, vollkommen ausgeschlossen zu werden.

Aus dem Augenwinkel bemerkte Maik eine Bewegung. Als er sich zur offenen Tür drehte, sah er gerade noch einen kleinen blonden Schopf in Deckung gehen.

»Ich muss mal kurz austreten«, flüsterte er Gerrit zu und verließ schnell den Raum.

Jenny lief Richtung Esszimmer, als sie ihn kommen sah, und Maik folgte ihr.

»Hey, schon gut, ich werde dich nicht verraten«, versprach er und fand sie unterm Esstisch. Sie sah müde und blass aus. Wahrscheinlich hatte sie kaum geschlafen und wurde mit ihren Sorgen ganz allein gelassen, weil niemand wusste, dass sie alles mitbekam. Er machte sich klein und krabbelte zu ihr unter den Tisch. »Was machst du denn hier? Wo ist deine Nanny?«

»Sie ist krank.« Das Mädchen kaute auf seiner Unterlippe und betrachtete Maiks ramponiertes Gesicht. »Tut das sehr weh?«

Maik grinste sie an. »Nur wenn ich lache.« Er mochte Kinder, und er hoffte, ihr etwas ihrer Angst nehmen zu können, indem er die Ereignisse etwas runterspielte.

»Warum lassen die meine Schwester nicht gehen?« Tapfer hielt sie die Tränen zurück, die sie immer wieder wegblinzeln musste. Wahrscheinlich hatte sie alles mit angehört, was seit der Entführung in diesem Haus gesagt wurde, also ergab es keinen Sinn, sie anzulügen.

»Das wissen wir nicht«, sagte er deshalb so behutsam wie möglich. »Wir warten darauf, dass sie sich melden und uns sagen, wo wir sie finden können.«

»Ich habe meine Mutter noch nie so schreien gehört wie heute Morgen. Glaubst du auch, dass Gerrit was falsch gemacht hat?« Ihre Stimme wurde ganz dünn bei dieser Frage.

»Nein, das hat er sicher nicht. Das ist alles sehr kompliziert. Du solltest nicht heimlich lauschen. Lass die Erwachsenen das regeln.« Es tat seltsamerweise gut, mit dem Mädchen darüber zu reden, als würde er sich selbst dadurch etwas Mut machen. Leider konnte er nicht alles aussprechen, was ihm durch den Kopf ging. »Hast du mitbekommen, ob deine Eltern jemanden verdächtigen?«

Sie schüttelte den Kopf, sodass die blonden Locken wippten. Alles in allem sah sie ihrem Vater recht ähnlich. Sie besaß die gleiche runde Nase, und ihre braunen Augen hatte sie ebenfalls eindeutig von ihm. Während sie angestrengt nachdachte, fielen ihm wieder Lynns Worte ein. Dass die Eltern noch Jenny haben würden, die das Familienunternehmen später weiterführen könnte. Sie sah nicht so aus, als würde ihr sonniges Gemüt zu Pestiziden und Munition passen, aber wer sah schon als Kind nach dem aus, was er später werden würde? Demnach hätte Maik jetzt ein Schläger sein müssen, kein Personenschützer.

Mit geschürzten Lippen senkte sie den Kopf und zuckte mit den Schultern. »Nein, darüber haben sie nichts gesagt.«

»Nun gut, du solltest jetzt aufhören, zu lauschen. Lass dir lieber später von deinen Eltern erklären, was passiert ist, damit du alles richtig verstehst.« Sie war noch keine zehn Jahre alt, Maik konnte sich vorstellen, wie durcheinander sie sein musste, weil sich niemand um sie kümmerte.

»Meine Eltern erklären mir nie etwas, Hilda macht das, aber die weiß ja nichts, weil sie krank ist.«

Maik hielt ihr eine Hand entgegen. »Dann mach ich das, okay? Ich verspreche dir, dass ich dir alles erklären werde, wenn etwas Neues passiert ist. Deal?«

Ein Lächeln erstrahlte auf ihrem Gesicht. »Okay.« Dann schlug sie ein. »Ich hoffe, Lynn zieht wieder bei uns ein, wenn sie zurückkommt. Es war viel schöner, als sie da war.«

Maik musste sich abwenden, damit er ihre Zuversicht nicht dämpfte, aber derzeit war seine größte Sorge, ob sie überhaupt zurückkam.

KAPITEL 10

Alles, was nötig ist, was immer es kostet und wie schwer es auch werden mag – wir sind bereit. Unser Gast ist eingetroffen, die Technik steht. Das ist für euch, Klara und Sofie, meine wundervollen Töchter. Und für jeden anderen, der wegen Peter van Holland sterben musste. Die Presse wird ein Monster aus mir machen, aber das können sie nicht, ohne über die Hintergründe zu berichten. Wir haben bereits alles verloren. Unsere Liebe, unsere Ängste sind aufgebraucht, auch unser Vertrauen. Unser Hass wird van Holland in Brand stecken, wie er die Fabrik in Brand gesteckt hat. Auge um Auge.

* * *

Hannah saß seit zwanzig Minuten auf einem Stuhl der Gefangenen gegenüber, die an die Wand gekettet auf dem Boden lag und gegen die Nachwirkungen des Narkosemittels ankämpfte. Gut möglich, dass die zweite und dritte Dosis zu viel gewesen waren, aber die Fahrt hierher hatte mehrere Stunden gedauert, in denen Lynn nicht aufwachen sollte. Seit Jahren stellte sich Hannah den Moment vor, wenn van Hollands Tochter in der Fabrikruine die Augen öffnete und gezwungen war, ihr zuzuhören.

»Mehr Wasser«, forderte sie, woraufhin Karsten mit einem gefüllten Eimer an ihr vorbeiging und einen breiten Schwall auf Lynn goss.

Die Gefangene ächzte gequält auf, zitterte und krümmte sich zusammen. Ihr musste bitterkalt sein. Nicht nur, dass sie zu wenig anhatte, das Cocktailkleid war vollkommen durchnässt. In der Fabrik waren vielleicht zehn Grad.

»Soll ich noch mehr holen?«, fragte Karsten und umklammerte den Eimer, als würde er daraus lieber eine Decke zaubern, in die er Lynn van Holland hüllen konnte. Auch wenn sich jeder an den Plan hielt, trennte sich nun langsam die Spreu vom Weizen. Gewissensbisse und Skrupel durften dem Vorhaben nicht in die Quere kommen.

»Nein, das reicht erst mal. Connor soll dich ablösen.« Sie wünschte sich, ihr Mann könnte hier sein, aber er musste auf dem Anwesen die Stellung halten. Wenn sie scheiterte, war er direkt bei der Familie, um die Sache anders zu beenden. Als Kurt unter falschem Namen mit gefälschten Unterlagen und verändertem Aussehen im Sicherheitsteam angefangen hatte, war Hannah das erste Mal enttäuscht gewesen, weil Peter van Holland ihn nicht erkannt hatte. Der reiche Sack hatte seine Anwälte alles regeln lassen, er hatte den Familien, deren Existenzen er vernichtet hatte, nicht mal in die Gesichter geschaut.

Das Lösegeld interessierte sie nicht. Die Tasche war nun unterwegs. Ob jemand sie zum Treffpunkt brachte oder damit außer Landes flüchtete, war gleichgültig. Sie hatte sich auf die Erpressung nur eingelassen, weil so alles perfekt in die Wege geleitet werden konnte, was sie für ihr Vorhaben benötigte. Sie wäre niemals auf die Idee mit der Zelle im Keller der Sicherheitszentrale gekommen. Dieser kleine Geniestreich hatte ihnen Zeit verschafft, die sie mit einer direkten Flucht niemals gehabt hätten. Der schwarze Transporter stand immer noch in van Hollands Garage unter einer Plane.

Für die Polizei waren sie wie vom Erdboden verschluckt. Und das würde auch so bleiben, wenn van Holland sich an die Anweisungen hielt. Sollten die Bullen ruhig dem Tracker-Signal ins Ausland folgen, sich mit der Bürokratie anderer Behörden rumschlagen und am Ende nur eine leere Tasche finden.

Wie ihr Verbündeter gehandelt hatte, war brillant gewesen. Gut durchdacht, zielführend und dem Opfer wohlgesinnt, aber Letzteres musste sich nun ändern.

Während die falsche Tasche mit dem Sender nun als blinder Passagier in einem Bus durch die Niederlande fuhr, hatte das Geld das Anwesen nie verlassen. Ihr Mann hatte nicht zu viel versprochen, als er sagte, es würde ein Kinderspiel werden. Connor kam zu ihr und stellte eine verschlossene und mit einem Schloss gesicherte Kiste auf dem Boden neben der Tür ab. Der breitschultrige Söldner war ihr wichtigster Vertrauter.

»Das sind alle Smartphones von den Leuten«, sagte er und versetzte der Kiste einen Tritt, damit sie ganz an die Wand rutschte.

»Sehr gut. Behalten Sie trotzdem jeden im Blick. Sollte jemand kalte Füße bekommen, müssen wir handeln.« Nur wenige wussten, dass sie nicht hier waren, um auf das Geld zu warten.

»Die Autoschlüssel habe ich hier.« Er klopfte auf seine Westentasche, die stark ausgebeult war. »Und die Übertragung steht. Monitor eins zeigt nun die Bilder von van Hollands Laptopkamera.«

Hannah stand auf, ging in den Nebenraum und betrachtete Peter van Holland, der vor seinem Computer saß und mit seinen Sicherheitsleuten diskutierte. Der Ton wurde an ein Headset übertragen. Es war mit einem Tablet verbunden, das ebenfalls die Bilder zeigte und in ihrer breiten Jacken-Innentasche steckte. Ihr Herz schlug schneller. Auf diesen Augenblick hatte sie jahrelang hingearbeitet. »Dann wollen wir mal sehen, ob die Kleine jetzt ansprechbar ist.«

Sie ging an dem Hünen vorbei und setzte sich auf den Stuhl, der einen halben Meter vor der Gefangenen stand.

»Bist du jetzt wach?«

Lynn sah in ihre Richtung und nickte.

»Schön, das wurde auch Zeit.« Hannah beugte sich etwas vor und stützte sich mit den Ellbogen auf den Knien ab. »Weißt du, wo du hier bist?«

Lynn kämpfte sich, so gut es ging, hoch und lehnte sich neben der Öse, durch die die Kette ihrer Handschellen lief, gegen die Wand. »Nein«, sagte sie mit rauer Stimme.

Sie schien kein sehr weinerlicher Mensch zu sein, was Hannah angenehm fand, aber später brauchte sie die Verzweiflung der jungen Frau.

»Diese Fabrik gehört deinem Vater. Hast du von dem Brand vor knapp zehn Jahren gehört? Du musst davon gehört haben, immerhin hat dein Vater das Feuer gelegt und unser aller Leben ruiniert.« Es tat ihr so gut, diese Worte auszusprechen und zu sehen, was sie bewirkten.

Van Hollands Tochter presste die Lippen aufeinander und schüttelte den Kopf.

»Du glaubst mir nicht? Wir werden es beweisen. Das Schwein wird für alles bezahlen, was er getan hat. Nur deswegen bist du hier.«

»Selbst wenn, man kann kein Unrecht mit einem anderen Unrecht wieder gutmachen«, presste Lynn hervor.

»Schön, ein kultiviertes Opfer«, lobte Hannah. »Wir werden sicher wundervolle Konversationen haben bis zu deinem Ableben.«

Lynn reckte das Kinn und setzte eine Maske auf, die Hannah nur zu gut kannte. Sie hatte selbst lange genug eine getragen, um ihren Hass zu verbergen, damit der Plan gelang. Aber sie wusste, dass Lynn Angst hatte, und es war schön, dass sie diese Angst nicht verschwendete, solange die Übertragung noch nicht lief.

»Bevor alles beginnt, erkläre ich dir den Ablauf, damit du die Spielregeln verstehst.« Hannah stand auf und ging zu einer Kamera hinüber, die auf einem Stativ befestigt und auf Lynn gerichtet war. »Es wird alles aufgezeichnet. Jedes Wort, das wir reden, jeder noch so verzweifelte Laut, der über deine Lippen kommt. Du bekommst keine wärmere Kleidung, nichts zu trinken und auch kein Essen. Was bedeutet, dass du in drei bis vier Tagen wahrscheinlich an Kreislaufversagen oder einer Sepsis sterben wirst. Und das Beste ist, dass dein Vater dir dabei zusehen wird.« Sie überlegte kurz und wackelte dabei mit dem Kopf. »Einen Tag hast du ja schon hinter dir, also eher noch zwei bis drei.« Sie sah in die Kamera. »Danach wird alles vorbei sein.«

»Sie wollen mich aus Rache umbringen? Das macht Sie zum Monster!«

Hannah schloss die Augen. »Mag sein, aber ich bin das Monster, das dein Vater erschaffen hat.«

»Er wird alles in Bewegung setzen, um mich hier rauszuholen.« Unsicherheit schwang in ihrer Stimme mit. Wahrscheinlich war sie es gewohnt, dass Papi immer alles in Ordnung brachte.

»Siehst du das?« Hannah öffnete die Augen und drehte sich zu der Gefangenen um, während sie auf einen Umzugskarton neben ihr deutete. »Der Brandbeschleuniger darin wird dir viel Leid ersparen. Sobald sich auch nur ein Polizist aufs Gelände schleicht, wird der Zünder aktiviert. Du bist tot, ehe du merkst, was passiert ist. Das Verrückte am Elternsein ist, dass man die Hoffnung niemals aufgibt. Man glaubt, jede Sekunde mit seinem Kind sei ein Gewinn, auch wenn es kaum noch die Augen offen halten kann. Er wird dich nicht erlösen, er wird deine Qualen ausreizen.« Bei diesen Worten dachte sie an ihre Mädchen. Als sie im Sterben gelegen hatten, war das Loslassen unmöglich gewesen. »Er wird das Risiko nicht eingehen, dass die Brandbombe explodiert. Er wird vor seinem Computer sitzen und dich ansehen. Er wird Dinge versprechen, Geld anbieten, aber niemals die Wahrheit sagen. Deswegen bist du hier. Jedes Handeln muss Konsequenzen haben. Er ist viel zu viele Jahre davongekommen und hat versucht, sein Gewissen mit Spendengalas zu erleichtern, aber heute ist damit Schluss.«

»Alles ist bereit«, sagte Connor und blieb im Durchgang stehen.

Karsten trat neben ihn, der nun eine Flasche Whiskey statt einem Wassereimer in der Hand hielt. Er wollte das Vorhaben bis zum Ende durchziehen, das wusste sie, aber wenn er zu viel trank, musste sie ihn wegsperren, damit er nichts Dummes tat.

Als sie noch in diesem Ort gewohnt hatten, war er ihr Nachbar gewesen. Ihre Kinder waren zusammen zur Schule gegangen, jetzt lebten seine Frau und sein Sohn in München. Armut und Krankheitsfälle hatten viele Familien kaputt gemacht. In seinen Augen sah sie keine Gewissensbisse Lynns Vater gegenüber, aber das Schicksal von dessen Tochter berührte ihn. Er hatte in der Fabrik im Lager gearbeitet, war stark und belastbar – ein Mann, der kräftig anpacken konnte, wenn es notwendig war. Seine Schwäche war der Alkohol, der ihn weich und gefühlsduselig werden ließ.

»Sehr gut.« Hannah zog ihr Smartphone aus der Tasche und schickte ihrem Mann eine Nachricht. Dann sah sie wieder zu Lynn. »Dein Vater glaubt wahrscheinlich immer noch, du würdest nun zurückkehren. Was denkst du, auf einer Skala von eins bis zehn, wie sehr wird sich seine Sorge um dich wohl steigern?«

Die Gefangene sagte nichts mehr. Anscheinend hatte sie verstanden, dass sie diesen Ort nicht mehr lebend verlassen würde. Sosehr sie sich auch beherrschte, die Angst konnte sie nur schlecht verbergen.

KAPITEL 11

Seht.« Sascha deutete auf den Bildschirm, auf dem plötzlich ein Bild erschien. In Maiks Brust fühlte es sich an, als packte eine große Faust sein Herz und drückte gnadenlos zu. Da war sie. Lynn. Sie saß in einem schmutzigen Raum an eine Wand gekettet und sah verängstigt aus. Ihr Blick huschte kurz nach rechts, dann fing sie an zu reden. »Ich werde in der abgebrannten Fabrik festgehalten«, begann sie mit brüchiger Stimme. »Die Geisteskranke, die mich hier gefangen hält, wird mich umbringen.« Sie musste sich räuspern und offensichtlich gegen die Verzweiflung ankämpfen. Jetzt, da er sie sehen konnte, steigerte sich seine Sorge um sie um ein Vielfaches. Wie musste es Lynn erst gehen, die endlich mit ihrem Vater sprechen durfte, während sie diesen Menschen ausgeliefert war?

»Sie wirft dir schlimme Dinge vor, aber ich glaube ihr nicht.«

Gitta van Holland presste sich die Hände auf den Mund, während ihr Mann wie versteinert vor dem Laptop saß und seine Tochter anstarrte.

»Können Sie uns hören, Frau van Holland?«, fragte Benno Reichert, aber Lynn reagierte nicht auf seine Worte.

»Ich soll dir die Spielregeln erklären«, sagte sie weiter. »Wenn du aufstehst oder auch nur wegsiehst, wird sie mir wehtun. Ich werde nichts zu essen und nichts zu trinken bekommen. Mir bleiben noch ungefähr zwei oder drei Tage, bevor es lebensbedrohlich für mich wird. Ich verstehe nicht, was sie von dir will. Du sollst irgendwas tun, damit sie mich wieder gehen lässt.«

Bei dem letzten Satz senkte sie den Blick.

Sie glaubt nicht, dass sie überleben wird.

Maiks Atmung ging schneller, seine Hände waren wieder zu Fäusten geballt. Lynn so zu sehen, war unerträglich. In Maik zog sich alles zusammen und forderte, loszugehen und sie da rauszuholen. Als er versuchte, mit kreisenden Kopfbewegungen den Nacken etwas zu lockern, bemerkte er, dass er von Sascha beobachtet wurde. Argwöhnisch kniff dieser die Augen zusammen, Maik hätte zu gern gewusst, worüber er sich gerade den Kopf zerbrach. Der Ausdruck in seinen Augen gefiel ihm nicht.

Van Holland stand wütend auf und fasste sich an den Kopf. »Hannah Gunthel«, spie er einen Namen aus. »Sie steckt dahinter.«

Ein Schrei ließ ihn herumfahren. Lynn hing zuckend in den Ketten und schien über das Metall Elektroschocks zu bekommen.

»Nein, nicht, ich bin da! Ich bin da!«, rief van Holland und setzte sich schnell wieder vor den Laptop.

Die Elektroschocks endeten. Lynn weinte.

Gerrit legte eine Hand auf Maiks Unterarm. »Du musst ruhig bleiben«, flüsterte er.

Aber Maiks Fäuste zitterten, ohne dass er es verhindern konnte. Zorn und Hilflosigkeit machten es ihm schwer, Lynns Anblick zu ertragen.

»Ich bin da!«, wiederholte van Holland.

»Wieso tun Sie mir das an?« Lynn schrie jemanden an, der hinter der Kamera stand. »Wir haben Ihnen nichts getan. Mein Vater ist unschuldig. Bitte hören Sie auf!«

Maik versuchte, seine Empfindungen beiseitezuschieben, um die Situation besser zu analysieren. So wie Gitta van Holland es zu schaffen schien. Sie hielt noch immer eine Hand vor den Mund, aber sie saß ganz still und gab keinen Laut von sich, während ihr Mann Tränen vergoss und ununterbrochen den Kopf schüttelte. Es waren nur knappe Bewegungen, weil er fest auf den Bildschirm starrte, damit Lynn nicht weiter gequält wurde.

Als Gitta van Holland sich schließlich bewegte und seine Hand nahm, wurde deutlich, was für eine feste Einheit sie waren, die jedem Sturm trotzte. Aber wie trotzte man der Angst um das Leben seiner Tochter?

»Warum tun Sie das?«, fragte van Holland. »Geht es immer noch um Ihre krude Wahnvorstellung?«

Ein Schatten bewegte sich, dann trat eine Frau vor die Kamera und setzte sich dicht neben Lynn auf einen Stuhl. Sie war vielleicht Mitte vierzig und wirkte kalt und eingefallen. Wie eine Frau, die in einen tiefen Abgrund gesehen und nichts mehr zu verlieren hatte. »Tun Sie mir den Gefallen und schicken Sie die Polizei hierher«, sagte sie mit ruhiger Stimme.

Ihre dunklen, von Grau durchzogenen Haare waren zu einem festen Zopf gebunden, was sie streng und unnachgiebig aussehen ließ. Dadurch war das Headset gut zu sehen, über das sie van Holland hören konnte. In der Hand hielt sie ein Tablet, auf das sie wiederholt hinabsah. »Was Ihre Tochter vergaß zu erwähnen: Sobald hier auch nur ein Fremder auftaucht, fliegt alles in die Luft. Sie können sie nur auf eine einzige Weise retten. Lassen Sie den Gentest machen und gestehen Sie in der Öffentlichkeit, was Sie getan haben.«

Gentest? Nun verstand Maik gar nichts mehr. Was genau sollte Peter van Holland getan haben, das eine Frau dazu trieb, derartig brutal vorzugehen?

Mit einer Hand deutete sie auf den Raum, in dem sie sich befanden. »Erkennen Sie es wieder? Hier ist alles passiert.« Sie schnippte mit den Fingern und bekam von jemandem ein Foto gereicht. »Sie war erst vierzehn Jahre alt, als Sie es endlich schafften, sie zum Sex zu nötigen. Sie haben ihr Geld gegeben, teure Geschenke gemacht, alles, was geholfen hat, damit sie Ihnen gefügig wurde und zu niemandem ein Wort sagte. Aber dann ist sie schwanger geworden.«

Das Mädchen auf dem Foto war sehr hübsch. Es war schwer vorstellbar, dass an diesem Vorwurf etwas dran sein konnte. Peter van Holland sah nicht aus wie jemand, der sich an Minderjährigen verging, aber wer tat das schon? Maik versuchte, jede Möglichkeit vorerst anzunehmen, um die Motivation dieser Frau besser zu verstehen, damit er abschätzen konnte, wie weit sie tatsächlich bereit war zu gehen.

»Mit wem auch immer sie etwas hatte, ich bin es nicht gewesen.« Verzweifelt ließ er seine Frau los und verschränkte seine Hände wie zum Gebet ineinander. »Bitte, Lynn hat mit alldem nichts zu tun. Ich nehme auf mich, was Sie wollen, wenn Sie meine Tochter leben lassen. Lynn hat ihr Leben noch vor sich, sie setzt sich für Kinder und …«

»Schnauze!«, herrschte Hannah ihn an. »Das interessiert mich nicht. Deine Tochter ist nur ein Mittel zum Zweck. Egal wie rührselig du mir jetzt erzählst, was für ein großartiger Mensch sie sei, es stehen sechsundneunzig Leben dagegen, die du ruiniert hast.«

Sie sah auf ihr Tablet und zog einen Bereich größer. »Sag deinem Kettenhund, dass wir kurzen Prozess machen, wenn er die Polizei informiert.«

Reichert ließ ertappt sein Smartphone in den Schoß fallen, als sie das sagte.

Hannah Gunthel stand auf und drückte das Foto an der Wand fest gegen einen Nagel, bis er ein Loch hineinstanzte. Wie ein Mahnmal blieb es hängen. »Manuela wollte Biologie studieren. Sie hat dein Geld genommen und sich dir hingegeben, damit sie diesem Kaff entkommen konnte.« Sie zog das Headset aus dem Tablet, damit das, was er sagte, laut und deutlich für Lynn zu hören war.

»Ich habe das nicht getan«, schrie er.

Sie zuckte zusammen, als sie ihn hörte. »Papa, bitte, holt mich hier raus!«

»Das werden wir«, versprach van Holland. »Was immer dafür notwendig ist, ich werde es tun, versprochen. Halte durch, mein Schatz!«

Lynn zog an den Ketten. Maik erkannte, wie sehr sie versuchte, ruhig zu bleiben. Haare und Kleidung sahen nass aus, sie zitterte, und ihre Zähne schlugen hörbar aufeinander.

»Ich habe das Mädchen nicht angefasst!«, sagte van Holland etwas ruhiger. »Aber wenn es Lynns Leben rettet, werde ich alles gestehen. Egal was Sie wollen, nur bitte tun Sie ihr nichts.«

»Papa, pass auf, bei euch ist ein Ver…« Bevor sie weiterreden konnte, liefen erneut Elektroschocks durch ihren Körper.

»Aufhören«, schrie nun Gitta van Holland, was mehr wie ein Befehl klang. »Sie bringen sie um!«

Maik ballte die Fäuste so fest zusammen, dass seine Muskeln bis in die Schultern schmerzten, aber es half nichts. Er stand kurz davor, die Frau anzubrüllen und alles nur noch schlimmer zu machen.

Als die Folter endete, hing Lynn keuchend an den Ketten. Tränen liefen ihr über das Gesicht, und immer wieder zuckten einzelne Muskeln als Nachwirkung der Schocks.

Was wollte sie ihm sagen? Bleib bei der Sache, Maik! Er musste den Blick abwenden. Alle sahen entsetzt zum Bildschirm des Laptops, nur Sascha nicht. Er stand auf, stellte sich hinter das Sofa und beobachtete Maik.

»Kann es sein, dass es hier einen Maulwurf gibt? Vielleicht wollte sie uns sagen, dass wir einen Verräter unter uns haben«, flüsterte Maik Gerrit zu.

Gerrit folgte seinem Blick. »Du meinst Sascha?«

Nach Maiks Nicken schüttelte er unauffällig den Kopf. »Er steht auf sie. Sicher denkt er, wenn er sie nur retten könne, würde sie dankbar in seine Arme fallen. Übrigens siehst du genauso aus, wenn ich das so sagen darf.«

»Bitte, ich tu alles«, bekräftigte Peter van Holland, als Hannah nichts erwiderte. »Was immer Sie wollen. Jetzt gleich. Draußen wartet die Presse, wenn Sie mich nur rausgehen lassen, werde ich ...«

»Oh nein.« Hannah kniete sich neben Lynn. »Du wirst nicht gestehen, was ich will, du wirst die Wahrheit bekennen. Oder du bringst sie um. Das kann schnell gehen, dafür musst du nur die Polizei machen lassen. Oder es dauert ein paar Tage, wenn du an deinen Lügen lieber festhalten willst. Warum kommst du nicht her und kratzt ihre Leiche von den Fliesen? So wie sie es mit Manuela tun mussten! Wenn du deinen Laptop ausschaltest oder weggehst, wird so viel Strom durch deine Tochter fließen, dass sie deinen Namen verfluchen wird, während sie stirbt.«

Sie legte Lynn eine Hand auf den Bauch und quittierte die erschrockene Reaktion mit einem Lächeln. »Wie ist es gewesen, einem schwer verletzten Mädchen den Leib aufzuschneiden? Hat sie gewimmert? Geschrien? Konnte sie das noch, nachdem du ihr den Kopf eingeschlagen hattest?«

Peter van Holland wischte sich übers Gesicht. »Ich habe das nicht getan.« Er klang so verzweifelt und hilflos. Maik glaubte ihm, weil er keinen Zweifel daran hatte, dass dieser Mann alles für seine Tochter tun würde.

»Wir haben den Beweis doch schon vor Jahren erbracht. Warum tun Sie uns das an?« Dann wandte er sich, ohne wegzusehen, an seine Frau. »Hol den Gentest, schnell.«

»Den Wisch kannst du dir in den Arsch schieben«, kommentierte Hannah.

Gitta van Holland ging trotzdem los.

»Ich wette, ihr habt damals für das gefälschte Ergebnis eine Menge Geld bezahlt.« Sie hob Lynns Kopf an den Haaren hoch.

Lynn war wach, wirkte jedoch nach den Schocks traumatisiert.

Jetzt war Maik vollends verwirrt. *Gentest? Ein Mädchen, den Bauch aufgeschnitten? Eingeschlagener Kopf? Wovon redet sie bloß?*

»Bis deine Kleine hier ihren letzten Atem aushaucht, haben wir Zeit zum Plaudern. Über Manuela und all die anderen, die du auf dem Gewissen hast. Und du wirst vor die Presse treten, wenn ich überzeugt bin, dass du die Wahrheit sagen wirst.« Hannah stand auf und schnippte erneut, woraufhin sie einen Stapel Fotos gereicht bekam. Während sie die Bilder aufhängte, nannte sie die Namen der einundzwanzig Personen, die darauf zu sehen waren. Junge und alte Menschen, die nach ihrem Tod fotografiert worden waren. »Zweiundzwanzig Tote und deren Familien warten auf deine Buße.«

Diese Frau war wahnsinnig, und ganz offensichtlich folgten ihr zahlreiche Mittäter, die an die Gerechtigkeit glaubten, die mit Lynns Leiden durchgesetzt werden sollte.

»Mach es dir bequem«, sagte sie, nachdem das letzte Foto hing. »Lass dir einen Whiskey sour bringen und genieße die Show, die nur zu deinen Ehren stattfindet. Ich habe Manuelas Familie versprochen, dass Jenny nichts passiert, aber wenn du so stur bist, wie ich denke, dann werden wir sie holen. Du konntest Lynn nicht schützen, du wirst auch Jenny nicht schützen können. Aber vielleicht ist dir das egal, weil du und deine Frau die Kleine sowieso nicht leiden könnt? Ist es nicht so, dass die Nanny viel mehr Familie für sie ist als ihr? Die Gene lügen nicht, ich weiß, dass ich recht habe.«

Sie ging aus dem Bild, und die Kamera lief weiter.

Peter van Holland sah sich verunsichert um, gerade so, dass er den Bildschirm nicht aus dem Blick verlor. Maik fragte sich, was jeder Einzelne im Raum über die Vorwürfe dachte. Es war schwer, an den Gesichtern abzulesen, was in den Angestellten vorging. Hatte diese Frau gerade tatsächlich behauptet, Jenny wäre als Baby einer Minderjährigen aus dem Bauch geschnitten worden? Und dass van Holland das getan haben sollte? Maik traute seinen Mitmenschen grundsätzlich eine Menge zu, aber das war irre.

»Wir unternehmen nichts, was Lynns Leben noch mehr in Gefahr bringt«, entschied van Holland mit zitternder Stimme. Seine Frau kam mit dem Dokument zurück und übergab es Benno Reichert. »Hier, da steht es schwarz auf weiß, Jenny ist unsere gemeinsame Tochter.«

Reichert las es sich durch und nickte.

»Der Test wurde in der Uniklinik durchgeführt«, sagte Peter van Holland zu seinen Angestellten. »Als der Brand in der Fabrik wütete, bin ich bei meiner Frau im Kreißsaal gewesen. Es hatte Komplikationen gegeben, die Geburt hatte mehrere Stunden gedauert, und es mussten einige Notfallmaßnahmen ergriffen werden. Gut möglich, dass ich anschließend nicht angemessen auf das Unglück in Zwetlendorf reagiert habe. Das, was diese Menschen mir zum Vorwurf machen, kann ich nicht getan haben. Sie alle arbeiten für mich, haben Sie je mitbekommen, dass ich Minderjährigen nachstelle?«

Nahezu jeder bestätigte ihm, dass sie der Frau nicht glaubten, nur Sascha und Maik nicht. Maik wollte nicht auf sich aufmerksam machen und nichts beteuern, das er nach so kurzer Zeit gar nicht sagen konnte. Und in Saschas Kopf schien es zu arbeiten. Angespannt sah er immer wieder zu Maik, was nichts Gutes verhieß.

»Sollten wir nicht die Polizei informieren?«, fragte ein Kollege, der links neben Maik stand.

»Nein«, bestimmte van Holland, ohne sich umzudrehen. »Wir tun nichts, was sie noch mehr in Gefahr bringt. Seit fast zehn Jahren ist diese Verrückte hinter mir her wie der Teufel hinter der armen Seele. Sie hat nichts zu verlieren, deshalb wird sie Lynn ohne Skrupel töten, wenn die Polizei dort auftaucht. Ich werde alles tun, was sie sagt.«

Maik hoffte, dass das reichte. Er hatte Menschen gekannt, die von Hass besessen gewesen waren. Denen war es nicht genug gewesen, die Zielpersonen am Boden zu sehen, sie wollten sie vernichten. Das war einer der Gründe, warum Maik sich aus seinem alten Leben herausgekämpft hatte. Die Negativität war ansteckend gewesen. Der Umgang mit diesen Menschen hatte ihn selbst mit einem Zorn belastet, der unberechenbar gewesen war.

Zeig mir, wen du kennst, und ich sag dir, wer du bist.

»Woher wusste sie das mit dem Whiskey sour?«, fragte Sascha unvermittelt.

Das kleine Lämpchen am Laptop leuchtete immer noch grün, was bedeutete, dass die Täter alles beobachten und mithören konnten. »Oder dass Jenny die meiste Zeit mit ihrer Nanny verbringt?« Er sah zu Maik. »Was, wenn sich in unseren Reihen ein Komplize befindet?«

Nun schaute jeder zu ihm, dem Neuen, der nicht ins Team passte und bei Lynns Schutz versagt hatte.

»Du bist erst seit Kurzem hier und hast es gleich geschafft, dass Lynn dich als Bodyguard haben wollte. Wir wissen nichts über dich. Vielleicht wollte Lynn uns sagen, dass du mit denen unter einer Decke steckst.«

»Was?« Maik fühlte sich in die Ecke gedrängt. Sein Herz schlug schneller, er wollte sich verteidigen, aber er wusste nicht, was er sagen sollte.

»Das ist doch Blödsinn, Maik hat gegen die Kerle gekämpft wie ein Berserker. Er hat sogar einen getötet. Er ist einer von uns.« Gerrit stand ihm zur Seite, aber die anderen schienen über Saschas Worte anders zu denken.

»Ich habe mehr als das mitbekommen«, blieb Sascha hartnäckig. »Ich bin bei Karl gewesen, bevor der Überfall passiert ist. Lynn war ausgegangen, die Tracker-Signale waren eindeutig. Und ich habe gehört, wie Karl mit Holger gesprochen hat, der ihr zu ihrem Schutz gefolgt war. Ich weiß, ich hätte es sofort melden sollen.«

Gitta van Holland stand auf und drehte sich zu Maik um. Ihm lief ein kalter Schauer über den Rücken, als er ihrem wütenden Blick begegnete.

»Holger sagte, dass sie sehr vertraut miteinander umgegangen sind«, enthüllte Sascha das einzige Geheimnis, das Maik tatsächlich belasten konnte, wenn auch auf gänzlich andere Weise. »Er schien überzeugt zu sein, dass gewisse Grenzen überschritten wurden. Ich denke, Maik ist schuld, dass sie gegen die Sicherheitsmaßnahmen verstoßen hat. Gerrit hat bestätigt, dass Maik sie nicht aufhalten wollte. Im Gegenteil, er hat sich als Fahrer angeboten und Gerrit davon abgehalten, sie zu begleiten.«

Gitta van Holland wirkte wie ein Seeungeheuer, das tief Luft holte, um einen wütenden Sturm zu entfachen. »Also doch!«

Gerrit trat einen Schritt zur Seite, hier endete offensichtlich sein Beistand. Für eine Millisekunde dachte Maik daran, zu lügen, aber das war nicht mehr entscheidend. »Ja, stimmt, ich habe sie nicht aufgehalten. Aber ich habe sie mit meinem Leben beschützt. Ich bin zwar der Neue, doch ich schwöre, dass ich nicht weiß, wer diese Menschen sind!«

Peter van Holland stand ebenfalls auf, was zur Folge hatte, dass Lynn vor Schmerzen schrie. Ihr Vater durfte nicht wegsehen, nicht einen Augenblick.

Hastig setzte er sich wieder, die Folter endete.

Maik fühlte sich, als würde jeder Einzelne in der nächsten Sekunde auf ihn anlegen und schießen.

»Sie sind ein Niemand«, fuhr Gitta van Holland ihn zornig an. »Wir haben Ihnen unsere Tochter anvertraut! Wie konnten Sie es wagen, derartige Entscheidungen zu treffen und sie in Gefahr zu bringen?«

Bevor sie auf ihn zugehen konnte, stellte sich Reichert dazwischen. »Ich kläre das. Sie müssen jetzt die Ruhe bewahren. Denken Sie bitte daran, dass die Entführer alles sehen und hören können.«

Seine Worte halfen. Frau van Holland nahm wieder Haltung an, aber ihr Blick versprach ein Nachspiel, das Maik nie vergessen würde.

»Herr Lorenz, bringen Sie ihn in die Zentrale und lassen Sie ihn nicht mehr aus den Augen, bis ich rüberkomme«, wies Reichert Gerrit an. »Wir klären das drüben. Das wird für Sie alle ein Nachspiel haben, aber für Sie ganz besonders, Herr Thomer.« Reichert klang so wütend, dass Maik sich auf den schlimmsten Anschiss seines Lebens einstellen musste. Gerrit nickte und packte ihn am Arm. Maik wollte noch etwas sagen, aber Gerrit zog ihn aus dem Zimmer. »Wehre dich besser nicht.« Er stieß ihn aus dem Wohnzimmer und schloss hinter ihm die Tür. »Scheiße, Mann, wenn du doch nur auf mich gehört hättest, dann …«

»Was dann?«, fuhr Maik ihn an. »Ich spiele hier nicht den Blitzableiter für jedermann. Du weißt, dass ich kein Spitzel bin. Vielleicht ist es Sascha? Mich zu beschuldigen ist doch die perfekte Ablenkung.«

Gerrit zog ihn weiter. »Sei bloß ruhig und mach es nicht noch schlimmer.«

Jenny kam mit einer Schüssel Eis aus der Küche und sah Maik mit großen Augen an. Hinter ihr stand ein junger Koch, der sich anscheinend berufen fühlte, sich um das Mädchen zu kümmern.

»Jenny, was machst du hier? Solltest du nicht in Mailand sein?« Gerrit hielt Maik noch immer fest, bemühte sich jedoch, dem Mädchen nicht zu zeigen, wie ernst die Lage war.

»Hilda ist krank«, sagte sie mit skeptischem Unterton. »Streitet ihr?«

»Nein«, erwiderte Maik schnell. »Wir haben nur etwas laut diskutiert.«

Sie drehte sich zum Koch um, der nur mit den Schultern zuckte und auf ihre Schüssel deutete. »Möchtest du noch mehr Streusel?«

»Glaubst du denen?«, fragte sie ihn.

Auch wenn er als Koch vermutlich mit den van Hollands nicht viel zu tun hatte, wirkte er sehr betroffen. Jedem schien diese Entführung nahezugehen. »Ja, klar«, sagte er freudlos. »Alle sind eben sehr angespannt.«

Es arbeitete in Jennys Köpfchen. »Wann kommt sie denn endlich nach Hause?«

Bei dieser Frage sah der Koch zu Gerrit. Aber Gerrit presste nur die Lippen aufeinander und zog Maik weiter Richtung Kellertür. Was hätte er vor dem Mädchen auch sagen sollen? Dass sich Lynn in den Händen einer Verrückten befand, die sie umbringen wollte?

Maik ließ sich zur Garage führen und sagte erst wieder etwas, als die Verbindungstür hinter ihnen zufiel. »Nun sag schon, so abwegig ist der Gedanke doch nicht. Woher willst du wissen, dass Sascha nicht zu denen gehört?«

Gerrit stieß ihn weiter Richtung Zentrale. »Weil Sascha seit Jahren hier arbeitet und nur ein verknallter Trottel ist. Du jedoch bist der Neue, warum solltest du da nicht mit drinstecken? Jeder andere hätte verhindert, dass sie ausgeht, aber du hast sie noch darin bestärkt.«

»Weil ich sie liebe.« Das war es, was er fühlte, aber es war seltsam, es nach so kurzer Zeit auszusprechen. »Du hast es selbst gesagt, ich habe gekämpft wie ein Berserker.«

»Was habe ich dir über Lynn gesagt? Du bist so ein Idiot!« In der Mitte der Garage blieb Gerrit stehen und sah Maik direkt an. »Man sieht sie an und will alles Leid der Welt von ihr fernhalten. Das ist keine Liebe, rede doch nicht so einen Schwachsinn.«

»So ist es aber nicht gewesen!« Maik atmete tief durch. Er sah ja selbst, wie betroffen jeder der Angestellten war. Sie hatte tatsächlich etwas an sich, das sie zart und beschützenswert erscheinen ließ, aber das war es nicht, was er gefühlt hatte. Und es war auch nicht das gewesen, was diese überwältigende Nähe erzeugt hatte.

»Jeder weiß, dass du diesen Job nur fürs Geld machst, weil du große Pläne hast. Da liegt es nahe, dass du in diese Sache verwickelt bist. Sascha hat nur eins und eins zusammengezählt. Es spielt keine Rolle, ob ich dir glaube, sie lassen dich erst wieder gehen, wenn sie dich komplett durchleuchtet haben und tatsächlich nichts zu finden ist.« Gerrit klang noch immer, als wäre er auf seiner Seite. »Liebe.« Er schüttelte den Kopf. »Also ist da doch was gelaufen?«

Auch wenn es ihn nichts anging, nickte Maik. »Ich schwöre bei meinem Leben, dass ich nichts davon geplant habe. Es ist einfach passiert. Lynn wollte mit mir zusammen sein.«

Seufzend fuhr sich Gerrit mit einer Hand durch die Haare. »Nehmen wir mal an, ich glaube dir, dein Timing könnte nicht beschissener sein.«

»Ich bin keiner von denen!« Es war Maik wichtig, dass wenigstens Gerrit ihm glaubte.

»Aber Sascha ist es auch nicht. Ich kenne hier jeden einzelnen Mann. Sie haben sich verdient gemacht und riskieren jeden Tag ihr Leben für die Familie. Unsicherheit können wir im Team nicht gebrauchen.« Gerrit zog an Maiks Arm, damit er weiterging.

»Diese Frau wird Lynn töten«, nahm Maik den eigentlichen Faden wieder auf und ging nur widerwillig mit. »Wir wissen, wo sie ist. Lass mich gehen, und gib mir so viel Vorsprung, wie du kannst, ich werde sie da rausholen.«

»Bist du verrückt? Sobald du dort auftauchst, ist sie tot. Das hast du doch gehört, oder?« Gerrit hatte recht. Genau das hatte Hannah angedroht, aber wenn niemand etwas unternahm, dann würde Lynn auch sterben. Hannah sah nicht so aus, als würde sie sich damit zufriedengeben, dass van Holland öffentlich etwas gestand, was er vielleicht getan hatte oder auch nicht. Wenn er im Kreißsaal bei seiner Frau gewesen war, ließ sich das nachweisen. Ebenso wie Frau van Hollands Schwangerschaft sicher von einem Arzt dokumentiert worden war und der Gentest belegte, dass Jenny die gemeinsame Tochter war. Worum ging es also tatsächlich? Für Maik sah es wie eine langsame, qualvolle Hinrichtung aus, die nur für van Holland veranstaltet wurde, um ihn leiden zu sehen. Deren zusätzliches Element es war, ihn Dinge tun zu lassen, die seine Tochter doch nicht retten konnten. »Hast du eine bessere Idee?«

Gerrit wollte etwas sagen, aber der Husten kam ihm dazwischen.

»Ich schwöre dir, dass ich mit den Tätern nichts zu tun habe, aber ich kann sie da rausholen«, sprach Maik einfach weiter. Er hörte sich selbst reden und wie verzweifelt er klang.

Unschlüssig wischte Gerrit sich mit einem Taschentuch über die Lippen, blieb wieder stehen und trat unruhig von einem Fuß auf den anderen. »Wenn ich dich gehen lasse, werden sie denken, ich sei dein Komplize.«

»Ich kann dich niederschlagen«, bot Maik an. »Vor der Kamera, damit es dokumentiert wird, dafür muss es kein harter Schlag sein.«

»Hast du nicht gesehen, wie die vorgehen? Du bist kein Superheld, du bist ja nicht mal im Krieg gewesen. Wenn du da auftauchst, verkürzt du nur ihr Leiden, du kannst sie nicht retten. Und du wirst mit ihr draufgehen. Komm schon, Mann, keine Frau ist das wert. Schon gar nicht, wenn man sie erst seit wenigen Tagen kennt.« Er packte Maik wieder fester und ging nun entschlossener weiter. »Ich tu dir einen Gefallen, wenn ich dich jetzt einsperre.«

Gerrit irrte sich. Sie alle taten das, wenn sie glaubten, er wäre nur ein verliebter Idiot. Genau deshalb musste er handeln. Als sie an den Limousinen vorbeikamen, befreite er sich mit einer schwungvollen Drehung des Armes und zog bei Gerrit zeitgleich die Waffe aus dem Holster, jedoch so unauffällig, dass Karl an den Monitoren schon genau hinsehen musste, um die Situation richtig einzuschätzen. »Los, gib mir die Schlüssel.«

»Maik, nun mach keinen Scheiß. Das ist Selbstmord.« Gerrit griff in seine Tasche und holte einen Autoschlüssel hervor. »Ich glaube nicht, dass du auf mich schießen wirst.« Sein Blick fiel auf den neuen Tracker an Maiks Handgelenk.

Den brauche ich noch. »Lass es nicht drauf ankommen.« Maik nahm den Schlüssel entgegen, entriegelte über die Fernbedienung den Wagen und ging rückwärts darauf zu. »Ich kann sie befreien. Gib mir nur einen Vorsprung.«

Dann lief er los. Maik wollte nicht riskieren, dass sie ihn festsetzten. Was nützte all der Schutz, wenn sie in Krisensituationen wie gelähmt im Wohnzimmer auf einen Laptop starrten? »Wenn du Lynn helfen willst, dann verschaffe mir Zeit!«

Die brauchte er jetzt dringend. Er musste irgendwo Informationen über die Fabrik, das Gelände und die Menschen dort sammeln. Und es musste schnell gehen, weil Lynn diese Tortur nicht lange durchhalten konnte. Über die Fernbedienung am Wagenhimmel ließ sich das Tor ohne Schwierigkeiten öffnen. Es wurde kein Alarm geschlagen, und niemand folgte ihm. Die Reporter hielten zwar ihre Kameras auf ihn, als er aus der Garage herausfuhr, aber er konnte ohne Weiteres an ihnen vorbeifahren.

Mithilfe der Sprachsteuerung seines Smartphones rief er Lisa an. »Du musst mich abholen«, fiel er sofort mit der Tür ins Haus, als sie das Gespräch entgegennahm. »An den Landungsbrücken, fahr sofort los. Und sag Jonas, dass wir uns bei euch zu Hause treffen.«

»Maik, was ist denn passiert?« Sie klang besorgt, aber Maik war froh, als er ihre Schritte hören konnte.

»Das wird dir nicht gefallen, aber ich will das nicht am Telefon besprechen.« Er legte auf und trat aufs Gas.

So schnell er konnte, fuhr er Richtung Hamburger Innenstadt. Als er die Stelle passierte, wo sie überfallen worden waren, umfasste er das Lenkrad fester und raste daran vorbei. Frischer Schnee hatte sich über die Spuren gelegt.

Ohne Probleme erreichte er Altona und bog dann auf die Hafenstraße ab. Als er eine Gruppe Jugendlicher entdeckte, hielt er neben ihnen an. Das waren nicht ganz die Menschen, die er gesucht hatte, aber einen Versuch war es wert.

»Hat einer von euch einen Führerschein?«, fragte er durch das herunterfahrende Fenster. »Ich gebe euch fünfzig Euro, wenn ihr mit diesem Wagen eine Spritztour macht.«

»Ist der geklaut?«, fragte eine der jungen Frauen. Der Kleidung nach kamen die fünf aus eher ärmlichen Verhältnissen und waren gerade in der rebellischen Phase. Bunte Haare, Piercings im Gesicht und am frühen Nachmittag schon Dosenbier in der Hand. Eben das, was man sich ab sechzehn ohne Probleme kaufen konnte.

Maik sah sie ernst an. »Ich brauche das alles nicht mehr«, sagte er und warf zur Unterstreichung seiner Worte den Tracker, der wie eine Uhr aussah, auf den Beifahrersitz und legte das Geld daneben. »Ich bin fertig mit allem.«

Dann schaltete er den Motor ab, ließ den Schlüssel stecken und stieg aus. »Macht damit, was ihr wollt.«

Als er wegging, hörte er beruhigt, wie die fünf einstiegen. Kurz darauf fuhren sie mit einem Hupen an ihm vorbei. Selbst wenn sie schnell geschnappt wurden, war die Verbindung zu ihm vorerst abgerissen. Lisas Auto erkannte er schon von Weitem. Ihr weißer Fiesta hatte seine besten Jahre längst hinter sich und wurde augenscheinlich von Blumenaufklebern zusammengehalten. Maik fing an zu joggen, prüfte im Lauf die Gegend und stieg erst ein, als er sicher war, dass er nicht beobachtet wurde.

»Danke, dass du so schnell gekommen bist.«

»Scheiße, wie siehst du denn aus?« Lisa schlug die Hände vor den Mund und betrachtete mitfühlend sein Gesicht.

»Bitte gib Gas.«

Sie fuhr los, und eine Menge Tadel schien sich hinter ihren aufeinandergepressten Lippen aufzustauen.

»Ich weiß, was du sagen willst«, kam er ihr zuvor. »Dass mein Verhalten beängstigend ist und ich, egal in welche Schwierigkeiten ich geraten bin, besser zur Polizei gehen sollte.«

»Nun spuck es endlich aus, was ist hier los?«

Er schnallte sich an und sah aus dem Rückfenster. Alles war so weit unauffällig. »Lynns Entführer haben ihren Vater kontaktiert. Sie wollen sie umbringen, und er soll dabei zusehen. Die werfen ihm ungeheuerliche Verbrechen vor, aber da scheint nichts dran zu sein. Was bedeutet, dass sie Lynn unter keinen Umständen wieder gehen lassen.«

Ihm kam es vor, als dränge dieses Wissen erst jetzt zu ihm vor. Etwas in ihm brach auf und fing an zu schmerzen. »Ich habe sie gesehen. Es geht ihr nicht gut, sie quälen sie mit Elektroschocks.«

»Aber die Polizei wird sie doch suchen und da rausholen, oder?«

Maik ballte die Hände zu Fäusten und ließ sie auf den Oberschenkeln ruhen. »Nein, das können sie nicht.«

Lisa setzte den Blinker und fuhr rechts ran. »Was ist hier los?«, sagte sie, als der Wagen stand. »Du läufst doch nicht weg, weil du das mit ansehen musstest.«

»Ein Kollege hat den Verdacht geäußert, ich könne da mit drinstecken«, sagte er beinahe kleinlaut. Lisa war seine beste Freundin. Es bedeutete ihm etwas, was sie über ihn dachte, das war ihm wichtiger als die Meinung seiner Eltern oder von Jonas. In gewisser Weise hatte Lisa es geschafft, sein personifizierter moralischer Kompass zu sein. Die Freundschaft war eine besondere Beziehung, die Jonas anfänglich sogar eifersüchtig gemacht hatte. Andere Freunde hatten gar vermutet, dass etwas Sexuelles zwischen ihnen gewesen sein musste, so nahe, wie sie einander standen. Aber für Maik war sie eher wie eine Art Zwillingsschwester, und Lisa sah es genauso. Deswegen war ihr Urteil das Einzige, was seine Entscheidungen beeinflussen konnte.

Er spürte ihren Blick, den er lieber nicht erwiderte, damit sie nicht den Rest der Wahrheit erkannte.

»Okay«, begann sie ruhig. »Nur, damit ich das klarkriege: Ein Kollege verdächtigt dich, und du rennst weg, als wenn er recht hat?«

»Vereinfacht ausgedrückt, ja, aber ich würde das ungern hier auf der Straße besprechen. Fahr bitte weiter.«

Widerwillig setzte sie den Wagen wieder in Bewegung.

Die Fahrt dauerte bei dem Verkehr vom Hafen zur Breitenfelder Straße gut zwanzig Minuten. Zwanzig Minuten, in denen er die Fäuste auf seinen Oberschenkeln anspannte und versuchte, die letzten Ereignisse in seinem Kopf wegzuräumen. Vor dem Wohnhaus seiner Freunde war ein Parkplatz frei, eine längere Suche hätte er kaum noch ertragen. »Hast du mit meinen Eltern geredet?«

»Ja, sie machen sich wie immer Sorgen, aber dass es dir gut geht, hat sie schon mal beruhigt.« Sie parkte den Wagen und stieg aus. Als sie auf seiner Seite die Tür öffnete, kam es Maik vor, als wäre er in den letzten Minuten um Jahre gealtert. Er war erschöpft, sein Körper schmerzte, und in seinem Kopf rüstete sich die Vernunft gegen das, was er vorhatte.

Als er vor ihr stand, nahm sie ihn in den Arm und drückte ihn an sich. »In was bist du nur wieder reingeraten?«

Dankbar umarmte er sie, hielt jedoch die Hände zu Fäusten geballt, weil er wusste, dass die kleinen Wunden wieder bluteten. Lisa fiel dies auf. Sie ließ ihn los und fing eine Hand ab. Ergeben öffnete er die Finger. »Das ist nicht so schlimm.«

Sie sah vom Blut zu ihm hoch. »Wenn du das sagst.« Dann zog sie eine Packung Taschentücher aus ihrer Handtasche und presste ihm je eines in jede Hand. »Los, geh schon, ich will alles hören.«

Jonas wartete bereits in der Wohnung. Er musste alles stehen und liegen gelassen haben, um so schnell hier zu sein. »Da seid ihr ja.« Er ließ sie eintreten und schloss die Tür hinter ihnen. In der Altbauwohnung roch es nach Holzdielen und Rosmarin.

»Du siehst grauenhaft aus«, sagte er und stellte sich neben Lisa. »Bist du schon beim Arzt gewesen?«

»Ist nicht mein erstes blaues Auge«, erwiderte Maik, dem sein Aussehen vollkommen gleichgültig war.

»Lasst uns in die Küche gehen, ich setze Kaffee auf«, sagte Lisa und ging voran. Kaffee gehörte wahrscheinlich zum allgemeingängigen Notfallprotokoll. Maik knautschte die Taschentücher in seinen Händen und folgte ihr.

»Maik hat gesagt, dass die Entführer diese Lynn umbringen wollen. Ich glaube, er will einen auf John McClane machen und sie da rausholen«, fasste Lisa das Geschehen grob zusammen.

»Bitte, was? Einen auf wen?« Jonas sah zwischen seiner Freundin und Maik hin und her.

»*Stirb langsam,* du weißt schon, Bruce Willis, blutiges Unterhemd? Klingelt da was? Ich glaube, Maik hat etwas extrem Dummes vor.« Lisa kannte ihn einfach zu gut.

In der Küche schien die Sonne durch die Fenster. Die Wohnung war wie für Lisa gemacht. Sie wäre sicher ein Hippie gewesen, wenn sie ein paar Jahrzehnte früher gelebt hätte. Die hohe Decke mit dem Stuck, die Arbeitsflächen aus Kastanie, die vielen Körbe mit Krimskrams, Trockenblumen oder Obst, Gläser mit geschliffenen Mustern und die florale Farbpracht auf den Tellern passten zu diesem Eindruck. Und immer roch es hier nach Kräutern, Kaffee oder Tee.

»Jetzt sind wir hier, also raus mit der Sprache.« Sie deutete mit einem Löffel auf einen mit diversen Motiven beklebten Laptop. »Jonas kann nebenbei die Nachrichten aufrufen, ob du bereits gesucht wirst.«

Jonas zog den Rechner zu sich und schaltete ihn ein. »Ich weiß gar nicht, wonach ich suchen soll. Warum sollte Maik gesucht werden?«

»Weil unser Spezi hier weggerannt ist, als jemand behauptet hat, er würde mit den Entführern gemeinsame Sache machen.« Sie schaltete die Maschine an und lehnte sich dann mit dem Rücken gegen die Arbeitsfläche. »Verdächtiger kann man sich nicht benehmen.«

»Aber warum hast du das gemacht? Du kannst doch ganz leicht deine Unschuld beweisen.« Jonas sah noch immer nicht so aus, als würde er die Informationen richtig verarbeiten können.

»So viel Zeit hat sie nicht. Habt ihr schon mal das Gefühl gehabt, im richtigen Moment alles in der Hand zu haben?« Genau das war es, was ihn antrieb. »Ich kann sie retten.«

»Ach ja? Und wie soll das aussehen?«, fragte Lisa mit sarkastischem Unterton.

»Ach, deshalb *Stirb langsam.*« Bei Jonas fiel nun endlich der Groschen.

»Es ist bekannt, wo sie festgehalten wird, aber sobald dort jemand auftaucht, wird sie umgebracht. Wenn niemand versucht, sie zu retten, dann stirbt sie an Dehydration. Die wollen sie nicht freilassen, sie wollen, dass ihr Vater dabei zusieht, wie sie stirbt.« Die Fotos fielen ihm wieder ein. »Google nach einer Fabrik, die ihm gehörte und abgebrannt ist. Das muss zehn Jahre her sein. Der Ort war irgendwas mit Z.«

Jonas fing sofort an zu tippen, damit konnte er offensichtlich besser umgehen.

»Ich weiß, dass du dich in diese Frau verknallt hast, aber das ist zu viel, Maik.« Lisa startete einen erneuten Versuch, an seine Vernunft zu appellieren. Typisch war, dass sie ihn dann ständig mit seinem Namen ansprach, als würden ihre Worte besser bei ihm ankommen.

»Es ist mehr als das«, gab er zu. »Wie ich am Telefon bereits sagte, sie ist *die eine.*«

Schon wie Lisa die Augenbrauen zusammenzog, sagte alles. Sie hielt ihn für einen verknallten Kerl, der keine klaren Entscheidungen mehr treffen konnte, aber sie lag damit vollkommen falsch. Es war das stärkste Gefühl, das je seine Brust ausgefüllt hatte, das ihn Angst, Sorge und Verzweiflung fühlen ließ, weil sein Leben mit etwas von Wert bereichert worden war, das er nicht wieder verlieren durfte. Er musste es tun. Nicht aus einer Laune heraus oder der Vorstellung, wie die holde Maid dem Helden in die Arme fiel, sondern weil er wusste, dass er es schaffen konnte.

»Du hast mit ihr geschlafen und fühlst dich jetzt verpflichtet, ihren Lebensretter zu spielen?« Mit einem Kopfschütteln kam Lisa an den Tisch und setzte sich ihm gegenüber. »Du kennst sie gerade mal zwei Tage!«

Er wollte keine Diskussion über Sinn oder Unsinn einer hoffnungslosen Liebe führen, weil es an seinen Gefühlen nichts änderte. Manche Menschen waren nicht austauschbar. Man lernte sie kennen, und wenn man sie gehen lassen musste, rissen sie ein Loch ins Herz.

»Wie lange habt ihr euch gekannt, um zu wissen, dass es Liebe ist? Fünf Minuten? Eine Sekunde?« Maik war damals dabei gewesen. Die beiden waren einander begegnet, und es war wie eine Kernschmelze gewesen, die sie augenblicklich und unwiederbringlich zusammengeschweißt hatte.

»Bist du dir sicher, dass es bei dir dasselbe ist? Ich will nicht sagen, dass dir so was nicht passieren kann, aber ich will, dass du dir hundertprozentig sicher bist, dass du nicht nur wegen einer heißen Nacht den Helden spielst.«

Maik lehnte sich zurück, und sogar seine Fäuste entspannten sich für ein paar Herzschläge. »Der Sex ist irgendwie passiert, darum ging es gar nicht. Alles in mir reagiert auf sie, als würde sie in mir drin das Licht anschalten und jede Faser zum Leben erwecken.«

Mit der Rechten zog er sein Smartphone aus der Tasche, um die Adresse einzutippen, wenn Jonas sie gefunden hatte. Der Akku zeigte nur noch neunzehn Prozent an. »Kann ich das bei euch aufladen?«

»In der Stube, du weißt ja, wo alles ist.«

Als er durch die Tür ging, stand er plötzlich Andrea gegenüber. »Scheiße, was machst du denn hier?«

Andrea hielt beide Hände vor den Mund und betrachtete entsetzt die Wunden und Prellungen in seinem Gesicht. »Ich habe mich heute krankgemeldet. Was ist denn mit dir passiert?«

»Das ist eine lange Geschichte.« Maik ließ sie stehen und ging weiter ins Wohnzimmer. Er wollte so wenig Zeit wie möglich verlieren. Sie folgte ihm und beobachtete ihn, wie er das Kabel anschloss. Der Akku fing sofort an zu laden, dann ließ er das Telefon liegen und drehte sich zu ihr um. Andreas Blick blieb kurz daran hängen, als wäre es ein seltsamer Anblick, ein ladendes Smartphone zu sehen. »Ich erzähle dir später alles, okay?« Er drängte sich an ihr vorbei durch den Türrahmen.

»Das ist doch nicht Ruven gewesen, oder?«

»Meine Klientin wurde entführt«, sagte Maik knapp und hoffte, dass sie dadurch begriff, dass es gerade nicht um sie ging, aber sie folgte ihm bis in die Küche.

»Und dabei wurdest du so zugerichtet?« Tränen liefen über ihre Wangen, was Maiks Ungeduld noch steigerte. Er hatte ihr geholfen, ihr eine sichere Zuflucht gegeben, aber das machte sie noch nicht zu einer Freundin, die das Recht hatte, einbezogen zu werden.

»Geh jetzt, bitte!« Die Wut ließ sich nicht ganz verbergen.

»Das tut mir so leid.« Sie weinte, als wäre sie persönlich betroffen. Zu seinem Leidwesen folgte sie ihm in die Küche.

Er warf Lisa einen vielsagenden Blick zu, woraufhin sie Andrea eine Hand auf den Rücken legte, um sie sanft aus dem Raum zu schieben. »Du kannst uns gerade nicht helfen. Ich erzähle dir später, was passiert ist.«

Andrea nickte betroffen und drehte sich zum Gehen.

»Hier, ich habe eine abgebrannte Fabrik an der polnischen Grenze gefunden. In Zweltendorf. Du wirst sicher ein paar Stunden brauchen, um dort hinzukommen.« Jonas' sachliche Art war eine Wohltat.

»Ja, das ist sie. Kann ich euer Auto nehmen?«

»Du willst da hinfahren?« Andrea drehte sich um und drängelte sich an Lisa vorbei. »Einen Scheiß wirst du tun. Maik, du bist doch kein Rambo!«

Noch ein Film. Als gäbe es keine realen Helden. »Könnt ihr das bitte lassen?« Er wich vor ihr zurück, weil er nicht wollte, dass sie ihm zu nah kam. Gerade jetzt benötigte er Freiraum, besser noch Platz, um sich zu bewegen, aber der war in dieser Küche kaum gegeben. »Wenn ich mir diesen verdammten Darknet-Link gemerkt hätte, dann könnte ich euch zeigen, warum ich das tun muss.«

»Was für einen Link?« Andrea setzte sich auf den Stuhl neben Jonas und betrachtete den Laptop. Lisa sah Maik fragend an. Wahrscheinlich würde sie Andrea gewaltsam rauswerfen, wenn es sein Wunsch war, aber das kostete ihn alles zu viel Zeit. Er machte eine wegwerfende Handbewegung. *Dann bleibt sie eben.*

»Schreibst du mir die Adresse auf?«, nahm er das Gespräch mit Jonas wieder auf.

»Warum in aller Welt denkst du, dass du für die Rettungsaktion geeigneter bist als eine Spezialeinheit der Polizei?«, ging Andrea dazwischen. »Du hast mir im Irish Pub gesagt, dass du diesen Job nur fürs Geld machst. Weißt du was, ich habe Geld, ich steige bei deiner Kampfschule mit ein und kümmere mich um den Bürokram, damit du das tun kannst, was du am besten kannst. Das ist doch das, was du immer wolltest.«

»Du kennst mich kaum«, erwiderte er mit dunkler Stimme. »Du weißt nichts über mich. Ich kann das jetzt echt nicht gebrauchen.« Davon mal abgesehen, dass sie keine Ahnung hatte, wovon sie da überhaupt sprach, spielten seine Zukunftspläne in diesem Augenblick überhaupt keine Rolle. Es ging nur um Lynn.

»Oh, ich weiß mehr über dich, als du denkst«, hielt sie wütend dagegen. »Spielst gern den Helden, aber es ist was anderes, einem Schwein die Nase in den Schädel zu prügeln und in die Elbe zu schubsen, als sich mit gewaltbereiten Entführern anzulegen.«

Auf einen Schlag wurde es still in der Küche. Außer Lisa und Jonas wusste im Freundeskreis niemand etwas über diesen Vorfall. Er sah zu Lisa, die sofort den Kopf schüttelte. Und Jonas würde das niemals erzählen.

»Woher weißt du das?«, fragte er gefährlich ruhig, während er die Fäuste fester anspannte. In Gedanken durchforstete er seine Wohnung, ob sie dort einen Hinweis gefunden haben könnte, aber er wusste nicht, ob er den Papierkram von damals aufbewahrt hatte. »Sag schon!« Ein Teil der Anspannung entlud sich auf sie, was nicht fair, aber auch nicht zu verhindern war. Sie störte und ging einfach nicht weg.

Schuldbewusst neigte Andrea den Kopf. »Eine Freundin arbeitet bei der Polizei. Tut mir leid, ich weiß, dass sie mir das nicht hätte sagen dürfen. Aber ich habe ihr so vorgeschwärmt, endlich mal einen anständigen Mann kennengelernt zu haben …«

Damals war er siebzehn gewesen. Die Anzeige wegen Körperverletzung klebte an ihm wie Pech, auch wenn er nicht verurteilt worden war. An jenem Tag hatte er alles verloren, die Beherrschung und seine Freundin, nur weil ein Kerl sie belästigt hatte. Das Schlimme war nicht gewesen, dass er sie verteidigt hatte, sondern mit welcher Intensität er noch auf den Mann eingeschlagen hatte, als dieser sich nicht mehr wehren konnte. Maik war glimpflich davongekommen, weil der Kerl im Gegensatz zu ihm ein beachtliches Vorstrafenregister besessen hatte und glücklicherweise nicht in der Elbe ertrunken war, aber jener Abend war eine harte Lektion gewesen.

»Ich will, dass du jetzt gehst«, sagte er und trat einen weiteren Schritt von ihr weg. »Verschwinde endlich!«

Andrea wurde ganz blass. Maik wollte sie nicht einschüchtern, sie sollte nur endlich die Küche verlassen. Sogar Lisa zog den Kopf ein, weil er den Eindruck erweckte, jeden Augenblick die Beherrschung zu verlieren. Es war, als würde Lynn in ihm schreien und darunter leiden, dass er nicht vorankam.

Andrea fing an zu weinen.

»Meine Güte, Maik, komm wieder runter«, wagte Lisa einen Tadel, ging zu ihr und legte ihr beruhigend eine Hand auf die Schulter. »Es ist wirklich lieb, dass du dir Sorgen machst, aber es ist besser, wenn du jetzt gehst. Hierbei kannst du uns nicht helfen.«

Maik drehte ihnen ein paar Herzschläge den Rücken zu und atmete tief durch.

Statt der Bitte endlich nachzukommen, redete Andrea weiter. »Sag mir nur, warum du das tun willst.« Sie ließ sich einfach nicht rauswerfen. »Du hast deinen Job erledigt, so gut du konntest. Niemand wäre in der Lage gewesen, gegen die Überzahl zu bestehen. Es gibt nichts, was du dir vorwerfen musst.«

Wie in Zeitlupe drehte sich Maik um. *Ach, stand das auch in meiner Polizeiakte?*

»Weil ich es kann?« Er wollte, dass sie weiterredete, weil sie offensichtlich viel mehr wusste, als überhaupt möglich war.

»Bitte tu es nicht«, sagte sie flehend. »Die werden dich entdecken, bevor du auch nur den Zaun vom Fabrikgelände erreicht hast. Das ist die Tochter dieses reichen Sacks einfach nicht wert.

Warum tut van Holland nicht einfach, was gefordert wurde? Das ist der einzige Weg.«

»Er hat das nicht getan«, sagte er und beobachtete sie ganz genau. »Er kann ihr nicht geben, was sie fordert, weil es bei dieser Sache nicht um Geld geht. Er soll Dinge zugeben, die er nicht verursacht hat. Lynn stirbt, wenn keiner was unternimmt!«

Andrea rieb sich mit beiden Händen die Schläfen. »Hörst du dich überhaupt reden? Du kennst sie doch erst wie lange? Zwei Tage?«

»Woher weißt du das alles?«, mischte sich Lisa ein. »Das kann dir doch nicht alles deine Freundin gesagt haben.« Sie wich vor ihr zurück und warf Maik einen irritierten Blick zu.

In Andrea schien etwas in sich zusammenzufallen, was ihre Haltung komplett änderte. Sie rieb sich übers Gesicht und wurde immer kleiner auf dem Stuhl. »Was hat diese Frau an sich, dass jeder Mann sie beschützen will? Sie ist doch nur die reiche, verwöhnte Tochter eines pädophilen, skrupellosen Wichsers.« Ihr Blick wurde leer. »Du hättest mich haben können. Ich hätte dir Freiräume gelassen, dich bei deinem Vorhaben unterstützt, wir wären zusammen auf deiner Harley ans Meer gefahren und hätten viel Spaß miteinander gehabt. Aber es musste ja die reiche Schönheit sein.«

Sie kennt alle meine Vorlieben. Maik musste sich setzen. Mit einer Hand zog er einen Stuhl heran und setzte sich so, dass die Küchentür in seinem Rücken war. Andrea würde nirgends mehr hingehen, aber sie sah auch nicht so aus, als würde sie weglaufen wollen; sie wirkte eher traumatisiert und erschöpft.

Die Mischung aus Begreifen, Wut und Unglaube lähmte ihn, während an anderer Stelle in seiner Brust etwas zu brodeln begann. Jedem schien es so zu gehen. Lisa sah entsetzt aus, weil ihre Menschenkenntnis offensichtlich zum ersten Mal versagt hatte, während Jonas die Situation noch nicht so weit verarbeitet hatte, dass er reagieren konnte.

»Das ist alles nur Show gewesen?«, brach Maik endlich das Schweigen.

»Nicht alles«, sagte Andrea schnell. »Du bist der Neue gewesen, und Lynn wollte ausgerechnet dich haben. Nach der langen Planung bist du ein Risiko gewesen. Ziel war es, dich abzulenken und dir die Frau zu bieten, die du haben willst, damit du nicht mehr als deinen Job machst.«

Was funktioniert hätte, wenn er zuvor nicht Lynn begegnet wäre. Wie Lisa so schön sagte: Andrea hatte genau in sein Beuteschema gepasst.

Die Art, wie sie die Wahrheit aussprach, klang erschöpft und resigniert. »Alles funktionierte perfekt. Du hast mich gerettet, ich wurde von euch aufgenommen, nur dein Interesse konnte ich nicht wecken.« Sie hob den Kopf etwas und sah ihm in die Augen. »Dafür habe ich mich in dich verliebt. Vielleicht lag es daran, dass ich mich im Vorfeld so intensiv mit dir beschäftigen musste, keine Ahnung, aber ich dachte tatsächlich, dass das mit uns was werden könnte. Keine Show, sondern wahrhaftig. Da wusste ich noch nicht, dass ich gegen Lynn van Holland keine Chance habe.«

»Du wusstest, was passieren würde, und konntest uns noch in die Augen sehen?« Lisa sah aus, als würde sie stellvertretend für Maik auf Andrea einschlagen wollen. »Hast das Opfer gespielt und zugelassen, dass sie Maik zusammenschlagen.« Sie brach ab und machte eine einladende Handbewegung. »Ehrlich, Feuer frei, wenn du sie schlagen möchtest, ich halte dich sicher nicht auf!«

Doch das konnte er nicht. Weder Wut noch Enttäuschung brachen aus ihm heraus.

»Maik?« Lisa ging zu ihm und kniete sich hin, um in seine Augen zu schauen. »Sag mir, was du jetzt tun willst. Gehen wir zur Polizei? Sollen wir sie ausliefern, damit sie alle Informationen weitergeben kann, um Lynn da rauszuholen? Bitte rede mit mir.«

Gequält kniff er die Augen zusammen. »Mit wem arbeitest du zusammen? Wer hat dich mit Informationen über mich und das Team versorgt?«

»Karl«, sagte sie so leise, als könne ihr Komplize sie hören. »Eigentlich heißt er Kurt Gunthel.«

Auf Karl wäre er niemals gekommen, aber plötzlich ergab alles einen Sinn. Angefangen damit, dass die Entführer genau wussten, wo sie zuschlagen mussten, bis zu den Platzpatronen in seiner Waffe.

»Als er sich für den Posten im Sicherheitsteam beworben hatte, dachte ich, van Holland würde ihn sofort erkennen, aber Kurt sagte, er habe ihm in die Augen gesehen, und der Alte hätte nicht mal gestutzt«, fuhr Andrea fort. »Als hätte es das Unglück und die Klagen nie gegeben. Ich glaube, das ist schlimmer für Kurt gewesen als die Gefahr, aufzufliegen. Aber Peter van Holland hat ja seine Anwälte immer alles regeln lassen. Er musste nicht mal vor Gericht erscheinen, weil genügend Zeugen bestätigten, dass er in jener Nacht bei seiner Frau im Kreißsaal gewesen ist.«

»Was er wohl auch gewesen sein musste, weil Jenny geboren wurde.« Maik wäre am liebsten zur Zentrale gefahren, um Karl die Zähne einzuschlagen. Durch die Tracker hatte er die ganze Zeit den Entführern mitteilen können, wo Lynn oder ihre Eltern zu finden waren. Deswegen konnte Ruven ihm auch ins Lokal folgen.

Der vermeintliche Stalker.

Wahrscheinlich war nicht geplant gewesen, dass Maik ihn entdeckte, oder er sollte ihn dazu bringen, an Andrea zu denken. Zornig stieß er die Luft aus. Sie hatten ihn manipulieren wollen, als müsse man ihm nur ein Opfer vorwerfen, damit er sich heldenhaft verliebte. Lisa legte ihm eine Hand auf die linke Faust, was half, seinen Fokus nach vorn zu richten.

Von wegen, Karl hatte die Polizei gerufen, als die Signale Auffälligkeiten gezeigt hatten. Er hatte sie erst alarmiert, als Lynn bereits in den Transporter verfrachtet worden war.

Er hat ihr Signal blockiert! Jetzt verstand er, warum der Tracker an ihrem Handgelenk nicht mehr geortet werden konnte.

»Weiter«, forderte er. »Ist er der einzige Verräter im Team?«

Andrea schnäuzte sich erneut und wischte sich über die Augen. »Ich weiß es nicht«, sagte sie wenig glaubhaft. »Es war schon schwierig und kostspielig genug, Kurt einzuschleusen. Dann das Desaster mit Björn – ich glaube nicht, dass noch andere von uns dabei sind.«

»Er weiß, dass ich mich auf den Weg machen will, oder?« Immerhin musste er gesehen haben, dass Maik Gerrit die Waffe und den Autoschlüssel abgenommen hatte und geflohen war.

Andrea nickte. »Sonst wäre ich jetzt nicht hier. Ich kann dich nicht in den sicheren Tod gehen lassen. Nicht nach allem, was du für mich getan hast. Du bist ein guter Mann, wahrscheinlich der ehrlichste, dem ich je begegnet bin. Ich soll mich bei Kurt melden und ihm mitteilen, ob ich dich von deinem Vorhaben abhalten konnte. Hannah jagt alles in die Luft. Egal ob sie dich oder ein Polizeiteam entdecken, sie wartet nur darauf, den Sprengsatz zu aktivieren, solange Peter van Holland dabei zusehen muss. Er hat zugestimmt, weil ich dich mag.«

Diese Worte lösten Maiks Starre. Er sprang auf und schlug mit einer Faust auf den Tisch, wodurch sie erschrocken zusammenzuckte. »Komm auf den Punkt! Wie kann ich sie da rausholen?«

»Das kannst du nicht«, schrie Andrea ängstlich zurück. »Hast du mir nicht zugehört? Über zwanzig Leute sind daran beteiligt!« In ihrer aufkommenden Verzweiflung überschlug sich ihre Stimme. »Lynn sollte jetzt eigentlich unverletzt wieder zu Hause sein. Wir wussten nicht, was Hannah und Kurt vorhatten. Bitte, das müsst ihr mir glauben. Bei dem, was jetzt passiert, hätte ich niemals mitgemacht! Sie wird es bis zum bitteren Ende durchziehen. Erst als Lynn nach der Geldübergabe nicht wie verabredet freigelassen wurde, habe ich begriffen, dass die beiden uns hintergangen haben. Wir wollten nur einen Schadenersatz, wir sind keine Mörder!«

Maik wurde ganz schlecht. »Ich will alles wissen. Wen du mit *wir* meinst, wer an der Entführung beteiligt ist, mit welcher Gegenwehr zu rechnen ist und wie ich ungesehen auf das Gelände kommen kann.«

»Das geht niemals gut.« Hilfe suchend sah Lisa zu Jonas.

»Ohne weitere Informationen ist das schwer zu sagen«, sagte Jonas, was nicht gerade das war, was Lisa hören wollte. Sie zog die Brauen zusammen und funkelte ihn böse an.

»Darf ich?« Andrea deutete auf den Laptop und holte ihn zu sich ran, ohne auf Jonas' Erlaubnis zu warten. »Alles hängt mit dem Brand vor knapp zehn Jahren zusammen«, sagte sie, während sie etwas eintippte. »Ihr wisst nicht, was für ein Elend dadurch verursacht wurde.«

»Das rechtfertigt gar nichts! Ein Kollege wurde bei dem Überfall getötet, und wenn du sehen würdest, was sie Lynn antun …« In diesem Augenblick wurde ihm bewusst, dass er eigentlich Holgers Wagen fahren sollte. Er stünde jetzt nicht in dieser Küche, wenn er das getan hätte. Über seine Schulter sah er zu Lisa, die ihn ansah und den Kopf schüttelte. Von der ersten Begegnung mit Lynn über alle Entscheidungen bis zu dieser Sekunde entsprach alles genau dem, was seine Freundin Schicksal nannte. Und genau deshalb würde er einen Weg finden, Lynn aus den Fängen ihrer Entführer zu befreien.

»Ich habe den Männern gesagt, dass dir nichts passieren darf. Es war nicht geplant, dass irgendwem etwas geschieht. Deswegen waren eure Waffen auch mit Platzpatronen geladen.«

»Bitte lass es, Maik.« Lisa berührte ihn an der Schulter. »Wenn das stimmt, was sie sagt, dann hast du keine Chance. Du weißt, dass wir dich bei allem unterstützen, aber das ist Wahnsinn.«

»Und was ist, wenn dieser Augenblick genau die Fügung ist, die es doch möglich macht?«, hielt er dagegen. »Ihre Komplizen denken, dass sie mich überreden will, keinen Alleingang zu starten.

Sie wird Karl oder Kurt oder wie auch immer der Arsch heißt, anrufen und ihm sagen, dass sie mich überzeugen konnte, mich der Polizei zu stellen. Dass ich zur Vernunft gekommen wäre und ansonsten komplett im Dunkeln tappe.«

»Und ich sage ihm, dass ich dich zum Revier begleite, um dich im Auge zu behalten«, bot Andrea an. Wenn Maik seinem Bauchgefühl trauen konnte, dann wollte sie tatsächlich ihre Mittäterschaft irgendwie wiedergutmachen. Sollte er sich erneut in ihr täuschen, spielte es keine Rolle, weil er dann nichts mehr für Lynn tun konnte, außer mit ihr zusammen draufzugehen. Denn eines glaubte er ihr, nachdem er Hannah Gunthel gesehen hatte: Diese Frau wollte Vergeltung. Sie würde mit keinem Vermittler sprechen, keine Deals eingehen und sicher auch nicht zögern, wenn ein Unbefugter das Gelände betrat. Warum sonst sollte sie einen Ort gewählt haben, den Peter van Holland sofort wiedererkannt hatte? Die Adresse war kein Geheimnis. Eine Spezialeinheit würde das Gelände stürmen und binnen weniger Minuten einnehmen können – gäbe es nicht den Brandsatz.

Andrea drehte ihm den Laptop zu und deutete auf ein Foto, auf dem ein Mädchen zu sehen war. Es war das gleiche, das Hannah an die Wand gehängt hatte. »Eine Zeit lang wollte ich glauben, dass alles so gewesen war, wie Hannah gesagt hat. Ich wollte, dass Peter van Holland schuld an dem Unglück ist, weil es bedeutet hätte, dass nicht Manuela das Feuer gelegt hat. Die Gutachten ergaben zwar, dass nur sie es gewesen sein konnte, aber Hannah glaubt den Experten nicht. Vielleicht lag es daran, dass ich mir nicht vorstellen konnte, dass Manu nach der Brandstiftung in Panik geraten sei und bei dem Versuch, hochschwanger aus dem Fenster zu klettern, gestürzt ist. So war sie einfach nicht.«

»Woher willst du das wissen? Sie war eine Vierzehnjährige, die sich schwängern ließ. Scheint ja nicht ihre erste Fehlentscheidung gewesen zu sein«, erwiderte Maik ungehalten.

»Weil sie meine Schwester war. Wir haben uns vierzehn Jahre lang ein Zimmer geteilt. Niemand kannte sie so gut wie ich!« Diese Worte wurden von so viel Schmerz begleitet, dass Maik eine Vorstellung davon bekam, wie Andrea ihre Beteiligung an der Entführung vor sich gerechtfertigt hatte.

»Hat Peter van Holland sie geschwängert? Ja oder nein?« Ein Teil in ihm hoffte, dass wenigstens das stimmte, weil Lynns Leid ohnehin schon so sinnlos war. Sadistische Handlungen, die von einer psychisch gestörten Frau initiiert wurden. Er konnte und wollte nicht glauben, dass sich so viele Menschen ohne guten Grund daran beteiligten.

»Ich weiß es nicht, sie war sehr schön, kaum jemand hielt sie für vierzehn. Sie wurde ständig von Männern oder Jungen angemacht. Wir werden nie erfahren, wer der Vater war. Der Pathologe hat den Tod ihrer ungeborenen Tochter bestätigt, aber vor der Einäscherung wurde kein Gentest gemacht. Auch das wollte Hannah nicht wahrhaben. Durch das Feuer und die Löscharbeiten wurde die Spurensicherung erschwert, aber nach dem Bericht des Pathologen wurden Hannahs Anschuldigungen als Ausdruck ihrer Verzweiflung abgetan.«

»Wenn es keinerlei Beweise gegeben hat, warum zur Hölle hast du dann bei diesem grausamen Plan mitgemacht? Ich verstehe das immer noch nicht«, sagte Lisa und drückte Maiks Faust. Inzwischen fühlte es sich eher so an, als müsse er sie beruhigen.

»Weil es Peter van Holland einen Dreck geschert hat, wie es uns allen ergangen ist. Wir wurden umgesiedelt, in benachbarte Gemeinden verfrachtet, ohne dass wir darüber aufgeklärt wurden, dass wir alle in jener Nacht schwer vergiftet worden sind. Alle schön weit voneinander weg, damit die Krankheitsfälle in den Jahren danach nicht auffielen. Hier.« Sie klickte auf eine andere Seite. »Da steht alles darüber, warum ein ganzes Dorf van Holland leiden sehen will.«

Maik zog den Stuhl neben Andrea und fing an zu lesen, was besser war, als der Wut freien Lauf zu lassen.

»Es tut mir so leid.« Mit einer Hand rieb sie sich über den Magen. Nach allem, woran sie beteiligt gewesen war, tat sie nun das Richtige. Was auch bedeutete, dass sie ihren Leuten in den Rücken fiel. Wie Maik auf der Homepage sah, waren sie offenbar alle miteinander verwandt, befreundet oder zumindest Nachbarn gewesen.

Sechs Millionen. Die Summe war lächerlich gering für *ein ganzes Dorf,* und ebenso für das, was Peter van Holland tatsächlich hätte bezahlen können. Wahrscheinlich waren die meisten von ihnen noch immer die einfachen Menschen, die auf diesen Fotos zu sehen waren. Personen, für die sechs Millionen wie ein Vermögen klangen, die sich mit ihrem Bruchteil zufriedengeben würden, weil auch ein paar Tausend Euro schon mehr waren, als sie je besessen hatten. Er sah Fotos, die in der Fabrik aufgenommen worden waren, als diese noch in Betrieb gewesen war. Mitarbeiterinnen und Mitarbeiter in den Laboren, in Lagern und an Fließbändern. Auch Aufnahmen vom Gelände, der Ruine und den leer stehenden Häusern. Der Verfasser der Bildunterschriften nannte das Dorf *Geisterstadt,* was zu den gähnend leeren Fenstern passte. Das Gebiet war bis heute gesperrt und würde es auch lange bleiben, weil der dioxinverseuchte Ascheregen jedes Haus, jede Straße, die Wiesen und umliegenden Wälder vergiftet hatte. Es wurde ein Flatterband um diesen Ort gezogen und das Stück Erde zu totem Land erklärt.

Maik fühlte sich an das Gespräch erinnert, das er mit Lynn bei der ersten Begegnung während der Fahrt geführt hatte. War das ebenfalls Schicksal? Dass er nun von seinen eigenen Ansichten vorgeführt wurde? Wo war die Distanz, um diese Situation ganzheitlich zu betrachten? Er war noch immer bereit, dort hinzufahren und Lynn mit aller erdenklichen Härte freizukämpfen, egal wen er dafür verletzen oder töten musste.

Lynn war damals selbst noch ein halbes Kind gewesen, und jetzt wurde sie für etwas gequält, für das ihr Vater verantwortlich war.

»In welchem Gebäude hat deine Schwester damals das Feuer gelegt?«

Zitternd deutete Andrea auf ein Foto vom Haupthaus. »In van Hollands Büro, das zwischen den Laboren lag. Während der Anfangszeit wollte er die Abläufe überwachen, und das nicht vom Verwaltungsgebäude aus. Meine Mutter fand das lästig, weil er dadurch so präsent war. Als sie krank wurde und Manu ihre Schichten übernehmen musste, war sie oft mit ihm allein gewesen. Hannah war überzeugt, dass er das ausgenutzt hat, aber als sie Manu direkt darauf ansprach, hat sie es abgestritten.« Für einen Moment sah Andrea so aus, als würde sie Maiks Hand nehmen wollen. Er ballte sie auf dem Laptop wieder zur Faust. Nur weil er sie nicht mehr anschrie oder handgreiflich wurde, bedeutete es nicht, dass er vergessen würde, was sie getan hatte. Sie würde wie alle Beteiligten ihre Strafe bekommen, aber jetzt musste er an Lynn denken. Über sie und Kurt Gunthel sollte ein Gericht ein Urteil sprechen, genau wie über alle anderen. Dafür lebten sie in einem Rechtsstaat, der keinen Raum für Selbstjustiz lassen durfte, er musste Lynn nur befreien, damit das passieren konnte. Ihm war klar, dass er im Begriff war, gegen seine Überzeugung zu handeln, aber er musste versuchen, sie zu retten. In Maik drängte alles darauf, sofort loszufahren. Er musste sich zwingen, den Text auf der Website bis zum Ende zu lesen, weil dieser ihm verriet, auf was für Gegner er sich einstellen musste. Außerdem fehlte ihm komplett ein Plan, wie er überhaupt zu Lynn vordringen sollte, ohne dass er entdeckt und sie getötet wurde.

Alles, was diese Hannah Gunthel Peter van Holland vorwarf, fand er auf dieser Homepage wieder. Indizien wurden auf den Tatortfotos markiert, die auf die gewaltsame Entbindung des Kindes hinweisen sollten, aber es war nur mit viel Fantasie etwas zu erkennen. Verbrannte Flecken, die Blut gewesen sein konnten, ein

Messer, eine verkohlte Tischkante, gegen die Manuela mit dem Kopf gestürzt sein sollte, und andere undeutliche Details.

Er öffnete einen weiteren Tab und gab den Ort und das Stichwort »Feuer« ein. Die Nachrichten hatten damals über den Brand und den giftigen Ascheregen berichtet. Fakt war also, dass das Feuer verheerende Folgen gehabt hatte. Die Gegend war tatsächlich dioxinverseucht, und die Menschen mussten umgesiedelt werden. Für die Schwere des Unglücks gab es erstaunlich wenig zu finden. Dafür wurde erwähnt, wie geschockt van Holland die Nachricht aufgenommen habe, nachdem er sich die ganze Nacht um seine Frau sorgen musste, die während der Geburt der gemeinsamen Tochter fast gestorben wäre. Es war die Rede von starkem Blutverlust und Kreislaufversagen. Fotos belegten die Schwangerschaft und dass das Paar sich im Krankenhaus befunden hatte. Er deutete auf eines der Bilder und sah Andrea an. »Das hat euch nicht gereicht, um das Feuer als das zu werten, was es gewesen ist: die Verzweiflungstat eines schwangeren Mädchens?«

Sie mied seinen Blick und schüttelte traurig den Kopf. »Viele von uns konnten das nicht. Du weißt nicht, wie es damals gewesen ist. Hannah hatte für alles eine Erklärung. Der Babybauch sei eine medienwirksame Attrappe gewesen, weil Manu ihnen das Kind geben wollte. Alles sei bestens vorbereitet und geplant gewesen, damit sein Fehltritt keinerlei Konsequenzen haben würde. Peter van Holland sollte niemals mit der Schwangerschaft einer Minderjährigen in Verbindung gebracht werden. Alles klang so plausibel.«

Er schlug mit beiden Fäusten auf die Tischplatte. »Plausibel?«, brüllte er sie an. »Ihr seid die Monster. Jeder Einzelne von euch, der in diese Sache verwickelt ist. Du wirst mir jetzt sagen, wie ich sie da rausholen kann.«

»Verdammt, ich weiß es nicht«, schrie sie zurück. Er musste das Stresslevel bei ihr aufrecht halten, damit sie keine Zeit hatte, sich

Lügen auszudenken. »Hannah hat uns glauben lassen, dass sie sich mit dem Geld zufriedengeben würde. Ich weiß nicht, welche Vorkehrungen sie in der Fabrik getroffen haben. Meines Wissens nach hat sie eine Art Söldner angeheuert, der für sie die Drecksarbeit erledigt.« Andreas Tränen und die Reue waren echt, aber Maik empfand kein Mitleid für sie. Was sie getan hatte, war unentschuldbar, und dafür würde sie hinter Gitter kommen.

»Wie kann es sein, dass du dir mit deiner Schwester ein Zimmer geteilt hast und trotzdem nicht wusstest, von wem das Kind war?« In Lisas Stimme schwang Verachtung mit. So restlos enttäuscht hatte Maik sie noch nie erlebt. Sie war sonst immer jene, die großherzig und entgegenkommend war.

»Manu hat mir erzählt, dass sie einen Freund hatte, aber sie verriet seinen Namen nicht. Anfänglich schien es ihr nicht so gut damit zu gehen, aber dann machte sie einen verliebten Eindruck. Um ehrlich zu sein, bin ich neidisch gewesen, weil meine jüngere Schwester vor mir einen Freund hatte. Ich bin immer überall nur dazwischen gewesen. Das mittlere Kind, die unscheinbare Freundin der interessanten Mädchen, die schweigsame Bürokraft auf dem Schweinehof. Mir machte niemand teure Geschenke oder sagte mir schöne Dinge ins Ohr. Also wollte ich von ihren Schwärmereien nichts hören. Ich seh sie heute noch mit ihrem dicken Bauch vor mir stehen, die Jacke in der Hand, weil sie mitten in der Nacht noch mal rauswollte, und ich habe nur irgendwas Hämisches zu ihr gesagt, weil ich es ihr gegönnt habe, dass sie Ärger im Paradies hatte.«

Maik sah vom Laptop zu Andrea. Die tiefen Schuldgefühle standen ihr deutlich ins Gesicht geschrieben. »In jener Nacht ist sie gestorben?«

Andrea kniff die Augen zusammen und nickte. »Unsere Mutter ist daran zerbrochen. Dass Manu psychisch krank gewesen sein soll, konnte sie nicht glauben, und dann ist Hannah ständig bei ihr gewesen und hat sie bequatscht. Bis zu ihrem Tod hat meine Mutter keinen Weg gefunden, damit Frieden zu schließen. Manche sagten, dass sie den Krebs verdient hatte, weil ihre Tochter sie alle vergiftet hätte.«

Ein Blick zu seinen Freunden reichte, um zu wissen, dass sie ihm bei jeder Entscheidung bedingungslos zur Seite standen, auch wenn sie es nicht guthießen. »Wie komme ich da ungesehen rein?« Auf den Fotos sah das Gelände weitläufig und übersichtlich aus. Maik glaubte nicht, dass sich durch den Verfall viel daran geändert hatte.

»Ich könnte dich einschleusen.« Die Ablehnung breitete sich in der Küche aus, als wären Andreas Worte vergiftet.

»Nach alldem soll er dir vertrauen?« Lisa lehnte diesen Vorschlag rundum ab, während Maik klar wurde, dass es wahrscheinlich die einzige Möglichkeit war.

»Seid ihr an dem Überfall vor drei Jahren beteiligt gewesen?«

»Björn mochte Lynn. Jeder mag sie. Wir dachten, er sei nur durchgedreht, aber wahrscheinlich ahnte er, dass Hannah sie quälen wollte. Ich wünschte, er hätte es uns gesagt, statt auf sie zu schießen.« Letzteres sagte sie mit Verbitterung in der Stimme.

Maik musste tief einatmen, um seinen Zorn im Zaum zu halten. »Wenn er es ihr hätte ersparen wollen, dann hätte er sie gar nicht dort hinbringen dürfen.«

Andrea ließ die Schultern hängen und kniff die Augen zusammen. »Du weißt nicht, wie Hannah ist. Oder was es mit dir macht, wenn sie von ihren Kindern erzählt, die an Krebs gestorben sind. Solange sie redet, glaubst du, dass es der einzig richtige Weg sei, aber wenn es dann so weit ist, begreifst du erst, was du tatsächlich gerade anrichtest. In uns allen steckt so viel Schmerz. Von außen ist es leicht, Richtig und Falsch zu unterscheiden, aber wir alle wurden in unserer Not im Stich gelassen.«

»So eine Scheiße«, sagte Lisa. »Man kann sich alles hinreden, wie man es braucht, aber was muss man für ein Arschloch sein, um bei so was mitzumachen?«

Andrea nickte und legte nun doch ihre Hand auf Maiks linke Faust. »Deswegen bin ich hier. Bitte lass mich dir helfen.«

»Warum jetzt? Wenn dieser Kurt die ganze Zeit für die Familie gearbeitet hat, hätten sie doch keine drei Jahre bis zum nächsten Überfall warten müssen.« In Gedanken ging er die Begegnungen mit Kurt durch. Der Mann, der so ausgesehen hatte, als würde er nur Dienst nach Vorschrift machen. Wie kalt musste man sein, um so etwas durchzuziehen?

»Ich denke, dass die meisten von uns das nicht wirklich wollten. Ständig kamen neue Gründe auf, die alles verzögerten. Zusammen waren wir wie ein Kind, das am Rand vom Zehner steht, aber sich nicht überwinden kann zu springen. So lange, bis Hannah uns geschubst hat.«

Maik wurde ganz kalt.

Jonas schien nun alles in seinem Kopf sortiert zu haben. »Wenn Andrea dich da reinbringt, muss es schnell gehen. Bei so vielen Personen ist die Wahrscheinlichkeit sehr hoch, dass du entdeckt wirst. Bis das passiert, musst du entweder den Brandsatz oder Lynn rausgeschafft haben, da diese Hannah ihn offenbar erst hochjagen und hinterher fragen würde. Du benötigst Werkzeug, falls sie gefesselt ist. Und Waffen …« Er sah zu Lisa und verstummte sofort.

»Dann muss es schnell gehen?«, nahm sie Jonas' Worte auf. Sie wandte sich Maik zu. »Mal ehrlich, du bist gut in deinem Job, aber du bist kein Ninja, der sich lautlos wie ein Schatten irgendwo reinschleichen kann. Hast du nicht zugehört? Diese Irre geht lieber mit drauf, statt Lynn freizulassen.« Maik liebte sie dafür, dass sie in jeder Lebenslage für ihn da war und ihm das Gefühl gab, gebraucht zu werden. Er wusste nicht, was er sagen würde, wenn die Rollen vertauscht wären, er wusste nur, dass er es versuchen musste. Und so entschlossen sah er offensichtlich auch aus. Lisa stöhnte auf und boxte Jonas gegen den Oberarm. »Sag ihm, dass er lieber zur Polizei gehen soll.«

Jonas nickte, aber er schien nicht richtig zugehört zu haben. »Schau dir das Gelände bei Google Earth an, und Andrea soll alle Informationen über die Gebäude und die beteiligten Menschen aufschreiben.«

»Ist das dein Ernst?« Lisa schnappte nach Luft.

»Ich erzähle dir auf der Fahrt alles, was ich weiß«, bot Andrea an.

»Noch mal: Wer sagt uns, dass du nicht einfach reinmarschierst und Maik in den Rücken fällst?«, beharrte Lisa. »Wir sollten auch mitfahren.«

Bei diesem Vorschlag wurde Jonas ganz blass.

»Nein«, sagte Maik und stand auf. »Ich würde alles dafür tun, euch zu beschützen, aber das kann ich nicht, wenn ich gleichzeitig Lynn da rausholen will. Ihr seid mein Back-up. Ihr habt alle Informationen, die ihr benötigt, um zur Polizei zu gehen.« Er sah auf die Uhr. »Jetzt ist es gleich siebzehn Uhr. Wie lange brauchen wir dorthin?«

Andrea machte eine abschätzende Geste mit der Hand. »Vier, fünf Stunden, denke ich. Zweltendorf liegt sehr weit im Osten. Die nächstgrößere Stadt ist Guben.«

Maik dachte nach und überschlug im Kopf, wie viel Zeit er benötigte, bis Erfolg oder Niederlage entschieden waren. »Gebt uns acht Stunden, dann geht ihr zur Polizei und sagt denen alles, was ihr wisst.« Er sah zu Andrea. »Auch, dass Karl aus der Sicherheitszentrale eigentlich Kurt Gunthel ist. Nicht, dass er der Familie was antut, wenn Hannah versagen sollte.«

Andrea nickte zustimmend. Auch wenn sie das Richtige tat, musste es sich wie Verrat anfühlen. »Ich traue den beiden alles zu«, sagte sie.

»Ist er wirklich der Einzige?«, bohrte Maik nochmals nach. Er konnte sich einfach nicht vorstellen, dass Karl all das allein schaffen konnte. »Oder gibt es da noch jemanden im Team, der eigentlich für Hannah arbeitet?«

Sie biss sich auf die Lippen und sah niemanden mehr an. »Keinen, der für Hannah arbeitet.«

Maik versuchte, diese Vorstellung nicht zu nah an sich heranzulassen. Immerhin hatte er mit diesen Menschen zusammengearbeitet, ihnen vertraut und als gleichwertige Kollegen angesehen. »Wer ist es?«

Andrea schüttelte den Kopf. »Das kann ich dir nicht sagen, aber ich verspreche dir, dass er auf unserer Seite sein wird. Wenn ich ihm eine Nachricht schicke, wird er aufpassen, dass Kurt …«

»Nein!«, herrschte Maik sie an. »Du wirst zu niemandem außer Karl Kontakt aufnehmen. Ich werde herausfinden, wer es ist, egal, ob du es mir sagst.« Außerdem glaubte er bereits zu wissen, wer es war. Saschas Verhalten hatte Bände gesprochen. »In meinem Beisein wirst du Karl schreiben, dass du mich umstimmen konntest und wir auf dem Weg zur Polizei sind, das ist alles.«

Sie presste kurz die Lippen aufeinander, als müsse sie sich selbst erst eine Erlaubnis erteilen, dann seufzte sie. »Ich muss ihm keine Nachricht schreiben. Jeder vom Team muss bei Einsätzen sein Smartphone abgeben, richtig?«

Maik hatte eine Ahnung, was jetzt kam. »Weil die meisten unsicher sind und abgehört werden können.«

»Und weil Kurt die Zeit genutzt hat, die Spionagesoftware auf die Geräte zu spielen. Was immer die Mitarbeiter in ihrer Freizeit so von sich geben, er kann es hören, wenn er die Software aktiviert. Ich bin überzeugt, dass er dich gehen ließ, um deine weiteren Schritte zu überwachen. Wir müssen uns nur in der Nähe deines Telefons laut genug darüber unterhalten, und er wird es wissen.«

Kann es noch erniedrigender werden?

»Was ist mit deinem Smartphone?« Der ganze Plan wäre hinfällig, wenn ihres auch abgehört wurde.

»Es ist Jahre her, dass ich Kurt persönlich getroffen habe. Er müsste schon zaubern können, um mein Telefon zu manipulieren.«

Jonas wollte einen Einwand einbringen, aber Maik hielt ihn mit einer erhobenen Hand davon ab. Lynns Zustand konnte nur noch schlechter werden, ihnen lief die Zeit davon. »Ihr beide taucht für die nächsten Stunden unter. Falls es ein Fehler ist, Andrea zu vertrauen, darf niemand wissen, wo ihr seid. Wenn ihr bis fünf Uhr morgens nichts von mir gehört habt, gebt ihr alle Informationen an die Polizei weiter. Sie sollen das Gelände mit allem überrennen, was sie haben, das spielt dann keine Rolle mehr.« Dann hielt er Andrea eine Hand entgegen: »Versprich mir in die Hand, dass du alles in deiner Macht Stehende tun wirst, um mir zu helfen. In meiner Welt bedeuten Versprechen etwas, und wenn du es brichst, werde ich keine Hemmungen mehr haben, dich fertigzumachen.«

Ohne zu zögern, reichte sie ihm die Hand und leistete den Schwur. Sie wäre die erste Frau, die er tatsächlich schlagen würde, fiele sie ihm in den Rücken.

»Hast du eine Waffe? Die werden bewaffnet sein, besser, du hast auch eine«, lenkte sie das Gespräch auf die nächsten Schritte.

»Ich brauche keine.« Er verließ sich lieber auf sein Können, auch wenn Gerrits Waffe noch in seiner Jacke steckte. Auf der Fahrt müsste er die Patronen überprüfen, ob sie überhaupt zu gebrauchen war.

»Warte.« Lisa ging in den Flur und kam kurz darauf mit einem Rucksack zurück. »Das wirst du für Lynn benötigen«, sagte sie, während sie eine Wasserflasche, Traubenzucker und Müsliriegel hineinsteckte. Zuletzt zog sie ihre Strickjacke aus und stopfte sie ebenfalls hinein. Er sah ihr an, wie tapfer sie ihn unterstützen wollte, obwohl sie gegen diese Entscheidung war. Als sie ihm den Rucksack entgegenhielt, nahm er sie in den Arm und drückte sie fest an sich. »Ihr seid die besten Freunde, die man sich nur wünschen kann. Meine Familie. Ich verspreche, dass ich nichts Dummes tun werde.«

Jonas nickte ihm bestätigend zu. »Du schaffst das.« Aus seinem Mund klang es, als würde er noch etwas brauchen, die gesamte Tragweite zu erfassen. Sein analytischer Verstand ging so oft diverse Umwege, dass er sich den Beinamen Professor redlich verdient hatte.

»Ich reiße dir den Arsch auf, wenn nicht«, ergänzte Lisa und wischte sich die Tränen weg, bevor sie ihn losließ. »Du musst auf unserer Hochzeit mein Trauzeuge sein und später unseren Kindern beibringen, wie sie jeden auf die Bretter schicken, der ihnen was tun will. Also komm gefälligst gesund und munter nach Hause, klar so weit?«

Maik nahm den Rucksack und gab Andrea mit einem Wink zu verstehen, dass sie jetzt gehen mussten.

»Versprochen«, sagte er ernst. »Irgendwer muss sich doch durch das Hamburger Nachtleben kämpfen, um dir saure Gurken mit Vanillesoße zu bringen, während Jonas noch die Route plant.«

Er nahm erst sie und dann Jonas ein letztes Mal in den Arm. Sie waren die einzigen Menschen, die ihn von seinem Vorhaben hätten abbringen können, aber gerade deshalb respektierten sie, dass er es tun musste.

Er hoffte, dass er seine Freunde durch diese Sache nicht in Gefahr brachte. »Hauptsache, ihr verlasst schnell die Wohnung und taucht unter.«

»Hauptsache, du kommst wieder heil nach Hause«, hielt Lisa dagegen. »Wenn du schon einen auf John McClane machst, dann bitte auch genauso erfolgreich wie er, okay? Ich bin immer noch dagegen. Wir leben in keiner Welt, in der das Gute immer gewinnt.«

»Ich verspreche dir, dass ich vorsichtig sein werde. Morgen sehen wir uns wieder, kleine Schwester.« So nannte er sie immer, wenn er ihr sagen wollte, wie wichtig sie ihm war. Sie und Jonas waren seine Familie.

Wenn er jetzt nicht ging, würde es noch schwerer werden, also drehte er sich um und verließ ohne ein weiteres Wort die Küche.

KAPITEL 12

Ich weiß, ich müsste ein schlechtes Gewissen haben. Diese Frau hat mit alldem nichts zu tun. Sie weint, sie leidet, sie hat Angst. Zu Recht, denn sie wird sterben. Peter van Holland sitzt vor seinem Computer und sieht ihr dabei zu. Er hat Tränen vergossen, genau wie seine Tochter. Ihre Eltern sind wütend, verzweifelt und hilflos, aber sie halten an ihrer Geschichte fest. An dieser Lüge, die ihre Schuld vertuschen soll. Wir sind viele, und es wird nicht enden, bis die Wahrheit ans Licht gekommen ist.

* * *

Es war seltsam, wie der Brandgeruch auch nach zehn Jahren die Erinnerung an die Hitze weckte. Hannah fühlte sich in der Ruine der Vergangenheit noch näher als sonst. Jeder war auf seinem Posten und behielt die Umgebung im Auge, um sofort Alarm zu schlagen, sollten Unbefugte hier eintreffen. Der Brandsatz neben der Gefangenen konnte über eine Telefonnummer ausgelöst werden, die in den Smartphones von ihr, Kurt und Connor gespeichert war. Egal wie groß das Polizeiaufgebot wäre, Lynn van Holland würde brennen. Ein Teil in ihr hoffte, dass es passierte, damit van Holland ihren Tod ebenfalls auf sein Gewissen laden musste. Die anderen wussten nichts davon. Sie warteten nur auf das Geld, um dann über die polnische Grenze zu fliehen und neu anzufangen. Als könne auch nur einer von ihnen vergessen, was hier passiert war. Da der damalige Vorfall als Brandstiftung gewertet worden war, bekamen die geschädigten Anwohner nichts. Die Umsiedelungen waren ein Witz gewesen. Maßnahmen, um sie voneinander zu isolieren und um zu verschleiern, wie krank der Ascheregen viele gemacht hatte. Der Krebs wählte seine Opfer willkürlich und nahm dabei keine Rücksicht auf das Alter oder die Lebensumstände. In zehn Jahren einundzwanzig Menschen, ohne dass die Zeitungen darüber berichteten oder ein Aufschrei durch die Bevölkerung gegangen wäre. Unabhängige Medien hatten das Thema kurz aufgegriffen, aber dann schnell wieder fallen lassen. Stattdessen hatte Gitta van Holland sich mit ihrem Baby in einer Illustrierten ablichten lassen und offen über Wochenbettdepressionen nach traumatischen Geburtserlebnissen gesprochen. Es war dumm, zu denken, das Lösegeld würde etwas ändern. Kein Cent konnte jene wieder lebendig machen, die wegen Peter van Holland gestorben waren. Das Geld klebte auch keine Pflaster auf die blutenden Herzen, und schon gar nicht besaß es die Macht, ein neues Leben zu erkaufen. Jeder von ihnen hatte umziehen müssen. Neue Nachbarn, neue Arbeitsplätze und Lebensumstände, aber trotzdem waren sie jetzt hier. Sie alle beteiligten sich an einer Straftat, die sie für angemessen hielten, weil sich niemand nach dem Unglück um sie gekümmert hatte. Spielte es da noch eine Rolle, wie diese Sache ausging? Aber seit Lynn hier war, änderte sich die Stimmung. Hannah sah es in den Gesichtern der anderen, dass die Entführung in der Theorie einfacher gewesen war. Den meisten war es recht, dass sie mit der Gefangenen nichts zu tun hatten. Sie saßen auf ihren Posten und behielten die Umgebung im Auge. Andere fingen an, Fragen zu stellen.

Hannah saß im Nebenraum und betrachtete abwechselnd die beiden Monitore. Einer zeigte die Gefangene, die zitternd an der Wand saß; auf dem anderen konnte sie Peter van Holland beobachten. Wann immer er wegsah, drückte sie auf den Knopf, der kleine Elektrostöße durch Lynns Körper jagte. Ebenso, wenn die Gefangene nach den Kabeln tastete, damit sie diese nicht beschädigen konnte.

In den vergangenen Stunden hatte Hannah bei der Gefangenen gesessen und ihr erzählt, wer die Menschen auf den Fotos gewesen waren. Lynn van Holland war eine bemerkenswerte junge Frau. Sie hörte zu, brachte sogar in ihrer Lage Mitgefühl für die Schicksale auf, aber sie glaubte nicht eine Sekunde, dass ihr Vater das verursacht hatte. Sie versuchte sogar, auf Hannah einzugehen, um Sympathie zu wecken, aber ein Herz, das seit Jahren tot war, konnte man nicht wieder zum Schlagen bringen. Trotzdem hatte Hannah sie in dem Glauben zurückgelassen, bei ihr etwas erreicht zu haben. Sie und ihren Vater, der einen Augenblick der Hoffnung erleben sollte, damit Hannah ihn in der Luft zerreißen konnte. So wie ihre Seele zerfetzt worden war, als bei den Kindern neue Metastasen aufgetreten waren und Komplikationen eine Heilung unmöglich gemacht hatten. Niemand konnte sich von der Schuld freikaufen, nur von den Konsequenzen. Genau das sollte Peter van Holland lernen. Vielleicht irrte sich Hannah, wenn es um das Kind ging, aber das war die Geschichte, die knapp dreißig Menschen dazu gebracht hatte, sie bei ihrem Vorhaben zu unterstützen. Van Holland war in jener Nacht hier gewesen, nicht in einem Hamburger Kreißsaal. Sie hatte die Spuren gesehen.

»Soll ich Sie ablösen?« Connor war ein Segen für dieses Unterfangen. Der riesenhafte Söldner wusste, was er tat. Er koordinierte die Überwachung der Umgebung, hatte den Brandsatz scharf geschaltet und Lynns Ketten mit den Elektroden verbunden. Was ihr jedoch am meisten gefiel, war das Fehlen jeglichen Gewissens. Er wurde für seine Arbeit bezahlt, also erledigte er sie.

»Sind die anderen ruhig?«

Er verschränkte die Hände hinterm Rücken und verharrte leicht breitbeinig wie ein gestandener Soldat neben der Tür. »Ein paar fangen an, Zweifel zu äußern. Ich behalte sie unter Beobachtung. Bevor es zu Unruhen kommt, werde ich die entsprechenden Leute wegsperren.«

Die Summe, die jeder abbekam, würde niemanden reich machen, in der Stadt konnte man sich dafür nicht mal eine Wohnung leisten, aber das war nicht Hannahs Problem. Das Geld war so gut wie in Sicherheit – vorausgesetzt, der Verbündete brannte damit nicht durch. Jene, die am Ende noch lebten und auf freiem Fuß waren, profitierten im Grunde davon, sollten andere beim Sturm auf die Fabrik getötet werden. Hannah wollte kein Geld. Sie wollte auch nicht überleben.

Müde rieb sie sich übers Gesicht und sah wieder zu der Gefangenen. »Er verweigert den Gentest«, sagte sie. »Er sieht, wie sehr seine Tochter leidet, aber er verweigert den Test. Das ist ein Schuldgeständnis.«

»Mag sein«, erwiderte Connor unverbindlich. Er war nicht hier, um eine Meinung dazu zu haben. »Wann soll das Geld hier sein? Ich schlage vor, die Tasche ohne Aufsehen reinzuschaffen, weil die Leute sonst ausbezahlt werden wollen und gehen.«

Es war früher Abend, sie rechnete frühestens in einer Stunde mit der Ankunft. »Im Laufe des Abends. Am besten halten Sie Ausschau nach seinem Fahrzeug. Ihnen vertraue ich am meisten.« Das stimmte sogar. Menschen, die feste Preise hatten, waren ehrlicher als jeder, der versuchte, sein Handeln mit persönlichen Gründen zu rechtfertigen. Kein Wankelmut, keine Gewissensbisse, nur eine Geschäftsbeziehung. Das Darknet war die reinste Fundgrube für Hannahs Planung gewesen, allerdings hätte sie ohne Hilfe niemals die richtigen Seiten im Tor-Netzwerk gefunden. Sie hatte keine Ahnung von Bitcoins und Schatten-Pages gehabt. *Und jetzt bist du tot.* Die Nachricht, dass ihr Neffe bei dem Überfall gestorben war, hatte den Hass nur noch weiter gesteigert. Mehr konnte sie nicht mehr fühlen.

»Und wer unterstützt Sie hier? Sie sollten nicht alleine sein, wenn die Stimmung doch kippt.« Connor wurde es nicht müde, sie vor den eigenen Leuten zu warnen.

»Franka kommt gleich wieder.« Von allen wütenden Mitgliedern waren die Frauen die rachsüchtigsten. Vor allem jene, deren Kinder durch das Dioxin krank geworden waren. Frankas Sohn hatte es überstanden, ihre Ehe nicht. Nun lebte ihr Sohn in Berlin und hatte den Kontakt zu seinen Eltern abgebrochen. Zu vieles war gesagt worden, das diese sorgenvolle Zeit unerträglich gemacht hatte. Wenn Franka den Knopf für die Elektroschocks bediente, drückte sie ihn immer ein paar Sekunden länger, als Hannah oder Connor es taten. Es war Lynn van Hollands Glück, dass ihr Vater sich, zumindest so gut es ging, an die Regeln hielt, auch wenn er die Forderungen nicht erfüllte. Zwar zeigte er die Bereitschaft, vor der Presse alles zuzugeben, aber nicht auf die Art und Weise, die Hannah verlangte. Deswegen ließ sie ihn schmoren. Ohne ihre Erlaubnis konnte er nicht aufstehen.

»Dann warte ich, bis sie hier ist«, bestimmte Connor. »Es wird Zeit, weiterzumachen. Ich glaube nicht, dass die Gefangene sehr lange durchhalten wird. Ihr Wille mag zäh sein, aber ihr Körper ist es nicht.«

Woher sollte es auch kommen. Die junge Frau kannte keine schwere Arbeit, wusste nicht, was es bedeutete, arm zu sein oder sich mit billigen Discount-Produkten zufriedengeben zu müssen. Wenn eine wie die mal ins Schwitzen kam, dann weil ein Personal Trainer sie zu Pilates oder Yoga trieb. Lynns Leistungen beschränkten sich auf ihr gutes Aussehen, Schirmherrschaften und ein großes Vermögen. Käme sie mit dem Leben davon, würde sie in eine Nobelklinik geflogen werden, in der sich ein lächerlich großes Ärzteteam um sie kümmerte. Hannahs Kinder hatten in Drei-Bett-Zimmern gelegen. Überfordertes Personal, grauenhaftes Essen und eingeschränkte Behandlungsmöglichkeiten. Eben das, was das Gesundheitssystem für die Unterschicht bereitstellte. Schon das schwarze Cocktailkleid war wahrscheinlich mehr wert, als Hannah in einem Monat verdiente. Während Hannah nach Jahren der Qualen ihre Kinder zu Grabe tragen musste, hatte Lynn wilde Partys feiern dürfen, in zahlreiche Kameras bei Fashion-Shows gelächelt oder war als Ehrengast zu exklusiven Veranstaltungen eingeladen worden. Ehre für was? Dafür, dass sie die Tochter eines Mörders war, der sich von allem freikaufen konnte?

Mit der nötigen Wut im Bauch stand Hannah auf und nickte Connor zu.

Als sie zu Lynn ging, hob diese leicht den Kopf und schien sich für die nächste Runde bereit zu machen. »Sie werden mich unter keinen Umständen gehen lassen, oder?«

Hannah setzte sich auf den Stuhl ihr gegenüber. »Dein Vater jammert lieber. Er hat gefleht, geweint und viel Geld geboten. Alles, was dazugehört, wenn man Angst um sein Kind hat. Ich weiß das, weil ich damals ebenso geweint und gefleht habe. Aber er ist nicht bereit, zuzugeben, dass er in jener Nacht hier gewesen ist. Auch den Gentest will er nicht wiederholen, weil er angeblich deine Schwester schützen will. Vor was, frage ich dich?«

Lynn zog an den Ketten, um ihre Position zu ändern. Dem Zittern nach fror sie erbärmlich, aber sie tat so, als hielte sie es locker aus. »Vor dem Hass einer abgrundtief bösen Frau«, sagte Lynn mit fester Stimme. »Bei aller Tragik, die Ihr Handeln bestimmen mag, ist eines unumstößlich: Nur böse Menschen sind zu bösen Taten fähig. Was Sie mir antun und meiner Schwester sicher antun würden, hat nichts mit Gerechtigkeit zu tun. Keiner der Verstorbenen würde das hier gutheißen, allen voran Ihre Kinder nicht.«

Hannah schnippte mit den Fingern und sah dabei zu, wie Lynn sich schmerzvoll verkrampfte und zuckte. Dann gab sie wieder ein Zeichen, damit es aufhörte. »Du willst über meine Kinder reden?« Sie stand auf und berührte die Fotos ihrer Töchter. »Wie es ist, wenn man sich in einen *bösen Menschen* verwandelt?«

Ein weiterer Schock durchlief Lynns Körper, anscheinend hatte ihr Vater für eine Sekunde weggesehen. Hannah musste warten, bis Lynn wieder zu Atem kam. Die Stromstöße waren für gesunde Menschen nicht gefährlich, weil die Leistung zu gering war, aber in ihrem Zustand war es fraglich, wie lange ihr Herz die Tortur noch mitmachen konnte.

Als Lynn schwer atmend wieder zu ihr aufsah, hätte Hannah sie gern dafür gelobt, dass sie stärker war als erwartet. »Manche werden böse geboren«, nahm sie den Faden wieder auf. »Manche werden es aus Affekt – wie dein Vater zum Beispiel. Ich glaube nicht, dass er vorhatte, dieses Unglück zu verursachen, aber wie wir mit unseren Fehlern umgehen, zeigt, was wir für Menschen sind. Dein Vater ist ein egoistischer Feigling, der die richtige Frau an seiner Seite hat, um jene, die vermeintlich weniger wert sind, mit Füßen zu treten.« Verbittert unterdrückte sie jede Regung, die von ihrer tiefen Trauer zeugte. »Und dann gibt es noch jene, die Tag für Tag zusehen, wie ihre Lieben weinen vor Schmerzen und Angst, wie sie keinen Bissen drin behalten können und immer dünner und schwächer werden. Anhören müssen, wie die Kinder Pläne schmieden, obwohl sie keine Zukunft haben. Ich bin bis zu ihren letzten Atemzügen nicht von ihrer Seite gewichen. Wir haben deinen Vater angefleht, uns zu helfen. Sein Büro sagte, er habe keine Zeit für uns, würde jedoch sehr bedauern, dass unsere Töchter krank seien. Ein Zusammenhang mit dem Brand wurde zurückgewiesen. Im Zweifelsfall sollten wir uns an die Anwaltskanzlei deines Vaters wenden, die uns entsprechende Gutachten gegen Gebühr zugänglich machen könnte.« Sie drehte sich um. »*Das* hat mich richtig böse gemacht«, sagte sie in die Kamera. »Die Feigheit und die Ignoranz, die Herzlosigkeit, mit der unsere Bitten abgewiesen wurden. Aber weißt du, was er noch in derselben Woche gemacht hat?« Bei dieser Erinnerung wurde ihre Stimme doch brüchig. »Er hat medienwirksam eine großzügige Spende getätigt für schwer kranke Kinder, damit deren letzte Wünsche erfüllt werden konnten. Wenn er uns geholfen hätte, wäre es ein Zugeständnis gewesen, aber mit dieser Großzügigkeit konnte er auf sichere Weise sein Gewissen beruhigen. Ist es nicht so gewesen?«

Sie hätte gern gewusst, wie van Holland darauf reagierte. Da er nur zuhören sollte, trug sie das Headset nicht, das den Ton übertrug. Sie wollte nicht Gefahr laufen, von seinen Worten abgelenkt zu werden, aber Connor beobachtete ihn.

»Mein Vater hat schon immer viel für wohltätige Zwecke gespendet«, sagte Lynn, aber sie schien darüber nachzudenken.

»In den letzten zehn Jahren mehr als in allen davor, oder?« Es wäre eine Genugtuung, wenn sie van Hollands Tochter von ihrem treuen Glauben an ihren Vater abbringen konnte, bevor sie starb. »Er hat für Vereine gespendet, die sich um Frauen kümmern, die Opfer von Gewalt geworden sind, für Umweltprojekte, kranke Kinder und die Krebsforschung. Ich besitze eine lange Liste mit seinen Spendenaktivitäten, die alle dasselbe sagen: Er versucht, für seine Sünden zu bezahlen.«

»Nur Gott kann vergeben«, mischte sich Karen ein, die kopfschüttelnd den Raum betreten hatte und ablehnend die Arme vor der Brust verschränkte. Hinter ihr stand Connor und wartete auf Befehle.

»Was tust du hier? Du sollst doch Wache halten.« Genervt ging Hannah zu ihr und schob sie aus dem Raum. Van Holland musste nicht wissen, dass es Unstimmigkeiten gab.

»Ich lasse mich nicht länger fernhalten. Die Frau sieht schrecklich aus, was habt ihr mit ihr gemacht?« Das Kreuz, das an einer Kette um Karens Hals hing, glänzte im kalten Licht des Baustrahlers, der den Vorraum erhellte. »Du hast gesagt, du würdest ihr nichts tun. Dass wir Peter van Holland zur Buße zwingen, aber unsere Gefangene wie ein Gast behandelt wird. Das da ist nicht richtig!«

»Was er getan hat, war nicht richtig. Er hatte Sex mit deiner minderjährigen Nichte, hat ihr das Baby aus dem Bauch geschnitten und sie ermordet. Und er hat hier alles niedergebrannt.« Hannah wiederholte diese Fakten so oft, dass sie wie ein Mantra in ihrem Kopf nachhallten.

»Gott wird über ihn richten. Ich habe zugestimmt, dass wir Geld von ihm erpressen, aber das dort geht zu weit!«

Connor stellte sich hinter ihr in Position. Hannah musste ihm nur ein Zeichen geben, damit er Karen packte und wegsperrte. Dennoch fiel ihr die Entscheidung schwer. Sie kannten sich, seit sie gemeinsam in den Kindergarten gegangen waren. Karens Glaube war erst durch die Ereignisse so stark geworden. Zwar hatten ihre Eltern sie streng katholisch erzogen, aber seit Manuelas Beerdigung erklärte sie mit ihrem Glauben alles, was um sie herum passierte. Gott habe einen Plan, seine Wege seien unergründlich, sein Wort stünde über allem, und sein Wille geschehe. Karens Auffassung nach versammelten sich alle Toten in seinem Reich und warteten auf sie, aber dafür musste sie ohne Sünde sein. Hannah sagte ihr lieber nicht, dass ihre Mittäterschaft den Einzug ins Himmelreich ebenso vereitelte wie die Tatsache, dass sie jahrelang eine Affäre mit ihrem Schwager gehabt hatte. Sie alle hatten gemeinsam in diesem Dorf gelebt, es gab keine Geheimnisse, egal wie sehr man versuchte, seine Missetaten zu leugnen oder hinter frommen Reden zu verstecken.

»Er wird bezahlen, dann lassen wir sie frei«, beteuerte Hannah.

Karen sah zu den Monitoren, auf denen Lynn und ihr Vater zu sehen waren. Mit hochrotem Kopf musste er sich gerade in einen Eimer erleichtern, weil er das Sofa nicht verlassen durfte. Die Angestellten, die im Hintergrund zu sehen waren, drehten sich so lange zur Wand. Niemand schmunzelte oder sah heimlich hin. Die Betroffenheit war wie eine schwarze Wolke, die sich vom Designersofa bis zu den teuren Tapeten ausbreitete. Genährt von dem

Zorn dieser Menschen, die sich wahrscheinlich wünschten, Hannah in ihre untätigen Finger zu bekommen.

Ihr beschützt die falschen Personen.

»Ihr erniedrigt ihn«, sagte Karen vorwurfsvoll, worauf Hannah den Blick von dem Monitor löste. »Ist das der Weg, wie er geläutert werden soll? Mit Scham und Angst?«

»Auge um Auge«, hielt Hannah kalt dagegen.

»Du sollst die andere Wange hinhalten, nicht zum Racheengel werden.«

»Das habe ich!«, schrie Hannah sie an. »Mehrfach sogar. Bist du wirklich so naiv?«

»Wenn die anderen erfahren, was ihr der Gefangenen antut, werden sie nicht warten, bis das Geld kommt. Ich werde das beenden, hier und jetzt!«

Hannah nickte Connor zu und drehte sich weg. Sie wollte nicht mit ansehen, wie er sie packte und wegzerrte. Sie bezahlte eine Menge Geld dafür, dass er derartige Dinge regelte. All ihre Ersparnisse und der Erlös, den sie für ihr neues Zuhause bekommen hatte, waren in seine Tasche geflossen. Das reichte, damit er sie bis zum Ende zuverlässig unterstützte, obwohl er es einen »Freundschaftspreis« genannt hatte. Wie es aussah, war er sadistisch veranlagt und hatte seine Passion zum Beruf gemacht. Sie hörte Karens Gegenwehr und erstickte Schreie. Wenn Karen schlau war, wehrte sie sich nicht weiter. Hannah hatte dem Söldner freie Hand zugesagt, was bedeutete, dass er sie auf jede notwendige Weise zum Schweigen bringen würde, ließe sie sich nicht ohne Aufruhr wegsperren. Unruhe konnten sie jetzt nicht gebrauchen. Alle waren erschöpft und angespannt, die Mission war wichtiger als Karen oder sonst wer. Ohne sich umzusehen, ging Hannah wieder zur Gefangenen zurück.

Lynn lehnte mit geschlossenen Augen an der Wand, sie atmete flach.

»Glaubst du an Gott?«, fragte Hannah.

Mühsam öffnete Lynn die Augen und deutete ein Kopfschütteln an. »Meinungsmacher und elitäre Gruppierungen haben mich noch nie gereizt.«

»Oh, man muss nicht in der Kirche sein, um an Gott zu glauben.« Lynns Einstellung gefiel ihr. Unter anderen Umständen hätte sie die Gespräche mit ihr sehr genossen.

»Ich brauche keinen Glauben, um ein guter Mensch zu sein.« Vielleicht war Lynn das ja, *ein guter Mensch,* wenn auch ein verwöhnter, sorgloser und die Augen verschließender Mensch, aber das musste ja nicht gleich bedeuten, dass sie schlecht war.

»Und was passiert deiner Meinung nach mit dir, wenn du tot bist?« Bis zum Tod ihrer ersten Tochter hatte Hannah an Gott, den Himmel und die Hölle geglaubt, jetzt war an dieser Stelle ein großes, schwarzes Loch in ihrem Denken.

»Nichts. Man ist weg, denkt und fühlt nichts mehr. Ich glaube, den Toten ist es egal, ob sie tot sind, nur das Sterben ist hart.« Lynn wischte sich eine Träne von der Wange, dabei blieb Dreck auf ihrer Haut kleben. Ihre Schönheit wurde verdeckt von Ausscheidungen, Asche und Schweiß.

»Nun, wenn dein Vater nicht zur Besinnung kommt, wirst du bald wissen, was tatsächlich auf dich wartet. Die große Wahrheit, die Menschen seit Anbeginn Angst macht, sie hoffen lässt und um die so viel gestritten wird. Ich hoffe für dich und meine Kinder, dass es einen Himmel gibt, wo ihr eure kummervollen Lebensenden vergessen könnt.«

»Wow, wie nobel«, brachte Lynn bissig hervor. Sie schien für einen Moment ihre Kräfte sammeln zu können, vielleicht ein Aufbäumen vor der letzten Phase des Verdurstens. »Dann hoffe ich für Ihre Kinder, dass sie zu beschäftigt sind, um Mami zuzugucken, wie sie sich geradewegs für die Hölle qualifiziert.«

Hannah drehte sich von ihr weg und sah in die Kamera, auch wenn sie weiterhin zu Lynn sprach. »Du wirst leider niemals Kinder haben, um nachfühlen zu können, dass es ohne sie kein Leben mehr gibt.«

»Ich werde wohl auch niemals Ihre Störung entwickeln, um auch nur einen Ihrer kranken Gedankengänge nachvollziehen zu können.« Lynn musste würgen, aber in ihrem Magen befand sich nichts, was sie ausspucken konnte. Das Würgen ging in ein Husten über.

»Mich krank zu nennen, täte all jenen unrecht, die tatsächlich krank sind. Ich bin genau das, was du vorhin gesagt hast: Ich bin böse. Von deinem Vater wütend gemacht und jeglicher Skrupel beraubt. Unterstell mir ja nicht, ich wüsste nicht, was ich tu, oder dass ich zwangsgesteuert wäre.« Dieser Unterschied war für sie wichtig. Sollte sie wider Erwarten festgenommen und nicht beim Polizeieinsatz getötet werden, dann wollte sie ins Gefängnis kommen, nicht in die Psychiatrie. Die Medien sollten über ihre Rache berichten, nicht darüber, dass Lynn das Opfer einer Gestörten geworden war.

»Sie sind armselig«, schleuderte Lynn ihr entgegen. »Eine verbitterte Alte, die ihre Trauer nicht in den Griff bekommt.«

In Hannah bewegte sich etwas – ähnlich wie ein Möbelstück, das zur Seite geschoben wurde, damit das Monster dahinter aus dem Loch kriechen konnte.

Sie richtete sich wie in Zeitlupe auf und drehte sich auch ebenso langsam zu Lynn um.

»Ihre Kinder würden sich in Grund und Boden schämen, wenn sie Sie so sehen könnten.«

Wenn van Hollands Tochter dachte, sie könne sie genug reizen, damit sie dem Leiden ein Ende setzte, dann unterschätzte sie Hannahs Willen, das Maximum aus der Qual herauszuholen.

»Hast du schon mal Berichte über Verbrennungsopfer gelesen? Wie schmerzvoll Feuer ist?«

Lynn sah sie herausfordernd an. »Zünden Sie doch Ihren feinen Brandsatz, dann finden wir es heraus.«

»Hannah.« Hinter ihr steckte Connor den Kopf durch die Tür.

Hannah atmete tief durch und nickte bestätigend, bevor sie sich umdrehte und zu ihm ging.

»Ist Karen ruhiggestellt?«

Connor sah an ihr vorbei. »Sie fing an, sich zu wehren. Ihre Leiche liegt im Lager, einen besseren Platz habe ich auf die Schnelle nicht gefunden.«

Für einen Moment schloss Hannah die Augen und schluckte die Gefühle hinunter, die sie jetzt nicht gebrauchen konnte. Wenn alles vorbei war, durften sich Reue und Entsetzen in ihr ausbreiten, lange konnte es bis dahin nicht mehr dauern.

»Schon gut«, sagte sie dünn. »Es musste wohl so sein.«

»Sie wissen, dass die Kleine Sie nur reizt, um ihrem Vater die Entscheidung abzunehmen, oder?« Connor nickte Richtung Lynn.

Ja, das wusste sie, aber es funktionierte besser, als sie wahrhaben wollte. »Bevor die Sonne aufgeht, muss es zu Ende sein. Halten Sie Ausschau nach dem Wagen, er sollte bald hier sein.« Sie rieb sich über die Schläfen. »Bis Franka hier ist, mache ich weiter. Er soll die Bilder niemals vergessen und wissen, dass es seine Schuld ist. Und er soll bis zum Ende seines Lebens keine Nacht mehr schlafen können, ohne permanent hochzuschrecken.«

Die Erschöpfung machte sich langsam auch bei ihr bemerkbar. Seit der Entführung hatte sie nicht mehr geschlafen, aber die Anspannung hatte die Müdigkeit gut verdrängt. Sie mussten sehr aufmerksam bleiben, gerade jetzt. Eine Spezialeinheit konnte längst in der Nähe sein. Hannah achtete darauf, dass ihr Smartphone immer aufgeladen war. Sobald etwas Verdächtiges passierte, musste sie über die Sprachsteuerung nur den Brandsatz anwählen, und Lynn würde augenblicklich in einem Inferno vergehen. Dieses Finale wünschte sie sich mehr als ein unspektakuläres Kreislauf- oder Organversagen.

Vielleicht jage ich sie trotzdem hoch, damit er einen genauso verbrannten Körper zu Grabe tragen muss wie wir damals?

Das Bild, wie Peter van Holland erst den letzten Atemzug miterleben müsste und dann von der Explosion erschreckt würde, gefiel ihr außerordentlich gut.

»Hannah, kommst du mal? Wir würden gern mit dir reden.«

Sie sah zu Bernd, der im Türrahmen stand und die typisch ernste Miene eines Mannes aufgesetzt hatte, der ein Machtwort sprechen wollte.

Die Stunde der Maulhelden. »Sicher, ich komme.«

KAPITEL 13

Während der langen Fahrt in Andreas Auto hatte Maik einiges über die einzelnen Schicksale nach dem Brand erfahren. Viele tragische Gründe, warum diese Menschen zu einer Entführung überhaupt fähig waren, aber das legitimierte in keiner Weise, dass sie Lynn quälten. Er wollte es immer noch besser verstehen, um einschätzen zu können, mit welcher Gegenwehr er zu rechnen hatte. Verzweiflung war zwar ein starker Motor, aber besser zu steuern als Hass. Wenn er Andrea richtig verstand, wurde hauptsächlich Hannah von Rachsucht getrieben. Das passte ins Bild. In seiner Jugend war es selbst ernannten Anführern oft darum gegangen, andere aufzuwiegeln, weil es angeblich wichtiger war als alles andere, sich gegen Gangs zu behaupten. Viele Narben stammten aus jener Zeit. Ehre und Vergeltung waren die Schlagwörter gegen die Vernunft gewesen. Bis zu jenem besagten Abend, der in seiner Polizeiakte stand. Maik hatte daraus seine Lehren gezogen.

Er ließ Andrea fahren, überwachte jedoch auf ihrem Smartphone über die Navi-App, dass sie nicht von der Route abwich. Es ärgerte ihn maßlos, dass er sein eigenes Telefon hatte zurücklassen müssen.

Seine Freunde hatten recht, er war kein Rambo und kein John McClane, er war ja nicht mal ein Soldat gewesen wie der Rest von van Hollands Sicherheitsmännern. Und genau deswegen würde er es auch schaffen. Zumindest sagte er sich das immer wieder, weil in den Gesprächspausen Zweifel seine Willensstärke zu untergraben drohten.

Jetzt, da sie bereits ein paar Stunden gefahren waren, wuchs die Angst, dass etwas schiefgehen konnte. Was, wenn er entdeckt wurde und der Brandsatz hochging? Dann wäre er schuld an ihrem

Tod, aber jemand musste versuchen, sie zu retten. Jemand, den die Entführer nicht erwarteten, damit Lynn überhaupt eine Chance hatte. *Wenn nicht ich, wer dann?*

Verstand und Gefühle befanden sich noch immer im Krieg, beschossen einander mit Argumenten und Was-wäre-wenn-Szenarien. Es war verrückt – sowohl den Helden zu spielen als auch, es nicht zu tun. Wenn er die Fäuste entspannte, brannten die kleinen Wunden, wenn er sie fest ballte, schmerzten die Muskeln. Sie mussten den Ort endlich erreichen, bevor er vollkommen durchdrehte. Die Idee, auf der Fahrt einen Plan zu schmieden, funktionierte nicht. Die vielen Schicksale dieser Menschen verbanden sich mit den Erinnerungen an Lynns Entführung und dem Wissen, was ihr gerade angetan wurde. Laut Andreas Worten war die Notlage der Menschen schuld an dieser Tat. Als Außenstehender hätte er die Situation sicher ganzheitlicher betrachtet. Ursache und Wirkung. Aber als Betroffener gab es nur eine Sicht der Dinge: Was diese Leute taten, war falsch und unmenschlich.

Aus Lisas Keller hatte Maik einen großen Vorschlaghammer mitgenommen. Der lag nun zusammen mit dem gefüllten Rucksack im Kofferraum. Alles war besser als nichts, aber Maik war sich nicht sicher, ob er sie damit befreien konnte.

Andreas Telefon klingelte, und »Bruderherz« war auf dem Display zu lesen.

»Gehört er zu den Entführern?«

Andrea wollte den Kopf schütteln, was schon im Ansatz gelogen aussah.

»Sag nichts Falsches«, wies Maik Andrea an und drückte erst auf den grünen Button, dann auf den Lautsprecher.

»Wann bist du hier?«, fragte eine bekannte Stimme. Es war nicht Saschas, wie Maik im ersten Moment trotz allem erwartet hatte, aber er kam nicht drauf, zu wem sie gehörte. »Ich habe das Geld im Kofferraum, wir können es zu den anderen bringen oder direkt weiter über die Grenze fahren, deine Entscheidung.«

Ein Husten bellte durch den Hörer, und Maik überlief ein kalter Schauer.

Gerrit!

Maik nickte Andrea zu, damit sie antwortete. »Fahr schon zu den anderen vor, ich komme dorthin.«

»Nein, wir treffen uns auf dem Park-and-Ride-Platz hinter der Abfahrt und fahren gemeinsam weiter. Hannah ist total durchgeknallt, ich will sichergehen, dass sie nicht gleich alles hochjagt, wenn wir da ankommen. Wann bist du hier?«

Sie sah zu Maik, aber wie sollte er binnen weniger Herzschläge entscheiden, welcher Weg der beste war? Er wechselte die App, ohne die Verbindung zu unterbrechen, und sah sich im Navi die restliche Route an. Bis zur Abfahrt waren es noch neunundzwanzig Kilometer. Also nickte er.

»Ist gut«, sagte sie. »Vielleicht zwanzig Minuten. Bist du schon dort?«

»Gerade angekommen. Ich warte im Wagen auf dich.«

Maik legte auf und ließ seinen Kopf nach hinten gegen die Lehne fallen. In ihm türmten sich die Fragen auf. Angefangen bei dem Unverständnis, wie Gerrit das hatte tun können. Er war Lynns Leibwächter gewesen, drei Jahre lang. Er hatte ihr das Leben gerettet, gesehen, was das traumatische Erlebnis mit ihr gemacht hatte, und war bei dem brutalen Überfall dabei gewesen – nein, schlimmer noch, er hatte den Entführern geholfen, indem er noch Gas gegeben hatte, um die Wagen ineinander zu verkeilen. Anschließend hatte er danebengestanden, als die Eltern vor Sorge kaum Luft bekamen. Und er war derjenige gewesen, der das Lösegeld übergeben sollte. Lynn hatte ihm vertraut.

»Gerrit ist dein Bruder?« Maik verspürte große Lust, ihn für jede Lüge, Beeinflussung und vor allem seine Mittäterschaft leiden zu lassen. »Ihr habt mich beide verarscht?«

»Bitte tu ihm nichts«, sagte Andrea flehend. »Ich will, dass es aufhört. Gerrit hat Krebs im Endstadium, ihm bleiben nur noch ein paar Wochen.« In ihrer Aufregung sprach sie viel zu laut. »Er wollte Lynn gestern wieder nach Hause bringen. Niemals wollte er, dass sie verletzt wird. Denkst du, er hätte dich gehen lassen, wenn er nicht ebenso verarscht worden wäre?«

Maik wusste nicht mehr, was er glauben sollte. Vermutlich würde sie alles sagen, um ihren Bruder zu schützen.

»Das hängt von ihm ab«, erwiderte er mürrisch. »Also, wenn er mich nicht zuerst angreift.«

»Das wird er nicht.«

Eigentlich hatte Maik gar nicht vorgehabt, tatsächlich am Parkplatz anzuhalten. Er hatte sich mit der Zustimmung nur Zeit verschaffen wollen, um darüber nachzudenken.

»Gerrit mag Lynn. Er hätte sie damals sterben lassen können, wie Hannah es verlangt hatte, aber Gerrit hat sie gerettet. Wir wollten aussteigen, aber Gerrit glaubte, es sei besser, wenn wir die Kontrolle behielten.«

Todkrank hin oder her, wenn Gerrit auch nur eine falsche Bewegung machte, würde Maik ihn unangespitzt in den Boden rammen. Maik entschied sich für den Stopp.

Je näher sie dem Ziel kamen, desto mehr arbeitete es in seinem Kopf. Sein Plan war noch immer unausgereift. Selbst wenn sie das mit Gerrit geregelt bekamen, konnte Maik trotzdem nicht mit den beiden einfach so auf das Fabrikgelände spazieren. Er hatte gegen die Entführer gekämpft, sie würden ihn wiedererkennen. Wenn er sich im Wagen versteckte, musste er Andrea vertrauen, was ihm nach allem nicht gerade leichtfiel. Aber soweit er es über Google Earth erkennen konnte, war das Gelände gut überschaubar – die

Aufnahmen waren zwar auch schon ein paar Jahre alt, aber der Ort dürfte sich kaum verändert haben. Es gab nur wenig, hinter dem er sich verbergen konnte. Erschwerend kam hinzu, dass es wieder schneite. Selbst im Dunkeln würde Maik in der weißen Landschaft sofort auffallen.

Als die Ausfahrt in Sicht kam, setzte Andrea den Blinker und fuhr von der Autobahn ab. Maik straffte den Rücken und fokussierte seine gesamte Aufmerksamkeit auf das, was vor ihm lag. Gerrits Wagen, eine von van Hollands Limousinen, stand neben einem Lkw. Durch die getönten Scheiben konnte er nichts im Innern des Wagens erkennen. Andrea war nervös. Sie hielt das Lenkrad viel zu fest umklammert und kaute auf ihren Lippen, wahrscheinlich um ein erneutes Flehen zu unterdrücken.

»Bitte bleib ganz ruhig«, sagte sie schließlich. Sie parkte hinter dem Wagen, und Maik stieg aus. Er hielt die P8 in der Tasche mit einer Hand schussbereit fest, aber als er durch das Beifahrerfenster sah, war das Fahrzeug leer.

»Dreh dich ganz ruhig um«, sagte Gerrit in seinem Rücken. »Und nimm die Hände hoch.«

Maik tat, was verlangt wurde, und sah als Erstes die Pistole, die auf ihn gerichtet war.

Woher wusste er, dass ich bei ihr bin?

»Nicht, Gerrit, ich habe gesagt, du sollst ihm nichts tun!« Andrea kam hinzu und blieb neben ihrem Bruder stehen.

Also doch. Einmal Verräterin, immer Verräterin.

»Du willst, dass es endet?«, fragte Gerrit und fixierte bei seinen Worten nur Maik.

»Ja, aber nicht so. Es ist falsch. Das alles ist uns entglitten, und wir müssen es wieder in Ordnung bringen.«

»Weißt du überhaupt, was du da redest?« Gerrit lockerte seine Finger kurz; er schien unentschlossen zu sein. »Ich geh drauf, Andrea. Dann bist du ganz allein und wirst absolut nichts besitzen.«

Sie wischte sich über die Augen. »Dann ist es so. Selbst wenn ich deswegen in den Knast komme, aber mit Mord und Folter will ich nicht leben.«

»Wie konntest du Lynn das antun?«, fragte Maik vorwurfsvoll. »Sie hat dir vertraut.«

Schuldbewusst zog Gerrit die Brauen zusammen und sah für den Moment wie ein Junge aus, der Papas Wagen gegen einen Baum gesetzt hatte. »Das wollte ich nicht. Es ging uns nur ums Geld.« Entweder war das die Wahrheit, oder er und Andrea hatten ihre Geschichten gut miteinander abgestimmt.

»Bitte, nimm die Waffe runter«, sagte sie zu ihrem Bruder.

Nun sah er kurz zu ihr. »In diesem Kofferraum liegen sechs Millionen Euro. Wir müssen nur über die Grenze fahren …«

Maik sprang vor, ergriff die Hand mit der Waffe und verdrehte sie so, dass Gerrit die P8 loslassen musste und vor Schmerzen in die Knie ging.

»Nein, bitte nicht«, schrie Andrea.

Maik wusste, ab welchen Punkt Knochen brachen oder Bänder rissen, er behielt den Druck auf den Hebel so bei, dass Gerrit sich auf den Boden legen und ruhig verharren musste. Mit der anderen Hand nahm er die Waffe auf und steckte sie in seinen Hosenbund.

»Wenn ich dich jetzt loslasse, verzichtest du besser auf einen Angriff.«

»Werde ich«, presste Gerrit schmerzverzerrt hervor. Er wirkte viel zu schwach, um Maik tatsächlich etwas entgegenzusetzen. Maik glaubte, was Andrea gesagt hatte: dass ihr Bruder an Krebs erkrankt war und bald sterben musste. Jetzt passte alles zusammen. Die Hustenanfälle, das Blut im Taschentuch und der schlechte Allgemeinzustand.

Maik ließ los und trat zwei Schritte zurück. »Du bist so ein verdammtes Arschloch.«

Gerrit stemmte sich hoch, und Andrea half ihm dabei, wieder auf die Füße zu kommen. »Mag sein.« Er rieb sich die Hand. »Aber Andrea hat mit dem Ganzen nichts zu tun. Gib ihr etwas von dem Geld und lass sie gehen, dann bringe ich dich zu Lynn.«

Maik und Andrea protestierten gleichzeitig, wenn auch aus gänzlich unterschiedlichen Beweggründen. Andrea war alles andere als unschuldig. »Woher wusstest du, dass ich bei ihr bin? War das euer Plan gewesen? Sie gesteht alles und bringt mich zu dir?«

Mit schreckgeweiteten Augen schüttelte sie den Kopf. »So war das nicht. Ehrlich, ich habe ihm nichts gesagt. Ich wollte dich von dieser Aktion abbringen, mehr nicht, das schwöre ich!«

»Dein Handy«, sagte Gerrit und deutete auf Andreas Tasche. »Denkst du, ich hätte dich das alles machen lassen, ohne auf dich aufzupassen?«

»Du hast mir nachspioniert?« Andrea zog es hervor und drehte es unschlüssig zwischen ihren Fingern. »Wer kann das noch hören? Kurt?«

»Nein, nur ich«, sagte Gerrit. »Außerdem wollte ich sichergehen, dass du nicht einknickst. Du vergisst, dass ich dich schon mein Leben lang kenne und weiß, wann du verliebt bist.«

Verlegen sah sie zur Seite und fuhr sich mit einem Handrücken unter der Nase entlang. »Ich bin doch nicht bescheuert«, sagte sie und ließ das Smartphone wieder in ihre Tasche fallen.

Gerrit strich sich die wirren, blonden Haare aus dem Gesicht und fixierte Maik. »Meine Schwester ist wie du«, sagte er, was wie eine Mischung aus Lob und Vorwurf klang. »Ihr verstrickt euch in Gefühle, wenn es komplett unangebracht ist.«

Langsam bekam Maik eine Vorstellung davon, was alles falsch gelaufen sein musste. Auf der Fahrt hatte er sich so viel Leid anhören müssen, dass er nicht mehr wütend auf sie sein konnte. Vielmehr glaubte er ihr, dass sie verblendet gewesen war und die Ereignisse sie rechtzeitig aufgeweckt hatten. Nachdenklich sah sie zum Kofferraum, in dem die Tasche lag. Sechs Millionen Euro waren eine verlockende Summe.

Bei Gerrit war es nicht ganz so einfach, mildernde Umstände geltend zu machen. Seine Erkrankung war tragisch, aber Lynn hatte ihm vertraut. Drei Jahre lang war er beinahe tagtäglich in ihrer Nähe gewesen, hatte so getan, als würde er sie beschützen, obwohl er sie in die Falle gelockt hatte. Weder sein Lungenkrebs noch seine tragische Lebensgeschichte konnten aufwiegen, wie kalt und abgebrüht er das durchgezogen hatte.

»Du wolltest mich in den ersten Wagen setzen, um mich außer Gefecht zu setzen, ist es nicht so?« Zornig ging Maik ein paar Schritte von Gerrit weg, damit er den Impuls, ihn zu schlagen, besser unterdrücken konnte. All die Erinnerungen an Lynns Schrei, ihre fürchterliche Angst und an das, was ihr genau in diesem Moment angetan wurde, verlangten danach, Gerrit wehzutun.

»Stimmt«, gab er zu. »Aber ich wollte sicher nicht, dass einer von euch dabei draufgeht. Hannah war der Meinung, dass wir nicht abwarten sollten, ob Andrea dich tatsächlich ablenken könnte. Sie fand, dass Lynns Regelverstoß genau die Einladung wäre, auf die wir seit drei Jahren gewartet hatten. Als ihr zu der kleinen Dinnerparty aufgebrochen seid, hat sie ihre Leute losgeschickt. Du solltest den ersten Wagen fahren, weil damit das Risiko ausgemerzt worden wäre.«

Ich bin doch schuld, begriff Maik. Nur seinetwegen hatte sie es in dem sicheren Apartment nicht mehr ausgehalten. »Du wolltest Lynn davon abhalten, die Wohnung zu verlassen. Warum? Ich verstehe das nicht, wenn du mit denen unter einer Decke steckst, was sollte dann dieses Schauspiel?«

Gerrit rieb sich übers Gesicht und lehnte sich erschöpft gegen das Auto. »Irgendwie hatte ich gehofft, Hannah würde aufgeben, wenn ich den Zeitpunkt der Entführung lange genug hinauszögere. Nach der Beerdigung ihrer zweiten Tochter war sie so hasserfüllt und verzweifelt gewesen, nur deshalb war der Überfall vor drei Jahren derart eskaliert. Danach hatte sie all meinen Vorschlägen zugestimmt, mir versprochen, dass es nur um das Geld gehen würde, aber ich denke, unterbewusst habe ich ihr einfach nicht getraut – zu Recht, wie es sich jetzt gezeigt hat.«

Was er sagte, klang ehrlich, aber das änderte nichts. »Und Kurt? Dachtest du auch, dass er nur aus Spaß noch für die Familie arbeiten würde?«

Hustend musste Gerrit eine Pause machen und wischte sich mit einer Hand Blut von den Lippen. Maik hatte keine Vorstellung, wie es sich anfühlen musste, von Krebs so sehr zerfressen zu sein. Sie waren fast im selben Alter, aber Gerrits Lebenszeit war so gut wie abgelaufen.

»Kurt gab mir das Gefühl, dass er auf meiner Seite wäre«, sagte Gerrit mit rauer Stimme. »Aber während er mir sagte, er würde das Vorhaben am liebsten abblasen, fing er heimlich an, alles für die Entführung vorzubereiten. Ich meine, Vorkehrungen, von denen ich absolut keine Ahnung hatte. Dann ging alles so schnell, und ich dachte nur noch an Andrea, weil sie niemanden mehr hat, wenn ich in einigen Wochen am Krebs krepiere. Mit dem Geld kann sie irgendwo anders neu anfangen.«

Andrea ging zu ihm und nahm ihn in den Arm. In dieser Geste lag so viel Kummer. Maik wollte ihre richtigen Namen nicht wissen oder sich von der rührseligen Erzählung einlullen lassen, dennoch fiel es ihm schwer, das Mitgefühl nicht überhandnehmen zu lassen. Dafür hatte er in seinem Leben selbst zu viel durchgemacht, zu viele falsche Entscheidungen getroffen und andere Menschen verletzt.

»Nimm das Geld. Ob nur einen Teil oder alles, ist mir egal. Wenn du jetzt über die Grenze fährst, bist du weg, bevor die Polizei in ein paar Stunden alles hochnimmt«, sagte er kurz entschlossen zu Andrea. Dann kam sie eben davon, für wen sollte das noch entscheidend sein?

Sie kniff die Augen zusammen und schüttelte vehement den Kopf. »Ihr braucht mich«, sagte sie. »Und ich werde mich auch nicht wie ein Feigling davonschleichen. Ich habe diese Sache mit angefangen, jetzt bringen wir es gemeinsam zu Ende.«

»Ernsthaft?« Gerrit schob sie ungehalten von sich und trat eine Bierdose vom Parkplatzschotter, die scheppernd gegen die Limousine knallte. »Das ist ein Himmelfahrtskommando. Selbst wenn Maik es bis zu ihr schaffen sollte: Lynn wird videoüberwacht. Wenn Kurt ihn bei ihr sieht, wird er Hannah ein Zeichen geben, und die wird dann alles hochjagen – wenn er es nicht sogar selbst tut. Sie wird den Alten für seine Taten bezahlen lassen, egal, ob wir die Helden spielen.«

Aber Andrea hatte sich entschieden. »Auch wenn wir das nicht wahrhaben wollen, aber Manu hat das Feuer gelegt. Van Hollands Tochter darf deswegen nicht sterben.«

»Nein, hat sie nicht!«, beharrte Gerrit. »Manu wollte das Kind behalten, und er hat es ihr genommen.«

»Wach auf, verdammt noch mal«, schrie sie ihn an. »Er ist an jenem Abend nicht dort gewesen.«

»Hannah hat ihn gesehen!«

»Weil sie ihn sehen wollte. Verstehst du das denn nicht?«

»Genau deshalb solltest du nicht mit uns kommen.« Maik atmete tief durch und horchte ein letztes Mal in sich, ob er die richtigen Entscheidungen traf. »Egal wie wütend ich auf euch beide bin, es wäre mir auch lieber, wenn du dich in Sicherheit bringst.« Am liebsten hätte Maik ihr die Tasche mit dem Geld in die Hand gedrückt und sie zur Weiterfahrt Richtung Grenze gezwungen.

»Das stand in dem Profil, das Kurt über dich erstellt hat. Schwierige Kindheit, übertriebene Ritterlichkeit, verlässlich und emotional erpressbar. Letzteres beschrieb er als ›ausgeprägte feminine Seite‹, weil du viel zu empathisch mit deinen Mitmenschen umgehst und nicht wie die anderen Veteranen stumpf Befehle ausführst. Damit du mich magst, sollte ich mich schutzbedürftig, aber selbstbewusst geben. Sag mir, wie gut ich es getroffen habe?«

Perfekt, bescheinigte er ihr den Erfolg in Gedanken. *Feminine Seite. Was für ein Arsch.*

»Wie willst du ohne meine Hilfe da reinkommen?«, holte sie seine Gedanken zurück in die Gegenwart.

»Das bekommen wir schon hin«, sagte er mürrisch.

»Nein, werdet ihr nicht. Willst du dich zum Geld in den Kofferraum legen? Was denkst du, was die als Erstes sehen wollen, wenn mein Bruder auf den Hof fährt?«

»Dann soll ich mich in den Kofferraum legen und darauf vertrauen, dass du mich nicht auslieferst?« Sie musste Maik für sehr leichtgläubig halten, wenn das ihr Plan war.

»Ich hätte nicht zu dir kommen müssen«, wiederholte sie nüchtern. »Gerrit hatte das Geld bereits. In diesem Augenblick könnten wir kurz vor der polnischen Küste sein und uns überlegen, was für ein Haus wir direkt am Meer haben wollen. Ich könnte Gerrits Krankenzimmer planen, damit seine letzten Tage so angenehm wie möglich werden, aber stattdessen sind wir hier.«

»Ich bin dagegen gewesen, dass sie zu dir geht«, warf Gerrit ein. »Verdammt, egal was ich dir über Lynn erzählt habe, du musst trotzdem den Helden spielen. Ausgerechnet jetzt. Weißt du eigentlich, wie bescheuert das ist?«

»Das Richtige zu tun, ist nicht bescheuert.« Zumindest sagte Maik sich das immer wieder.

Gerrit nickte und musste husten, was eine Erwiderung unmöglich machte.

»Und deswegen gehen wir alle und biegen das wieder hin!«, entschied Andrea.

»Scheiße, Mann«, fluchte Gerrit und fuhr sich mit beiden Händen durch die Haare. »Ich bin eh am Arsch, aber du hast dein Leben noch vor dir. Kannst du nicht wenigstens ein einziges Mal tun, was ich dir sage?«

»Ich kann viel besser mit den anderen reden, und das weißt du auch.« Andrea fing seine Hand ab. »Ich liebe dich, du bist der beste große Bruder, den man sich nur wünschen kann.«

Maik trat ungeduldig von einem Fuß auf den anderen. Wie auch immer die Entscheidung ausfiel, es musste schneller gehen. Es war genug geredet worden, jetzt mussten Taten folgen.

Gerrit gab sich geschlagen. »Okay, du hast recht.« Er wendete sich Maik zu: »Die anderen sind nicht wie Hannah und Kurt. Wenn jemand sie auf unsere Seite ziehen kann, dann Andrea.« Er ließ sie los und nickte Maik zu. »Ich denke, uns zu vertrauen, ist die einzige Chance, die du hast.«

Auch wenn es Maik schwerfiel, das zuzugeben, aber Gerrit hatte recht. Er verzichtete auf Drohungen oder weitere Gesten und drehte sich zu Andreas Wagen um. »Dann los.«

KAPITEL 14

Es wird langsam unruhig hier. So vielen fehlt die Courage, unser Vorhaben bis zum Ende durchzuziehen. Manche bezichtigen mich, sie angelogen zu haben. Aber das wollten sie doch. Ihre dummen Gewissen sollten nur mit der Erpressung belastet werden, wovon sie das Geld sicher wieder frei gemacht hätte. Sie sind keinen Deut besser als van Holland. Rechtfertigen ihr Handeln wie kleine Kinder, die schokoladenverschmiert abstreiten, heimlich genascht zu haben. Seine Tochter hat recht, eine Straftat kann eine andere Straftat nicht wiedergutmachen. Nichts kann irgendwas je wiedergutmachen. Es geht nur um Konsequenzen. Dies ist die Konsequenz seiner Taten. Mögen wir die Konsequenzen unserer Taten zu tragen haben – jeder für sich, in aller angebrachten Härte. Ich bin bereit.

* * *

»Was ist hier los?« Hannah betrachtete die kleine Versammlung, die sich in einem der leer stehenden Häuser gebildet hatte. Jeder, dem sie zugetraut hatte, unter Druck einzuknicken, war hier. Zehn Leute, die sich offensichtlich nicht mehr sicher waren, ob sie diese Entführung bis zum Ende durchziehen konnten.

»Lutz sagt, dass du der Kleinen was antun willst«, brachte Bernd den Grund dieser Zusammenkunft direkt auf den Punkt. »Stimmt das?«

Hannah sah von einem zum anderen, ohne mehr als die Augen zu bewegen. »Soso, sagt er das?«

»Karen wollte dem nachgehen und ist bislang noch nicht zurückgekommen, was hast du mit ihr gemacht?« Silvia hielt sich an ihrem Mann fest, als würde sie sich trotz ihrer sechsundvierzig Jahre im nächsten Moment wie ein kleines Mädchen hinter ihm verstecken wollen. Sie hatte schon als Kind immer verschreckt ausgesehen, als würde ihr die Welt ununterbrochen Angst machen. Hannah kannte jeden von ihnen in- und auswendig. Ihre moralischen Wertvorstellungen, ihre Schwächen, Stärken und den Schmerz, den sie ertragen mussten.

»Oh, sie ist bei mir gewesen. Wir konnten alle Unstimmigkeiten klären. Ihr wisst doch, wie sie ist. Wahrscheinlich betet sie irgendwo, damit unser Vorhaben gelingt.« Manche murmelten zustimmend. Karen betete wegen allem und ging jedem mit ihrer übertriebenen Gottesfürchtigkeit auf die Nerven. Es war geradezu zwanghaft und ohne jeglichen Nutzen. Weder hatte es ihren Mann gerettet noch jemanden vor Armut oder Krankheiten bewahrt, noch schien es ihr Seelenheil bewahrt zu haben. Karen hatte mit beiden Füßen fest im Fegefeuer gestanden, während sie versuchte, ihren Kopf im Himmel zu kühlen. Nun lag sie tot im Lagerraum.

»Das Geld ist auf dem Weg zu uns. Bald bekommt jeder seinen Anteil und kann sofort gehen.«

»Und die Geisel?« Bernd trat einen Schritt vor, was ihn zum Anführer dieses kleinen Aufstandes machte.

»Sie wird nach Hause gebracht.« Nicht lebend, aber in einem Stück. Die Details hatten diese Menschen nicht zu kümmern.

»Wir glauben dir nicht«, sagte er unverblümt. »Aber das würden wir gern.«

Hannah reckte das Kinn und sah ihn ernst an. »Was denkt ihr, was das hier ist? Eine Demokratie? Oder dass ihr einfach das Geld nehmen und ›sorry‹ sagen könnt, damit eure Schuld beglichen ist? Wir sitzen alle im selben Boot! Ein Boot, das leckschlagen wird, wenn ihr euch nicht am Riemen reißt. Wollt ihr untergehen oder nach dieser stürmischen Zeit als freie Menschen einen sicheren Hafen ansteuern?« Maritime Metaphern funktionierten bei diesen Leuten irrwitzigerweise am besten, weil das Meer wie ein Mythos in ihren Köpfen war. Kaum jemand war je weit gereist. Die meisten waren zu DDR-Zeiten schon Fabrikarbeiter gewesen. Damals produzierten sie IKEA-Möbel, später sollten es Pestizide sein. Mindestlöhner durch und durch. »Ich verstehe, dass ihr unsicher seid, das gehört nun mal dazu. Wisst ihr noch, wie das damals nach dem Mauerfall gewesen ist?« Die Karte, die sie jetzt ausspielte, hatte sie sich in der Politik abgeschaut. »Wer es sich leisten konnte, ist abgehauen und hat uns hier allein gelassen. Wir mussten uns durchschlagen, ohne Jobs oder Perspektiven, aber wir sind zäh. Wir haben unsere Heimat nicht verlassen.«

»Stimmt«, sagte Georg, der ganz hinten stand. »Und jetzt steckt die Regierung das Flüchtlingspack, das genauso feige aus seiner Heimat abgehauen ist, in unsere Gemeinden. Gibt denen die wenigen Jobs, die noch da sind, und unser Geld.«

»Genau, und Handys. Jeder von denen bekommt ein iPhone!«, stimmte Franka zu.

Für Hannah war Rassismus nicht mehr als eine Verschiebung des Hasses auf jene, die greifbar waren. Etwas, das sie gut befeuern konnte, damit das Wirgefühl gestärkt wurde, denn das spielte ihr in die Hände. Wütende Menschen waren leichter zu lenken, das schlechte Gewissen würde sie erst später heimsuchen, dann, wenn alles vorbei war. An den Gesichtern sah sie, dass sie die richtigen Gedanken in die Köpfe gepflanzt hatte. »Wer jetzt aussteigen und in sein verarmtes Leben zurückkehren will, kann durch diese Tür gehen. Ich werde euch nicht aufhalten. Je mehr gehen, desto größer werden die Anteile, die wir unter den Verbliebenen aufteilen können. Es ist eure Entscheidung.«

Als keiner Anstalten machte zu gehen, nickte sie zufrieden. »Gut, dann verschwindet jetzt wieder auf eure Posten.«

Die meisten setzten sich in Bewegung, aber Bernd, Silvia, Olivia, Günther und Tom blieben beharrlich stehen. »Wir wollen sie sehen«, forderte Bernd. »Nur um zu prüfen, ob es ihr gut geht.«

»Okay«, sagte Hannah und zwang ihren Mund zu einem Lächeln. »Wenn es euch dann besser geht.«

Genervt ging sie vor. Keiner von denen war mehr als ein Maulheld. Wenn Hannah und Kurt nicht zur Tat geschritten wären, würden sie immer noch ein Bier nach dem anderen trinken und lamentieren, wie ungerecht die Welt doch war. Jeder von denen war froh gewesen, gesagt zu bekommen, was er tun sollte. Und ausgerechnet jetzt fingen sie an, sich einzumischen?

Aber auch dafür hatte sie vorgesorgt.

Sie würde die fünf Positionen neu besetzen müssen. Die Überwachung wurde löchrig, wenn sie fehlten, aber keine Sondereinheit konnte das Gelände überrennen, ohne dass Lynn van Holland deswegen sterben müsste. Das war alles, was zählte.

Was glauben diese Schafe? Dass sie sich ein neues Leben erkaufen können? Die Vergangenheit klebt an uns allen wie Pech. Schwarzes, krank machendes Pech, das andere dazu bringt, wegzusehen. Die Gesellschaft liebt die Dramen, die Empörung und das Gaffen, aber sie kümmert sich nicht um die Opfer, wenn die Show vorbei ist.

Sie führte die kleine Gruppe über den Hof und zog dabei ihr Smartphone aus der Tasche, um Connor eine Nachricht zu schreiben. Dann betrat sie das Fabrikgebäude und steuerte das ehemalige Lager an.

»Ihr werdet sehen, dass alle Sorgen umsonst gewesen sind«, sagte sie in beruhigendem Tonfall.

Connor kam aus dem hinteren Teil, wo es zu Lynn ging. Er nickte nur kurz und stellte sich neben die Lagertür.

»Ihr könnt kurz reingehen, mit ihr sprechen, und dann besetzt ihr eure Posten wieder, okay?«

»Ist sie nicht mehr hinten bei den Laboren?«, fragte Bernd skeptisch.

»Nein, dort ist sie nur für die Videoübertragung gewesen, hier ist es wärmer«, log Hannah.

Connor öffnete die Tür, schaltete den Baustrahler ein und machte eine einladende Handbewegung. Doch als vier von ihnen reingegangen waren, begriff Silvia, dass etwas nicht stimmte. Sie blieb abrupt stehen und sah ängstlich zu Hannah. »Du hattest das Lager als Gefängnis abgelehnt, weil du es ungeeignet …«

Connor zog seine Waffe und zielte auf sie.

»Oh Gott, das ist Karen. Ist sie tot? Was ist hier los?«, rief Bernd. Er drehte sich um, sah durch die offene Tür die Waffe und ballte wütend die Hände zu Fäusten. »Ist das dein Ernst? Willst du auf uns schießen lassen?«

»Silvia, geh einfach rein, dann passiert dir nichts«, sagte Hannah und ignorierte Bernds Frage.

Aber Silvia machte mit stockenden Bewegungen ein paar Schritte rückwärts. »Nein. Das ist doch Wahnsinn. Hannah, weißt du überhaupt, was du da tust?«

Connor zog die Tür zu und verriegelte sie.

»Die Frage ist, was du jetzt tun wirst«, hielt Hannah kalt dagegen. Niemand durchkreuzte ihren Plan, ganz gleich, wie lange sie einander schon kannten und was sie gemeinsam durchgemacht hatten. Bernd hämmerte gegen die Tür. Hannah beachtete gar nicht, was er rief. Wenn er seine Frau hätte retten wollen, hätte er dafür sorgen müssen, dass sie ihn in den Raum begleitete.

Silvia schüttelte den Kopf, während sie weiter rückwärtsging. »Das kannst du nicht ernst meinen. Du lässt ihn doch nicht auf mich schießen?!«

»Entweder gehst du zu den anderen und wartest, bis alles vorbei ist, oder du rennst jetzt weg und wirst von Connor mit aller Gewalt aufgehalten. Peter van Holland hat uns alles genommen, willst du wirklich draufgehen, weil du die Konsequenzen unseres Handelns nicht tragen kannst?«

Sie fing an zu weinen. Hannah hasste weinende Menschen. All das Gejammer, wo Taten angebrachter waren.

»Du wirst das nicht zulassen«, sagte Silvia, drehte sich um und lief weg. Wie ein scheues Reh, das in seiner Angst blind auf die Straße rannte.

Hannah schloss nur die Augen und nickte Connor zu.

Der Schuss hallte in dem leeren Gebäude wie Donnerschlag. Dann blinzelte Hannah und sah mit an, wie Connor zu dem regungslosen Körper ging und am Hals nach dem Puls fühlte. Es war ein sauberer Kopfschuss gewesen. Bernd schrie, hämmerte weiter gegen die Tür, ohne dass er auch nur den Hauch einer Chance hatte, sie aufzustoßen. Hannah musste dem Söldner nicht sagen, was mit der Leiche zu tun war. Sie dankte ihm stumm für seine Zuverlässigkeit. Jetzt hoffte sie nur, dass niemand nachsehen kam, der den Schuss gehört hatte. Noch mehr Unruhe konnte sie nicht gebrauchen.

Ohne sich nochmals umzudrehen, ging sie zurück zur Gefangenen. Connor würde es schon regeln, wenn jemand neugierig wurde oder Stress machte.

Als Hannah im Vorraum einen Blick auf die Monitore warf, konnte sie erkennen, dass sowohl Lynn als auch ihr Vater den Schuss gehört hatten. Lynn sah ängstlich zu dem Karton, wahrscheinlich fürchtete sie, dass der Brandsatz jeden Moment hochging.

Karsten fragte nicht mal, was passiert war, dafür schien er inzwischen zu betrunken zu sein, aber er erfüllte seinen Job. Saß da, drückte auf den Knopf, wenn van Holland wegsah, und beobachtete jede Regung der Sicherheitsleute im Hintergrund.

Van Holland redete mit seinem Berater. Forderte, dass etwas getan werden müsse, egal was es kostete.

Hannah setzte das Headset auf und hob die Stummschaltung auf. »Egal was es kostet?«, fragte sie mit kalter Stimme.

»Bitte, lassen Sie meine Tochter gehen. Ich zahle Ihnen, was immer Sie wollen.« Er sah erschöpft und verzweifelt aus.

»Die Wahrheit und ein Gentest«, wiederholte Hannah stur die Forderung. »Ihr Geld interessiert mich nicht.«

»Ich habe Ihnen die Wahrheit doch schon mehrfach gesagt. Und Sie kennen die Ergebnisse des Gentests. Aber ich sage alles, was Sie wollen, wenn Sie meine Tochter nur freilassen. Sagen Sie mir, was Sie hören wollen, lassen Sie mich rausgehen und mit der Presse reden, bitte.«

Hannah betrachtete sein Gesicht und strich mit einem Finger über den Monitor. »Nun sind schon so viele Stunden vergangen, und wir stehen immer noch am Anfang. Wenn Sie mich nicht überzeugen, wie wollen Sie dann der Presse die Wahrheit verkaufen?«

»Bitte, ich sage denen, was Sie wollen«, wiederholte er flehend. »Ich werde sagen, dass ich Sex mit dem Mädchen gehabt habe, dass ich sie erschlagen und den Brand gelegt habe. Bitte!«

Hannah ging zur Tür hinüber, die zu Lynn führte, und öffnete sie. »Ich weiß, dass Sie hier gewesen sind. Gewohnheiten lassen sich nur schwer ablegen, nicht wahr?« Sie lehnte sich neben der Tür gegen die Wand und zog das Tablet aus der großen Innentasche ihrer Jacke.

»Von welchen Gewohnheiten sprechen Sie?«

»Selbst wenn ich nicht mitbekommen hätte, wie Sie Manuela angesehen haben, ihr Verhalten machte deutlich, dass Sie das Mädchen belästigt haben. Sie war vierzehn Jahre alt, als Sie ihr Geld zugesteckt haben, damit sie Ihnen gefügig wurde. Hat sie beim ersten Mal geweint? Oder haben Sie nicht hingesehen?«, sagte Hannah und überging vorerst seine Frage.

Während sie sprach, behielt sie Lynn im Blick, die nicht hören konnte, ob ihr Vater etwas dazu sagte. Peter van Holland schwieg.

Ihm liefen Tränen über die Wangen, er sah verquollen und erschöpft aus, während seine Frau wie eine Statue neben ihm saß. Vielleicht hätte Hannah Gitta van Holland ebenso zwingen müssen, ununterbrochen hinzusehen? Es war ein Fehler gewesen, nicht beide zu bestrafen, weil es ihn sicher in die Knie gezwungen hätte, wenn seine Frau daran zerbrochen wäre. Hannah war zu sehr auf ihn fixiert gewesen. »Es muss Ihnen schwer zugesetzt haben, als Sie von Manuelas Schwangerschaft erfuhren. Was haben Sie erwartet? Dass eine Vierzehnjährige, die noch gar nicht bereit für Sex gewesen war, die Pille nahm?«

»Ich habe sie nicht angefasst«, sagte er flüsternd. »Sie ist doch noch ein Kind gewesen. Für was für ein Monster halten Sie mich?«

Für das schlimmste von allen.

»Wussten Sie, dass Sie der einzige Mensch waren, der die Garage auf dem Werksgelände benutzt hat? In jener Nacht führten Reifenspuren zur Garage, und der geschmolzene Schnee hatte Pfützen auf dem Betonboden hinterlassen. Ich habe nachgesehen, weil ich nicht glauben konnte, dass Manuela aus eigenem Antrieb mitten in der Nacht in die Fabrik gekommen war. Vielleicht hätten Sie die Garage auch anzünden sollen, damit alle Spuren beseitigt worden wären. Aber das hatte ja niemanden interessiert. Sie haben mich als Verrückte dargestellt, und alle haben nur Ihnen geglaubt.« Sie ging ein paar Schritte, kniete sich vor Lynn und betrachtete ihr Gesicht. Die junge Frau sah aus, als würde sie sich lediglich auf ihre Atmung konzentrieren, damit sie nicht aufhörte, Luft zu holen.

»Und dann war hier alles verseucht, Ihre Angestellten verloren ihre Lebensgrundlage, Gesundheit und die Menschen, die sie liebten. Das Leiden zog sich über Jahre hin, aber Sie kümmerte es nicht. Kein Wort des Bedauerns, stattdessen mussten wir die Fotos von Ihnen und Ihrem Wunderkind sehen. Das Frühchen, das angeblich in derselben Nacht zur Welt gekommen ist, in der Manuela sterben musste. Manuelas Leiche wurde eingeäschert, bevor der Bericht des Pathologen angezweifelt werden konnte. Sie wurde ohne ihr Baby verbrannt. Ich weiß, dass ich recht habe!«

Sie fing Lynns Blick. »Wie ist die Schwangerschaft deiner Mutter gewesen? Durftest du ihren Babybauch anfassen?«

Lynn wandte sich ab und presste die Lippen aufeinander.

»Bist du vielleicht in alles eingeweiht gewesen? Hast du deshalb die Probe für den Gentest abgegeben? Ich wette, dass der Abstrich nicht bei Jenny gemacht wurde.«

Nun schüttelte sie kraftlos ihren Kopf. »Ich weiß nicht, wovon Sie reden. Die Schwangerschaft meiner Mutter ist schwierig gewesen. Sie hat viel Ruhe gebraucht, und die Ärzte waren sich nicht sicher gewesen, ob es in ihrem Alter gut gehen würde. Die Frühgeburt war die Konsequenz der Strapazen ihres Engagements gewesen.« Ihre Stimme klang dünn und brüchig. Ab und an ging ein Zittern durch ihren Körper. Für Mitleid fehlte Hannah der Zugang zu dem Teil ihres Bewusstseins, der Empathie zulassen konnte. *Auge um Auge.*

»Sie haben dich also auch belogen«, sagte sie und strich eine verschwitzte Strähne aus Lynns blassem Gesicht. »Wie sie alle belogen haben. Schau dir das Foto von Manuela an. Deine Schwester sieht aus wie sie. Was passiert, wenn sie vierzehn ist und ihrer Mutter noch ähnlicher wird? Wird er sich dann an seinem eigen Fleisch und Blut vergehen?«

Van Holland sagte etwas, aber Hannah zog das Headset ab und beobachtete Lynns Züge. »Kannst du dir vorstellen, wie es ist, wenn ein alter Mann dich bedrängt, obwohl du noch ein Kind bist? Der nicht lockerlässt, bis er dich haben kann? Oder wie grauenhaft es sich anfühlt, so jemandem wieder und wieder ausgeliefert zu sein? Zu wissen, dass du gefügig sein musst, wenn er dich nach Feierabend in seinem Büro erwartet? Manuela musste für ihre Mutter zur Arbeit gehen, sie hatte keine Wahl gehabt.« In

Lynns Augen flackerte etwas. Vielleicht Zweifel an ihrem Vater oder Ekel bei dieser Vorstellung, Hannah konnte es nicht richtig deuten. »Jedes Mal, wenn er als gönnerhafter Unternehmer aufs Gelände kam, hat er so getan, als lägen ihm seine Mitarbeiter am Herzen. Wir alle haben ihm vertraut, uns für ihn eingesetzt, wenn Umweltaktivisten hier rumgeschnüffelt haben. Er genoss unsere Loyalität, obwohl es gerade in der Anfangszeit genug gegeben hätte, das ihm sehr teuer gekommen wäre. Und für was? Schau dich um. Sieh dir die Fotos an. Das ist sein Werk. Er hat uns alle geopfert, weil er ein pädophiles Arschloch ist!«

Lynn kniff die Augen zusammen und verweigerte sich diesen Vorwürfen. So wie wohl jede Tochter es tun würde, die ihren Vater als Helden sehen wollte und nicht als das, was er war: ein widerliches Schwein.

Ein Teil in Hannah war froh, dass Peter van Holland die Wahrheit nicht zugeben wollte, weil die Reste ihres Gewissens ihr den allerletzten Schritt schwer gemacht hätten. Je mehr Lynns Kraft schwand, desto deutlicher erinnerte sie Hannah an ihre Kinder. Diese Tochter konnte noch gerettet werden, Hannah musste es nur wollen, aber van Hollands Sturheit machte es ihr wiederum leicht, den Weg bis zum bitteren Ende zu gehen.

»Sie können mir diese Geschichte nicht aufzwingen«, sagte Lynn unvermittelt. »Mir nicht und sonst niemandem.«

Sie hob stolz ihr Kinn, und Hannah verspürte Bewunderung für den Kampfgeist der jungen Frau. Aber das, was sie sagte, war genau der Grund, der sie hierhergeführt hatte: Niemand war je bereit gewesen, Hannah zu glauben.

»Sie müssen eine ausgeprägte Narzisstin sein, wenn Sie durch Ihre Grausamkeit berühmt werden wollen. Ich gratuliere Ihnen, das haben Sie bereits geschafft. Jede Zeitung wird über die Geisteskranke berichten, die eine Unternehmertochter entführt und gefoltert hat. Sie werden über Ihre Wahnvorstellungen schreiben,

Menschen interviewen, die erzählen, wie Sie Ihre Kinder verloren haben und daran zerbrochen sind. Alles wird sich um Sie drehen. Ich werde nur das Opfer sein. Mein Vater wird nur das Opfer sein. Jenny wird ein Opfer sein.« Lynn schluckte hart und ließ den Kopf nach hinten gegen die Wand fallen. »Ersparen Sie mir Ihre Versuche, meinen Vater für all das hier verantwortlich zu machen. Er führt nicht Ihre Hand, und er trifft auch nicht Ihre Entscheidungen. Stehen Sie zu dem Vergnügen, das es Ihnen bereitet, mich zu quälen, aber hören Sie auf, mir mit Rechtfertigungen den letzten Nerv zu rauben.«

Hannah stand wütend auf und zog die kleine Fernbedienung aus der Tasche, mit der sie die Elektroschocks aktivieren konnte. Lynns Worte verdrehten alles. Sie sollte das Gesagte zurücknehmen, begreifen, dass Schmerz so unerträglich werden konnte, dass der Verursacher bestraft werden musste. Unschlüssig strich Hannah über den Knopf und kämpfte gegen die Tränen an. Sie durfte keine Schwäche zeigen. »Er hat das alles getan«, sagte sie flüsternd. Dann schrie sie: »Es geht nicht um mich, es geht um Gerechtigkeit!«

Aber Lynn hielt die Augen geschlossen und lehnte zitternd an der Wand.

Das läuft völlig falsch, begriff Hannah.

Vor ihrem Tod hatte Lynn endlich verstehen sollen, was für ein Mensch ihr Vater war, aber sie hatte sich für ihn entschieden. Es gab kein Durchkommen mehr. Nicht mal die Fotos und die schrecklichen Schicksale konnten daran etwas ändern.

»Wie kann das hier Gerechtigkeit sein?«, fragte Lynn matt.

Hannah drückte auf den Knopf. Diesmal nicht, um van Holland leiden zu lassen, sondern damit Lynn schwieg.

Als die Schocks endeten, sackte Lynn an der Wand zusammen, zuckte noch einige Male, und dann wurde es endlich still in dem Raum.

»Hannah?« Connor blieb so stehen, dass die Kamera ihn nicht erfassen konnte. »Alles in Ordnung?«

Nein, nichts war in Ordnung. Lynn hatte recht, was in Hannah ein Gefühl der Machtlosigkeit erzeugte. Sie konnte einfach nicht gewinnen. Selbst wenn van Holland sich öffentlich zu seinen Taten bekannte, konnte er sich anschließend damit rausreden, gezwungen worden zu sein. Die Presse würde nur noch über das hier berichten. Sie sah in die Kamera und setzte sich das Headset wieder auf. »Beenden wir's, hier und jetzt.«

KAPITEL 15

Im Kofferraum von Andreas Renault Twingo war es stickig und eng. Während Maik darin lag, bereitete er sich innerlich auf jede mögliche Wendung vor. Jetzt würde sich zeigen, ob sein Vertrauen ein Fehler gewesen war oder nicht.

Er konnte die Abdeckung etwas hochdrücken, um während der Fahrt aus dem Fenster zu sehen. Der Schnee nahm dem Winterabend die Finsternis. Die ehemalige Gemeinde wirkte tatsächlich wie eine Geisterstadt, in deren gähnend leeren Fenstern vereinzelt Köpfe zu erkennen waren, die nach fremden Autos Ausschau hielten. Diese Menschen warteten darauf, dass sich jemand zeigte, um Alarm zu schlagen und somit Lynns Leben sofort zu beenden. Bevor Gerrit auf das Firmengelände gefahren war, hatte er darum das vereinbarte Zeichen gegeben und mehrfach aufgeblendet.

Der Wagen hielt, und Maik konnte Andrea reden hören. »Hey Norman, wie ist die Lage hier?«

»Wir sind froh, dass ihr endlich da seid. Einige dachten schon, ihr wäret mit dem Geld durchgebrannt, aber ich habe gleich gesagt, dass du das nicht tun würdest.« Die Stimme kam Maik bekannt vor, er musste zu den Männern gehören, die Lynn gekidnappt hatten.

»Ich will, dass es endlich vorbei ist«, sagte Andrea fest. »Wenn ich meinen Anteil habe, bin ich weg.«

»Warum kommt ihr mit zwei Wagen?«

»Das sagte ich doch gerade«, schnauzte sie ihn an. »Mein Bruder kann nicht mit mir gehen. Er sagt, dass sie ihn im Knast direkt auf die Krankenstation legen werden und ihm die Schmerzen nehmen. So kann er in Ruhe sterben. Er will hier der letzte Mann sein, damit wir verschwinden können.«

Bei Gerrits Zustand war ihre Geschichte plausibel, auch wenn es nicht wirklich erklärte, warum dafür zwei Fahrzeuge notwendig waren. Wahrscheinlich wusste jeder von seinem Krebs, trotzdem musste Maik damit rechnen, dass ihr Wagen durchsucht werden würde. Maik machte sich so klein wie möglich, damit die Abdeckung wieder fest auflag und die Sicht in den Kofferraum versperrte.

Ein Lichtstrahl drang durch die Ritzen, anscheinend beleuchtete jemand die Rücksitze und den Fußraum.

»Komm mit mir«, sagte Andrea schnell. »Wir können in Polen gemeinsam neu anfangen. Ich habe ein Haus direkt an der Küste gesehen, das dir gefallen würde.«

»Was?« Er klang überrascht, aber nicht abgeneigt. »Aber Marina …«

»Eure Ehe ist schon lange kaputt. Damals wolltest du keine Affäre haben, aber dies ist ein Neuanfang. Jetzt haben wir nichts mehr zu verlieren. Komm mit mir. Wir lassen all das hinter uns und bauen uns ein ganz neues Leben auf. Gemeinsam, nur du und ich. An meinen Gefühlen für dich hat sich nichts geändert.« Sie brachte das Angebot sehr glaubhaft rüber. Kein Zittern in der Stimme, nur eine warme Färbung, die ihre Worte verlockend klingen ließ. Sie war sehr geschickt darin, Männern ihre Absichten als Zuneigung zu verkaufen.

»Ich weiß nicht«, zierte Norman sich wenig überzeugend. »Marina braucht mich.«

Maik konnte sich vorstellen, wie Andrea nun eine Hand auf seine legte und auf den Augenblick wartete, dass sie ihn gänzlich am Haken hatte. »Und was brauchst du? Ehrlich, Marina ist eine liebe Freundin, aber jetzt geht es nicht darum, das Richtige zu tun. Es geht um deine Zukunft. Seit zehn Jahren trocknest du ihre Tränen, heute Nacht trennen sich die Wege. Wenn ich das Geld habe, werde ich fahren. Ich werde nicht auf dich warten.«

Der Mann schwieg und schien zu überlegen.

»Philipp wird aussagen, dass nur er, Hannah, Kurt und dieser angeheuerte Kerl an der Entführung beteiligt waren. Niemand wird uns suchen, verstehst du? Wir können frei sein.«

Philipp. Das musste Gerrits richtiger Name sein.

Maik atmete in ruhigen Zügen und konzentrierte sich, damit er kein Geräusch verursachte.

»Park den Wagen neben der Halle, ich sage Hannah Bescheid. Ehrlich, ich bin froh, dass ihr gekommen seid.« Norman klopfte gegen die Karosse. »Ich denke darüber nach. Du weißt, wie sehr ich mit dir zusammen sein will, aber ich muss sichergehen, dass Marina ohne mich klarkommen wird.«

Andrea erwiderte nichts und fuhr stattdessen weiter.

Maik schwitzte. Er trug noch immer den Anzug, und seine einzige Ausrüstung war der Rucksack mit den Sachen für Lynn. In seinem Rücken drückte Gerrits P8 gegen die Wirbelsäule, zu seinen Füßen lag der schwere Vorschlaghammer. Maik würde die Waffen nur im äußersten Notfall benutzen. Als Andrea den Motor ausschaltete, wurde es totenstill.

»Ich muss erst die Lage checken«, sagte sie nach einer Weile. »Bleib ruhig und warte hier.«

Maik tastete den Kofferraum ab. Wenn sie sich nicht an die Abmachung hielt, konnte er mit etwas Glück die Abdeckung hochdrücken und an den Hebel für den Sitz kommen, um ihn nach vorn zu klappen, was von außen hoffentlich nicht gut zu erkennen war. Hier waren einfach zu viele Menschen. Auch wenn sie größtenteils nicht kampferprobt waren, hielt er sie für verzweifelt und verängstigt genug, um ihn aufzuhalten. Es blieb dabei: Er hatte keine Wahl, er musste Andrea vertrauen.

Sie verließ das Fahrzeug und verriegelte es. Er hörte undeutlich, wie sie mit anderen redete, dann wurde eine Tür geschlossen.

Kälte kroch in den Kofferraum. Knie und Rücken begannen, noch mehr zu schmerzen. Die stickige Luft machte ihn müde. Ab und an hörte er Schritte, weil jemand durch den knatschenden Schnee stapfte. Aus Sekunden wurden Minuten, dann eine Stunde. Maik konnte nicht länger warten.

So vorsichtig es ging, drückte er die Abdeckung hoch und tastete nach dem Hebel. Seine Glieder waren ganz steif, manche Muskeln kribbelten, und es dauerte zermürbend lange, den Sitz nach vorn zu drücken und sich mit dem Oberkörper durch die Lücke zu schieben. Er vermied schnelle Bewegungen und hob vorsichtig den Kopf, um aus den Fenstern zu sehen. Niemand war zu entdecken.

Mit bedachten Bewegungen entriegelte und öffnete er die Tür, nahm den Rucksack und den Hammer und schob sich nach draußen. So leise es ging, drückte er die Tür wieder ins Schloss. Im Schutz der Dunkelheit schlich er nah an das Mauerwerk heran und ging auf die hintere Seite des Gebäudes. Es war eine Ruine, hinter deren kaputten Fenstern Lichter brannten und Stimmen zu hören waren. Je dichter er einem der Fenster kam, desto deutlicher konnte er hören, dass im Innern gestritten wurde. Manche Stimmen wurden immer lauter, Maik hörte Forderungen und Beschwerden, weil das Geld zu wenig für so viele Menschen war. Er riskierte einen Blick und entdeckte ungefähr zwanzig Menschen, die sich um die Tasche mit den sechs Millionen versammelt hatten.

»Ihr alle kanntet die Summe, die wir gefordert haben. Ich habe nie gesagt, dass ihr reich werden würdet«, schrie eine Frau die Leute an, die mit dem Rücken zu Maik stand. »Wir werden es gerecht aufteilen. Nehmt es oder lasst es bleiben.«

»Es fehlen noch welche von uns, was ist mit deren Anteilen?«, fragte jemand. Maik konnte nicht jeden sehen, weil die Gefahr zu groß war, entdeckt zu werden, wenn er es versuchte. Deshalb wusste er auch nicht, ob Gerrit und Andrea unter ihnen waren.

»Die legen wir beiseite. Wir sind darauf angewiesen, dass sie auf ihren Posten bleiben.« Die Frau wirkte gestresst und ungeduldig.

Das musste Hannah Gunthel sein, diejenige, die alle Pläne geändert hatte, die für Lynns Leiden verantwortlich war und sie töten wollte.

»Wieso? Wir haben, was wir wollten, verschwinden wir. Soll die Polizei ruhig kommen und sie hier rausholen, wir sind dann schon längst weg«, sagte eine Frau.

»Weil es nicht genug ist«, sagte wieder jemand. »Gut zweihunderttausend Euro, das reicht einfach nicht für das, was wir hier auf uns genommen haben. So war das nicht abgemacht.«

»Er hat recht«, hörte er Andrea Öl ins Feuer gießen. »Wenn du schon alle Pläne geändert und somit das Risiko erhöht hast, hättest du wenigstens mehr fordern sollen. Peter van Holland ist stinkreich, sechs Millionen kratzen den nicht. Wir sollten mehr fordern.«

Maik hatte genug gesehen und gehört. Solange diese Menschen stritten, waren sie abgelenkt. Er musste Lynn finden und befreien, bevor sie eine Einigung erzielten. Als er um die Ecke sah, entdeckte er jemanden vor der Hintertür Wache halten. Gegen die Kälte hatte die Gestalt sich einen Schal halb um den Kopf gewickelt. Die Flinte klemmte unterm Arm, während die Hände in den Manteltaschen steckten. Frierend trat der Mann von einem Fuß auf den anderen. Maik wusste, dass er sich keine Milde erlauben konnte, wenn die Rettungsmission gelingen sollte. Jeder Angriff musste sitzen und den Gegner möglichst lautlos ausschalten. Maik legte die Sachen im Schnee ab, auch den Hammer, weil er den anderen ausschalten, aber nicht töten wollte. Dann schlich er im Rücken des Mannes auf diesen zu. Das leise Knirschen des Schnees ging in den Geräuschen unter, die der Kerl selbst machte, während er sich unentwegt gegen die Kälte bewegte. Der dicke Schal und der Mantel machten es schwieriger, eine gute Angriffsfläche zu finden, aber er wurde dadurch auch unbeweglicher, was Maik in die Hände spielte. Er war einen Meter von ihm entfernt, als er sich umdrehte und Maik entdeckte.

»Hier, ein Kaffee«, sagte Maik zur Ablenkung, um die eine Sekunde zu schinden, die er benötigte, um den anderen zu überrumpeln.

Der Mann stockte, zog dann erst die Hände aus den Taschen, aber Maik war schneller. Er schlug ihm ins Gesicht, die Flinte fiel in den Schnee, dann packte er ihn und nahm ihn in den Schwitzkasten. Die Hände steckten zusätzlich in Handschuhen. Auch wenn der Mann sich wehrte, hing er chancenlos in Maiks Griff. Maik drückte ihm unerbittlich die Luft ab, bis die Gegenwehr erstarb, dann noch einen Augenblick länger, um sicherzugehen, dass der Kerl bewusstlos war. Als Maik ihn zu Boden gleiten ließ, brannten seine Muskeln. Es war eine Sache, sich zu verteidigen, und eine ganz andere, jemanden gezielt auszuschalten.

Schnell zog er ihm den Schal vom Hals und fesselte damit seine Arme im Rücken. Dann schleifte er ihn ein Stück vom Eingang fort und durchsuchte die Taschen, steckte Patronen ein und zog einen Schlüsselbund hervor. Damit der Mann nicht gleich zu sehen war, schippte Maik mit beiden Händen etwas Schnee über ihn, dann drehte er sich um und ging zur Tür. Die Flinte schleuderte er ein paar Meter weit weg. Nicht nur, dass ein Schuss zu laut wäre, er hatte noch Gerrits P8, mit der er wesentlich zielsicherer schießen konnte.

Während er den Hammer und den Rucksack holte, sah er sich um. Bislang blieb die Umgebung ruhig.

Alles oder nichts. Sein altes Ich übernahm das Ruder. Es war der Teil in ihm, der erst zuschlug und anschließend nachdachte.

Einer der Schlüssel passte ins Schloss, der Durchgang ließ sich öffnen, und Maik trat in einen schummrigen Flur. Es roch verbrannt und nach dem Elend, das Andrea ihm beschrieben hatte. Die Wände waren schwarz vom Feuer, das hier gewütet hatte. Teile des Dachs fehlten, wodurch in den vergangenen Jahren Dreck und Feuchtigkeit in die Ruine gelangt waren.

Schneller, trieb er sich an und setzte den Rucksack auf.

Die Stimmen aus der Halle drangen durch eine offene Tür in den Flur. Der Streit wurde hitziger. Maik war sich sicher, dass Andrea oder Gerrit daran schuld waren. Also hielten sie sich an alles, was sie verabredet hatten. Die Fußspuren im Dreck führten in alle Richtungen, vor allem aber zu einem Raum in der Mitte. Der Streit eskalierte, ein Schuss fiel, und die Tür vor Maik schwang kurz darauf mit einem lauten Knall gegen die Wand. Er konnte sich gerade noch dicht in einen Durchgang drücken, als ein hünenhafter Mann herausgerannt kam und in Richtung Halle lief. Maik erinnerte sich an die Statur und an den Kampf, den er gegen diesen Kerl fast gewonnen hätte.

Dort muss sie sein.

Schnell rannte er los und kam in einen kleinen Vorraum, der von zwei Monitoren beleuchtet wurde. In der Ecke stand ein ausgeschalteter Baustrahler. Auf einem der Bildschirme erkannte er Peter van Holland. Er sah grauenhaft mitgenommen aus. Seine Augen waren stark gerötet vom Starren auf den Laptopbildschirm. Aber mehr traf Maik, was er auf dem anderen sah. Lynn hing reglos in den Ketten, die sie an der Wand hielten. Er sah sich im Raum um, entdeckte aber kein Werkzeug, das geeigneter als der Vorschlaghammer gewesen wäre.

Es muss so gehen.

Schnell lief er durch die nächste Tür und zwang sich innerlich, keine Gefühle hochkommen zu lassen. Um Lynn zu retten, musste er wie eine Maschine handeln. Trotzdem schnürte es ihm einige Herzschläge beinahe die Luft ab, endlich in ihrer Nähe zu sein. Die nächsten Minuten entschieden über Leben und Tod.

»Herr van Holland, nehmen Sie Karl sofort das Telefon weg. Er ist der Verräter!«, sagte er leise und hoffte, dass Lynns Vater ihn hören konnte. Er wollte den Karton anheben, in dem er den Brandsatz vermutete, aber er war zu schwer, um ihn aus dem Raum zu befördern. Ihm blieb als einzige Wahl, Lynn hier rauszubringen und zu hoffen, dass niemand die Bombe zündete.

Maik machte sich an die Arbeit, ohne zur Kamera zu schauen. Er zog die kleinen Kabel des Elektroschockers mit einem Ruck von den Ketten, dann setzte er den Hammer als Hebel ein, um die Öse aus der Wand zu bekommen. Mit all seiner Kraft übte er Druck darauf aus, es knirschte leise, dann bewegte sie sich wenige Millimeter. Wieder und wieder stemmte er sich dagegen, schlug mit einer Faust auf den Hammerkopf, bis endlich die letzte Schraube nachgab und die Öse samt Kette von der Wand abfiel.

Maik hob Lynn hoch und drückte sie an sich. »Ich bringe dich hier raus«, versprach er flüsternd, ohne zu wissen, ob sie ihn hören konnte oder überhaupt noch am Leben war. »Halte durch!«

Als er durch die Tür kam, sah er wieder zu den Monitoren. Van Holland rief etwas, aber der Ton war nicht an. Zumindest nicht hier am Computer. Maik konnte nicht länger zuschauen, sie mussten hier weg.

»Ruhe«, schrie Hannah nebenan. »Scheiße, jemand ist bei ihr! Bombe anrufen!«

»Bombe wird angerufen«, bestätigte eine künstliche Stimme.

Maik presste Lynn noch fester an sich und rannte schneller, als ein ohrenbetäubender Lärm der Hitze und einer brachialen Druckwelle vorausging. Sie wurden in den Flur gegen die gegenüberliegende Wand geschleudert, und Flammen schossen ihnen hinterher.

KAPITEL 16

»Los, löscht das Feuer und sagt mir, ob sie verbrannt ist!« Am liebsten hätte Hannah jeden einzelnen Querulanten erschossen, der sie im wichtigsten Augenblick abgelenkt hatte. »Ich will ihre Leiche sehen!«

Wenn van Holland nicht so laut geschrien hätte, dass es quäkend aus dem Headset in ihrer Tasche gedrungen wäre, wäre ihr nicht mal aufgefallen, dass jemand zu Lynn gelangt war. Sie fühlte sich so dämlich, weil sie in jenem Augenblick ihren Fokus verloren hatte. Dieser bescheuerte Aufstand ihrer Mitstreiter, die Erschöpfung und der Zorn, weil nichts so lief, wie es sollte, hatten sie dazu verleitet, ihren Posten zu verlassen. Für einen Moment hatte es sinnvoller geschienen, jeden Einzelnen anzuschreien und die aufgestaute Wut rauszulassen, statt Lynn van Hollands Leben eigenmächtig zu beenden. Schuld waren Andrea und Philipp gewesen. Wenn Philipp sie wegen der Planänderung nicht so angeschrien hätte, dann wären nicht alle anderen hinzugekommen, um ihren Anteil einzufordern. Jeder hatte beobachtet, wie die Geschwister aufs Gelände gefahren waren, es war unmöglich gewesen, ihre Ankunft zu verheimlichen.

Der Brandsatz muss funktioniert haben, sonst ist alles umsonst gewesen. Die Löscharbeiten im Flur gestalteten sich trotz Vorbereitungen schwierig. Qualm und die lodernden Flammen machten es ihnen schwer, mit den Feuerlöschern gegen anzukommen. Connor hatte nicht zu viel versprochen, als er sagte, die Bombe würde binnen einer Sekunde alles niederbrennen.

Denk nach, Hannah!

Sie brauchte einen Plan B – und zwar schnell.

Was immer Connor benutzt hatte, es brannte wie die Hölle. Ihr hünenhafter Verbündeter stand ganz vorn und ließ sich den nächsten Feuerlöscher geben. Er hatte sie vor ihren eigenen Leuten gewarnt, sogar mehrfach betont, dass die Sicherung nichts nützen würde, wenn es keine lückenlose Überwachung gab. Aber als sie in die Luft geschossen hatte, war er es gewesen, der seinen Posten ebenfalls verlassen hatte. Ausgerechnet er hatte die Überwachung unterbrochen, und jemand war zu Lynn durchgedrungen.

Bitte sagt mir, dass es vorbei ist!

Egoismus war die größte aller Sünden, entschied sie. Dieser niedere Trieb hatte van Holland dazu gebracht, die Fabrik niederzubrennen, und ihre Verbündeten, ihre Posten aufzugeben. Jeder war von Gier getrieben. Niemand übernahm Verantwortung oder hielt sich an Absprachen.

»Ihr habt unsere Rache ruiniert!«, brüllte sie die Anwesenden an. »Weil ihr es nicht abwarten konntet, das Blutgeld an euch zu reißen und abzuhauen.« Sie hob die Waffe und zielte auf ihre Freunde, auf ehemalige Nachbarn und entfernte Verwandte. Die Menschen, die mit ihr ein grausames Schicksal teilten, aber nicht stark genug waren, für Gerechtigkeit zu sorgen. Als die Mündung auf Andrea zeigte, hielt sie inne. »Wo ist dein Bruder? Ihr zwei habt alles kaputt gemacht.«

Andrea schüttelte den Kopf. »Nein, wir haben nur das Geld übergeben. Was du getan hast, war falsch, aber wenn wir dich hätten hintergehen wollen, dann hätten wir eine Spezialeinheit der Polizei geschickt, statt selbst zu kommen.«

Hannah drehte den Kopf und lauschte angestrengt. Eine Einsatztruppe wäre jetzt ins Gebäude eingedrungen, aber es blieb alles ruhig.

»Wo ist dein Bruder?«, wiederholte Hannah ihre Frage und entsicherte ihre Waffe.

»Er löscht das Feuer«, erwiderte Andrea schnell und hob die Hände.

Hannah sah sich zum brennenden Flur um. Gut möglich, dass er dabei war. Bis zum Vorraum schienen sie die Flammen so weit gelöscht zu haben.

»Betet lieber, dass es sie erwischt hat, sonst wird niemand von euch hier weggehen können. Wenn die Kleine noch lebt und fliehen kann, werdet ihr sie suchen. Jeder von euch, das schuldet ihr mir!« Von allen Varianten, die Hannah zu diesem Vorfall einfielen, war die wahrscheinlichste, dass jemand aus den eigenen Reihen es nicht mehr ausgehalten hatte und zum Verräter geworden war. Jemand wie Philipp, aber der war bis eben noch hier gewesen. *Vielleicht Norman?* Sie entdeckte ihn bei seiner Frau, die sich ängstlich in seine Arme drückte. *Verdammt, denk nach. Wer fehlt?*

»Es ist vorbei«, sagte Andrea und trat einen Schritt vor. Ihre Gesichtszüge waren ganz starr vor Angst, offensichtlich brachte sie all ihren Mut auf, um sich Hannah entgegenzustellen. »Lass uns das Geld nehmen und fliehen, bevor es zu spät ist. Komm schon, Hannah, wir haben erreicht, was wir wollten.«

Hannah ging zu dem Tisch und zog den Reißverschluss der Geldtasche wieder zu. »Denkst du das?« Der Zorn war wie ein Unwetter, das sich in ihrer Köpermitte zusammenbraute und mörderisch wüten würde, verlöre sie die Kontrolle. »Wir haben gar nichts erreicht. Das hier ist Spielgeld für van Holland! Er hat nichts zugegeben. Das Schwein kommt davon, und wir alle stehen als Verbrecher da.« Es ärgerte sie, dass durch den Brandsatz die Technik zerstört worden war und sie somit nicht mehr hören konnte, was bei Peter van Holland los war.

»Moment.« Lutz schob sich nach vorn. »Wir alle? Du hast uns versichert, dass wir nicht hineingezogen werden, wenn ihr verhaftet werdet.«

»Dann hättet ihr auf euren Posten bleiben sollen«, keifte Hannah zurück. »Wenn ihr hier nicht so einen Aufstand geprobt hättet, wäre niemand zu ihr durchgedrungen. Ihr alle seid mir in den Rücken gefallen. Wenn ihr das Geld wollt, dann betet, dass sie verbrannt ist.«

»Sie ist fort!«, meldete Connor. Hinter ihm kräuselte sich nur noch wenig Rauch durch die offene Tür. »Sie können nicht weit gekommen sein, wir nehmen die Verfolgung auf.« Mit diesen Worten lief er in entgegengesetzter Richtung los.

»Wir alle werden das tun«, entschied Hannah. »Ihr bringt sie zu mir zurück, oder ich liefere euch alle ans Messer.«

»Was, wenn wir stattdessen dich einsperren und mit dem Geld abhauen?«, hielt Lutz dagegen.

Sie sah den aufkeimenden Widerstand wie Kerzenschein in den Augen flackern.

»Versucht es doch«, dröhnte eine tiefe Stimme von der Tür her, der das Geräusch eines Jagdgewehrs folgte, das durchgeladen wurde.

Kurt! Hannah war erleichtert, dass ihr Mann endlich bei ihr war. Sie schulterte die Tasche mit dem Geld und ging auf ihn zu. Drei Jahre hatten sie einander nicht gesehen. Eine Entbehrung, die jede Sekunde wert war, wenn sie jetzt nicht scheiterten. »Macht euch auf die Suche und bringt mir die Kleine. Da die Halle nicht gestürmt wurde, hat sie Hilfe von einem …« Hannah stockte. »Moment, Norman sagte, ihr seid mit zwei Wagen hier angekommen. Warum?« Endlich arbeitete ihr Verstand wieder und fing an, die Fakten miteinander zu verknüpfen.

Andrea sah sie verschreckt an, die anderen entfernten sich schnell von ihr. Niemand wollte etwas abbekommen, sollten Kurt oder Hannah abdrücken.

»Weil ich mit meinem Anteil gleich weiterziehen will. Norman kann das bestätigen.«

Hannah sah zu Norman, der ihrem Blick lieber auswich. »Hast du ihren Wagen durchsucht?«

»Sicher, da war nichts«, sagte er schnell. Er war kein guter Lügner. Sein angespanntes Gesicht war wie ein schreiendes Schuldgeständnis.

»Wer hat sie da rausgeholt?« Hannah ließ die Tasche fallen und zielte auf Andrea.

»Ich weiß es nicht«, schrie sie ängstlich. »In meinem Wagen war niemand!«

»Maik«, sagte Kurt. »Der Junge ist so verliebt in die Kleine, und Andrea sollte ihn im Auge behalten, ich wette, er spielt den Helden.«

Hannah streckte die freie Hand aus und berührte Kurt am Arm. Es tat gut, ihn zu spüren. Er war der einzige Mensch, für den sie noch Liebe empfand. Ein Lichtstrahl in der Dunkelheit. »Dieser Kampfsportler?« Hannah wusste über jeden Menschen in van Hollands Nähe Bescheid. Wenn das, was Kurt sagte, stimmte, dann war noch nichts verloren.

»Sperr Andrea und jeden, der sich weigert, uns zu unterstützen, ins Lager zu den anderen«, wies sie Karsten an und zog ihr Telefon aus der Tasche. »Und ihr seht zu, dass ihr die beiden findet!«

Bis auf Andrea machten sich alle auf den Weg. Niemand wagte es, sich Hannah zu widersetzen, weil es für niemanden mehr ein Zurück gab. Wer heil aus der Nummer rauskommen wollte, musste bis zum Schluss alles tun, was sie verlangte. Nur dann würde sie alle Schuld allein auf sich nehmen – so hatte sie es versprochen.

Philipp und Andrea waren von Beginn an eine Schwachstelle gewesen. Hannah sah Kurt an und wählte van Hollands Nummer. Schon nach dem ersten Freizeichen nahm er das Gespräch an. »Lebt sie noch? Bitte, was immer Sie wollen, ich sagte doch, dass ich es tun werde.«

Hannah stellte auf Lautsprecher, damit Kurt mithören konnte. »Das ist einer Ihrer Männer gewesen«, sagte sie mit kalter Stimme. »Maik«, fügte sie den Namen an und hörte an van Hollands Reaktion, dass er nichts davon gewusst hatte.

»Ich schwöre, dass ich ihn nicht geschickt habe! Wir dachten, er gehört zu Ihnen … bitte, ich habe mich an alles gehalten. An alles!« Er fing an zu weinen, was ihn erbärmlich und schwach wirken ließ.

Kurt nickte bestätigend. »Er wurde zur Fahndung ausgeschrieben«, flüsterte er Hannah zu und legte ihr eine Hand auf die Schulter. »Er ist ein hitzköpfiger Spinner, sie kommen nicht weit.«

»Haben Sie die Polizei hergeschickt?«

»Bitte sagen Sie mir, ob meine Tochter noch lebt.«

»Ja«, antwortete sie knapp. »Wie lange, hängt allerdings davon ab, ob hier Beamte auftauchen werden. Meine Leute sind nach diesem Vorfall äußerst nervös. Etwas, das dieser Maik schon zu spüren bekommen hat.« Die Lügen würden bald zu Wahrheiten werden, wenn die beiden gefunden wurden.

»Niemand wird kommen, ich habe mich an alles gehalten.« Immerhin funktionierte die Angst noch uneingeschränkt. Die Polizei jagte im besten Fall noch immer dem Tracker-Signal der falschen Tasche hinterher. Kurt zeigte ihr auf seinem Smartphone, dass er Maltes Nummer wählte. Malte arbeitete als Koch bei den van Hollands. Kurt machte ein paar Schritte, dann hörte sie ihn leise reden.

»Bitte, lassen Sie es mich endlich tun«, sagte van Holland mit sich überschlagender Stimme. »Ich werde alles gestehen. Lassen Sie mich rausgehen, ohne dass Sie Lynn wehtun, dann gebe ich alles zu. Ich schwöre bei meinem Leben, dass ich kein Wort davon zurücknehmen werde!«

Kurt nickte, was bedeutete, dass van Holland tatsächlich zu viel Angst hatte, um die Polizei hierherzuschicken. Hannah musste lächeln. Egal was passierte, sie würde dafür sorgen, dass er später begriff, dass dies der Moment war, in dem er seine Tochter noch hätte retten können. Er verpasste ihn, weil er noch immer glaubte, dass er nur die Forderungen erfüllen musste.

»Tun Sie es. Stellen Sie sich vor die Pressemeute, die vor Ihrem Haus lauert, und geben Sie zu, was Sie hier getan haben. Aber sagen Sie es so, dass ich Ihnen glauben kann. Erst wenn ich zufrieden mit Ihrem Geständnis bin, lasse ich Ihre Tochter gehen.«

»Kann ich mit ihr reden? Bitte, ich will nur hören, ob es ihr gut geht.«

Sein flehender Tonfall berührte sie nicht. Hannah sah ihrem Mann in die Augen und trennte die Verbindung. »Ich will, dass sie gefunden wird.«

»Das werden wir. Geht es dir gut?«

Sie ließ sich von ihrem Mann in den Arm nehmen und atmete tief durch. Hannah glaubte, jeden Moment den Boden unter den Füßen zu verlieren. »Bis sie stirbt?«, fragte sie gegen seine Brust.

»Ja«, antwortete er. »Weil es so sein muss.«

»Wir sollten das Geld verbrennen. Niemand verdient es. Diese Idioten haben alles in Gefahr gebracht.« Sie schloss ihre Augen, als er ihr liebevoll über den Kopf strich.

»Lass sie mit dem Geld glücklich werden, das wird für uns keine Rolle spielen.«

Ein paar Herzschläge hielt sie ihn fest und genoss die Nähe, auf die sie so lange hatte verzichten müssen. Wenn alles vorbei war, würden sie einander nie wieder in den Arm nehmen können, weil es in Gefängnissen keine Zellen für Ehepaare gab. Sie wussten genau, was sie taten und warum sie es taten. Das unterschied sie von allen anderen.

»Na los, es wird Zeit«, sagte er schließlich und ließ sie los. »Lass das Geld einfach hier liegen. Entweder bekommen alle etwas ab, oder einer klaut es, das ist nicht mehr unsere Sache.«

»Warum bist du nicht dortgeblieben? Du wolltest denen doch in die Augen sehen, während du verhaftet wirst.«

Kurt gab ihr einen Kuss und legte einen Arm um sie. »Ich wollte lieber bei dir sein. Wahrscheinlich hatte ich im Urin, dass die Weicheier auf dem letzten Meter umfallen werden.«

Hannah schmiegte sich an ihn, und gemeinsam gingen sie auf den Ausgang zu. »Ich bin froh, dass du hier bist.«

KAPITEL 17

»Los, schneller, hier entlang!«, flüsterte Philipp und lief voraus. Maik hatte nicht zugelassen, dass er ihm die bewusstlose Lynn abnahm. Eisern hielt Maik sie fest und folgte Philipp an einigen Häusern vorbei, ohne richtig denken zu können. Sie rannten von der Halle weg. Sein Kopf dröhnte, bei jedem Schritt schmerzten Arme und Beine dort, wo sich Teile des Anzuges hineingebrannt hatten. Der Rucksack hatte Maiks Rücken geschützt, sonst wäre er vielleicht gar nicht mehr in der Lage gewesen, zu laufen. Maik sah nur auf Philipps Schritte und versuchte, jeden seiner Fußstapfen zu treffen, damit er nicht noch zusätzliche Spuren hinterließ.

»Wir haben es gleich geschafft.« Philipp packte Maik am Arm und zog ihn weiter, damit er schneller lief.

Hinter sich hörte Maik aufgebrachte Stimmen. Ohne Philipps Hilfe wären sie nie so schnell aus der brennenden Ruine gekommen. Im Schutz der angrenzenden Gebäude konnten sie ungesehen weiterlaufen. Jede Minute, die sie unentdeckt blieben, war ein Gewinn. Seine Lunge schmerzte, und er wusste nicht, wie lange er Lynn noch halten konnte.

»Hier rein!« Philipp stieß die Tür eines kleinen Wohnhauses auf und schloss sie direkt hinter Maik wieder. »Scheiße, Mann, deinen Schutzengel möchte ich haben. Bist du okay?« Er zog ihn weiter ins Haus, dann half er dabei, Lynn auf den Boden zu legen.

Es war stockfinster. »Danke, dass du uns da rausgeholfen hast. Ohne dich wären wir verbrannt.« Der Aufprall hatte Maik für ein paar Sekunden ausgeknockt. Er war orientierungslos gewesen, aber dank Philipps schnellen Handelns hatten sie es aus dem Inferno herausgeschafft. *Philipp.* An den neuen Namen musste Maik sich erst noch gewöhnen.

»Ich wünschte, ich könnte mehr tun, um meine Schuld wiedergutzumachen!«

Maik legte eine Hand an Lynns Hals. Ihre Haut war kaltschweißig, aber mit einer deutlichen Wärme darunter. Er fühlte ihren Puls und hörte ihren flachen Atem. »Sie lebt«, sagte er erleichtert. »Hilf mir, den Rucksack abzunehmen.«

Er musste die Zähne zusammenbeißen, als er die Arme aus den Schlaufen zog. Philipp stellte ihn hörbar neben Lynn auf den Boden. »Ich kann nicht bei euch bleiben. Sie durchsuchen hier alles. Sobald jemand in die Nähe kommt, laufe ich raus und sage, dass dieses Haus hier sauber ist. Das sollte euch etwas Zeit verschaffen.«

»Kannst du nicht das Auto herholen? Wir müssen hier weg!« Maiks Herz raste. Er fühlte Blut aus einer Kopfwunde in seinen Nacken laufen.

»Hannah hat Andrea und mir Telefone und Wagenschlüssel abgenommen. Sie weiß, was sie tut, das macht sie so gefährlich.« Philipp klang geschockt. Wie jemand, der bisher gehandelt hatte, ohne nachzudenken, und nun die Tragweite der Ereignisse begriff.

Sie waren noch lange nicht in Sicherheit.

Draußen konnte Maik Lichter von Taschenlampen erkennen, ihnen blieb nicht viel Zeit, bis jemand auch dieses Haus durchsuchen würde. Er konnte sich keine Lichtquelle erlauben, um Lynns Zustand in Augenschein zu nehmen und sie richtig zu versorgen. Hastig zog er den Rucksack zu sich heran und öffnete ihn. Die Strickjacke war mit dem Nylon verschmolzen und unbrauchbar, aber er konnte die Wasserflasche unversehrt herausziehen.

»Verschaffe uns so viel Zeit, wie du kannst«, bat er. »Lynns Vater hat gesehen, dass ich sie da rausgeholt habe. Er wird sicher die Polizei rufen, die dieses Gelände überrennt. Wir müssen nur durchhalten, bis es so weit ist.«

»Sicher«, sagte Gerrit. »Ich hoffe, ihr schafft es. Das hier habe ich nicht gewollt. Lynn hat mit alldem nichts zu tun, Hannah hätte ihr das nicht antun dürfen. Es tut mir so leid!« Dann stand er auf, und Maik hörte, wie er zur Tür ging und dort Wache hielt.

»Du musst aufwachen«, flüsterte Maik, so ruhig er konnte.

In seinem linken Ohr fiepte es beständig, während das rechte taub zu sein schien. Die Schnitte und Brandblasen schmerzten, aber Lynn war hier bei ihm, mehr zählte zu diesem Zeitpunkt nicht. Er hob ihren Oberkörper an und goss ihr etwas Wasser in den Mund. Eben genug, um den Schluckreflex auszulösen. In diesem Augenblick hätte er alles für sein Smartphone gegeben. Er hoffte inständig, dass Peter van Holland die Situation richtig einschätzte und Hilfe schickte. Ein Großaufgebot von Polizisten, das niemanden entkommen ließ. »Lynn, du musst aufwachen. Hörst du mich?«

Sie zuckte. Erst ganz schwach, dann deutlicher. Wenn sie zu Bewusstsein kam, durfte sie nur nicht schreien. »Bleib ganz ruhig, ich bin es, Maik. Bitte, komm zu dir, ich brauche deine Hilfe.«

Draußen wurden Stimmen laut.

Die Tür klappte. »Hier sind sie nicht«, sagte Philipp laut. »Habt ihr nebenan schon geguckt?«

Maik würde nicht vergessen, dass Philipp Lynn überhaupt erst in diese Lage gebracht hatte, aber trotzdem war er froh, dass ihn seine Menschenkenntnis nicht gänzlich im Stich gelassen hatte.

»Wir kommen hier wieder raus«, versprach er flüsternd und goss wieder ein wenig Wasser in ihren Mund, und diesmal schluckte sie. »Ich habe dir versprochen, dass ich immer an deiner Seite sein werde. Bitte verzeih mir, dass ich erst jetzt hier bin.« Es gab so vieles mehr, das er ihr sagen wollte, aber er musste sich zusammenreißen.

Die Kette klirrte leise, als sie eine Hand hob und Maiks Arm umfasste. Sein Herz schlug bei der Berührung so heftig, dass ihm für einige Sekunden die Luft wegblieb.

Sie lebt! Das Begreifen, wie knapp alles gewesen war, setzte erst jetzt richtig ein.

»Hier, trink noch mehr, aber mach langsam.« Er spürte an ihren Bewegungen, wie sie zu sich kam. »Wir haben nicht viel Zeit. Sie suchen uns, aber ich bringe dich hier raus. Du musst nur ganz leise sein.«

»Maik?« Eine Hand berührte sein Gesicht. »Du bist hier.«

Er nahm ihre Hand in seine und hielt sie fest. »Damit unsere Flucht gelingt, musst du tun, was ich sage. Ich weiß, dass du erschöpft bist, trotzdem können wir nicht hierbleiben.«

Es half, dass er für sie stark sein musste. In diesem Augenblick war er nur ihr Leibwächter, der sie mit seinem Leben schützte, egal wer sich ihnen in den Weg stellte.

Lynn setzte sich so weit auf, dass er sie nicht mehr halten musste, und nahm die Flasche entgegen.

»Hier.« Er nahm eine Packung Traubenzucker aus dem Rucksack und legte sie ihr in eine Hand. »Das sollte dir etwas Energie zurückgeben. Ich kann dir die Ketten leider nicht abnehmen …«

»Schon gut«, sagte sie tapfer. »Wo sind wir?«

Er spürte, wie sehr sie zitterte. »In einem der Häuser nahe der Fabrik. Sie suchen uns. Wie geht es dir?«

»Ich bin so müde«, sagte sie mit dünner Stimme.

»Halte nur noch etwas durch. Hilfe ist sicher schon unterwegs.« Er versuchte, seine Jacke auszuziehen, damit er sie ihr um die Schultern legen konnte, aber der Stoff war fest in seine Haut gebrannt. Also blieb ihm nichts weiter übrig, als seine Arme um sie zu legen, um ihr etwas Wärme zu schenken. Sie trank schluckweise das Wasser und packte zitternd den Traubenzucker aus. Er hätte alles dafür gegeben, sie im Hellen ansehen zu können. Es war schwer abzuschätzen, in welchem Zustand sie sich tatsächlich befand. Sie war wach, aber konnte sie auch mit ihm fliehen, sollte trotz allem jemand dieses Haus betreten? Vorsichtig tastete er mit einer Hand nach den Pistolen. Beide waren fort. Wahrscheinlich waren sie bei dem Aufprall verloren gegangen.

»Wie lautet dein Plan?«, fragte Lynn und legte ihren Kopf gegen seine Brust. Bestimmt hörte sie, wie schnell sein Herz schlug.

Maik hatte keinen Plan, kein Ass im Ärmel oder auch nur eine Idee, wie sie hier rauskommen sollten. Er agierte und reagierte. Bis hier hatte es funktioniert, aber Lynn war viel zu dünn angezogen und hatte keine Schuhe an den Füßen. Soweit er es beurteilen konnte, war das Haus vollkommen leer. Seit dem Brand der Fabrik war die ganze Gegend bis heute Sperrgebiet. Er wusste nicht, ob das Gift noch Auswirkungen auf Lynn und ihn haben würde, aber es ergab keinen Sinn, sich jetzt darüber Gedanken zu machen. Die Bewohner hatten nichts von ihrem Besitz zurückgelassen. Nicht mal eine Gardine, die zumindest ein Deckenersatz gewesen wäre. Trotzdem konnte er ihr nicht sagen, wie ausweglos ihre Lage war. Sie sollte die letzten Kraftreserven mobilisieren, also musste sie daran glauben, dass sie es schaffen würden. Er löste sich von ihr und ging zum Fenster, um nach den Verfolgern zu sehen. Kalter Wind pfiff durch das zerbrochene Glas. Dieser Ort war wie ein vergessener Fleck Erde, der sich hinter Wäldern versteckte und sich für seine Vergangenheit schämte. Die leeren Häuser wirkten, als würden sie den Atem anhalten, damit die Wahrheit niemals ans Licht kam. Maik konnte sich nur schwer vorstellen, wie es gewesen sein musste, als Menschen hier noch ein Zuhause gehabt hatten. Wut und Verzweiflung pervertierten geschundene Seelen zu tiefen Mördergruben.

Die Lichter der Taschenlampen leuchteten die Umgebung ab, tanzten durch die ausgeweideten Häuser, und manche waren auf dem Weg zu ihnen.

»Wir werden es nicht schaffen, oder?« Lynn sprach diese Frage ohne Angst in der Stimme aus.

Maik ging zu ihr zurück und nahm sie in den Arm. Er drückte sie so fest an sich, als sähe der Plan vor, zu einer Einheit zu verschmelzen.

»Solange ich atme, werden sie nicht an mir vorbeikommen«, versprach er. »Mit jeder Minute, die wir uns verstecken können, steigt die Wahrscheinlichkeit, dass die Polizei kommt, um dich zu retten. Dein Vater hat gesehen, dass ich dich da rausgeholt habe, er wird sie schicken.« Er hatte das Gefühl, sich nur noch zu wiederholen.

Er spürte ihr Nicken an seiner Brust. »Ist gut«, sagte sie, und etwas Furcht tropfte durch ihre Tapferkeit. »Diese Frau ist so grausam und hasserfüllt, sie wird nicht aufgeben.«

Ihm fiel nichts ein, was er dagegen sagen konnte, weil sie recht hatte.

Maik streichelte ihr über den Kopf und ging innerlich alle Möglichkeiten durch. Noch war es dunkel, die Entführer hatten sich weit verteilt, wenn sie rannten, konnten sie sich in den Wald retten. Aber wenn jemand erst ihre Spur fand, waren sie ausgeliefert. »Er wird Hilfe schicken«, beharrte er, weil es das Einzige war, was ihnen jetzt noch helfen konnte. Oder Lisa, die nicht die vollen acht Stunden aushalten konnte und früher zur Polizei ging. »Kannst du laufen?«

Lynn nickte. Sie war ganz die Frau, die ohne Jacke durch die Kälte ging, die über schreckliche Erlebnisse hinweglächelte und ihre Narben verbarg.

Stimmen von draußen ließen ihn hochfahren. Wegen des tauben Ohrs musste er seinen Kopf weit herumdrehen, um die Verfolger besser hören zu können. Sie kamen aufs Haus zu. Vorsichtig stand er auf und half Lynn, sich in eine Zimmerecke zu setzen. Er musste ihr nicht sagen, dass sie keinen Laut von sich geben durfte. »Solange ich atme, lasse ich niemanden vorbei«, wiederholte er sein Versprechen und schlich zur Tür. Er stellte sich so neben den Eingang, dass er dem Eindringling in den Rücken fallen konnte.

Ein Lichtstrahl fiel unter der Tür durch. Es waren mehrere Schritte, Maik schätzte, dass sie zu zweit waren. Mit etwas Glück waren es unerfahrene Kämpfer. Soweit er es gesehen hatte, bestand die Gruppe größtenteils aus verunsicherten Menschen, einigen wenigen mit Jagderfahrung und dem Hünen. Die Tür wurde geöffnet, und die zitternde Mündung einer Flinte kam zum Vorschein. Der Lichtkegel fiel auf die schmutzigen Dielen, verrottendes Laub und schließlich auf Lynn, die sich in die hinterste Ecke drückte. »Da ist sie!«, sagte eine Frau.

Maik hielt den Lauf der Flinte fest und schlug der Frau ins Gesicht. Sie ließ augenblicklich das Gewehr los und taumelte keuchend zurück. Maik drehte die Waffe und richtete sie auf den Mann, der mit einer Taschenlampe und einem Jagdgewehr hinter ihr stand.

»Fallen lassen«, sagte er ruhig.

Der Mann hielt das Gewehr unschlüssig auf ihn gerichtet. Er gehörte zu jenen, die mit der Anführerin gestritten hatten. Dies war sein Scheideweg, und Maik musste ihn dazu bringen, die richtige Richtung einzuschlagen. Ein einziger Schuss reichte aus, alle Aufmerksamkeit auf dieses Haus zu ziehen.

»Sie sind kein Mörder«, sagte er ruhig. »Das hier haben Sie nicht gewollt, wir wissen das und werden das genauso aussagen. Ich kann bezeugen, dass Hannah Gunthel Sie unter Druck gesetzt hat. Sie und Ihre Frau werden eine Zukunft haben, aber nur, wenn Sie jetzt das Richtige tun.«

Die Frau krümmte sich am Boden und keuchte gegen den Schmerz an. Wahrscheinlich hatte Maik ihr die Nase gebrochen, was ein geringer Preis für ihre Mittäterschaft war.

»Denken Sie, Sie treffen mich so, dass ich Ihnen nicht mit einer Schrotladung den Brustkorb aufreiße?«

Der Mann schwitzte und kniff wiederholt die Augenlider zusammen, als könnten dadurch die sperrigen Gedanken eindeutiger zu einer Entscheidung geführt werden.

»Wen haben Sie verloren?«, fragte Lynn. Sie stand wackelig auf und kam näher. In ihren Händen hielt sie die Kette, damit sie nicht über den Boden schleifte. »Ich weiß, dass Sie alle zusammengehören. Wie eine große Familie, die viel Leid ertragen musste. Wen haben Sie verloren?«

»Meine Frau hat ihre Mutter verloren. Margarethe Müller«, sagte er und klang erleichtert, weil sie ihm eine Frage stellte, die er beantworten konnte.

»Margarethe Müller, Laborassistentin, sie starb mit neunundfünfzig Jahren an Lungenkrebs«, sagte Lynn. »Es tut mir sehr leid.« Sie kniete sich neben die Frau und half ihr wieder hoch. Blut lief aus der gebrochenen Nase, wahrscheinlich konnte sie vor Tränen nichts sehen. Maik wurde nervös, weil das Licht der Taschenlampen von draußen sicher gut zu sehen war.

»Ich verspreche, dass ich mich um diesen Ort und alle Betroffenen kümmern werde. Mein Vater hat diesen Brand nicht gelegt, aber er hätte dafür Sorge tragen müssen, dass niemand mit den Folgen allein gelassen wird. Von alldem hier habe ich nichts gewusst. Jetzt verstehe ich, wie groß Ihre Verzweiflung gewesen sein muss, damit Sie bei meiner Entführung mitgemacht haben.« Lynn drückte ihr die Hände. »Ich habe verstanden.«

Für einen Wimpernschlag ließ dieser Anblick Maik frösteln, weil er nicht wusste, ob sie das nur sagte, um ihre Haut zu retten, oder weil sie tatsächlich mit diesen Menschen mitfühlte. Er wusste ja nicht mal, wie er selbst zu diesen Menschen stand, nachdem Andrea ihm während der langen Autofahrt alles erzählt hatte.

»Lass sie gehen«, sagte die Frau und entwand ihre Hände. Mit einem Handrücken wischte sie sich Blut vom Gesicht. »Wir haben das nicht gewusst.«

Maik sah deutliches Bedauern in ihrem Gesicht, während sie ihre Jacke auszog und sie Lynn über die Schultern legte.

Der Mann ließ die Waffe sinken.

»Wir sind keine Mörder. Also los, gehen Sie. Ich bete für Sie, dass Hannah Sie nicht findet.«

Lynn presste die Lippen aufeinander und nickte dankbar.

»Geben Sie uns ein Telefon«, forderte Maik.

»Hannah hat alle einkassiert. Genau wie unsere Autoschlüssel«, sagte der Mann und trat zur Seite. »Sie traut niemandem außer ihrem Mann und diesem Connor. Keiner von uns wäre mehr hier, wenn wir einfach wegfahren könnten.«

Das stimmte mit dem überein, was Philipp gesagt hatte. »Dann verschaffen Sie uns Zeit, bis die Polizei kommt«, sagte Maik. »Helfen Sie uns.«

»Niemand wird kommen«, hielt der Mann dagegen. »Wir haben gehört, wie sie mit Peter van Holland telefoniert hat. Er glaubt, dass seine Tochter wieder in ihrer Gewalt ist, und wird deshalb all ihre Forderungen erfüllen.«

Maik wollte schreien, aber er musste sich zusammenreißen. »Wird es dann vorbei sein?« Maik sah sich zu Lynn um, die bedauernd den Kopf schüttelte. Sie alle hatten Hannah zugehört und wussten, was diese Frau antrieb. Vor allem Lynn, die von ihr gefoltert worden war.

»Sie hat gesagt, dass man den Verlust eines Kindes erst nachempfinden kann, wenn man selbst eines verloren hat.« Lynn sah aus, als würden ihre Knie jeden Moment nachgeben. »Das ist es, was sie will. Seine öffentlichen Geständnisse sind nur ein Zugewinn, aber es geht ihr einzig und allein um Rache. Er soll ihren Schmerz fühlen. Es reicht ihr nicht, dass er vor Angst halb wahnsinnig ist. Sie will ihn demütigen und vernichten.«

»Das stimmt«, bestätigte die Frau. »Wir wollten das nicht wahrhaben.« Ein Zittern ging durch ihren Leib. »Sie wird jeden von uns erschießen, der sich ihr in den Weg stellt. So habe ich sie noch nie gesehen.«

Maik ließ die Flinte sinken und sah Lynn einige Herzschläge in die Augen. Vielleicht waren Lisa und Jonas sein einziges Ass im Ärmel, das dieses grausame Spiel entscheiden konnte. Im Kopf überschlug er die Zeit, die bis jetzt vergangen sein mochte. Wenn sie sich an die Abmachung hielten, musste Lynn nur noch wenige Stunden überstehen, bis Hilfe kam.

»Gehen Sie fünfhundert Meter geradeaus«, der Mann deutete in eine Richtung, »dann erreichen Sie die Straße, die Richtung Guben führt. Sollten Sie dann die Hauptstraße erreichen, ist es vielleicht möglich, ein Fahrzeug anzuhalten.« Er streckte seiner Frau die Hand entgegen und stellte sein Gewehr an die Wand. Die Entscheidung war endgültig gefallen. Auch wenn Maik sich mehr Hilfe erhofft hatte, reichte es schon, dass das Paar sie ohne Aufsehen gehen ließ.

Die Frau stellte sich zu ihrem Mann und umklammerte seine Hand. »Hannah mag sich verrannt haben, aber es ändert nichts daran, dass Ihr Vater ein Verbrecher ist.«

Lynn senkte den Blick und ließ diese Worte unkommentiert. Dies war nicht der richtige Zeitpunkt, um darüber zu diskutieren. Maik sah aus dem Fenster, ob andere auf das Licht im Haus aufmerksam geworden waren. Noch war niemand zu sehen.

»Würden Sie Lynn auch Ihre Schuhe geben?«, fragte er die Frau. Ohne zu zögern, zog sie die Stiefel aus und überreichte sie. Es fiel Lynn schwer, die Jacke richtig anzuziehen und das Gleichgewicht zu halten. Schweiß glänzte auf ihrer Stirn, und ihre Haut wirkte gräulich. Ihr Anblick versetzte ihm einen kalten Stich, der direkt in seine Selbstkontrolle fuhr. Lynn war bereit, alles zu tun, was für die Flucht notwendig war, obwohl sie keine Energie mehr besaß. Eine traumatisierte, körperlich versehrte Frau, deren fühlendes Wesen wie abgeschaltet zu sein schien. Ihr Versuch, in die Stiefel zu steigen, kostete sie viel Kraft, aber Maik musste die Umgebung im Auge behalten und konnte ihr nicht helfen.

»Die Schuhe sind zu klein«, sagte sie und schaffte es kaum, sich wieder aufzurichten.

Maik verließ jetzt seine Position und lockerte seine Schnürsenkel. »Hier.« Er zog sich die Schuhe und Socken aus und reichte ihr zumindest die Socken, da seine Stiefel wiederum viel zu groß waren. »Die werden deine Füße nicht gegen die Kälte schützen, aber darin wirst du etwas besser laufen können.«

Sie zitterte zu sehr, also kniete er sich hin und zog sie ihr über. Das schwarze Cocktailkleid klebte an ihren Beinen, die mit kleinen, blutenden Wunden übersät waren. Weitere Narben, die sich nicht mehr so gut verstecken ließen wie die ersten.

»Bist du bereit?«, fragte er, als er wieder vor ihr stand und die Flinte mit der Rechten fester umfasste.

»Nein, nicht wirklich, aber jetzt oder nie.«

Als er ihre Finger in seiner Hand spürte, zog er sie an dem Paar vorbei in den kleinen Flur. »Danke, Sie tun das Richtige«, sagte er in der Hoffnung, dass keiner von den beiden die Meinung änderte.

KAPITEL 18

Der Zorn füllte Hannah vollständig aus. Sie fühlte ihn in ihrem Kopf, ihrem Herzen und in den Fingerspitzen. Niemand rief, dass er sie gefunden hatte, obwohl sie knapp zwanzig Sucher waren und Lynn vollkommen am Ende sein musste. Was für ein Supermann sollte dieser Maik sein, der es schaffte, mit einer entkräfteten Frau spurlos zu verschwinden?

Die Unzulänglichkeit ihrer Mitstreiter steigerte ihren Zorn ins Unermessliche. Kopflos durchsuchten sie die Häuser, die umliegenden Wälder und das Fabrikgelände. Wie ein grobmaschiges Fangnetz, das Goldfische aus dem Meer ziehen sollte. Nicht mal Philipp wurde zu ihr gebracht. Die einzigen Menschen, auf die sie sich verlassen konnte, waren Kurt und Connor. Sie mussten es sein, die auf die richtige Fährte trafen und ihr folgten.

Es war mitten in der Nacht, die Dunkelheit lag bleiern über der Szenerie der huschenden Lichter.

Seit einer Stunde suchten sie nun schon ohne Erfolg. »Falke, bitte kommen«, ertönte Connors Stimme durch das Funkgerät.

»Sagen Sie mir, dass Sie was gefunden haben!«, antwortete sie.

»Die Fahrzeuge sollen Richtung Osten fahren. Ich bin die Häuser nochmals durchgegangen und habe Blutspuren gefunden. Wie es aussieht, sind sie von der Dorfstraße aus in den Wald gegangen.«

Der Ostwald war glücklicherweise nicht die beste Wahl für die Flüchtigen. Durch die hohen Laubbäume wuchs viel Gestrüpp am Boden. Vor der Dioxinverseuchung hatte man wunderbar Blau- und Brombeeren in dieser Gegend sammeln können.

Sie hatte nur drei Leuten Autoschlüssel ausgehändigt, von denen sie wusste, dass sie nicht weglaufen würden. Jene und sechs weitere besaßen Funkgeräte. »An alle: konzentriert die Suche auf das östliche Gebiet. Sie werden versuchen, zur Straße zu kommen, um Hilfe zu finden. Wenn ihr sie sichtet, sagt Bescheid. Ich will sie lebend! Keine Einzelaktionen!«

Rufe wurden in der Umgebung laut, die Hannahs Anweisungen weitergaben.

»Ich habe was«, verkündete Karsten und kam mit einem Tablet zu ihr gelaufen. »Die Pressemitteilung von Peter van Holland verbreitet sich wie ein Lauffeuer im Netz.«

»Ein Lauffeuer, das über eine Stunde gedauert hat?«, erwiderte Hannah mürrisch. Nichts lief, wie es sollte. »Was hat er gemacht? Vorher noch ein Bad genommen und sich rasieren lassen?«

Karsten hielt Hannah das Tablet entgegen, darauf ein Video, das sie nur antippen musste, damit es startete. Sie nahm das Gerät in die Hand und hielt es so, dass ihr Mann ebenfalls auf das Display sehen konnte. Dann ließ sie abspielen.

Van Holland sah nicht halb so furchtbar aus, wie sie es sich gewünscht hatte, auch wenn seine Augen verquollen und stark gerötet waren. Sein Gesicht war kalkweiß, und er schwitzte, aber als er zu sprechen begann, war er ganz der Geschäftsmann, der eine unangenehme Sache regeln musste. An seinem elenden Erscheinungsbild hatte er nichts geändert. Wahrscheinlich diente dies später als authentischer Beleg, wie sehr er gequält worden war, um vor die Presse zu treten, aber zerstört sah anders aus. Lynn behielt recht: Hannah hatte ihn zum Opfer gemacht. Dieser Moment sollte ein Triumph sein, aber er fühlte sich nicht mal ansatzweise so an.

»Wie Sie alle wissen, befindet sich meine Tochter in der Gewalt von Entführern. Sie wird festgehalten, weil ich vor zehn Jahren eine Affäre mit Manuela Hermann gehabt habe.« Seine Mundwinkel zuckten bei diesem Geständnis. Eine Mischung aus Schauspiel und der Wahrheit, die er nach Lynns Tod erneut verschleiern würde.

Manuela Hermann, wann sagst du, dass sie erst vierzehn Jahre alt gewesen ist?

»Ich gebe zu, dass ich Manuela damals geliebt habe. Es ist falsch gewesen, und ich habe meiner Frau damit sehr wehgetan, aber Manuela hatte sehr starke Gefühle in mir geweckt.« Er garnierte diese Entschuldigung mit medienwirksamen Tränen. Hannah hielt die Aufnahme kurz an, weil seine Worte ihre Wut nur noch steigerten. »Ich wusste es, er verkauft seine pädophile Neigung als Liebe. Du hättest dortbleiben und dieses Schwein samt seiner Frau abknallen sollen.«

Kurt legte ihr eine Hand auf die Schulter. »Wir lassen Malte das erledigen.«

»Malte? Der brächte es ja nicht mal fertig, denen was ins Essen zu mischen. Du hättest ihn sehen sollen, als wir die Kleine aus der Zelle geholt haben. Wir können froh sein, dass er uns nicht längst verpfiffen hat.« Holger hätte das fertiggebracht, aber er war leider bei dem Überfall draufgegangen. Er hätte nicht den ersten Wagen fahren dürfen, aber das ging wahrscheinlich ebenfalls auf Philipps Konto. Wie alles, was ihren Plan vernichtet hatte. »Ich schwöre dir, wenn Philipp mir vor den Lauf kommt, ist er fällig.«

Kurt drückte beruhigend ihre Schulter. »Los, lass das Video weiterlaufen.«

Sie biss die Zähne zusammen und drückte auf *Play.*

»Ich bin für Manuelas Tod verantwortlich, es ist ein bedauerlicher Unfall gewesen. Und ich habe damals den Brand in der Fabrik in Zweltendorf gelegt, um meine Tat zu vertuschen. Bitte, lassen Sie Lynn gehen, meine Tochter hat damit nichts zu tun, sie ist ein guter Mensch! Ich flehe Sie an, nehmen Sie stattdessen mich, aber bitte lassen Sie Lynn frei!«

Hannah zog ihr Telefon aus der Tasche. Während sie seine Nummer wählte, ließ sie das Tablet fallen und ging auf ihren Wagen zu.

»Haben Sie es gesehen?«, fragte er sofort, als er das Gespräch annahm.

»Lieben Sie Ihre Tochter überhaupt?«

»Mehr als mein Leben! Ich habe getan, was Sie verlangt haben, bitte, was wollen Sie denn noch? Verschonen Sie meine Tochter, bitte!« Auch wenn er überzeugend verzweifelt klang, empfand Hannah nur Hass für diesen Mann.

»Ihre Presseerklärung war ein Witz. Sie haben nur deutlich gemacht, dass Sie zu dieser Aussage gezwungen wurden. Keine ehrliche Reue, keine deutliche Aussage, dass Manuela erst vierzehn Jahre alt gewesen ist. Sie sind ein perverses, skrupelloses Schwein.«

»Nur weil Sie mich so sehen wollen, kann ich nicht so sein«, entgegnete van Holland weinerlich. Jeder Außenstehende musste ihm glauben, weil er nicht eine Sekunde durchblicken ließ, dass sie recht hatte.

»Hier Wagen zwei, ich glaub, ich sehe was«, quäkte es aus dem Funkgerät. »Da sind sie! Höhe Wolfsberg. Warten auf Anweisungen.« Sie waren tatsächlich schon bis zur kleinen Anhöhe nahe der Hauptstraße gekommen.

»Sie hätten die Polizei schicken sollen«, sagte sie kalt. »Es gab diesen kleinen Zeitraum seit der Explosion, in dem Sie Ihre Tochter hätten retten können, aber Sie haben versagt. Vor den Kameras, als Augenzeuge und als Vater. Der Tod Ihrer Tochter geht auf Ihr Konto. Ein Tod von vielen.« Selbst wenn er jetzt die Polizei informierte, waren die Einsatzkräfte nicht schnell genug hier. Sie legte auf, bevor er etwas erwidern konnte. Dann rief sie ins Funkgerät: »Alle in die Fahrzeuge, wir haben sie! Höhe Wolfsberg, ich will, dass jeder dort hinkommt! Connor gibt maximal drei weitere Schlüssel raus, das sollte reichen.«

Lynn van Holland war so gut wie tot.

KAPITEL 19

Lynn stürzte bei jedem zweiten Schritt. Auch wenn Maik sie, so gut er konnte, aufrecht hielt, erschwerte das unwegsame Gelände das Vorankommen erheblich. Sie mussten Pausen einlegen, Schnee und Eis klebten in den Socken. Wenn sie eine Rast machten, zog er sie von ihren Füßen und rieb über die Haut an ihren Beinen, um zumindest kurzfristig etwas Wärme zu erzeugen. Aber wem machte er etwas vor? Sie waren am Ende. Er hörte keine Hubschrauber, und es kamen auch keine Fahrzeuge angerast.

Nach dem letzten Sturz schaffte sie es nicht mehr, aufzustehen. Maik musste die Flinte zurücklassen, damit er Lynn tragen konnte. Jetzt hatten sie endlich eine Straße erreicht, aber dem Schnee nach wurde sie kaum befahren. Wahrscheinlich gehörte jeder, der diesen Weg nahm, zu Hannahs Leuten.

So wie das Fahrzeug, das auf der leicht abschüssigen Böschung stand und Maik und Lynn mit dem Scheinwerferlicht blendete. Sie hatten sie gefunden und warteten auf Verstärkung. Maik wäre es lieber gewesen, die Verfolger hätten selbst versucht, sie festzusetzen, weil er dann die Möglichkeit gehabt hätte, sie zu überwältigen und an das Fahrzeug zu kommen. Diese Menschen waren vielleicht wie das Paar im Haus. Sie wollten niemanden töten, nur Hannah wollte das. Wenn er sie irgendwie erreichen konnte, würden sie sich eventuell gegen Hannah stellen. Aber bis zum Fahrzeug waren es ungefähr fünfzehn Meter. Er wollte nicht riskieren, erschossen zu werden, wenn er sich auf den Weg machte.

Ich lasse dich nicht allein.

»Hey, Lynn.« Er setzte sich gegen einen Baum und zog sie auf sich, damit sie nicht auf dem kalten Untergrund sitzen musste. Sie zitterte so stark, dass er sie festhalten musste. »Wir haben Zeit gewonnen«, sagte er, so zuversichtlich er konnte. Auch wenn er jegliches Zeitgefühl verloren hatte. Die Polizei aus Guben konnte schnell hier sein. Oder der Bundesgrenzschutz, oder wer auch immer reiche Leute rettete. »Hilfe wird bald hier sein. Meine Freunde haben die Polizei schon informiert, du musst nur noch etwas durchhalten.« Er sagte es so überzeugend wie möglich, obwohl die acht Stunden sicher noch nicht abgelaufen waren.

Sie legte ihre Stirn an seine Wange und eine Hand auf seine Brust. »Mir ist gar nicht mehr kalt«, flüsterte sie. Er wusste, dass das nichts Gutes bedeutete.

»Nur noch ein paar Minuten«, versprach er, obwohl er selbst nicht wusste, woher er noch Hoffnung schöpfen sollte.

Sie schmiegte sich an ihn. »Dann ist ja alles gut.« Sie klang, als würde sie jeden Moment vor Erschöpfung einschlafen. Und Maik konnte nur dasitzen und sie festhalten.

»Wir schaffen das.« Er küsste ihre Stirn, die im Gegensatz zum Rest ihres Körpers ganz heiß war.

»Es tut mir so leid«, erwiderte sie. »Eigentlich solltest du nur Angst vor der Reaktion meiner Eltern haben, und jetzt bist du hier. Verletzt und …«

»Scht.« Maik wiegte sie leicht. »Ich bin genau da, wo ich sein soll: bei dir. Schone deine Kräfte.«

Er wollte etwas sagen, das leicht und locker klang, irgendwas Amüsantes, was sie zum Lächeln brachte, aber sein Kopf war vollkommen leer.

Lichter kündigten weitere Fahrzeuge an. Kampflos würden sie Lynn nicht bekommen, egal, wie viele kamen. Also küsste er sie ein letztes Mal auf die Stirn und legte eine Hand auf ihre Wange. »Ich will, dass du nur noch eine Sache für mich tust«, sagte er.

Die Wagen hielten so, dass weitere Lichtkegel sie in Helligkeit tauchten. Er sah Lynn an und lächelte, als sie ihre Augen öffnete. »Versuch, wach zu bleiben.«

Sie nickte und lächelte zurück. Es war weniger ein Ausdruck von Fröhlichkeit oder Freude, vielmehr war es ein Lebewohl, das so ungewöhnlich war wie das Band, das sie in so kurzer Zeit miteinander verknüpft hatte. »Danke, dass du hier bist«, sagte sie schwach.

»Ich liebe dich«, flüsterte er. »Seit ich mich vor dir auf der Toilette zum Idioten gemacht habe.« Er drückte sie an sich und schloss für ein paar Sekunden die Augen.

Maik konnte ihren flachen Atem an seiner Brust fühlen, ihre zitternden Finger, die schwere Kette und die Kälte, die wie Eis auf ihrer Haut lag. Eigentlich hatte er sie bitten wollen, wegzulaufen, wenn er es ihr sagte, aber dafür war sie zu schwach. Dass sie nichts mehr erwiderte, stach einen verzweifelten Schmerz in sein Herz.

Jetzt stiegen die Verfolger aus den Wagen, es waren rund zwanzig Menschen, die sich im Halbkreis versammelten und zu ihnen sahen. Da die Straße ungefähr einen Meter höher lag als der breite, schneebedeckte Grünstreifen, wirkte der Anblick noch bedrohlicher.

»Halte nur noch etwas durch. Bald ist alles vorbei«, versprach er.

Maik half Lynn, sich an den Baum zu setzen, und stellte sich dann vor sie. Er glaubte nicht, dass sie auf ihn schießen würden, solange Lynn hinter ihm war. Nach allem, was sie ihr angetan hatten, war es unwahrscheinlich, dass eine einfache Hinrichtung den Rachedurst stillte. Und solange sie Lynn lebend haben wollten, so lange konnte er kämpfen.

Die Leute vor den Fahrzeugen konnten kaum unterschiedlicher sein. Von einigen erkannte er die Gesichter, andere standen so im

Dunkeln, dass sie kaum mehr als Silhouetten waren. Männer und Frauen, die von Angst bis Angriffslust und Hass alle Emotionen zeigten. Hannah Gunthel stand wie eine Galionsfigur vor ihnen. Es überraschte Maik nicht, Kurt an ihrer Seite zu entdecken. Philipp und Andrea fehlten, dafür erkannte er Ruven.

Durch die nun acht Wagen, die quer auf der Straße standen und von der Steigung hinab in ihre Richtung leuchteten, wurde dieses Stück schneebedeckter Seitenstreifen zu einer Art Arena. Der Untergrund war uneben, Maik musste mit Stolpersteinen und Löchern rechnen. Der Schnee war ungefähr zwanzig Zentimeter tief. Alles Voraussetzungen, die Maiks Lage noch erschwerten, aber in ihm wurde alles ruhig, als hörten die Sekunden auf zu verstreichen, um ihm das Feld zu überlassen. Er war hellwach, angespannt und bereit.

»Ich bin beeindruckt«, sagte Hannah und ging einen Schritt auf ihn zu. »Ihr habt es weit geschafft. Gib sie einfach frei, dann passiert dir nichts. Das hier ist nicht dein Kampf.«

Maik legte den Kopf schräg und sah sie herausfordernd an. Hinter ihr stand der Hüne und überragte sie um fast einen Kopf. »Sie wollen Lynn? Dann ist es mein Kampf. Jeder von euch weiß, wie es ist, wenn man sein Leben für die Menschen, die man liebt, geben würde. Ist es nicht so?« Er sah jeden Einzelnen an. »Deswegen sind wir doch hier, nicht wahr? Weil ihr alle Trauer und Schmerz aushalten musstet. Wenn ihr euch an die Liebe noch erinnern könnt, dann legt ihr jetzt eure Waffen nieder.« Er hoffte, dass er mit dieser emotionalen Ansprache ein paar von ihnen erreichen konnte. »Lynn hat euch das nicht angetan. Sie ist damals so alt wie Manuela gewesen. Ich bitte euch, lasst sie gehen.« Am linken Rand der Gruppe konnte er die Frau entdecken, die er niedergeschlagen hatte. Ihre Nase war stark geschwollen, und noch immer klebte Blut in ihrem Gesicht. »Wollt ihr wirklich zu Mördern werden?«

»Spar dir das«, unterbrach ihn Hannah. »Niemand wird dir helfen.«

»Aber dir auch nicht mehr«, sagte die Frau und verschränkte die Arme vor der Brust. »Du willst sie töten? Fein, tu, was du tun musst, aber ohne mich.«

Andere stimmten ihr zu und legten ihre Waffen nieder. Genau darauf hatte Maik gehofft, aber nicht geglaubt, dass es funktionieren würde. Es stimmte, was Gerrit und Andrea gesagt hatten: Hannah hatte die meisten von ihnen angelogen.

»So kurz vor dem Ziel wollt ihr kneifen?«

»Nein«, sagte ein älterer Mann auf Hannahs anderer Seite. »*Das* war nie unser Ziel, es war eures. Bringt es zu Ende, wir werden euch nicht aufhalten, aber ihr müsst es alleine tun.«

Fünfzehn Meter lagen zwischen ihm und den Angreifern. Maik sah sich kurz zu Lynn um, die mit geschlossenen Augen am Baumstamm lehnte. Er hoffte, dass sie nur bewusstlos war und durchhielt, bis Hilfe kam.

Hannah ging noch zwei Schritte die Böschung hinab und drehte sich zu ihren Leuten um. »Wer von euch ist noch auf meiner Seite? Van Holland hat die Tode vieler Mitglieder unserer Familien zu verantworten. Klara und Sofie, unsere Töchter, sind seinetwegen gestorben, weil er Manuela missbraucht und getötet hat. Wir müssen das tun! Für die Gerechtigkeit!«

Der Hüne und Hannahs Mann traten als Einzige vor. Ruven wollte sich ebenfalls in Bewegung setzen, aber die Frau an seiner Seite hielt ihn zurück.

»Ihr seid keinen Deut besser als dieses Monster«, spie Hannah den Leuten entgegen, und dann schob sie die Ärmel hoch. »Erschieß ihn«, wies sie ihren Mann an, der daraufhin das Gewehr hob. »Aber triff sie nicht! Sie gehört mir.«

So wie Maik stand und aus dem Winkel des Schützen, war es schwer, Lynn nicht zu verletzen. »Du schuldest mir noch einen

Kampf«, rief Maik schnell dem Hünen entgegen, bevor Kurt abdrücken konnte. »Angst, doch zu verlieren?«

Der Mann lachte, weil Maiks Herausforderung wie erhofft nach seinem Geschmack war. Er drückte Kurts Gewehrlauf nach unten und nickte. »Du hast es lieber langsam und schmerzvoll? Sollst du haben.«

»Was soll das? Wir haben keine Zeit für so einen Scheiß«, protestierte Hannah.

»Ziehen Sie ruhig Ihr Ding durch, ich mach das schon.« Der Hüne ging los, was weitere Worte überflüssig machte. Hannah folgte ihm und zog ein langes Messer aus einer Gürtelhalterung. So seltsam es klang, aber es war Maiks Vorteil, dass Hannah es mit eigenen Händen erledigen wollte. Er kannte das Gefühl, aufgestauten Zorn körperlich abbauen zu müssen.

Kurt blieb schussbereit im Hintergrund stehen, um sicherzustellen, dass weder Maik noch Lynn lebend davonkämen. Maik ballte die Hände zu Fäusten, beobachtete die Bewegungen seines Gegners und ging nur wenige Schritte auf ihn zu. Er musste es Hannah schwer machen, an Lynn heranzukommen.

Hannah hielt sich zurück. Maik hatte gehofft, dass sie unvorsichtig werden und schneller gehen würde, um sie zuerst anzugreifen, aber diesen Gefallen tat sie ihm nicht. Nicht eine Waffe war Maik geblieben, er musste sich voll und ganz auf sein Können verlassen.

»Was soll das, Junge? Ich sagte doch, du kannst mich nicht besiegen, und trotzdem bist du wieder da.«

Maik kannte diese billigen Psychotricks, die der Hüne anwendete, zur Genüge von Wettkämpfen. So leicht brachte man ihn nicht aus der Konzentration. Vorsichtig ging er seitwärts, um sich Hannah in den Weg zu stellen.

»Du solltest weniger reden und mehr kämpfen, wenn du dich traust«, rief Maik. Er ließ den Mann weiter herankommen, hob die

Fäuste und konzentrierte sich ganz auf Hannah, die nun schneller ging und auf Lynn zueilte. Da war sie, die Ungeduld.

Er täuschte eine Bewegung Richtung Hünen an, schnellte zurück und warf sich mit seinem gesamten Gewicht gegen Hannah. Sie strauchelte, und er fiel auf sie. Ein Schuss knallte, und die Kugel streifte Maik am Rücken, dann hörte er Lynn aufschreien. Er drehte sich nicht zu ihr um, sondern entwand Hannah das Messer und schleuderte es gezielt in Kurts Richtung, der gerade das Gewehr durchlud. Dann hob er die Faust zum Schlag, er musste Hannah ausschalten, aber der Hüne packte ihn und wuchtete ihn von ihr runter. Maik stürzte in den Schnee, rollte sich ab und kam sofort wieder auf die Füße.

Mit einem schnellen Schulterblick vergewisserte er sich, ob er Kurt getroffen hatte.

Hannahs Mann hielt sich den Hals, aus dem der Griff des Messers ragte, und ging zu Boden. Blut spritzte in den Schnee, und die Umstehenden wichen entsetzt zurück.

Er hörte Hannahs Schrei, bekam nur am Rand mit, wie sie entsetzt zu ihrem Mann lief, der röchelnd nach Atem rang.

Als er seinem Gegner ins Gesicht sah, war dessen Überheblichkeit verschwunden. Er hatte Kurt vom Schießen abgehalten, nun starb der Alte.

Sein Blick verfinsterte sich. Hinter ihm lag Lynn reglos im Schnee. Der Schuss hatte sie getroffen. Der Anblick jagte Maik einen eisigen Schauer über den Rücken.

»Das hättest du nicht tun sollen«, raunte der Hüne drohend. Er taxierte Maik, statt ihn anzugreifen, was bedeutete, dass er ihn nicht mehr unterschätzte.

»Wieso? Sterbe ich jetzt noch qualvoller?« Maik grinste ihn an. Nun war es an ihm, Psychospielchen zu spielen. Wenn er es schaffte, seinen Gegner zur Weißglut zu bringen, würde dieser Fehler machen, aber der Söldner war kein Anfänger.

»Ich werde dir alle Knochen brechen. Du wirst mich anflehen, dass ich dir den Gnadenstoß gebe.«

»Indem du mich totquatschst?« Maik legte den Kopf leicht in den Nacken und grinste noch breiter. Seine gesamte Jugend war ein Provokationstraining gewesen. In den damaligen Kreisen war es vernichtend gewesen, Schwäche zu zeigen. All diese Erfahrungen rief er nun ab.

Endlich setzte sich der Kerl in Bewegung, er überwand die zwei Meter, zog das Kinn zur Brust und hob die Deckung vors Gesicht. Das Geplänkel war vorbei, und jeder Fehler, der nun folgte, konnte tödlich sein. Und wenn er starb, dann war auch Lynn verloren.

Maik beobachtete an seiner Deckung vorbei die Bewegungen, dann kam der erste Schlag. Nicht schnell, mehr ein Prüfen, wie gut Maiks Reflexe waren. Die Faust ließ sich spielend leicht abblocken, dann der nächste Schlag und noch einer, stärker und schneller werdend, aber noch immer austestend. Und Maik tat kaum mehr, als die Schläge abzublocken, die Distanz zu halten und Lücken in der Deckung seines Gegners zu suchen. Der Hüne trug eine Weste mit ausgebeulten Taschen und wahrscheinlich einer leichten Panzerung im Futter. Körpertreffer brachten nichts oder nicht genug. Maik musste den Kopf treffen, aber der Mann war ein ganzes Stück größer und massiger. Der Versuch, sich auf ihn zu werfen, schied also aus – es war zu riskant.

Ein Hieb durchbrach die Deckung und traf Maik am Jochbein. Maik wich weiter zurück, aber der Hüne folgte.

Denk nach, verdammt!

Maik bewegte sich so, dass er nicht von den Scheinwerfern geblendet werden konnte und trotzdem Bewegungen mitbekam, sollte doch noch einer der anderen seine Meinung ändern und auf ihn losgehen. Bei diesem Kampf ging es nicht um Fairness oder saubere Techniken, es ging um Leben und Tod. Er konnte sich kein Zögern oder moralische Bedenken erlauben.

Jetzt!

Mit der Linken täuschte er einen Schlag an und trat mit dem linken Fuß seitlich gegen das Knie des Gegners. Von der Attacke überrumpelt, knickte der Hüne ein, und Maik setzte nach. Schlug in kurzer Folge Richtung Kopf, fand eine Lücke in der Deckung und platzierte einen sauberen Schwinger direkt aufs Ohr. Sein Gegner konzentrierte seine Deckung am Kopf, und Maik nutzte die Gelegenheit, ihm das Knie in den Bauch zu rammen. Aber der Hüne bekam sein Bein zu fassen. Mit einem Ruck brachte er Maik aus dem Gleichgewicht. Der jedoch versuchte, sich an der Weste festzuhalten. Stoff riss, und der Inhalt einer Tasche fiel in den Schnee. Maik stürzte zu Boden, zog seinen Gegner mit, der auf ihm landete. Aber Maik war schneller, rammte ihm einen Ellbogen ins Gesicht und kam frei, bevor der Kerl ihn packen konnte. Schnell stand er wieder auf und drehte sich mit erhobenen Fäusten zu seinem Gegner. Offensichtlich war der Hüne diesmal besser auf Maik vorbereitet.

Im zerwühlten Schnee lagen diverse Autoschlüssel. Der Mann trat auf einige drauf, kam auf ihn zu, täuschte links an und ließ dann die rechte Faust vorschnellen. Maik lenkte die Faust ab und schlug zurück. Seine Gerade streifte das Kinn, aber zu ungenau. Es fehlte ihm an Präzision und Schnelligkeit. Die letzte Stunde, die er Lynn getragen hatte, lag bleiern in seinen Armen, auch wenn das Adrenalin die Erschöpfung, so gut es ging, verdrängte. Er merkte es beim Schlagen, beim Abwehren und daran, dass ihm die Puste ausging. Ihm fehlte die nötige Ausdauer für diesen Kampf. Der Hüne war im Vorteil, er war unverletzt und ausgeruht und hatte bestimmt zwanzig Kilo mehr Kampfgewicht. Wenn Maik nicht bald etwas einfiel, um ihn zu besiegen, würde es schwer werden, überhaupt gegen ihn zu bestehen. Eine Faust traf ihn im Gesicht, die ohnehin gebrochene Nase knirschte, und für eine Sekunde wurde ihm schwarz vor Augen, aber statt zurückzuweichen, griff Maik an.

Hannah schrie im Hintergrund ihren Schmerz heraus, so laut, dass er durch den ganzen Wald zu hören sein musste. Maik traf seinen Gegner mehrfach am Kopf, musste jedoch selbst weitere Treffer einstecken.

Wieder ein Punch, dann ein Haken gegen die Deckung. Der Hüne kam nicht richtig durch, aber die Treffer gegen die Fäuste kosteten Kraft. Maik fühlte, wie der geschmolzene Stoff an den Brandwunden riss und die Wunde an seinem Hinterkopf stark pochte.

»Du siehst aus wie ausgekotzt«, versuchte der Hüne, ihn zu reizen. Sein Grinsen zeigte deutlich, wie überlegen er sich in diesem Augenblick fühlte. Dann täuschte er einen Schlag an, stieß ihn stattdessen kraftvoll von sich und versetzte Maik einen Halbkreistritt gegen den Kopf, direkt auf das taube Ohr.

Ohne sich abfangen zu können, ging Maik zu Boden. Ihm wurde schwarz vor Augen, und er hörte nur noch das Blut in seinen Ohren rauschen.

Der Hüne kam hinterher, drückte Maik ein Knie ins Kreuz und packte seinen rechten Arm. Ehe Maik etwas tun konnte, stellte sein Gegner einen Fuß auf den durchgedrückten Ellbogen und zog dann so brachial seinen Unterarm zurück, dass das Gelenk lautstark brach. Maik brüllte vor Schmerzen.

Der Hüne ließ von ihm ab, und der Arm fiel wie ein totes Stück Fleisch in den Schnee zurück.

»Knochen Nummer eins.« Er spie die Worte regelrecht aus und stand auf. »Los, komm hoch!« Er war so richtig im Blutrausch.

Maik versuchte, sich wieder unter Kontrolle zu bekommen, um gegen die Schmerzen anzuatmen. Er drückte das Gesicht in den Schnee und musste einige Herzschläge ausharren. Sein Kreislauf reagierte auf den Schock mit Herzrasen und Übelkeit und raubte Maik für einige Sekunden jegliches Körpergefühl.

Trotzdem stemmte er sich mühsam mit einer Hand wieder hoch. Der rechte Arm hing nutzlos von der Schulter herab und verursachte bei jeder Bewegung höllische Schmerzen. Es dauerte zermürbend lange, bis er wieder auf den Beinen war.

Schnee fiel aus seinen Haaren, und die Wunden an seinen Armen hatten rote Spuren in dem Weiß hinterlassen. Nach Atem ringend, betrachtete er, wie rote Tropfen zwischen den Schlüsseln in den Schnee fielen.

»Bring das Schwein um!«, forderte Hannah.

Maik hob den Kopf zu ihr. Sie ließ ihren toten Mann los und richtete sich auf. »Ich will, dass du ihn fertigmachst«, setzte sie nach. Ihre Hände und ihr Gesicht waren ganz rot von Kurts Blut. Die Umstehenden hielten sich entsetzt die Hände vor den Mund oder auf den Magen, aber niemand schritt ein.

Mit langsamen Bewegungen ließ Hannah ihren Mann zu Boden gleiten und ging wieder auf Lynn zu. Wenn Maik keine Lösung einfiel, dann erreichte sie Lynn, ohne dass er es verhindern konnte.

»Hast du gehört?«, fragte der Hüne. »Wir müssen jetzt wohl Ernst machen.«

Mit einem sadistischen Grinsen kam er auf ihn zu, aber diesmal erkannte Maik genau, was er vorhatte. Er ließ ihn dicht herankommen und wich im letzten Moment dem Fußstoß aus, sodass der Hüne einen Ausfallschritt neben ihn machen musste, und hämmerte ihm die linke Faust mit aller Kraft gegen die Schläfe. Maik mobilisierte alle Kraftreserven, die er noch hatte, ging auf volles Risiko und blieb dicht an ihm dran. Skrupellos schlug und trat er zu, zielte auf all die Körperstellen, die besonders empfindlich waren, wie Knie, Weichteile, Kehle und Augen. Mit der Faust, dem Ellbogen und seinen Füßen und Knien. Wie im Rausch. Die Treffer seines Gegners spürte er vor lauter Adrenalin längst nicht mehr.

Aber der Hüne tauchte plötzlich ab, stürzte vor und rammte Maik die Schulter in die Rippen. Einen Augenblick sah er den

Nachthimmel, dann landete er derart hart auf seinem Rücken, dass sämtliche Luft aus seiner Lunge gepresst wurde. Wieder warf sich sein Gegner auf ihn, und er hörte das Brechen einer Rippe.

Ehe Maik richtig zu Atem kam, wurde er gepackt, und ein Arm legte sich um seine Kehle. Unerbittlich drückte sein Gegner zu, und Maik bekam keine Luft mehr.

In Wettkämpfen hatte er viele aussichtslose Augenblicke erleben müssen, und trotz Lebensgefahr schaffte er es, sich zu beruhigen und die Situation zu visualisieren.

Lass den Arm los, wies er sich selbst an. *Die Schlüssel, du musst einen erreichen!*

Mit seinen geschundenen Fingern wühlte er durch den Schnee, der Drang zu atmen wurde unerträglich. Sterne tanzten vor seinen Augen als Vorboten, dass er sterben würde. Dann fühlte er das Metall, anschließend das dicke Plastik eines Autoschlüssels, umfasste ihn so mit seiner Faust, dass nur die Spitze herausschaute, und schlug zu, solange er es konnte. Augenblicklich schrie sein Gegner auf und ließ ihn los. Maik sog gequält die Luft ein, drehte sich mühsam um und drosch weiter auf den Hünen ein. Der Schlüssel bohrte sich mehrfach in seinen Hals, in die Wange und dann ins Auge. Maik ließ ihn stecken, holte aus und versenkte ihn mit einem Handballenstoß gänzlich in der Augenhöhle.

Schmerzgepeinigt stöhnte Maik auf und kam nur sehr wackelig wieder auf die Beine. Der Hüne regte sich nicht mehr, dafür hatte Hannah Lynn erreicht, setzte sich auf sie und schlug auf sie ein.

Nein, nicht solange ich noch atme!

Maik bewegte seine Füße. Einen vor den anderen, stolpernd, dann immer schneller. Hannah sah ihn nicht mal kommen. Blindwütig schrie sie ihren Frust hinaus und traf Lynn immer wieder im Gesicht.

Ein Hubschrauber flog über ihren Köpfen hinweg, hinter Maik wurde es laut, aber für ihn gab es nur noch eines. Als er sie erreichte, warf er sich mit letzter Kraft gegen Hannah, fiel mit ihr in den Schnee und begrub sie unter seinem Körper. Zu mehr war er nicht mehr in der Lage. Sein rechter Arm war wie abgeschnitten, und alles drehte sich. Hannah versuchte, ihn von sich zu stoßen. Maik brachte seine letzten Reserven auf, verpasste ihr einen harten Kopfstoß und machte sich so schwer, wie er konnte. Als die Gegenwehr erstarb, ließ er seinen Kopf in den Schnee fallen und fixierte sie nur noch.

Bitte, lass es nicht zu spät gewesen sein.

KAPITEL 20

»Hey, da bist du ja wieder.«

Maik blinzelte und versuchte, irgendwas zu sehen. Die Deckenlampe blendete ihn, weshalb er Lisa nur an ihrer Stimme erkannte.

»Bitte, sag was, damit ich weiß, dass es dir gut geht.«

Sein Hals fühlte sich geschwollen an, und sein Körper war wie aus Watte. »Wo bin ich?«

»Du bist im Boberger Krankenhaus. Die haben ziemlich lange deinen Ellbogen operiert und deine Brandwunden behandelt. Ich kann gar nicht alles aufzählen, was gemacht werden musste, aber sie sagen, du wirst wieder.«

Er hatte das Gefühl, noch immer auf Hannah im Schnee zu liegen, als würde sein Verstand sie noch immer festhalten wollen. »Und Lynn?«

Lisa nahm seine linke Hand und strich mit der anderen über seine Finger, von denen nur die Spitzen aus dem Gips herausguckten. »Soweit ich weiß, wurde sie woanders hingebracht. Irgend so eine Hightech-Klinik für Superreiche.«

Das bedeutete, dass sie noch lebte, dass er nicht zu spät gekommen war und er sie tatsächlich gerettet hatte. Diese Information war alles, was er brauchte. Sie war wie eine wärmende Decke, die sich nach der Kälte über ihn legte. Wenn sein Verstand und seine Gefühle wieder aufgetaut waren, würde sich zeigen, wie es ihm tatsächlich ging.

»Verdammt, hast du eine Ahnung, mit wie viel Glück du dem Tod in letzter Sekunde von der Schippe gesprungen bist?«

Er versuchte, so gut es ging, zu grinsen. »Ich sagte doch, dass ich es schaffe.«

Aber Lisa war nicht gewillt, die Geschehnisse herunterzuspielen. »Ich habe mit den anderen gesprochen. Wir werden alle zusammenlegen, damit du deine Kampfschule eröffnen kannst. Das ist kein Angebot, wir fordern, dass du aus dem Leibwächtergeschäft aussteigst.«

Das musste niemand mehr fordern oder ihm irgendwie schmackhaft machen. Was er durchgemacht hatte, würde ihm für immer im Wege stehen. Er hatte den Abgrund gesehen. Ein Leben reichte nicht mehr aus, um zu vergessen, wie es sich anfühlte, sein Herz an eine Schutzbefohlene zu verlieren, die man vor Leid nicht bewahren konnte – oder wie es sich anfühlte, Menschen zu töten. Dank ihm hatte sie hoffentlich überlebt, aber er würde sich ewig daran erinnern, dass er an anderer Stelle versagt hatte.

»Ihr müsst das nicht tun, ich bin raus«, sagte er dankbar.

»Die Polizei wartet darauf, dass sie deine Aussage zu Protokoll nehmen kann. Soweit ich gehört habe, wurden sechsundzwanzig Personen verhaftet. Wie konntest du das schaffen?«

Seine Sicht wurde besser. Hinter Lisa sah er Jonas an der Wand lehnen. Wahrscheinlich verarbeitete dessen Kopf die Ereignisse noch, um eine adäquate Reaktion auf die unglaublichen Vorkommnisse zu finden. Was nicht schlimm war, weil Lisa für zwei redete.

»Du hast nicht so lange gewartet, oder?«, fragte Maik. »Mit der Polizei … ihr seid früher hingegangen, oder?«

Lisa zog die Schultern zu den Ohren und drehte sich zu ihrem Freund um. Anscheinend sollte er eine Entschuldigung für sie finden, weil sie gegen die Abmachung verstoßen hatte, aber Jonas zuckte ebenfalls nur mit den Achseln.

»Schon gut, dafür liebe ich dich. Ohne deinen Sensor für alle Lebenslagen wäre es schiefgegangen.«

»Ehrlich, ich habe Blut und Wasser geschwitzt, weil ich dachte, zu voreilig gehandelt zu haben. Sie behalten dich noch ein paar

Tage hier, dann kommst du zu uns, bis du allein wieder klarkommst, okay?« Sie drückte seine Finger, was sich seltsam anfühlte, irgendwie taub. »Ich bin so froh, dass wir dich damals zur Patientenverfügung gezwungen haben. Schon die Vorstellung, wir müssten vor der Tür warten, ist grauenhaft.«

Maik nickte. So war Lisa, sie dachte an alles.

Es klopfte, und kurz darauf betrat Benno Reichert mit versteinerter Miene das Zimmer. »Ich würde gern mit ihm alleine sprechen«, sagte er zu Lisa und Jonas, die prompt Anstalten machten, zu gehen.

»Sie sind meine Familie, sie können bleiben«, sagte Maik und versuchte, sich aufzusetzen, aber die Fixierung seines Arms hinderte ihn daran. Die Halterung war um seinen Körper geschnallt und zwang ihn, den Ellbogen nicht einen Millimeter zu bewegen.

»Kein Wort an die Presse oder andere Personen«, sagte er mahnend, was beide mit einem Nicken bestätigten.

»Was zur Hölle haben Sie sich dabei gedacht?«, polterte er los. »Lynn schwebt in Lebensgefahr. Sie hätten uns einweihen müssen.«

»Damit sie dann getötet worden wäre? Karl oder besser gesagt, Kurt Gunthel, hatte doch nur darauf gewartet, dass ein Rettungstrupp losgeschickt wird.«

Reichert betrachtete Maiks Verletzungen. »Wie kann man nur so ein unverschämtes Glück haben? So wie Sie aussehen, ist es ein Wunder, dass Sie noch leben.«

Vielleicht war es Glück gewesen, Maik wollte darüber nicht nachdenken.

»Wir haben die Zelle im Keller der Zentrale gefunden, wo sie anfänglich festgehalten wurde. Ich weiß nicht, wie das passieren konnte. Wie konnte Kurt Gunthel für uns arbeiten? Wir hatten doch jeden intensiv überprüft.«

»Hat er allein gearbeitet?« Maik wusste, dass es nicht so gewesen war, aber es wunderte ihn, dass Reichert noch kein Wort über Gerrit verloren hatte.

»Du meinst, bei uns im Team? Ja, dessen sind wir uns sicher.«

Aus irgendeinem Grund schwieg Maik, obwohl er von Gerrit hätte erzählen müssen. Es war nicht mehr wichtig. »Machen Sie sich keine Gedanken. Diese Menschen hatten Jahre Zeit, sich auf diese Entführung vorzubereiten. Sie sind eben gründlich gewesen«, sagte er stattdessen. Wenn Gerrit nicht festgenommen worden war, dann waren seine letzten Tage in Freiheit der Dank dafür, dass er sich eines Besseren besonnen hatte. Er hatte ihnen das Leben gerettet, sollte er ruhig in Freiheit sterben.

Kopfschüttelnd durchschritt Reichert den Raum und sah aus dem Fenster. Aus Schnee war Regen geworden, der gegen die Scheibe prasselte. »Es ist wahr, oder? Dass Sie mit Lynn van Holland was gehabt haben? Deshalb diese Heldennummer?«

»Ist das noch wichtig?« In der Realität gab es für Dankbarkeit Grenzen. Vielleicht waren Lynns Eltern dankbar, aber sicher nicht so sehr, dass sie vergessen konnten, dass er ein Angestellter war. Die nächsten Monate war Lynn mit ihrer Genesung beschäftigt. Er wusste nicht mal, wann er sie wiedersehen konnte.

»War's das wert? Sie wissen, dass ich dieser Familie mit Leib und Seele verschrieben bin, aber Sie haben gerade mal drei Wochen bei uns abgeleistet und bringen so eine Aktion. Die Ärzte sagen, dass Ihr Arm eventuell steif bleiben wird.«

Maik zeigte nicht, wie sehr es ihm missfiel, dass jeder mehr als er wusste. Jetzt streute Reichert dieses schwerwiegende Detail mal eben ins Gespräch ein. Aber das änderte nichts, für Lynn würde er immer wieder dasselbe tun, sie war es wert, die ganze Welt nach ihr abzusuchen und sich jedem Gegner zu stellen.

»Wie geht es Lynn?« Er hörte selbst, wie unsicher seine Frage klang.

»Sie liegt im künstlichen Koma. Die nächsten Tage werden zeigen, ob sie es überstehen wird. Aber wenn ja, was wir alle stark hoffen, wird ihre Familie sie vorerst an einen geheimen Ort bringen, wo sie in Ruhe zu Kräften kommen kann. Ihnen ist klar, dass es vorbei ist, oder?«

Subtiler konnte er Maik nicht sagen, dass er sich gefälligst von ihr fernhalten sollte.

»Echt jetzt?«, mischte sich Lisa ein, bevor Jonas sie aufhalten konnte. »Maik rettet ihr Leben, hat sonst was für sie auf sich genommen, und dann schickt Herr van Holland einen Laufburschen, der Maik sagen soll, dass er nicht gut genug für sie ist?«

Maik war dankbar, weil sie genau das aussprach, was er nicht sagen durfte. Aus ihrem Mund klang es so viel anklagender und besser.

»Herr und Frau van Holland werden sich selbstverständlich noch persönlich bei Ihnen bedanken«, überging Reichert Lisas Worte. »Und ich möchte Sie gern im Team behalten. In der Zentrale bräuchten wir jemanden an den Monitoren, sollte Ihr Arm nicht wieder in Ordnung kommen.«

Das war ein gutes Angebot, vor allem, wenn sein Arm tatsächlich steif blieb, aber Maik wollte nicht Fragmente von Lynns Leben über die Kameras mitbekommen. Oder beobachten, wie die Tracker-Signale ihrer Bodyguards anzeigten, wo sie sich gerade befand. Er wollte auch nicht ihrem zukünftigen Mann gegenüberstehen müssen, der ihn wie einen Angestellten behandelte. Genau darauf würde es hinauslaufen. Lynn hatte ihm gesagt, dass sie sich nichts vorschreiben lassen würde, aber ihre Eltern besaßen die Macht, ihn von ihr fernzuhalten. Allein die Vorstellung, Tag für Tag auf eine Begegnung mit ihr zu hoffen, fühlte sich quälend an. Aber irgendwann würde er sie wiedersehen, und der Rest lag dann in ihren Händen.

»Hannah Gunthel hätte schon viel früher eingewiesen werden müssen.« Reicherts Tonfall senkte sich, wurde vertraulich, als habe er nun den offiziellen Teil abgehakt. »Wir haben ihre Wahnvorstellungen und die Gefahr, die von ihr ausging, vollkommen unterschätzt. Wenn die Verhandlungen anlaufen, werden Sie vor Gericht aussagen müssen. Haben Sie ihr geglaubt?«

Die Geschichte war haarsträubend, Maik konnte sich keine Sekunde vorstellen, dass der alte Peter van Holland zu so etwas fähig sein sollte. Jedoch wünschte sich ein Teil in ihm, dass etwas daran wahr wäre, weil es schwer vorstellbar war, dass jemand ohne triftigen Grund einen anderen Menschen derartig quälen konnte. »Diese Frau war besessen«, sagte er. »Und diese Menschen haben ihr geglaubt. Vielleicht muss man dieses Elend erlebt haben, um zu verstehen, wie es zu Lynns Entführung und allem, was sie ihr angetan haben, kommen konnte. Die Geschichte mag falsch gewesen sein, aber die Trauer, die Nöte und die Schmerzen sind echt.«

Reichert strich sich über die stoppeligen Haare und nickte. »Es ist damals ein schreckliches Unglück gewesen. Herrn van Hollands Sprecher wird in der heutigen Pressekonferenz über die Hintergründe reden und ein Hilfsprogramm für diese Region in Aussicht stellen. Für Herrn van Holland war es damals ein bedauerlicher Verlust einer Fabrik gewesen. Er hatte die Not unterschätzt.« Ergeben ließ er die Schultern fallen und drehte sich wieder zu Maik um. »Trotz allem, gute Arbeit. Ich würde Sie wirklich gern im Team behalten, jemand wie Sie ist schwer zu ersetzen.«

»Ist gut.« Eigentlich zählte nur, was Lynn sagte – und dafür musste sie erst mal wieder gesund werden. Wenn sie ihn immer noch in ihrer Nähe haben wollte, ließe er sich von niemandem abhalten – nicht mal von ihren Eltern. Aber nicht als Angestellter. »Vielen Dank für den Besuch. Ich werde darüber nachdenken.«

Reichert sah zufrieden aus. Der Druck der letzten Tage hatte auf jedem im Team gelastet, und Maik wurde erst in diesem Augenblick bewusst, dass er es tatsächlich geschafft hatte. Die Situation war aussichtslos gewesen, aber er hatte gekämpft, bis Hilfe gekommen war. Bis zum Ende seiner Tage würde er nicht vergessen, wie die Männer und Frauen dagestanden und zugesehen hatten. Es war unbegreiflich, dass nicht einer von ihnen eingeschritten war. Was musste in Menschen vorgehen, die gaffend danebenstehen konnten? Und trotzdem: nicht auszudenken, wie alles gelaufen wäre, wenn sie sich anders entschieden hätten.

»Wir sehen uns dann«, sagte Reichert abschließend und verabschiedete sich wieder. Lisa und Jonas nickte er nur zu.

Die Tür war kaum geschlossen, da platzte Lisa auch schon mit ihren Gedanken heraus. »Was war das denn für eine Nummer?« Sie verschränkte die Arme vor der Brust, wie sie es meist tat, wenn ihr Kampfgeist geweckt war. »Du darfst die Tochter aus der Lebensgefahr retten, aber ja nicht lieben? Ist das so eine mittelalterliche Standesdünkelscheiße? Und überhaupt ... ist er nur hier gewesen, um zu überprüfen, auf wessen Seite du stehst? Denkst du, an der Sache ist doch was dran?« Lisa brachte mal eben auf den Punkt, was Maik gar nicht in seinem Kopf haben wollte, weil es ihm wie bockiger Trotz vorkam. Doch jetzt, da sie es sagte, ließ es sich nicht einfach zur Seite schieben.

»Ich weiß es nicht. Aber selbst wenn, das, was sie Lynn angetan haben, ist unentschuldbar. Sie hat mit dem, was in der Vergangenheit passiert ist, nichts zu tun.«

Lisa setzte sich auf die Bettkante und stellte die Füße auf den Stuhl, der danebenstand. »Also, wenn meine Kinder qualvoll an Krebs gestorben wären, würde ich in meinem Wunsch nach Rache sicher auch nicht die besten Entscheidungen treffen. Ich finde nicht, dass man außer Acht lassen sollte, wie grausam es gewesen sein muss, dass dieser Typ ihre Schicksale komplett ignoriert hat. Mag sein, dass er das Feuer nicht gelegt hat, aber es ist seine Fabrik gewesen, also auch sein Dioxin.«

Jonas stellte sich neben sie und nickte zustimmend. »Und jetzt will er ein Hilfsprogramm starten, wo die Hälfte von denen tot ist oder im Knast sitzt. Denkt ihr, er will damit sein Image wieder aufpolieren?«

Maik dachte an Peter van Holland, den er als älteren, gemütlichen Mann kennengelernt hatte. »Wahrscheinlich wurde er nicht gut beraten, als das damals passiert ist, aber er sieht einfach nicht wie jemand aus, der eiskalt die Leben vieler für den Schutz seines Rufs aufs Spiel setzt.« Er wünschte, er könnte zu Lynn gehen, um mit ihr über alles zu reden oder einfach nur bei ihr zu sein und ihre Hand zu halten.

»Nun, das werden wir wohl nie herausfinden«, sagte Lisa und beendete das Thema. Maik war froh, dass er ihr nicht sagen musste, wie müde er war. Die Schmerzmittel vernebelten alles. Er fühlte sich benommen und gar nicht richtig anwesend, während sein Verstand ihm unentwegt sagte, dass hinter dem Nebel das Chaos auf ihn wartete. All die wegsortierten Emotionen, die sich nicht mehr lange einsperren ließen.

»Weißt du, warum die Leute dich so zuquatschen, wenn sie dich eigentlich schlafen lassen sollten?« Sie stand auf und drückte seinen Arm. »Weil du sogar dann stark bist, wenn du aussiehst, als habe Godzilla dich als Kaugummi benutzt.«

»Danke, dass ihr hier seid.«

Lisa beugte sich vor und gab ihm einen Kuss auf die Stirn. »Tu mir so was nie wieder an, großer Bruder.«

»Bis morgen«, sagte Jonas und verließ mit ihr das Zimmer.

»Werde ich nicht«, versprach Maik tonlos. Er fühlte sich, als habe er all seine Kraft für diesen Job restlos verbraucht.

KAPITEL 21

Weggesperrt, von der Presse erniedrigt, und van Holland hat alles zurückgenommen. Wir haben versagt. Wir wollten Gerechtigkeit und Rache, und was haben wir bekommen? Ich wurde bespuckt und beschimpft. Alle haben sich gegen mich gewendet. Kurt ist tot.

Vielleicht sind wir zu viele gewesen? Vielleicht hätten wir das Geld verstecken sollen, bis Lynn van Holland gestorben wäre, aber darüber nachzudenken, ergibt jetzt keinen Sinn mehr. Wenn es so etwas wie einen Himmel gibt, dann wird Gott die Tore für Kurt nicht verschlossen lassen, damit er bei unseren Kindern sein kann. Ich warte nun auf meine »gerechte« Strafe. Das Leben ist nicht gerecht. Menschen sind nicht gerecht. Ich wette, Peter van Holland hatte seine Tochter noch nicht gesehen, als er sein Geständnis öffentlich als Zwangsaussage bezeichnete. Es ist keine Genugtuung, dass er zwei Tage leiden musste, weil er den Schmerz nicht kennengelernt hat. Jetzt bin ich das Monster, und die Menschen werden meine Geschichte falsch erzählen. Jeder Tod ist sinnlos gewesen. Dem Ego eines Mannes geschuldet, dessen Kartenhaus aus purem Gold ist. Niemand bringt es je zum Einsturz, weil sie viel zu geblendet sind. Warum lebe ich noch? Ich dachte, ich sei hier, um die Wahrheit ans Licht zu bringen. Welchen Sinn hat mein Dasein denn noch, wenn ich tatsächlich falschgelegen habe? Wenn alles, was ich getan habe, falsch gewesen ist? Bin ich das Monster?

* * *

Ungeduldig wartete Maik in der Empfangshalle des Anwesens der van Hollands. Er hatte Gerüchte gehört, dass es Lynn den Umständen entsprechend gut ging, aber die Familie wurde abgeschottet, und keine Information, die nicht vom Pressesprecher freigegeben wurde, drang nach draußen. Dies war offiziell sein letzter Tag als Angestellter der Familie. Jeder Versuch, seit Wochen mit Lynn in Kontakt zu treten, wurde von ihren Eltern blockiert. Maik hatte den Job abgelehnt, auch wenn die Anstellung dafür gesorgt hätte, dass er ihr früher oder später begegnet wäre. Aber der Posten war einfach nicht der richtige für ihn. Wegen seines steifen Ellbogens musste er seine Ziele komplett überdenken. Als Erstes hatte er sich von dem Traum einer Kampfschule verabschiedet. Natürlich konnte er noch unterrichten, aber die Einschränkungen nahmen ihm den Spaß daran. Dank seines neuen Rufs hatte er einige Angebote bekommen. Meist als Sicherheitsberater für den Personenschutz, weil sein Alleingang Eindruck hinterlassen hatte, aber Maik lehnte auch diese Jobs ab. Seit jener Nacht fühlte sich sein Leben wie eine einzige Warteschleife an. Als müsse er so lange in den Tag hineinleben, bis er endlich aufgerufen wurde. Lisa lag ihm in den Ohren, dass er endlich mit Lynn sprechen müsse, damit dieser Zustand sich änderte, und er wusste, dass sie recht hatte. Er bekam sie nicht aus dem Kopf. Die Nähe, die er zu ihr empfunden hatte, loderte noch warm in ihm und zog seine Gedanken an wie Licht einen Schwarm Motten. Inzwischen waren zwei Monate vergangen. Viele Wunden und Prellungen waren verheilt, einige hatten kleinere, andere größere Narben hinterlassen, aber die Erinnerungen an ihre Befreiung hallten nach, als würde er sie jede Nacht erneut retten müssen. Manchmal versagte er, manchmal flohen sie gemeinsam, manchmal zerfetzte die Explosion ihren Körper. Seine Träume waren wie ein auf *Shuffle* gestellter MP3-Player, der Opern, Deathmetal und Schlager durcheinander abspielte.

Aber erst jetzt, als er wieder in der Halle stand und wartete, kam ihm erstmals wieder etwas real vor. Aus dem Augenwinkel nahm er eine Bewegung wahr, und er entdeckte Jenny, die sich wieder im Esszimmer versteckte und am Türrahmen vorbei zu ihm hinspähte. Mit einem Grinsen zwinkerte er ihr zu, was sie erschrocken zusammenzucken ließ, aber sie lächelte zurück. Das Mädchen wirkte älter als beim letzten Mal. Er fragte sich, ob sich überhaupt jemand die Zeit genommen hatte, sich um sie zu kümmern.

Als er noch überlegte, ob er etwas zu ihr sagen sollte, wurde die Tür zum Wohnzimmer geöffnet, und Reichert machte eine auffordernde Handbewegung.

Das Ehepaar bestand darauf, ihn persönlich zu verabschieden, wahrscheinlich bedankten sie sich mit einem Bonus bei ihm. Nur dass ihm das Geld egal war. Wenn er einen Wunsch äußern durfte, dann war es ein Treffen mit Lynn. Nicht zu wissen, wie es ihr wirklich ging, fühlte sich an wie ein loses Ende, als wäre etwas von ihm abgerissen. Seine Freunde, sein Verstand und Reichert hatten ihm gesagt, dass es besser war, sie sich aus dem Kopf zu schlagen, aber es gab nur eine Person, die das von ihm verlangen konnte.

»Sie können jetzt reingehen«, sagte Reichert und ging auf die Ausgangstür zu. »Wollen Sie es sich nicht doch noch mal überlegen?«

Maik schüttelte den Kopf. Es ehrte ihn, dass Reichert ihn so hartnäckig behalten wollte, aber wahrscheinlich war er der Einzige auf diesem Anwesen, der Wert darauf legte.

»Danke.« Maiks rechter Arm lag noch immer in einer Schlinge, die fest an seinen Körper gebunden war. In ein paar Wochen benötigte er die Schlinge nicht mehr. Dann war sein Arm nur noch eine Extremität, die nutzlos angewinkelt war, ohne entlastet werden zu müssen.

»Setzen Sie sich bitte«, sagte Gitta van Holland und deutete auf das weiße Sofa. Das Paar verzichtete darauf, ihm die Hand zu reichen, weil er die Linke hätte benutzen müssen – das schickte sich angeblich nicht, darauf hatte Reichert ihn schon vorbereitet. Maik kam es wie eine billige Ausrede vor, weil er sie trotz Dankbarkeit anwiderte. Sie sahen aus, als würden sie anschließend in den Golfklub fahren. Teure, sportlich elegante Kleidung, von Kopf bis Fuß perfekt, aber in Peter van Hollands Augen sah er, dass der Schrecken noch immer tief saß. Maik hatte eine Vorstellung davon, was der Mann alles hatte mit ansehen müssen, diese Bilder konnte man nicht teuer entfernen lassen.

»Möchten Sie etwas trinken?« Frau van Holland lächelte unverbindlich.

Maik schüttelte den Kopf. »Sehr freundlich, aber ich möchte nichts. Geht es Lynn gut?«

Gitta van Holland schlug die Beine übereinander und legte ihre Hände um das Knie. In der kurzen Zeit hatte Maik nicht viel mit ihr zu tun gehabt, aber er mochte diese gewisse Konsequenz ihrer Körpersprache, es war nur schade, dass sie ansonsten ein grauenhafter Mensch war.

»Nun, Lynns Genesung schreitet gut voran. Rein physisch muss sie lediglich noch ein paar Einschränkungen überwinden, psychisch wird es sicher länger dauern. Deswegen werden Sie sicher verstehen, dass wir keinen Kontakt mit Ihnen zulassen können. Derzeit befindet sie sich in Frankreich, wo die Presse sie nicht finden kann.«

Ihre Unehrlichkeit ärgerte ihn. Warum sagte sie nicht geradeheraus, dass sie das Risiko nicht eingehen wollte, dass ihre Tochter tatsächlich Gefühle für ihn hatte.

»Gewiss«, sagte er beherrscht. »Ich bin froh, dass es ihr gut geht.«

»Dank Ihnen«, sagte Gitta van Holland und setzte ein geschäftsmäßiges Lächeln auf. »Wir möchten Ihnen etwas geben. Ein Dankeschön, oder sehen Sie es als Unterstützung für dieses wertvolle Projekt, das Sie da planen.«

Maik war überrascht, dass sie davon wusste.

»Liebling, wo hast du den Scheck hingelegt?« Sie sah ihren Mann streng an, der daraufhin seine Taschen abklopfte.

»Ich glaube, ich habe vergessen, einen auszustellen.« Er wollte gerade aufstehen, aber sie hielt ihn davon ab.

»Ich mach schon, warum gibst du ihm nicht ein Glas mit diesem Whiskey, den der Bürgermeister dir geschenkt hat?« Sie verließ den Raum, und Peter van Holland ging zu einem kleinen Tisch hinüber und schenkte aus einer Karaffe Whiskey in zwei Gläser. »Das ist ein sechzig Jahre alter Singlemalt. Es gibt nur dreißig Flaschen davon.« Er kam zurück und reichte Maik ein Glas, hielt es jedoch einen Augenblick fest, als Maik danach griff. »Die Liebe ist schon eine seltsame Sache, finden Sie nicht?«

Maik war sich nicht sicher, wo dieses Gespräch hinführen sollte.

»Manchmal lässt sie uns die verrücktesten Dinge tun.« Es klang nicht so, als würde van Holland damit Maiks Rettungsaktion meinen. In sich gekehrt, sah er durch Maik hindurch. »Verlust verursacht einen Schmerz, der Menschen in den Wahnsinn treiben kann. Wer sagt, die Zeit würde alle Wunden heilen, hat noch nie jemanden verloren, den er wahrlich liebte.« Er ließ das Glas los und setzte sich wieder hin. »Trinken Sie. So einen edlen Tropfen bekommen Sie sicher nicht wieder. Die gesamte Kunst der Whiskeybrennerei befindet sich in diesen Gläsern.«

Bevor Maik nippte, roch er daran. Ein weicher, leicht rauchiger Duft ging von der bernsteinfarbenen Flüssigkeit aus, die feine Schlieren über die Glaswände zog. Whiskey gehörte nicht zu seinen Lieblingsgetränken, aber sich Zeit dafür zu nehmen, verschaffte ihm die Möglichkeit, über die Worte von Peter van Holland nachzudenken. Durch die Art, wie er es gesagt hatte, hatte seine Aussage etwas von einem Geständnis.

»Und? Wie schmeckt er Ihnen?«, fragte Frau van Holland, als sie zurückkam.

Maik nahm einen kleinen Schluck, doch sein Fachwissen reichte lediglich für ein »weicher als gedacht«. »Sehr gut, vielen Dank.«

Sie zog eine Augenbraue hoch und reichte ihm dann einen Scheck. »Die Rettung unserer Tochter ist für uns von unschätzbarem Wert, ich hoffe, Sie verstehen die Summe auf diesem Scheck als einen kleinen Ausdruck unserer nicht in Zahlen zu beziffernden Dankbarkeit.«

Als er sah, dass es sich um hundertfünfzigtausend Euro handelte, musste er schlucken. So viel Geld hatte er in seinem ganzen Leben noch nicht besessen. »Das ist sehr großzügig von Ihnen, aber ich habe nur meinen Job gemacht.« Mit diesem Geld konnte er sofort das Haus mieten, das er für seine Kampfschule im Auge gehabt hatte, und anfangen, es umbauen zu lassen. Einen Augenblick fragte er sich, ob er es nicht doch wagen sollte.

»Sie haben mehr als Ihren Job getan«, sagte Peter van Holland und leerte sein Glas. Er sah aus, als würde er jeden Moment in Tränen ausbrechen.

»Ist bei Ihnen alles in Ordnung?« Maik bemerkte, wie Gitta van Holland ihren Mann mit einer Strenge ansah, die fast schon herzlos wirkte.

»Es tut mir so leid«, sagte dieser trotzdem.

»Peter!«

»Was tut Ihnen leid? Sie konnten doch nichts dafür«, sagte Maik entgegenkommend, obwohl er ahnte, in welche Richtung es ging. Die Art, wie sie den Namen ihres Mannes ausgesprochen hatte, wie sie ihn ansah und wie sie Maik den Scheck überreicht hatte, sprach dafür, dass sie etwas verbergen wollte. Vielleicht war Hannah Gunthel doch nicht ganz so verrückt, wie alle glauben sollten.

»Du solltest dich vielleicht noch etwas hinlegen, bevor wir losfahren«, sagte sie im Befehlston.

Ergeben nickte van Holland und stellte sein Glas auf den Tisch. »Du hast recht, Liebling.« Diesmal streckte er Maik doch die Linke entgegen. »Vielen Dank, dass Sie Lynn gerettet haben.«

Maik schüttelte die Hand, die sich kalt und feucht anfühlte. »Ich bin froh, dass sie überlebt hat.« Er hielt den Mann einen Moment fest. »Wenn ich etwas Persönliches sagen darf?« Maik wartete auf die kurze Erlaubnis, die Peter van Holland mit einer knappen Kopfbewegung erteilte. »Mit dem Hilfsprogramm tun Sie das Richtige. Wie ich schon bei der Polizei aussagte: Diese Menschen waren verzweifelt. Es waren nur Hannah Gunthel, ihr Mann und vielleicht vier, fünf andere, die Lynn etwas antun wollten.«

»Die Außenwirkung dieser Schnapsidee ist katastrophal«, sagte Gitta van Holland, stand auf und schob ihren Mann auf den Ausgang zu. »Manche Journalisten stellen unsere Großzügigkeit als Schuldeingeständnis dar. Ich hatte meinem Mann gesagt, dass er es nicht tun soll. Aber wie Sie sehen, hat ihn die Entführung unserer Tochter sehr mitgenommen.«

Offenbar nur ihn. Gitta van Holland machte keinen traumatisierten Eindruck. Sie schien sich voll und ganz auf die Schadensbegrenzung zu konzentrieren.

Ihr Mann schloss die Tür so leise hinter sich, dass sie kaum ein Geräusch machte.

»Sie verstehen diesen Bonus sicher als das, was er ist, oder?«

Maik nahm den Scheck in die Hand und betrachtete ihn. »Sicher, Frau van Holland. Ich werde nicht mit der Presse sprechen.«

»Und Sie halten sich von unserer Tochter fern. Mein Mann und Lynn benötigen Ruhe und die Gesellschaft von Menschen, die sie nicht permanent an das Grauen erinnern, das sie durchmachen mussten.« Mit vor der Brust verschränkten Armen signalisierte sie ihm, dass damit alles gesagt war, aber Maik verstand mehr als das.

»Er hat sie geliebt, oder?« Maik wusste, dass er schweigen sollte, aber sein Mund war mal wieder schneller. »Dieses Mädchen, das damals umgekommen ist. Er hat sie wirklich geliebt, nicht wahr?«

Das Flackern in ihren Augen zeugte von so viel Wut, dass sie es gar nicht laut aussprechen musste. »Was fällt Ihnen ein! Ich werde Sie fertigmachen, wenn Sie …«

Maik ließ den Scheck auf den Tisch fallen und hob die Hand, damit sie nicht weitersprach. »Sie müssen mir nicht drohen, ich werde nichts sagen. Zu niemandem. Aber nicht, weil Sie mir Schweigegeld bezahlen. Ich will mir nicht ausmalen, was an Hannah Gunthels Version wahr ist und was nicht, und ich glaube auch nicht an Gerechtigkeit. Das Leben ist nicht fair. Es gibt immer die, die machen können, was sie wollen, und andere, die darunter zu leiden haben. Ich wünsche Ihren Töchtern, dass sie niemals herausfinden werden, wie skrupellos Sie sind.«

»Was wollen Sie damit andeuten?«

Maik stellte das nahezu unberührte Whiskeyglas neben den Scheck. »Es wurde mal ein Gutachten über mich erstellt, in dem es hieß, meine empathische Art könnte zum Problem werden.« Langsam stand er auf und sah ihr offen in die Augen. »Vielleicht hat er diesem Mädchen nicht das Kind aus dem Leib geschnitten oder die Fabrik angezündet, aber er hat sich an ihr vergangen, nicht wahr?«

Das Blau ihrer Augen veränderte sich, als gefröre es ebenso wie ihre Gesichtszüge, die an Härte kaum zu überbieten waren.

»Wenn ein gestandener Mann eine Vierzehnjährige anfasst, sorgt es auch in unserer heutigen Gesellschaft für einen Aufschrei. Egal, ob es tatsächlich so etwas wie Liebe gewesen sein mochte, weil es abnormal ist, ein Kind auf diese Weise zu lieben. Wie lange wussten Sie davon, bis es tatsächlich zum Problem wurde? Schon vor der Schwangerschaft? Sie hat sich und ihr Baby in dieser Fabrik umgebracht und somit zahlreiche Menschen mit ins Unglück gerissen – wie können Sie und Ihr Mann mit diesem Wissen nachts ruhig schlafen?«

Gitta van Holland verlagerte das Gewicht auf ein Bein. »Ist das Ihre Wahrheit?«, sagte sie mit einem sarkastischen Unterton. »Sagt Ihnen Ihre heldenhafte Empathie, dass es genauso gewesen sein muss, weil mein Mann durch das Leid seiner Tochter so sehr traumatisiert ist, dass er einem jämmerlichen Schatten seiner selbst gleicht?«

Sie ging ein paar Schritte auf den Ausgang zu und blieb dort mit erhobenem Haupt stehen. »Hundertfünfzigtausend Euro sind für jemanden wie Sie ein Vermögen. Ich habe nie verstanden, warum kleine Leute ständig ihren idiotischen Stolz vor sich hertragen, als wäre das etwas Besonderes. Die Flasche Whiskey hat mehr als das gekostet, aber wie es aussieht, besitzen Sie keinen Sinn für die Besonderheiten des Lebens.«

»Ihre Tochter würde das sicher anders sehen.« Diesen Satz hatte er nicht laut aussprechen wollen, aber jetzt war es zu spät.

»Raus. Verschwinden Sie.« In diesem Augenblick zeigte sie ihr wahres Gesicht. Diese Frau hatte kein Herz, sie war das Zentrum der Macht, das sich um das Wachstum des Imperiums kümmerte. Die Frau, die andere zum Schweigen brachte und ihrem Mann sagte, was er zu tun hatte. Was tatsächlich in der Nacht des Brandes passiert war, würde er wohl nie erfahren, aber er war sich sicher, dass Hannah Gunthel die falsche Frau van Holland gefoltert hatte.

Maik ging und sah sich beim Verlassen des Raumes nicht mehr zu ihr um.

Scheiße, du hast gerade auf hundertfünfzigtausend Euro verzichtet! Auch wenn sein Stolz ihn dafür beglückwünschte, war er finanziell nicht gerade in der Lage, so eine Summe auszuschlagen. Er wohnte bei seinen Freunden, weil er einarmig immer noch Hilfe benötigte, seine Perspektiven waren ein heilloses Durcheinander, und seine Harley stand noch immer bei Lynns Wohnung in der Garage, weil er sie ohne den rechten Arm nicht fahren konnte. Um sie zu verkaufen, musste er jemanden mit einem Motorradführerschein finden, der sie ihm nach Hause brachte.

Nein, meine Zukunft werde ich nicht mit Schweigegeld finanzieren, und Gitta van Holland soll mit dem Gefühl leben, dass sie nicht jeden kaufen kann!

Als er die Tür hinter sich zuwarf, war der Knall sicher durchs ganze Anwesen zu hören.

»Das macht man nicht«, sagte Jenny, die daneben an der Wand stand.

Maik zuckte erschrocken zusammen. »Du hast doch nicht gelauscht, oder?«

Das Mädchen schüttelte wenig glaubhaft den Kopf. Doch selbst wenn sie etwas gehört hatte, würde sie es mit ihren knapp zehn Jahren hoffentlich nicht verstehen.

»Deine Mutter wird sehr böse werden, wenn sie dich hier sieht«, flüsterte er und ging von der Tür weg.

»Ist sie immer«, sagte das Mädchen fröhlich und nahm ihn an die Hand. »Komm, ich soll dich in die Küche bringen.«

Unschlüssig ging er mit ihr. Ihm war nicht ganz klar, was das werden sollte.

»Alle reden ständig über dich«, plauderte sie und hüpfte dabei über die Fliesen, ohne die Linien zu berühren. Es schien ihr Glück zu sein, dass sie ihrem Vater ähnlicher sah als ihrer kalten Mutter. Wenn sie tatsächlich Manuelas Tochter gewesen wäre, hätte Gitta van Holland sie sicher umoperieren lassen. Nach dieser kurzen Begegnung traute er der Frau alles zu.

»Was sagen sie denn so?«

»Dass du ein Problem bist. Ich dachte, du hast Lynn gerettet, wieso bist du dann ein Problem?« Sie blieb stehen und wartete auf eine Antwort.

Maik kniete sich hin, um mit ihr auf Augenhöhe zu sein. »Nun, ich denke, weil ich deine Schwester sehr gern mag, aber ich bin nur ein Bauer, und sie sollte einen Prinzen heiraten.«

Sie zog die kleine Nase kraus und einen Mundwinkel nach oben. »Ich glaube, du bist ein Ritter.«

»Weißt du, wo deine große Schwester jetzt ist? Ich würde sie gern wiedersehen.«

Jenny kicherte. »Darüber reden sie auch ständig. Und dass Lynn heiraten soll. Außerdem nennt Mama Papa ständig einen Schwachkopf, weil er wohl was offen gelassen hat. Was genau ist ein Hosenstall? Gibt es so was? Sind da lauter Hosen drin?«

»Das ist alles sicher sehr verwirrend für dich, oder?«, wich Maik ihren Fragen aus. Es war nicht an ihm, ihr zu erklären, warum die Erwachsenen solche Sachen sagten.

Das Mädchen zuckte mit den Schultern. »Wenn ich mich verstecke, kann ich wenigstens zuhören.«

»Jenny?« Die Stimme der Nanny hallte vom oberen Stockwerk durch das Haus.

Kichernd zog sie den Kopf ein und rannte davon. Woher sie auch immer ihr sonniges Gemüt nahm, es würde hoffentlich ihr Schutzschild sein, wenn sie älter wurde.

Vorsichtig öffnete Maik die Küchentür und sah in den Raum dahinter. Wahrscheinlich gehörte es zur Etikette dazu, dem Angestellten eine letzte Mahlzeit hinzustellen, bevor er für immer das Haus verließ.

In der Küche war es still. Keine Angestellten, die das Essen vorbereiteten, niemand, der hier eine Kaffeepause machte – nur Lynn, die am Fenster stand und in den Garten hinaussah. Maiks Herz zog sich zusammen bei ihrem Anblick. Ihre aufrechte Haltung und dass sie sich nicht gleich zu ihm umdrehte, erstickten die Wiedersehensfreude.

Dies war ein Abschied. Die Distanz war wie ein spürbares, kaltes Energiefeld zwischen ihnen.

»Wie geht es dir?«, begann er das Gespräch, weil sie nichts sagte.

»Ich wollte dir viel Glück für deine Kampfschule wünschen.« Lynn überging seine Frage. Ihre Stimme klang fest und freudlos. »Wird die Summe ausreichend sein?«

»Sicher«, log er.

Ein Ruck ging durch ihren Körper, als wäre etwas in ihr in Bewegung gesetzt worden. »Das ist schön«, sagte sie unverbindlich und drehte sich langsam zu ihm um. Maik ballte die Hand zur Faust, um nichts Unbedachtes zu tun. Ihr Gesicht sah noch immer sehr mitgenommen aus. Die Nase und das Jochbein mussten operativ gerichtet werden, ihr Kiefer war schwer lädiert, aber sie stand da wie die stolze Unternehmertochter, die all das nicht an sich herankommen ließ. Maik wusste, dass er sie jetzt nicht einfach in den Arm nehmen oder zu ihr durchdringen konnte. Sie war wie ihr Vater – sie kannte ihren Platz und tat, was nötig war, um die Familie zu schützen.

»Ich bin froh, dass es dir besser geht.« Innerlich versuchte er, das Chaos unter Kontrolle zu bringen, ohne etwas davon nach außen dringen zu lassen.

»Ich auch … ich meine, dass es dir wieder gut geht. Ich habe keine Ahnung, wie ich dir je für mein Leben danken soll.« Sie wollte die Arme verschränken, hielt dann jedoch in der Bewegung inne. Soweit Maik erfahren hatte, war es ein glatter Durchschuss gewesen, der ihre Lunge verletzt hatte. Er konnte sich vorstellen, dass sie noch Schmerzen hatte, wenn sie bestimmte Bewegungen machte.

»Das ist nicht nötig, ich habe nur mein Versprechen gehalten.« Er ging einen Schritt auf sie zu, woraufhin sie zurückwich und gegen das Fenster stieß. Maik blieb stehen, damit sie sich nicht vor ihm fürchten musste. Ganz offensichtlich sollte er ihr nicht zu nahe kommen.

»Hast du es gewusst?« Wenn er schon Lebewohl sagen musste, wollte er wenigstens die Wahrheit wissen.

Lynn senkte die Lider und sah an ihm vorbei. »Meine Mutter hat gesagt, dass du dieser Verrückten glauben würdest.« Sie blinzelte Tränen weg und sah zunehmend erschöpft aus. »Was willst du jetzt tun? Zur Presse gehen?«

Kopfschüttelnd spannte er die Faust noch mehr an. »Eigentlich wollte ich dich in den Arm nehmen und dir sagen, was es mir bedeutet, dass du überlebt hast. Vielleicht hätte ich auch erwähnt, dass ich noch immer viel für dich empfinde und gehofft hatte, dass es dir ebenso ginge. Aber ich glaube, das ergibt jetzt keinen Sinn mehr.«

Sie presste die Lippen aufeinander und betrachtete seinen fixierten Arm. Wenn sie doch noch etwas für ihn empfand, verbarg sie es gekonnt. Vielmehr sah es so aus, als müsse sie etwas Unangenehmes hinter sich bringen.

»Keine Sorge, ich werde der Presse nicht sagen, dass Hannahs Anschuldigungen teilweise wahr sind.« Die Enttäuschung übernahm das Ruder. »Deinetwegen. Sieh es als Abschiedsgeschenk.«

»Wie kannst du nur denken, dass irgendwas davon wahr ist?«, fuhr sie ihn an. Endlich zeigte sie Emotionen, wenn auch nicht die, die er sich erhofft hatte. »Mein Vater ist nicht pädophil! Soll das deine Retourkutsche sein, weil du nicht den Dank erhältst, den du erwartet hast? Ich weiß, was ich dich glauben ließ. Für den Moment war es auch gut gewesen, aber du hättest niemals mehr als ein Abenteuer darin sehen dürfen. Ich bin dir dankbar, dass du mich gerettet hast. Ohne dich würde ich nicht mehr am Leben sein, aber das alles ist vorbei. Ich bin jetzt bereit, meinen Platz einzunehmen und die Kindereien sein zu lassen. Es tut mir ehrlich leid, ich wollte deine Gefühle nicht verletzen.«

Maik betrachtete sie ganz genau, hoffte, irgendeine Regung zu entdecken, die ihm verriet, dass sie in diesem Augenblick nur das sagte, was von ihr erwartet wurde, aber da war nichts. Das konnte nicht sein. Seine Gefühle waren unverändert und tobten in seiner Brust, ohne dass er sie zeigen durfte. »Ist das dein Ernst?«, fragte er trotzdem.

Lynn reckte das Kinn und sah ihm in die Augen. »Nachdem ich damals von Björn niedergeschossen worden war, versuchte ich so verzweifelt, der Angst ein Gefühl von Lebendigkeit entgegenzusetzen. Haben die anderen dir nicht gesagt, wie das bei mir so läuft?«

Maik wollte das nicht hören. Sie überschritt Grenzen in Bereiche, die er nicht zu schützen vermochte.

»Gerrit oder Sascha, jeder von ihnen kann dir die gleiche romantische Geschichte erzählen. Wie ich meinen Eltern die Stirn bieten wollte, um mit einem Angestellten zusammen zu sein, obwohl ich niemals mit einem mittellosen Mann liiert sein könnte.«

Das Kopfschütteln passierte ganz von allein. Maiks Unglaube war so körperlich spürbar, wie es die Schmerzen seiner Verletzungen gewesen waren.

»Dein Vater hat dieses Mädchen geliebt. Er hat sich an ihr vergangen. Ob du es nun wahrhaben willst oder nicht.« Seine Stimme wurde lauter als gewollt, aber es scherte ihn nicht mehr, ob andere ihn hören konnten. Wenn er dieses Haus verließ, war er fertig mit dieser Familie.

Lynn wandte sich ab und schüttelte den Kopf. »Das ist nicht wahr. Das sagst du nur, um mir wehzutun.« Sie wischte sich Tränen von den Wangen, was dafür sorgte, dass Maiks Wut sich in Luft auflöste. Er hatte ihr nicht wehtun wollen, weil es ihm keine Genugtuung brachte, nur Reue.

»Du hast recht«, sagte er resigniert. Sollte sie in ihrem Luftschloss glücklich werden, er wollte und konnte sie nicht noch mehr verletzen. »Und es tut mir leid.«

Lynn sah wieder aus dem Fenster. »Geh einfach.«

Unschlüssig öffnete und schloss er die Faust. Noch immer verspürte er den Drang, sie in den Arm zu nehmen. Dieses Gefühl entsprang aus einem Winkel in ihm, in dem das Begreifen, dass alles vorbei war, nicht ankam.

Aber er hörte auf seine Vernunft, die ihn zum Gehen bewegte.

KAPITEL 22

Lisa und Jonas waren geduldige Gastgeber, die ihm bei allem halfen, was er einhändig nicht schaffen konnte. Nicht einen Augenblick in den vergangenen Monaten hatten sie genervt gewirkt, weil er tagtäglich bei ihnen war. Seine Aussage zu Andreas Gunsten hatte diese mit einer Bewährungsstrafe davonkommen lassen. Er holte sie sogar zurück in den Freundeskreis, weil Maik dadurch das Gefühl hatte, wenigstens etwas wiedergutzumachen, da er nun einen Teil der Wahrheit kannte. Ihre Freundschaft war wie ein Trostpreis, weil ihm klar geworden war, dass er vom Leben nicht mehr als das zu erwarten hatte. *Man ist, wer man ist.*

Sein Platz war hier bei seinen Freunden. In Lynns Welt hatte er nichts zu suchen, das hatte sie ihm unmissverständlich klargemacht.

Er hatte weder Andrea noch Lisa oder Jonas gesagt, wie seine Verabschiedung im Anwesen verlaufen war. Lisa hätte sich wahrscheinlich aus Solidarität aufgeregt, ihn mitfühlend in den Arm genommen und gegen die reichen Spinner gewettert, aber das wollte er nicht. Er hatte das Gefühl, dass die Begegnung mit Lynn erst richtig real wurde, wenn er darüber redete – dazu war er noch nicht bereit. Etwas in ihm sperrte sich gegen die Wahrheit und machte es ihm schwer, damit umzugehen.

Jene, die Hannah im Lager eingesperrt hatte, waren ebenfalls mit einer Bewährungsstrafe davongekommen. Hannah und ihre Komplizen mussten sich wegen Entführung, schwerer Körperverletzung und versuchtem Mord verantworten. Auch wenn diese Menschen am Ende nur zugeschaut hatten, stellte das Gericht eine besondere Schwere der unterlassenen Hilfeleistung und Beteiligung an diesem heimtückischen Unterfangen fest.

Die Geschehnisse wurden immer noch von der Presse breitgetreten, und wie Lynn es gesagt hatte, hätte jeder seine Anschuldigungen für eine Rache dafür gehalten, dass sie ihn fallen gelassen hatte. Sie würden behaupten, dass er sich aus Wut auf die Seite der Entführer schlug, was ihn mit Menschen in einen Topf werfen würde, mit denen er nicht in Verbindung stehen wollte. Die Begegnung mit ihr war gut zwei Wochen her, aber seine Gedanken kamen einfach nicht zur Ruhe. Angesichts dessen, was er für sie empfand, konnte er nicht glauben, was sie gesagt hatte.

Sie fehlte ihm.

Jeden Tag.

Lynn hatte eine Leere in ihm hinterlassen, die ihn ausbremste, weil kaum etwas ohne sie einen Sinn ergab. Was verrückt war, da er sein Glück niemals von anderen Menschen abhängig gemacht hatte. Wie konnte eine Begegnung so weltverändernd sein, dass anschließend nichts mehr zu reichen schien?

Es war keine gute Entscheidung gewesen, die Jobangebote abzulehnen. Durch die Nervenschäden hatte er kein Gefühl mehr in den Fingern, was seinen rechten Arm komplett unbrauchbar machte. Somit wurde es äußerst schwierig, eine Stelle zu finden, für die er noch geeignet war, aber er versuchte es auch noch gar nicht. Maik war kein Schreibtischmensch, kein Verkäufer oder jemand, der gern telefonierte. aber was er noch viel weniger konnte, war untätig rumzusitzen.

»Andrea ist gleich hier«, sagte Lisa und kam ins Wohnzimmer und setzte sich auf das andere Sofa. Es war Samstagmittag, was bedeutete, dass sie wahrscheinlich die Tagesplanung besprechen wollte. Weder sie noch Jonas ließen zu, dass Maik an den Wochenenden Zeit zum Grübeln hatte. Lisa fiel es schwerer, Andrea zu verzeihen, aber sie hatte verstanden, warum Maik ihr eine zweite Chance gab, also zog sie mit.

»Falls sie keinen Parkplatz findet, sollen wir uns bereithalten, weil sie irgendwo mit uns hinwill.«

Er schüttelte ablehnend den Kopf. »Lasst mich da heute raus.«

»Komm schon, die Tapeten hier kennst du in- und auswendig. Außerdem klang sie nicht so, als würde sie ein Nein akzeptieren.«

»Ehrlich, ich weiß das alles zu schätzen, aber ich ertrage ihr schlechtes Gewissen heute nicht.« Nach all der Zeit hatte sie genug bewiesen, wie leid ihr alles tat. Dafür fühlte er sich in der Pflicht, an ihr stellvertretend für alle anderen etwas gutmachen zu müssen. Jetzt, da er eine Ahnung von der Wahrheit hatte, taten ihm diese Menschen nur noch leid.

Es klingelte, Jonas kam aus der Küche und redete mit ihr kurz über die Gegensprechanlage.

»Wenn's dir nicht gefällt, spendiere ich dir ein Taxi, okay?« Lisa stand auf und zog ihn am Arm vom Sofa. Mit diesem Angebot traf sie den nächsten wunden Punkt: Seine Ersparnisse gingen für die Wohnungsmiete, Versicherungen und Lebensmittel drauf.

Widerwillig stand er auf, ließ sich in die Jacke und beim Schnüren der Schuhe helfen. »Ihr solltet Kinder kriegen«, scherzte er freudlos. »Das große Baby versorgt ihr schon sehr gut.«

Lisa boxte ihm gegen den gesunden Arm. »Das wäre dann endlich mal ein Baby, das nicht so viel rumheult.«

Jonas hielt ihnen die Tür auf und nickte Maik ermutigend zu. Es war schön, dass wenigstens er die nonverbale Kommunikation bevorzugte.

Sie ließen Maik vorn sitzen, als wäre dieser Ausflug eine Art Doppeldate. Andreas Nervosität unterstrich diesen Eindruck noch. Sie begrüßte ihn hastig und konzentrierte sich übertrieben stark auf den Verkehr und fuhr los. Maik schnallte sich an, sah prüfend zu seinen Freunden, ob sie das auch getan hatten, und lehnte sich dann zurück. »Wo fahren wir hin?«

»Das verrate ich euch gleich«, sagte Andrea knapp, legte einen höheren Gang ein und fuhr schneller. Sogar ihre Stimme klang angespannt. Vielleicht hatte sie endlich etwas von ihrem Bruder gehört. Philipp war genau wie die sechs Millionen Euro verschwunden. Maik hatte ihn Blut aushusten sehen, aber er bezweifelte, dass das Geld ihm half, in Frieden zu sterben. Niemand hatte ihn verraten, selbst als die Beteiligten annehmen mussten, dass er mit dem Geld durchgebrannt war. Nichts von alldem war noch wichtig, weil sie alle betrogen worden waren.

Maik rieb sich über den verletzten Arm und sah aus dem Fenster. Derzeit war er kaum mehr als ein Schmarotzer, der in dem zukünftigen Kinderzimmer seiner Freunde lebte und nun neben der Frau saß, die ihn hintergangen hatte.

»Schwere Gedanken?«, fragte Andrea und berührte seine tauben Finger, die aus der Armschlinge herauslugten. Er hatte ihr nicht verraten, dass er das nicht fühlen konnte, weil ihr schlechtes Gewissen ohnehin schon ihr ständiger Begleiter war.

»Mir fehlen mein Sport, die tägliche Bewegung und mein Job«, sagte er ohne Vorwurf in der Stimme. »Wenn ich nicht bald was unternehme, werde ich zum fetten Couchbesetzer, der seine Freunde am Abend mit ›der Kühlschrank ist leer‹ begrüßt.«

»Ah, die Leier wieder«, mischte sich Lisa ein und beugte sich etwas vor. »Wahrscheinlicher ist, dass wir dich als Babysitter missbrauchen werden. Eigentlich kannst du deine Wohnung kündigen und ganz bei uns einziehen.«

»Ihr wollt jetzt schon Kinder?« Andrea setzte den Blinker und fuhr Richtung Dammtor.

»Erst mal heiraten, aber so in ein, zwei Jahren, oder, Schatz?« Lisa klopfte Jonas aufs Knie und grinste ihn an. Maik musste sich nicht umdrehen, um zu wissen, dass sein Freund von Kopf bis Fuß glücklich aussah. Die beiden gehörten zusammen, und sie würden fantastische Eltern sein, aber Maik wollte dann sicher nicht mehr bei ihnen wohnen und Dauergast in ihrer heilen Welt spielen. Er glaubte auch nicht, dass er noch einmal auf eine Frau traf, die ihm so unter die Haut ging wie Lynn. Vielleicht war und blieb Andrea trotz allem die einzig richtige Wahl? Sie hatten gemeinsam etwas durchgemacht, über das sie miteinander reden konnten, was sie in gewisser Weise zusammenschweißte, auch wenn die Zuneigung eher freundschaftlicher Natur war. Schon darüber nachzudenken war albern.

Ich brauche keine Beziehung!

»Nun sag schon, wo geht's hin?« Lisa wusste es anscheinend auch nicht.

»Im Reichshof findet etwas statt, das ihr sehen solltet. Ich weiß auch nicht genau, was es sein wird, aber in der Einladung hieß es ausdrücklich, dass Maik auf jeden Fall dabei sein muss«, erklärte Andrea vage.

»Und von wem hast du die Einladung erhalten?«, hakte Lisa nach.

»Von einem Sascha.« Den Namen sagte sie so leise, als könne er sich dadurch sofort wieder auflösen.

»Du meinst, Sascha aus van Hollands Sicherheitsteam?« Maik konnte das Gefühl nicht einordnen, das in ihm hochkam. »Hat er doch zu euch gehört?«

»Himmel, nein, aber er wusste, wer ich bin und dass wir noch befreundet sind.«

Ein Rest Misstrauen blieb, aber Maiks Gedanken stießen eine ganz andere Tür auf: *van Holland. Oh Gott, nein, was es auch ist, da will ich sicher nicht hin.*

Andrea sah kurz zu Maik, wahrscheinlich hatte sie seine Faust bemerkt, die er wiederholt über den Oberschenkel rieb. Maik wollte nicht zornig wirken oder sie verunsichern. Er hatte gesagt, dass zwischen ihnen alles geklärt war, dazu stand er auch, aber ihre Worte weckten wieder sein schlechtes Gewissen, weil er ihr nicht die Wahrheit verraten hatte. Eigentlich müsste er ihr sagen, wie leid es ihm tat, dass van Holland sich tatsächlich an ihrer Schwester vergangen hatte. Auch wenn es nichts änderte, war es für sie wahrscheinlich leichter zu ertragen, dass sie sich in Manuela nicht getäuscht hatte.

»Was ist das für eine Veranstaltung?«, fragte er sachlich.

»Eine Pressekonferenz«, sagte Jonas, der die wenigen Informationen während des Gesprächs gegoogelt hatte. Er hielt Maik das Smartphone entgegen. »Die Familie van Holland gibt eine Erklärung ab. Die Medien spekulieren, dass Lynn van Holland eine neue Stiftung gegründet hat, die heute vorgestellt werden soll. Ich wette, dass der Medienrummel den Verkehr vor dem Hauptbahnhof komplett zum Erliegen bringen wird.«

»Halt an«, forderte Maik. »Halt sofort an, ich steige aus.«

Aber Andrea fuhr weiter. »Was? Warum? Ich dachte, du willst sie wiedersehen?«

»Das habe ich schon«, platzte er mit der Wahrheit raus. »Vor gut zwei Wochen, als ich meine Papiere abgeholt habe. Sie hat mich abserviert. Ich will sie nicht sehen und sie mich sicher auch nicht. Also halt an und lass mich raus.«

»Nein«, bestimmte Lisa. »Ich bin es leid, dich so zu sehen. Wenn es dir hilft, mit ihr richtig abzuschließen, dann solltest du dir diese Gelegenheit nicht entgehen lassen.«

Seine eigenen Wünsche krochen wie Verräter aus ihren Verstecken und brachten weitere Argumente mit, warum er hinfahren sollte.

»Unwahrscheinlich, dass wir das Hotel überhaupt betreten können.« Jonas tippte auf seinem Smartphone herum. »Oder hast du eine offizielle Einladung bekommen?«

»Sascha hat gesagt, dass wir uns bei den Sicherheitsmitarbeitern melden sollen.«

In sich gekehrt, ließ Maik seine Freunde darüber diskutieren, wo sie am besten parken konnten, wann es losgehen sollte oder ob sie es rechtzeitig schafften. Er konnte nicht sagen, was es mit ihm machen würde, ihr wieder zu begegnen. Lynn fehlte ihm. So sehr, dass die Vorstellung, sie zu sehen, bedeutender war als das Wissen, dass sie keinen weiteren Kontakt wünschte.

Lebensverändernd.

Vor dem Reichshof stockte der Verkehr tatsächlich. Andrea parkte den Wagen in der Steinstraße, was einen kleinen Fußmarsch bedeutete, aber dichter kamen sie an das Hotel nicht heran. Eine breite Menschenmasse hatte sich vor dem Hotel versammelt und wartete darauf, dass Lynn und ihre Eltern herauskamen. Sie kämpften sich durch die Menge hindurch bis zu dem Sicherheitsmann, der mit drei weiteren den Eingang bewachte und niemanden hindurchließ, der nicht nachweislich hineindurfte.

»Mein Name ist –«

Der Mann winkte ab und trat zur Seite. »Wir alle wissen, wer Sie sind, Herr Thomer.« Er ließ Maik und seine Freunde passieren und klopfte ihm anerkennend auf die Schulter. »Gute Arbeit, Kollege.«

Die anderen Sicherheitsleute nickten Maik zu, fast so, als wäre er eine kleine Legende in ihren Kreisen. Eine derartige Aufmerksamkeit hatte er noch nie bekommen, selbst dann nicht, als er noch Meistertitel gewonnen hatte.

Die Eingangshalle sah aus wie aus einer anderen Zeit. Maik fühlte sich an die Zwanzigerjahre erinnert, als er die Marmorsäulen, die hohe Decke und die Sessel sah. Zeitungen hingen an den Wänden an Haken, das Licht war gedämpft. Eigentlich fehlte nur noch der Zigarettenrauch, der das Ganze authentischer gemacht hätte. Sascha kam ihnen entgegen und beschleunigte seine Schritte, als er Maik entdeckte.

»Ich dachte schon, ihr würdet nicht mehr kommen«, sagte er zur Begrüßung und hielt Maik die linke Hand entgegen. »Tut mir leid, dass ich dich damals in Schwierigkeiten gebracht habe.«

Maik ergriff sie. »Wenn's dich beruhigt: Ich dachte, du wärest der Verräter. Also, was soll ich hier?«

Sascha begrüßte auch Lisa, Jonas und Andrea. Dann drehte er sich um und ging voraus. »Jenny van Holland möchte dich dabeihaben. Ihre Eltern wissen nicht, dass sie hier ist, die Kleine hat es faustdick hinter den Ohren.«

»Jenny?« Maik hatte mit vielem gerechnet, aber das ergab überhaupt keinen Sinn.

Sascha führte sie zu einem Saal, in dem alle Stühle besetzt waren, weitere Journalisten verharrten neben den Stuhlreihen. Zahlreiche Mikrofone standen auf dem Pult auf einer kleinen Bühne, Kameras reihten sich im Hintergrund auf, um die Pressekonferenz live ins Fernsehen zu übertragen.

So viel Rummel aus Sensationssucht. Wo waren die Pressevertreter gewesen, als Peter van Holland seine Mitarbeiter im Stich gelassen hatte? Von der Affäre mit einer Minderjährigen ganz zu schweigen. Die Gedanken, die ihm bei diesem Anblick durch den Kopf gingen, ließen ihn noch finsterer dreinschauen. Sascha führte sie quer durch den Raum zu einem freien Platz an der Wand, von wo aus sie die Konferenz gut beobachten konnten. Ein Mädchen drehte sich zu ihm um, lächelte und kam zu ihm gelaufen. Auch wenn Jenny eine Kapuze über den Kopf gezogen hatte und nicht wie sonst ein Kleid trug, erkannte Maik sie sofort. Sie stellte sich neben ihn, lockerte seine Faust und legte ihre Hand in seine. Maik beugte sich zu ihr hinab. »Was genau tu ich hier?« Es war seltsam, ausgerechnet ein Mädchen danach zu fragen.

Sie sah zu ihm auf und zog die Nase kraus. »Meine Mama findet, dass ich zu jung bin, um zu verstehen, worüber die Erwachsenen reden, aber Lynn sieht das nicht so«, sagte sie und beäugte Lisa, Jonas und Andrea. »Ich darf gar nicht hier sein, und Sascha muss gleich da vorne stehen«, sagte sie fröhlich. »Bei dir fühle ich mich sicher.«

In Maik erwachte sofort der Beschützerinstinkt. Wenn auch nur einem Journalisten auffiel, wer sie war, dann konnte er sie nicht mal ansatzweise schützen. Sie befanden sich viel zu weit entfernt vom nächsten Ausgang. Er war in seiner Bewegung eingeschränkt, und es waren viel zu viele Menschen in diesem Saal. Maik stellte sich so hin, dass er Jenny zumindest schnell hinter sich und seine Freunde schieben konnte.

Sascha setzte sich in Bewegung und ging auf die Bühne zu, was bedeutete, dass jetzt zwischen ihnen und den anderen Personenschützern gut einhundert Leute saßen.

Es störte Maik, dass er die Hand nicht mehr zur Faust ballen konnte, ohne ihre kleinen Finger zu zerquetschen.

Plötzlich breitete sich Unruhe aus, weil Lynn und ihre Eltern die Bühne betraten. Ihm wurde ganz schlecht, als er sie sah. Lynn wirkte wie eine jüngere Ausgabe ihrer Mutter. Nur dass ihre Mutter ein knallrotes und Lynn ein dunkelblaues Kleid trugen, die Haare waren perfekt hochgesteckt, und das Make-up kaschierte die Narben in ihrem Gesicht.

Nach Peter van Hollands Widerruf hatte sich anschließend nur noch der Pressesprecher der Familie zu der Entführung geäußert. Entsprechend hoch war nun das Interesse an diesem Spektakel.

Gitta van Holland trat an das Pult und bat mit erhobener Hand um Ruhe.

»Vielen Dank, dass Sie so zahlreich erschienen sind«, begrüßte sie die Presseleute. »Wie Sie alle wissen, stand in den vergangenen Monaten die Genesung unserer Tochter im Mittelpunkt, weshalb wir erst jetzt Stellung zu den grauenvollen Ereignissen nehmen können. Hannah Gunthel, die Lynns Entführung und ihre Ermordung geplant hatte, was zum Glück verhindert werden konnte, wurde für unzurechnungsfähig erklärt. Sie befindet sich nun in lebenslanger Sicherheitsverwahrung. Jetzt können wir endlich nach dieser grauenvollen Zeit wieder zur Ruhe kommen.«

Maik sah zu Andrea, die immer kleiner zu werden schien, als würde sie sich im nächsten Moment gänzlich auflösen wollen.

Zehn Personenschützer standen sehr präsent vor der Bühne und hielten die Zuhörer im Blick, fast wie bei einem Rockkonzert. Maik konnte nicht jeden erkennen, aber es störte ihn, dass sie sich nicht besser aufgeteilt hatten. Fiele etwas vor, wäre es nahezu unmöglich, die Familie reibungslos und sicher rauszuschaffen. Mal davon abgesehen, dass sie es nicht rechtzeitig erkennen würden, weil alle zu dicht beieinanderstanden.

»Nicht so fest«, flüsterte Jenny und zog kurz an seiner Hand.

Er biss die Zähne zusammen und unterdrückte den Drang, sie loszulassen, um seine Hand richtig zur Faust zu ballen.

»Es ist der ausdrückliche Wunsch meiner Tochter, sich zu den Vorfällen zu äußern und ihr Trauma zu überwinden«, fuhr Gitta van Holland fort. Die Pausen, die sie machte, ließen darauf schließen, dass sie ihren Auftritt genoss. Warum auch nicht? Sie hatte gewonnen. Die Vergangenheit hatte sie eingeholt, überholt, war verunfallt und blieb nun wie ein Wrack links liegen. »Wir bitten Sie, Fragen erst am Ende zu stellen. Über die schreckliche Entführung zu sprechen, fällt uns allen nicht leicht.«

»Das läuft alles live im Fernsehen«, flüsterte Jenny.

Maik sah sie einen Augenblick lang an. Das Mädchen wirkte so stolz, weil ihre Familie dort vor der Presse stand. Für sie musste dieser Auftritt wie eine aufregende Show wirken, weil sie keine Ahnung davon hatte, was genau passiert war oder was für ein Miststück ihre Mutter war. Aus dem Augenwinkel bemerkte er einen Mann, der auf sie zukam. Maik zog Jenny etwas zurück und wollte sich vor sie stellen, aber sie tätschelte nur seine Hand und sah ebenfalls zu dem Mann. »Das ist Malte, er kocht für uns und ist mein Freund.«

Er reichte Jenny eine Cola und sah weder ihn noch Lisa, Jonas oder Andrea an. Maik erinnerte sich an ihn. Beim letzten Mal hatte er Jenny Streusel für ihr Eis angeboten.

»Was machst du hier?«, flüsterte Andrea und ging auf ihn zu. »Wenn hier irgendeine Scheiße …«

»Scht.« Der Mann brachte sie mit einer schwächlichen Handbewegung zum Schweigen. Schon dass sie sich kannten, bedeutete nichts Gutes, weil Andrea offensichtlich immer noch nicht die ganze Wahrheit gesagt hatte. Er war einer von denen.

»Hier.« Er reichte Andrea einen Zettel. »Das soll ich dir von Philipp geben. Du solltest ihn bald besuchen, er hat nicht mehr lange.«

»Er ist mit dem Geld durchgebrannt?« Andrea nahm die Notiz und warf einen kurzen Blick darauf.

Maik wollte sich einmischen, aber Jenny zog wieder an seiner Hand. »Ihr müsst leise sein, sonst verpasst ihr alles!«

»Wehe, du verschwindest, wenn das hier vorbei ist!«, drohte Andrea und drehte sich wieder nach vorn.

Gitta van Holland trat beiseite, um Lynn Platz zu machen. Sie gab ihrer Tochter einen Kuss auf die Wange und stellte sich neben ihren Mann, dessen Hand sie medienwirksam ergriff. Die perfekte Inszenierung zur Untermauerung des makellosen Images. Aber der schwierige Part kam jetzt. So wie er Lynn kennengelernt und sich in sie verliebt hatte, sollte sie in seiner Erinnerung bleiben. Das Bild wurde bereits von der letzten Begegnung getrübt, aber wenn sie jetzt das Falsche sagte, zerstörte sie es restlos. Er wollte gehen. So schnell aus dem Saal rennen, dass er am besten nicht ein einziges Wort hören konnte, aber das war unmöglich. Er konnte Jenny nicht einfach stehen lassen, und sie mitzuziehen war auch keine Option.

Lynn legte ein Schild vor sich verdeckt auf das Pult, stützte sich mit beiden Händen an den Kanten ab und ließ ihren Blick durch den Saal schweifen. Obwohl sie auch in seine Richtung sah, schien sie ihn nicht zu bemerken. Wahrscheinlich wurde sie vom Scheinwerferlicht zu sehr geblendet. Ungerührt zauberte sie ein Lächeln aufs Gesicht und begann ihre Rede. »Ich danke Ihnen allen für die Anteilnahme, die mich in den vergangenen Monaten erreicht hat. Die Einzelheiten meiner Entführung sind ja hinlänglich bekannt. Um eine Frage vorweg zu beantworten: Es geht mir wieder gut. Und ich habe viel Zeit gehabt, um über die Geschehnisse nachzudenken und Konsequenzen daraus zu ziehen.«

Konsequenzen? Einen Scheiß hat sie. Er musste aufpassen, dass er es in seinem Unmut nicht laut aussprach.

»… aus Habgier zu schaden, ist eine der niedersten Formen krimineller Energie. Nachdem ich am eigenen Leib erfahren musste, wie aufzehrend Angst sein kann, habe ich eine Stiftung für Opfer von Gewaltverbrechen gegründet. Sie soll helfen, ohne Wartezeiten die psychologische Betreuung sicherzustellen, die Opfer benötigen.« Sie hielt das Schild hoch, auf dem eine Web-Adresse zu lesen war.

Opferschutz, was für ein heuchlerischer Name für diese Farce.

Maik betrachtete ihre Eltern, die zufrieden aussahen. Wahrscheinlich war es Gitta van Hollands Idee gewesen, eine medienwirksame Wohltat gegen das letzte Spenden-Desaster ihres Mannes zu stellen. Es widerte ihn an, dass sie nicht mal den Anstand hatten, sich betroffen zu zeigen. Diese Konferenz hätte ebenso gut die Eröffnung eines neuen Betriebskindergartens oder der Beginn einer Wohltätigkeitsveranstaltung sein können. Aber am schlimmsten war, dass Lynn diese Machenschaften unterstützte. Er hatte sie gänzlich anders eingeschätzt. Sie hatte wie eine großherzige, interessierte Frau gewirkt, und jetzt schien sie wie ein kaltes Ebenbild ihrer Mutter. Das Trauma allein konnte sie nicht derartig verändert haben. Wahrscheinlicher war, dass sie aufgehört hatte, gegen ihre Eltern zu rebellieren, und ihren Platz annahm. Es war erniedrigend, dass er ihr und ihrer rührseligen Geschichte auf den Leim gegangen war. Aber schlimmer als das war, dass etwas in ihm diese Tatsache einfach nicht akzeptieren wollte, es schützte das Bild, das er von ihr hatte, wie einen Schatz und machte es ihm schwer, abzuschließen. Diese Aktion musste für die Geschädigten wie ein Schlag ins Gesicht sein. Niemand hatte ihnen nach dem Brand geholfen, deswegen hatten sie sich rächen wollen, und jetzt nutzte Lynn ihre Opferrolle als PR-Masche.

Jonas zückte sein Smartphone und gab die URL in die Suchmaschine ein. »Ich wette, sie haben viel Geld investiert, um ein schickes Logo für die schicke Homepage gestalten zu lassen.«

Jenny wippte aufgeregt auf Zehenspitzen, gab die Cola an Malte zurück und hielt sich mit beiden Händen an Maik fest. Er hoffte, dass sie Jonas nicht gehört hatte.

Lynn lehnte das Schild so gegen die Mikrofone, dass es weiterhin gut zu sehen war.

»Meine Eltern haben mich bei der Wahl der Treuhänder und der Organisation der Stiftung sehr unterstützt, gleichzeitig habe ich auch größere Aufgabenfelder im Konzern meiner Eltern übernommen. Durch die Entführung ist mir erst richtig bewusst geworden, wie viel Verantwortung Unternehmer zu tragen haben.« Sie sah zu Sascha und nickte ihm zu, woraufhin er den Kollegen ein Zeichen gab, die dann auf die Bühne gingen und sich als feste Linie hinter Lynn, aber vor ihre Eltern stellten. Gitta und Peter van Holland sahen irritiert aus, schienen jedoch abzuwarten. Benno Reichert war nicht dabei. Es hatte Maik gewundert, dass man ihn nicht gleich gefeuert hatte, nachdem Kurt Gunthel als Verräter im Team identifiziert worden war.

»Was ist das denn?« Jonas hielt Maik sein Smartphone hin, das eine Page zeigte, die weder schick noch eine Stiftungsseite war. Es befanden sich Datenarchive zum Download darauf, mehr nicht. »Gerade online und schon gehackt?«

»Du musst nach vorn gucken.« Jenny zog an seinem Arm und deutete auf Lynn.

»Für alle, die jetzt die Möglichkeit haben: Bitte gehen Sie sofort online und laden die Dateien herunter, die ich auf dieser Site zur

Verfügung gestellt habe«, sagte sie eindringlich, was einige Journalisten dazu brachte, die Smartphones zu zücken. »In den letzten Wochen hatte ich viel Zeit, um alle relevanten Untersuchungsergebnisse, Gutachten, Kontoauszüge von Schwarzgeldkonten und Namen der involvierten Personen zu digitalisieren und auf diese Homepage zu stellen, bevor die Verjährungsfrist für die Geschädigten verstreicht.«

Ihre Mutter umrundete die Personenschützer und musste von der Bühne steigen, um das Schild zu sehen. »Was ist das? Lynn, das ist nicht die richtige Homepage. Sofort abbrechen!«

Lynn gab einem der Männer ein Zeichen, der sich sofort in Bewegung setzte und Gitta van Holland unnachgiebig zurückdrängte.

Maik verstand gar nichts mehr. War Lynn gerade tatsächlich dabei, ihre Eltern der Öffentlichkeit auszuliefern?

»Soweit ich das sehe, sind das belastende Beweise gegen ihren Vater«, sagte Jonas und ging auf seinem Smartphone die Dateien durch. »Hier ist sogar ein Gentest, und guck dir die Kontoauszüge an. Wenn das stimmt …«

… dann hat sie uns allen etwas vorgemacht. Maik sah am Smartphone vorbei zu Lynn. Die Maske fiel, die sie für das Erreichen ihres Ziels getragen hatte. Jetzt zeigte sich in ihrem Gesicht, wie schwer es für sie war, ihre Eltern zu verraten. Sie kniff die Augen zusammen und atmete tief durch, während ihre Mutter komplett die Contenance verlor. Gitta wollte gewaltsam zum Pult vordringen, um das Schild herunterzureißen, und schrie die Sicherheitsmitarbeiter an. Es musste besonders frustrierend für sie sein, von ihren eigenen Angestellten aufgehalten zu werden. Ihre perfekte Frisur geriet durcheinander, ihr Gesicht war verzerrt, und ihre Stimme wurde schrill und durchdringend. Peter van Holland bewegte sich hingegen keinen Millimeter und sah beinahe erleichtert aus, weil nun die Wahrheit ans Licht kam. Die Stimmung im Saal

war durchdrungen von einer knisternden Mischung aus Sensation und Unglaube. Alle Aufnahmegeräte waren auf die Bühne gerichtet, Fotoapparate tauchten den ganzen Saal in gleißend helles Blitzlicht.

»Was mir diese Leute angetan haben und einige von ihnen zudem antun wollten, ist unentschuldbar.« Lynn musste lauter sprechen, um sich gegen den Lärm, die Zwischenrufe und das Geschrei ihrer Mutter zu behaupten. »Sie wurden dafür zur Verantwortung gezogen und bestraft. Sie alle, werte Vertreterinnen und Vertreter der Presse, haben gesehen, wie schnell Hannah Gunthel und ihren Komplizen der Prozess gemacht wurde. Ich habe noch nie ein Gerichtsverfahren erlebt, das so rasant vollzogen wurde. Wissen Sie, wie lange die Geschädigten des Brandes in der Fabrik meines Vaters klagen mussten, ohne je Erfolg zu haben? Das hat sich über Jahre gezogen, und es kostete die Betroffenen Geld, für das sie sich teils hoch verschulden mussten. Ich habe jedes einzelne Schicksal recherchiert.« Sie sah zu ihrem Vater, der blass den Kopf schüttelte, obwohl nun sowieso schon alles zu spät war. »Das Lösegeld wurde zurückgebracht und mir übergeben. Davon werden die Schulden dieser Menschen getilgt und Schmerzensgeld gezahlt werden. Meine Eltern und all jene, die dabei geholfen haben, einen Mord und die Brandstiftung zu vertuschen, müssen ebenso zur Rechenschaft gezogen werden wie jene, die mich entführt haben. Ein erneuter Gentest hat bewiesen, dass meine Schwester die Tochter meines Vaters und der damals minderjährigen Manuela Hermann ist.«

Bei diesen Worten ging ein leichter Ruck durch Jenny. Maik drückte ihre Hand, als Zeichen, dass er für sie da war, aber für das Mädchen musste dieser Augenblick extrem hart sein. Wahrscheinlich verstand sie nicht mal, was hier genau passierte.

»Meine Mutter ist nicht schwanger gewesen«, fuhr Lynn fort. »Sie hat uns allen etwas vorgemacht, als sie Babybauchattrappen unter ihrer Kleidung trug und sich als werdende Mutter in der Öffentlichkeit zeigte. Alles, was über den Brand in Zweltendorf bekannt gegeben wurde, war falsch. Ich werde persönlich dafür Sorge tragen, dass der Fall neu aufgerollt und den Familien geholfen wird. Ich kann das Unrecht nicht ungeschehen machen, ich kann es nicht mildern oder den Schmerz erträglicher machen, aber ich kann diesen Menschen ihre Stimmen zurückgeben, die meine Eltern ihnen genommen haben.« Sie drehte sich zu ihren Eltern um, und ein Zittern durchlief ihren Körper. »Ich weiß, dass es euch jetzt wie Verrat erscheint, aber ihr habt mir beigebracht, dass wir als Unternehmerfamilie Verantwortung tragen. Unseren Mitarbeitern und der Gesellschaft gegenüber. Ihr habt mich für wohltätige Zwecke einstehen lassen, habt mir vorgeschrieben, wen ich lieben darf und wen nicht. Aber was mich am meisten getroffen hat, ist, dass ihr geschwiegen habt, als ich gefoltert wurde. Statt endlich die Wahrheit zu sagen und damit mein Leben zu retten, hast du dich vor die Presse gestellt und so getan, als müsstest du Unwahrheiten zugeben. Zu begreifen, dass eure eigene Tochter weniger wert ist als der Name *van Holland,* hat mir mehr wehgetan als die Elektrostöße, die ich ertragen musste.«

»Du bist nicht mehr unsere Tochter«, schrie Gitta van Holland außer sich.

Lynn drehte sich wieder den Journalisten zu. Maik sah, wie sehr sie sich beherrschen musste, um diese Rede zu Ende zu bringen. »Aber das allein hat mich nicht bewogen, diesen Schritt zu gehen. Ich konnte und wollte nicht glauben, dass meine Eltern zu so etwas fähig waren.« Wieder sah sie in Maiks Richtung, auch wenn sie ihn sicher durch die vielen Blitzlichter nicht sehen konnte. »Meine kleine Schwester, Jenny, wurde schon immer aus allem rausgehalten. Keine öffentlichen Auftritte, kein richtiges Familienleben. Angeblich zu ihrem Schutz, aber Tatsache ist, dass meine Mutter ihre Anwesenheit auch nach knapp zehn Jahren nicht ertragen kann. Sie hat Jenny so sehr ignoriert, dass sie nicht mal mitbekam, wenn Jenny sich in ihre Nähe schlich, um herauszufinden, was bei uns los war.« Die Offenheit, mit der sie diese persönlichen Details erzählte, zeigte deutlich, wie enttäuscht sie von ihren Eltern war.

Der Griff von Jennys Hand wurde locker. Maik sah das Mädchen an, das nun ganz regungslos dastand und zuhörte. Die Fröhlichkeit war von ihr gewichen, und Tränen sammelten sich in ihren Augen. Er ließ ihre Hand los und legte den Arm um ihre Schultern.

»Sie hat alles mit angehört. Jeden Streit, jede Strategie, um weiterhin das zu vertuschen, was diese Menschen zu dieser Verzweiflungstat getrieben hatte. Sie konnte mir Namen und Details nennen, und je mehr ich recherchierte, desto deutlicher wurde das Ausmaß ihrer Taten. Ich habe Jenny versprochen, alles so gut wie möglich wieder in Ordnung zu bringen. Ich weiß, was Sie über uns berichten werden. Meine Familie hat jede reißerische Schlagzeile, jede Überspitzung und Häme verdient. Was zu dieser Katastrophe und den Folgen geführt hat, ist das, was uns von Maschinen unterscheidet. Wir sind fühlende Wesen. Wir lieben und machen dumme Sachen, manchmal grauenhafte, unentschuldbare Dinge, die so wahnsinnig viel Leid verursachen.« Sie sah sich zu ihrem Vater um. »Ich weiß, dass du dieses Mädchen geliebt hast.«

Peter van Holland weinte. Er brachte genau das zum Ausdruck, was Maik zuvor schon bei ihm gesehen hatte. Die Trauer war nie vergangen.

»Und ich weiß auch, dass Mutter sie niedergeschlagen hat, weil sie ihr Kind nicht hergeben wollte. Vater, sie hat dich gezwungen, Unaussprechliches zu tun, aber du hast es getan. Alles, was Hannah Gunthel dir vorgeworfen hat, ist wahr, und Jenny hat alles mit angehört, als ihr in den vergangenen Wochen mehrfach darüber gestritten habt. Sie fühlt sich schuldig, obwohl sie das einzig Gute ist, das jene Nacht hervorgebracht hat!« Nun zeigte Lynn doch Emotionen. Sie musste innehalten und einige Herzschläge lang eine Hand über die Augen legen.

Maik umfasste Jenny fester und rieb sanft über ihre Schulter. Wie konnte dieses Mädchen so ein Sonnenschein sein, wenn die Wahrheit so belastend für sie war? Vielleicht, weil Lynn es in Ordnung brachte.

»Und manchmal«, fuhr Lynn fort, »bringt die Liebe uns dazu, über uns hinauszuwachsen, bessere Menschen zu werden und den Glauben zu entwickeln, alles schaffen zu können. Durch sie können wir zu Monstern oder Helden werden.« Traurig sah sie in die Reihen der Journalisten und musste kurz schlucken. »Ein Mann hat mich gerettet. Er ist mein Bodyguard gewesen, aber es war nicht sein Job, mich zu suchen und unter Einsatz seines Lebens da rauszuholen. Er hat sich einer Überzahl von Gegnern gestellt und nicht aufgegeben, bis ich in Sicherheit war.«

Fragen wurden gerufen, die Journalisten wollten seinen Namen haben. Andere wollten wissen, ob er mehr als ihr Leibwächter gewesen war.

»Sie vermisst dich ganz doll«, sagte Jenny und lehnte sich an Maik. »Lynn sagte, dass sie dich wegschicken muss, damit Mama ihr glaubt. War wohl auch so, ich habe Mama an der Küchentür lauschen sehen, aber ich hätte das nicht gemacht.«

Maiks Herz schlug schneller. Es war, als würde sein Ich, das bis zu diesem Zeitpunkt mit Zweifeln und Schmerz gehadert hatte, sich endlich wieder zu voller Größe aufrichten.

In diesem Moment betraten Polizisten durch eine Seitentür die Bühne und führten die Eltern aus dem Saal. Lynn hatte alles vorbereitet und einen Weg gewählt, der mit keinem Geld der Welt in eine andere Richtung gedreht werden konnte.

Sie stockte. Anscheinend wusste sie nicht, was sie sagen sollte. Maik schob Jenny zu seinen Freunden. »Passt bitte gut auf sie auf.«

Dann ging er an den Stuhlreihen und den aufgeregten Journalisten vorbei und auf die Bühne zu.

»Ich kann Ihnen den Namen nicht verraten«, sagte sie unsicher. »Alles, was ich Ihnen über die Vorkommnisse sagen kann, finden Sie als Download auf der Page. Ich …« Sie sah Maik und verstummte. Das feste Band war nie gerissen, die Liebe war eine unumstößliche Wahrheit. Wie hatte er sich nur täuschen lassen können? Es musste ihr sehr schwergefallen sein, ihn etwas anderes glauben zu lassen. Sascha machte Platz, damit er die Stufen zur Bühne hinaufgehen konnte. Maik ignorierte die Kameras und die vielen Augenzeugen, die diesen Augenblick in die Welt hinaustrugen. Er wollte mit ihr zusammen sein, jetzt und für immer, ohne auch nur eine Sekunde mit weiterem Warten zu verschwenden. Sie trat vom Pult weg und kam ihm ein paar Schritte entgegen.

»Du bist hier«, sagte sie ungläubig. »Es tut mir so leid, ich wollte dir nicht … ich meine, ich konnte dir nicht sagen, dass …«

»Ich weiß.« Maik nahm sie in den Arm und drückte sie fest an sich. »Das spielt jetzt keine Rolle mehr.« Sein Herz drohte in seiner Brust zu explodieren. Erst jetzt war er wieder vollständig. Die Welt um sie herum löste sich auf, all die gerufenen Fragen verhallten, und Maik glaubte, sie nicht genug halten zu können. Lynn legte ihre Arme um ihn und zog ihn nicht minder fest an sich. Ihr Atem strich über seine Haut, ihre Wärme durchdrang die Kleidung, und ihre Nähe durchwob ihn mit all ihrer erfüllenden Macht.

Jeder von ihnen war dem Tod von der Schippe gesprungen.

Weil es das Schicksal so bestimmt hat. Es hatte sie zusammengeschweißt in dem Augenblick, als sie einander zum ersten Mal begegnet waren. Er vergrub sein Gesicht in ihrer Halsbeuge und atmete ihren Duft tief ein.

»Ich liebe dich auch«, flüsterte sie in sein Ohr.

Das, was ihre Worte in ihm auslösten, war überwältigend. Er war sich nicht sicher gewesen, ob sie seine Worte vor diesem letzten Kampf noch gehört hatte. Jetzt brachte die Erwiderung die Bilder zurück. Dass er sie nun halten konnte, war ein Wunder. Lisa hatte recht. Richtige Liebe war eine Wahrheit, ein Fenster, das ihm den Ausblick in eine Zukunft zeigte, die ohne Umwege genau jetzt begann. Er hielt sie, so fest es ging, damit er begreifen konnte, dass dieser Augenblick real war. Es störte ihn nicht, dass ihm Tränen über die Wangen liefen oder sie das Zittern spüren konnte, das sich nicht unterdrücken ließ.

Lynn hob ihren Kopf und schob sich dann etwas von ihm weg und sah ihm ebenfalls mit Freudentränen in die Augen. Mit einem Lächeln kam sie ihm näher, strich mit der Nasenspitze über seine Wange, küsste erst den einen Mundwinkel, dann den anderen, hielt einen Herzschlag inne und küsste ihn dann auf den Mund. Egal was noch vor ihnen lag, es war besiegelt, der Rest ihres Lebens begann genau jetzt.

»Ich glaub, ich sollte diese Konferenz noch beenden.« Sie ließ ihn los und sah sich blinzelnd zu den Presseleuten um.

Maik nickte und nahm seinen Arm fort, allerdings nur, um ihre Hand festzuhalten. Liebevoll strich sie mit dem Daumen über seine Finger und zog ihn mit sich zum Pult. All die fremden Gesichter, die ihnen zugewandt waren, die Blitzlichter und Kameras gehörten zu den Zeugen dieses bedeutungsvollen Augenblicks. Vor all diesen Menschen stand sie zu ihm, nicht aus Trotz oder einer Laune heraus, sondern weil sie zusammengehörten.

Lynn blieb außer Reichweite der Mikrofone stehen, sah kurz zu Maiks rechtem Arm und zog die Brauen zusammen. Maik zuckte lächelnd mit einer Schulter. »Du hast der Presse für heute genug gegeben, lass es uns zu Ende bringen und nach Hause gehen.«

Er wollte nicht, dass sie öffentlich darüber sprach, was er für sie getan hatte, weil er es für Lynn immer wieder tun würde. Nicht weil er ein Held war, sondern weil er sie liebte – so sehr, dass er sich ein Leben ohne sie nicht mehr vorstellen konnte.

Sie blinzelte die Tränen fort und senkte traurig den Blick. »Ich habe Jenny gesagt, dass sie dich nicht mit reinziehen soll, ich bin so froh, dass sie nicht auf mich gehört hat.«

»Gewöhne dich schon mal daran«, flüsterte er ihr zu. »Wenn wir drei zusammenleben, werden wir uns wohl damit abfinden müssen, dass sie schlauer ist als wir.«

Bei diesen Worten fing Lynn an zu strahlen. Sie drehte sich zum Pult, stellte sich vor die Mikrofone und musste sich räuspern.

Alle Menschen, die ihm wichtig waren, befanden sich in diesem Raum. Mehr brauchte er nicht, um der glücklichste Mann der Welt zu sein. Ganz gleich, welche Stürme noch vor ihnen lagen, er würde sie beschützen.

Meine Familie, meine Liebe und unsere Zukunft.

Innerer Frieden ist keine Entscheidung, kein auferlegtes Gefühl oder die Erfüllung einer Erwartung. Manchmal entspringt er dem Wissen, dass man das Richtige getan hat.

DANKSAGUNG

Die Liebe ist wohl die schönste Emotion, die in der Literatur in allen Genres zu finden ist. Mich fasziniert der Gedanke, was Gefühle und Erlebnisse in Menschen auslösen können. Im Guten wie im Schlechten. Als die Idee zu diesem Roman entstand, war mir gleich klar, dass meine Protagonisten nicht nur ein bisschen verliebt sein würden. Ich habe mal einen Bericht über ein altes Ehepaar gesehen, die über siebzig Jahre miteinander verheiratet waren und im hohen Alter noch immer liebevoll, vertraut und fürsorglich miteinander umgingen. Die meisten Paare, die ich kenne, stecken bereits nach wenigen Jahren in einer selbstverständlichen Routine miteinander fest, die oftmals eher zu einer Distanzierung führt.

Der Mann sagte damals in dem Interview, dass die Begegnung mit seiner Frau lebensverändernd gewesen wäre. Und genau das wollte ich für Maik und Lynn auch. Ohne den Himmel-voller-Geigen-Kitsch, schmachtende Blicke oder die Dramatik schrecklicher Missverständnisse.

Gleichzeitig mischen sich bedingungslose Elternliebe, unangebrachte Liebe und auch zweckgebundene Liebe unter Verzweiflung, Hilflosigkeit und Rachsucht. Das Schöne am Menschsein ist wohl, dass niemand davor sicher ist.

Ich möchte mich bei allen bedanken, die mich als Testleser oder auf andere Weise bei diesem Roman auf so unbezahlbare Weise unterstützt haben: Yasmin Dreyer, Hauke Harder, Markus Heitz, Monika und Dieter Külper, Keely und Norina Rüther, Thomas Schmidt und Nicole Zöllner. Vielen Dank für alles, ihr seid fantastisch!

Und vielen Dank Natalja Schmidt für die wundervolle Zusammenarbeit, und Dr. Kirsten Reimers für das Lektorat, das meinem Roman den richtigen, letzten Schliff verpasst hat.

Und mein besonderer Dank gilt meinem Mann, Jan Rüther, der mich mit sehr viel Herzblut unterstützt hat.

Ich widme diesen Roman meinen Eltern, die mit ihrer beispiellosen Liebe und festen Einheit mein Weltbild auf so wundervolle Weise geprägt haben.